AK Trivia Book No. 8

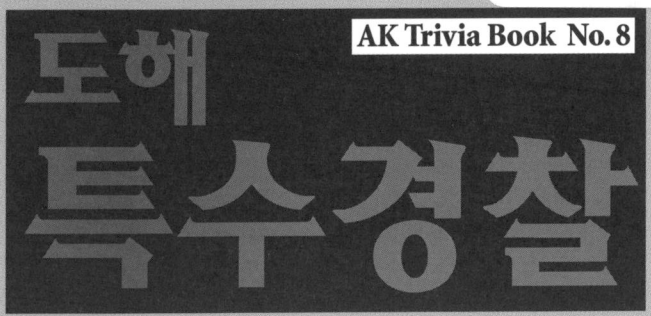

도해 특수경찰

모리 모토사다 저

AK TRIVIA BOOK

~ 픽션 세계의 경우 ~

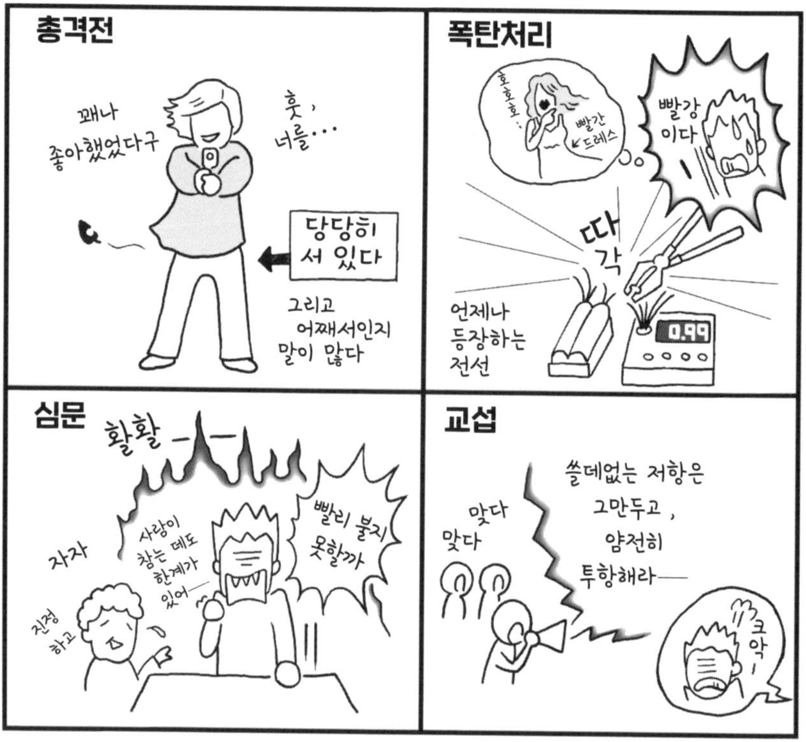
총격전
꽤나 좋아했었다구
훗, 너를···
당당히 서 있다
그리고 어째서인지 말이 많다
폭탄처리
호호호..
빨간 드레스
빨강이다!
따각
언제나 등장하는 전선
0.99
심문
활활
자자 진정하고
사랑이 참는 데도 한계가 있어—
빨리 불지 못할까
교섭
맞다 맞다
쓸데없는 저항은 그만두고, 얌전히 투항해라—
크악!

<6 쪽에 계속>

시작하며

특수경찰이란, 일반적인 경찰력으로는 대응이 불가능한 범죄에 대응하기 위하여 출동하는 정예 팀을 가리킵니다. 점거, 유괴, 쾌락 살인, 사이버 범죄, 폭파, 암살, 심문 등, 그들이 출동하는 사건은 다양합니다.

그들의 활약은 영화나 소설과 같은, 픽션의 세계에서 폭 넓게 다루어지고 있습니다. 과학수사나 심리분석을 구사하면서, 때로는 범인이 숨어있는 아지트를 급습하거나 정해진 시간 안에 범인을 추궁하는 수사관의 활약을 그린 드라마나 영화를, 여러분도 한 번은 본 적이 있을 것입니다.

그 중에서도 해외에서 제작된 범죄 드라마는, 현실적인 측면과 영상에서의 사실성이 융합되어 있습니다. 훌륭한 작품이 많은 것은 현역 특수경찰관이나 전 수사관이 제작에 참가하고 있기 때문입니다.

그렇지만 전문가나 마니아가 아닌 이상, 드라마를 보더라도「왠지 모르지만 멋있다」로 끝나기 마련입니다. 이러한「왠지 모르지만 멋있다」가「오오, 이런 의미가 있었구나!」로 바뀌게 만드는 책을 펴내자, 라는 목적으로 이 책을 썼습니다.

저는 경찰 쪽의 컨설턴트로서 오랫동안 활동했습니다. 이러한 경험을 살려서 드라마, 영화, 게임과 같은 픽션의 제작에도 다수 참가하였습니다.

기밀 엄수 의무 조약이 있는 관계로, 기밀 누설에 해당되는 사항을 기재하지 않은 것은 부정하지 않습니다. 그러나 현실적인 것과 픽션의 세계에서의 사실성이란 어떤 것인가를, 충분히 즐길 수 있도록『도해 특수경찰』을 완성하였다고 생각합니다.

본 책을 한번 읽고 나서, 특수경찰이 등장하는 작품을 꼭 봐주시기 바랍니다. 틀림없이 지금까지와는 다른 시점으로 작품을 보게 될 것입니다.

모리 모토사다 毛利元貞

목 차

~ 현실은 ~

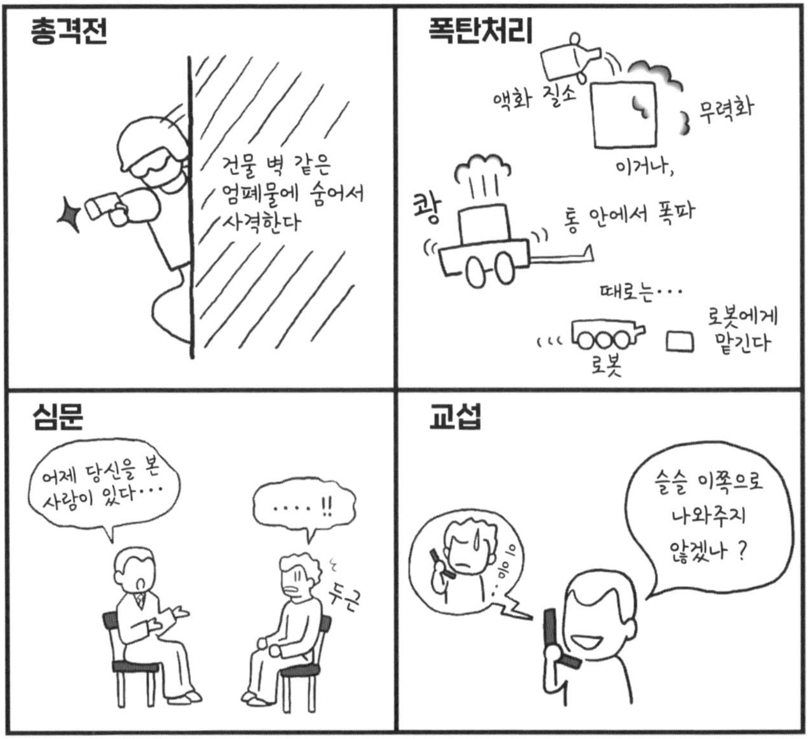
총격전
건물 벽 같은
엄폐물에 숨어서
사격한다
폭탄처리
액화 질소
무력화
이거나,
쾅
통 안에서 폭파
때로는···
로봇에게
맡긴다
로봇
심문
어제 당신을 본
사람이 있다···
····!!
두근
교섭
슬슬 이쪽으로
나와주지
않겠나?

제 1 장
총 론

No.001

영화나 소설에 등장하는 특수경찰

영화나 소설에서, CTU(카운터 테러리스트 유닛)나 CSI(과학수사대)와 같은 특수경찰이 자주 등장한다. 이들의 대부분은 실제로 존재하는 특수경찰을 모델로 한 가공의 산물이지만, 시청자들에 큰 영향을 미친다.

●있을 수 없는 설정이 실제로 있는 것처럼 그려져 있다

최근의 픽션 작품은 사실성을 중시하고 있다. 그런 탓에, 우리 시청자는 특수경찰의 활약을 그리는 드라마에 여러 가지 영향을 받고 있다. 예를 들자면, 미국에서는 『CSI : 과학수사대』가 크게 히트하여 실제 형사재판에 지장이 있을 정도이다. 형사사건의 형량은 일반인들 가운데서 선발된 12명의 배심원에 의해 좌우되는데, 물적 증거나 과학적 증거에만 주목하여 무죄와 유죄를 판단하려 하는 배심원이 점점 더 늘어나고 있기 때문이다.

현실의 세계는 TV 드라마와는 다르게, 60분만에 사건이 해결되지 않는다. 물적 증거가 있더라도 체포한 범인과의 접점이 있어야 한다. 범행 현장에 떨어져 있던 나이프에서 용의자의 지문이 나왔다 하더라도 피해자를 찔렀다고 확신할 수 없다. 경찰 당국은 이러한 접점을 찾기 위하여 심문을 거쳐서 범인이 자백하도록 유도한다. 그러나 범인의 진술과 물적 증거가 항상 일치하는 것은 아니며, 모순이 발생하는 경우도 많다. 이런 막연한 영역은 과학만으로는 해결을 할 수 없는 것이다.

배심원들이 픽션의 세계와 현실을 잘 구분하지 못하는 것도 무리는 아니다. 왜냐하면 드라마의 제작에는, 「**컨설턴트**」라는 직책을 가지고 드라마의 제작에 협력하고 있는 특수경찰의 현직 수사관이나 전직 수사관이 있기 때문이다. 그들은 프로듀서나 각본가와 협의를 하여 의견을 교환하고, 배우의 연기 지도에 참여하여 작품에 **사실성**을 불어 넣는다.

그렇다고 하더라도, 드라마에서 특수경찰의 현실이 전부 그려지는 것은 아니다. 범죄자는 사회규범을 일탈한 「악인」으로 그려지기 십상이고, 각본 역시 화려한 것이 요구된다. 이야기의 흐름상, 범인을 몰아넣어도 놓치거나 혹은 요란스러운 총격전이 전개되어 범인을 사살하는 경우도 있다. 실제로는 있을 수 없지만, 오락성을 강조한 이야기를 전개하는데 있어서는 빼놓을 수 없는 부분이다.

현실과 픽션의 차이

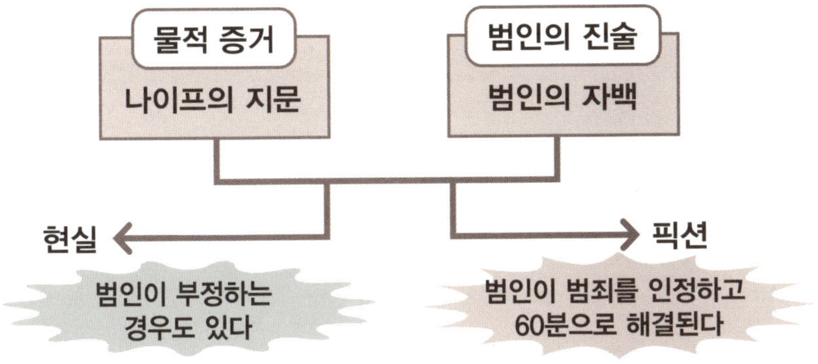
물적 증거
나이프의 지문
범인의 진술
범인의 자백
현실
픽션
범인이 부정하는 경우도 있다
범인이 범죄를 인정하고 60분으로 해결된다

현실이라면 과학만으로 해결이 불가능한, 흔히 그레이 존이라 불리는 부분이 있는데 픽션에서는 60분과 같은 시간적 제한이 있기 때문에 해결되어버린다.

픽션의 세계

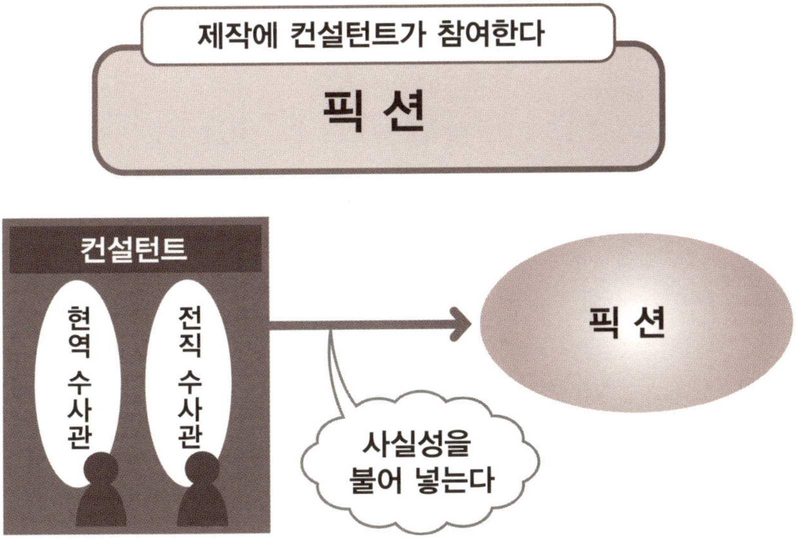
제작에 컨설턴트가 참여한다
픽 션
컨설턴트
현역 수사관
전직 수사관
픽 션
사실성을 불어 넣는다

원포인트 잡학상식

영화의 도시 헐리우드가 있는 미국 서해안에는, 범죄 드라마 제작에 참여하는 경찰 컨설턴트 회사들이 많이 존재한다.

No.002

실제 특수경찰이란?

특수경찰이란, 기존의 경찰력으로는 대처할 수 없는 사안에 출동하는 팀을 의미한다. 구체적으로는 사람들의 안전과 평화를 위협하는 점거, 인질유괴, 연쇄살인, 폭파, 암살 등을 특수경찰이 담당한다.

●범죄 수사와 범인 체포 시 비장의 카드

특수한 기능을 가진 특수경찰은 픽션에서 영웅으로 그려지기 마련이다. 해외 드라마를 보고 있으면 인질 교섭, 프로파일링(심리분석), 저격, 전술, 심문 등 각 팀에 소속되어 있는 수사관들의 활약을 본 경험은 누구나 있을 것이다.

우리들이 살고 있는 세계에서는 경찰이 일상의 안전과 평화를 책임지고 있다. 범죄를 일으키면 범죄자는 체포되어 법의 심판을 받게 된다. 영리를 목적으로 하는 유괴나 점거와 같은 흉악 범죄는 더욱 엄한 처벌을 받는다. 그러나 이러한 사안은, 싸움의 중재나 속도위반을 단속하는 일반경찰이나 형사에게는 너무나 부담되는 일이다. 사람의 목숨이 위험에 처해질 정도로 치안을 위협하는 사안일수록, 특수한 법 집행 능력이 요구된다.

흉악 범죄는 일으키는 범죄자는 이익을 얻기 위하여, 목적을 달성하기 위하여 이성을 잃고 다른 사람을 상처 입힌다. 이러한 비겁하고 잔학 무도한 범죄자와 싸우는 것이 특수경찰이다.

예를 들자면, 대부분의 살인사건은 일반적으로 범행 현장에 범인의 흔적이 남아있는 경우가 많다. 그렇기 때문에 범인을 쉽게 체포할 수 있다. 범인은 범행 후 죄악감에 시달리는 경우가 많고, 자수를 하는 경향이 강하다. 이래서야, 오락성이 강한 작품을 만들기는 어렵다.

하지만, 죄악감에 시달리지 않고 교묘하게 계획을 세워서 증거를 남기지 않고 살인을 실행하는 위험한 인물이 가끔씩 있다. 냉혹하고 지능적인 상대는 자기 방어 본능이 뛰어나고, 그와 동시에 자신이 저지르는 죄의 사악함을 이해하고 있다. 체포되지 않으려고 여러 가지 수단을 사용하여 수사를 교란 시킨다. 이렇게 일반적인 범죄 수사로는 해결할 수 없는 상대에 대응하기 위하여 특수경찰을 출동시킨다. 그리고, 시청자의 흥미를 끌기 위하여 영화나 소설도 만들어 진다.

일반경찰과 특수경찰

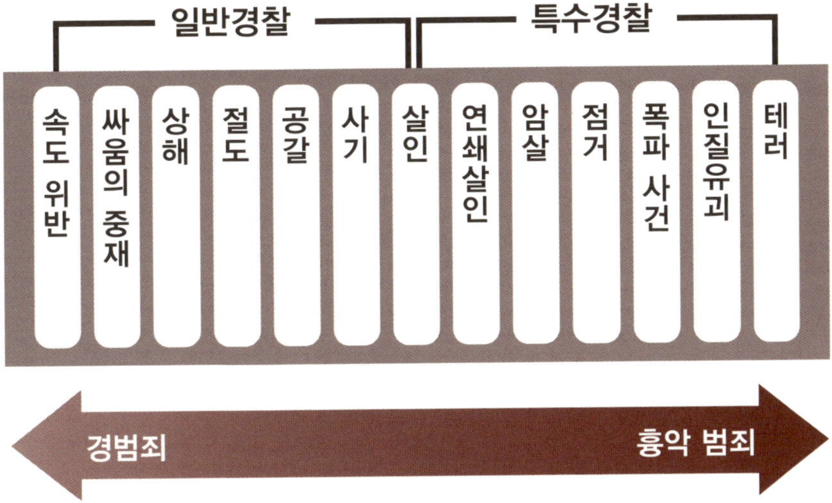

일반경찰
특수경찰
속도 위반
싸움의 중재
상해
절도
공갈
사기
살인
연쇄살인
암살
점거
폭파 사건
인질유괴
테러
경범죄
흉악 범죄

살인사건과 특수경찰

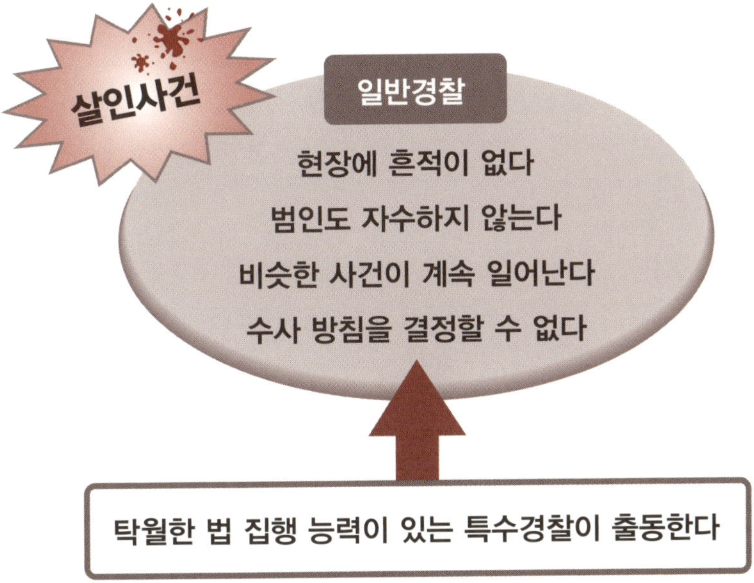

살인사건
일반경찰
현장에 흔적이 없다
범인도 자수하지 않는다
비슷한 사건이 계속 일어난다
수사 방침을 결정할 수 없다
탁월한 법 집행 능력이 있는 특수경찰이 출동한다

원포인트 잡학상식

특수경찰이 등장하는 범죄 드라마에서는, 실제 수사관이 수사관 역할로 단역 출연하는 경우가 많이 있다.

No.003

특수경찰과 흉악 범죄

특수경찰은 그 시대에 일어날 수 있는 흉악 범죄의 타입에 따라 변화한다. 필요성이 생기기 때문에 새로운 팀이 창설된다. 이것은 세상의 흐름을 반영하여 제작되는 범죄 드라마와 큰 공통점을 가지고 있는 부분이다.

● 흉악 범죄에 따라 변화하는 특수경찰

인기 높은 3대 드라마라고 한다면 의학, 법정, 범죄일 것이다. 그 중에서도 범죄 드라마는 그 시대상을 반영하는 인간의 어두운 면을 그리기 때문에 시청자들이 흥미를 가진다. 세상의 흐름을 반영하여 실제 일어날 수 있는 최첨단 흉악 범죄나 범행을 통해 사건을 해결하는 특수경찰의 활약을 그리고 있다.

예를 들면 살인 현장의 **프로파일러(심리분석관)**가 사건현장으로 가서, 현장에 남아있는 사소한 흔적에서 범인상을 작성하고 논리적 사고와 직감을 무기로 범인과 대결하는 드라마가 현재 매우 일반적이다. 교섭인이 휴대전화를 손에 잡고 뛰어난 화술을 보여주거나, 전술팀이 화려한 인질 구출 작전을 실행하는 드라마도 있다. 피해자의 뼈를 감정하여 범인의 윤곽을 잡는 조사관이나, 실종자의 행적을 직감과 과학수사로 추적하는 수사관이 나오는 드라마도 있다. 픽션의 세계에서는 매년 이렇게 새로운 특수경찰들이 나오고 있다.

현실 세계에서도 같은 일이 일어난다. 드라마와 마찬가지로 세상을 반영하듯이, 특수경찰은 계속 편성된다. 그리고 시대의 변화에 의해 활동하는 분야가 없어진 팀은, 축소화되거나 해체된다.

예를 들자면 미국의 FBI 연방수사국 소속 중에, 베스트셀러 소설로 영화화도 된 『양들의 침묵』에 등장하는 BSU **행동과학과**는 프로파일러의 원조이지만 현재는 중대사건 대응 그룹이라는 조직의 한 부분이 되었다. 흉악 범죄 분석센터 산하 「**행동분석과**」라는 조직으로 개편되어, 새로운 흉악 범죄에 대응하고 있다.

일본에서도 예전에 안보 투쟁이나 아사마 산장 사건 등 과격파 대책으로 출동하였던 경찰 기동대가 지금은 방향을 전환하고 있다. 전국 각지의 원자력 발전소와 같은 중요 시설 경비 이외에도, 일부는 대 테러 임무전용으로서 경찰청이 관리하는 SAT(**특수급습부대**)로 개편되었다.

계속해서 생겨나는 범죄 드라마의 소재

- 프로파일러와 범인의 대결
- 교섭인과 전술팀에 의한 인질 구출 작전
- 피해자의 뼈에서 범인의 윤곽을 잡아낸다
- 실종자의 행적을 추적하는 등

실제 특수경찰의 변화

미국

FBI BSU행동과학과
· 프로파일러의 원조

→ 흉악 범죄 분석센터 산하 행동분석과

일본

경찰기동대 → 원자력 발전소와 같은 중요시설 경비

· 안보투쟁*1
· 아사마 산장 사건*2
· 흉악범

→ 경찰청 산하 SAT(특수급습부대)
· 대 테러 임무전용

이 외에도
경찰청 조사1과 소속 SIT(특수조사반)
· 대 흉악범(인질 사건, 유괴 사건 등)
등이 있다

*1: 1959년부터 이듬해인 1960년에 걸쳐서 일어난, 미일 안전보장조약의 개정을 반대하는 투쟁이다.
*2: 1972년 2월 19일에 일어난, 나가노현 키타사쿠군 카루이자와마치에 있는 아사마 산장에서 있었던 연합적군에 의한 인질, 점거 사건이다.

원포인트 잡학상식

해외에서는 프로파일링을 소재로 한 드라마가 다수 제작되지만, 인기가 없어서 방영이 중간에 중단되는 작품도 있다.

No.004

물적 증거로 사건을 해결한다

어떤 범죄라도 범행 현장은 존재한다. 현장에서 얻는 정보, 즉 「증거」를 충분히 확보하면 범인을 검거하기 쉬워진다. 특수경찰에서는 감식팀만이 아니라 모든 팀이 증거를 확보할 수 있는 능력을 갖추고 있다.

● 사건 해결의 열쇠는 현장에 있다

사건을 조기에 해결하기 위해서는 범행 현장의 철저한 보존이 필요하다. 영화나 소설에서는 사건 발생 후 재빨리 현장에 뛰어들어, 최첨단의 기재를 사용해 범인이 남긴 유류품(물적 증거)을 입수하는 『CSI : 과학수사대』라는 감식팀의 활동이 상세하게 묘사되어 인기를 얻고 있다.

그렇다고는 하지만, 실제로 감식팀이 도착할 때까지는 어느 정도의 시간이 걸린다. 그보다, 사건이 발생한 현장에서 가까운 수사관을 급파해 현장을 보존하는 일이 많다. 그들은 당연히 현장보존의 적절한 방법을 숙지하고 있다. 예를 들어 「공원에서 남성이 여성을 찌르고 도망쳤다」라는 통보를 받았다고 가정해 보자. 이 때, 범인의 체포가 최우선이지만, 현장의 보존 및 치료가 필요한 여성에 대한 대응도 매우 중요하다. 현장에서는 이러한 복잡한 임무를 한번에 해야만 한다.

공원 옆에 세워둔 경찰 차량에서 어떻게 현장으로 접근하면 좋은지 「통행로」를 선정하고, 현장을 어지럽히지 않고 확보하는 것도 중요한 역할이다. 범행 현장에는 범인 검거에 직결되는 중요한 단서가 수없이 많이 남아있기 때문에, 경찰의 전문 팀도 차례로 방문한다. 이 때 그들이 멋대로 현장에 들어오게 되면 범인 체포에 직결되는 중요한 증거를 파괴해 버릴 가능성이 있다. 그렇게 때문에 「통로」의 확보는 매우 중요하다.

또한 감식팀이 도착하기 전까지, 현장의 사진 촬영을 하는 것도 임무 중 하나이다. 기록을 남기지 않고 피해자에게 의료처치를 하게 되면, 사건 당시의 의류뿐만 아니라 피해자의 신체나 의류에 부착되어 있는 증거를 놓치게 된다. 그리고 의료 운송에 동행하여 피해자 본인에게 정보를 알아내는 것도 중요한 역할이다. 중상을 입은 피해자의 경우, 병원으로 운송되는 그 시간이 중요한 증언을 얻을 수 있는 유일한 찬스가 될 수도 있다.

현장 보존의 원칙과 방법

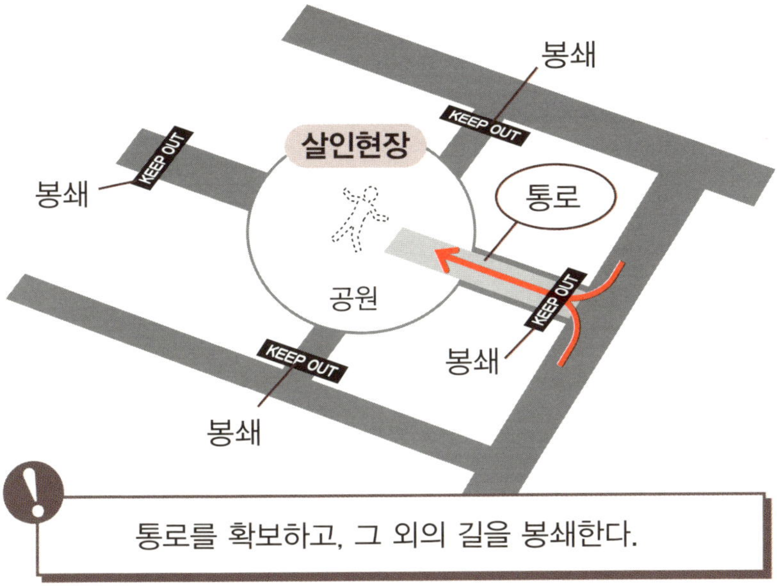
봉쇄
KEEP OUT
살인현장
KEEP OUT
봉쇄
통로
공원
KEEP OUT
KEEP OUT
봉쇄
봉쇄
통로를 확보하고, 그 외의 길을 봉쇄한다.

사건과 마주쳤을 때의 임무

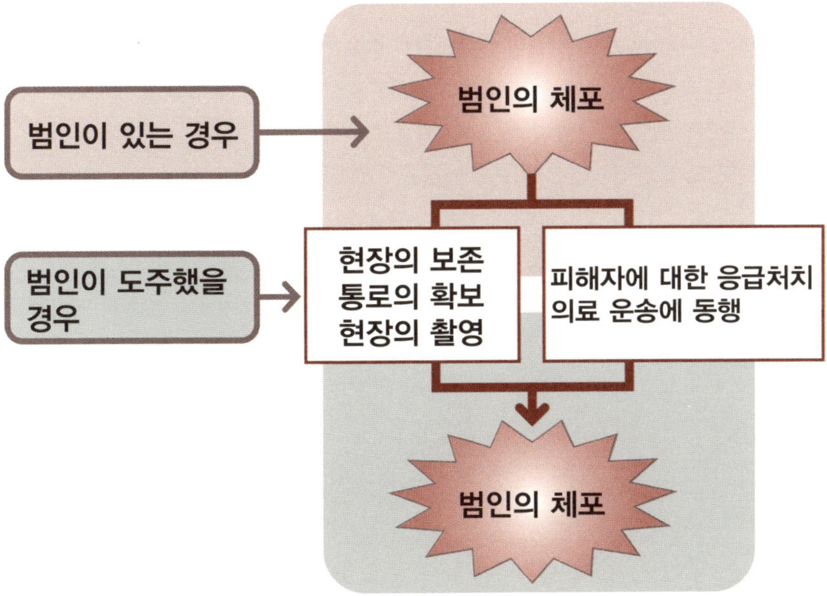
범인의 체포
범인이 있는 경우
범인이 도주했을 경우
현장의 보존
통로의 확보
현장의 촬영
피해자에 대한 응급처치
의료 운송에 동행
범인의 체포

원포인트 잡학상식

범행 현장에서는 물적 증거나 흔적에 색상 별로 구분 표식을 놓아서, 뒤에 오는 수사관들에 의해 어지럽혀지지 않게 배려한다.

No.005

점거 사건을 해결한다

점거 사건은 두 가지로 구분할 수 있다. 하나는 인질을 방패 삼아, 당국에 무엇인가를 요구하는 경우이다. 또 한 가지는, 도망칠 곳이 없어진 범인이 건물에서 농성을 벌이는 경우이다. 양쪽 모두 범죄 드라마에서 자주 묘사되는 설정이다.

● 점거범을 몰아넣지 않고 해결한다

범죄 드라마에서는 범인이 점령하고 있는 건물의 주위를 경관들이 엄중하게 포위하는 장면이 자주 나온다. 확성기나 휴대 전화를 손에 든 인질교섭팀이 설득 교섭을 시작하고, 경찰 차량의 뒤나 건물의 사각에는 완전 무장한 저격팀이나 전술팀이 총을 겨누고 있다.

점거 사건에 다양한 특수경찰이 출동하는 것은, 드라마나 현실 세계나 마찬가지이다. 범인과 교섭을 하는 **인질교섭팀**, 범인들의 언동에서 심리 상태를 파악하고 현재의 위험도나 이후의 언동을 예측하는 **심리분석팀**, 범인의 동향을 감시하는 **저격팀**, 제압을 주특기로 하는 **전술팀**, 범인이 TV나 라디오에서 정보를 얻지 못하게 하기 위하여 보도관제를 하는 **홍보팀** 등이 각각의 작전행동에 들어간다.

실제 점거 사건에서도, 특수경찰의 움직임은 드라마에서 묘사되는 것과 거의 비슷하다. 범인이 점거하고 있는 건물 일대를 완전히 봉쇄해서 그 자리에 가두어 놓는다. 이것은 「특수경찰과 접촉을 하지 않으면, 상태가 개선되지 않는다」라는 인식을 범인에게 심어줌으로서 교섭으로 끌고 가기 위한 심리작전의 기본이라 할 수 있다.

또한 인질이 있는 경우에는, 범인이 인질에게 신경을 쓰지 못하게 만든다. 인질이 없는 경우에는 범인이 자살할 위험성이 있지만, 누구에게도 피해가 발생하지 않는다고 안심할 수 있는 경우 특수경찰은 참을성 있게 기다린다. 범인의 자존심에 호소하여, 범인이 스스로의 의지로 투항하도록 독촉한다. 드라마와 같이 갑자기 문을 부수고 돌입하는 것과 같은 거친 방법은 사용하지 않는다.

점거 사건을 일으킨 범인의 동기나 목적을 프로파일링하여 자살을 할 위험성이 없는지, 인질에게 해를 입힐 수 있는지 위험성을 조사하는 일은 매우 중요한 것이다. 상대가 무장을 한 경우, 발포를 하는가 하지 않는가, 총구를 어디로 들이미는가는 그 때의 정신 상태에 좌우되기 때문이다.

점거 사건에 출동하는 특수경찰

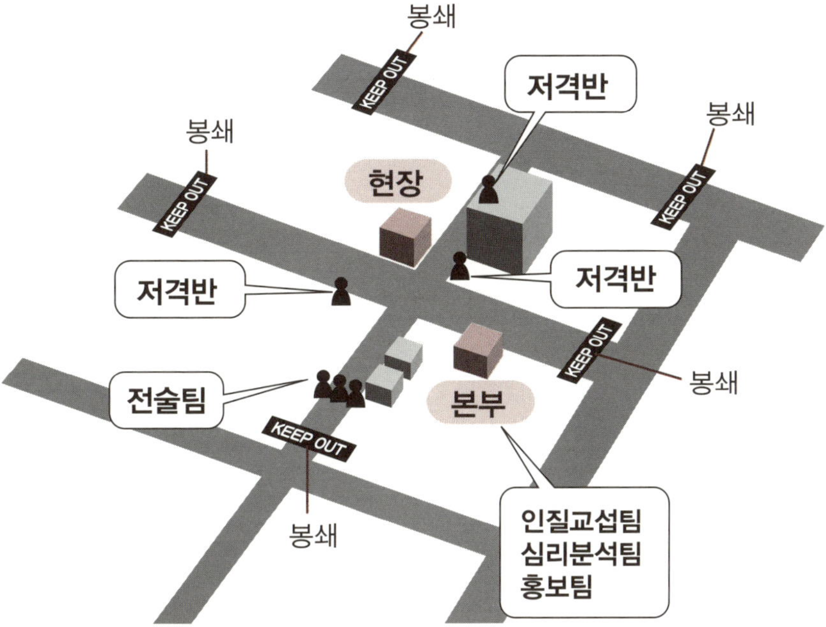
봉쇄
KEEP OUT
저격반
봉쇄
KEEP OUT
봉쇄
KEEP OUT
현장
저격반
저격반
KEEP OUT
봉쇄
전술팀
본부
KEEP OUT
봉쇄
인질교섭팀
심리분석팀
홍보팀

인질 유무에 따른 작전의 차이

	현실의 경우	픽션의 경우
인질이 있음	적극적인 교섭 (돌입은 최종수단)	소극적인 교섭 돌입!
인질이 없음	참을성 있게 기다린다 (돌입은 최종수단)	돌입!

원포인트 잡학상식

영화나 소설과는 다르게, 현장에서는 「1발의 총탄도 발사하지 않고, 한 방울의 피도 흘리지 않고 체포한다」를 최우선으로 한다.

No.006

유괴 사건을 해결한다

「경찰에 알리면 인질의 목숨은 없다」 라는 대사를, 유괴범들은 자주 말한다. 이것은 이득이 되지 않는 범죄라는 것을 범인 스스로 인정하는 발언이라 할 수 있다. 그 증거로, 많은 영리목적 유괴는 특수경찰에 의해 해결된다.

● 대담하면서 섬세한 대응으로 수사한다

몸값을 요구할 목적의 유괴는, TV나 영화에서 자주 다루어지는 흉악 범죄 중 하나이다. 범인이 정해놓은 데드라인(최종요구기한)까지의 기간 중에, 경찰이 어떻게 범인의 소재를 파악하여 인질의 안전을 확보하는지 그 과정이 매우 드라마틱하기 때문이다. 쫓는 경찰과 도망치는 범인의 두뇌 싸움이 시청자들의 마음을 사로잡기 쉬운 것도 그 이유 중 하나이다.

영리목적의 유괴 사건에서, 특수경찰은 어떻게 행동을 하는 걸까.

범인과의 교섭은 전화로 이루어진다. 유괴범은 「아이의 목숨을 살리고 싶으면, 돈을 준비해라」 고 협박한다. 아이를 납치당한 부모는 「돈을 낼 테니, 그 전에 아이의 목소리를 들려달라」 고 간청한다.

특수경찰은 이 때, 어린 아이의 목숨을 구하고 몸값을 지불하지 않은 채 범인을 체포하기 위한 심리전을 구사한다. 예를 들면 유괴범의 경계심을 누그러뜨리면서 상대의 자존심을 건드리는 방법을 사용한다. 돈을 지불할 것이라 생각하게 만들면서도, 동시에 정에 호소하는 방법도 있다.

물론, 전화를 받는 부모에게 특수경찰의 **심리분석팀**은 도움을 준다. 유괴범에게 자신이 주도권을 쥐고 있다고 착각하게 만들면서, 아이를 인질로 잡혀있는 부모에게 유리하도록 대화를 전개시키기 위해 조언한다.

전화를 받는 부모의 불안이나 걱정을 경감시키면서 시기 적절한 조언을 하는 심리분석팀의 옆에서는 기술팀이 임무를 진행한다. 기술팀은 전화 내용을 녹음하여 분석하고, 역탐지에 필요한 여러 정보 전달을 하면서 범인이 있는 장소를 찾아낸다.

범인이 있는 장소를 알아낸 시점에서 감시팀을 투입하여, 의심스러운 행동을 보이는 인물을 찾아내기 시작한다. 또한, 아지트에 돌입하여 유괴된 인질을 구출하는 전술팀도 대기한다.

유괴 사건에 출동하는 특수경찰

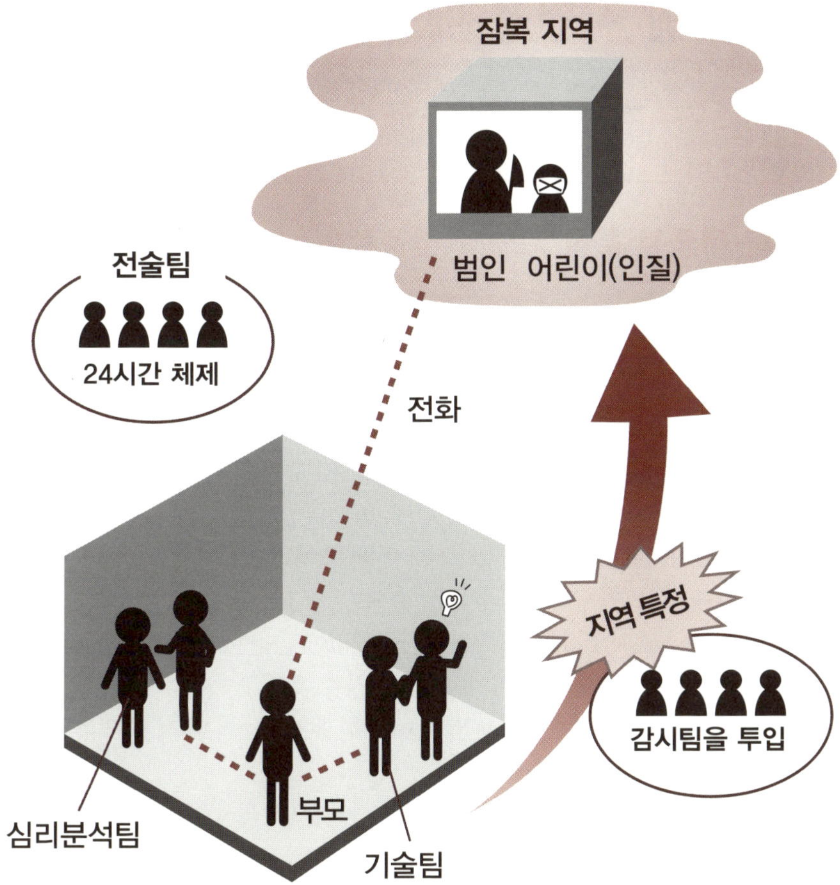
잠복 지역
범인 어린이(인질)
전술팀
24시간 체제
전화
지역 특정
감시팀을 투입
부모
심리분석팀
기술팀

유괴 사건에 대응하는 특수경찰의 전술

- 유괴범의 경계심을 누그러뜨리면서 자존심을 건드린다
- 돈을 지불할 것이라 생각하게 만들면서도 정에 호소한다
- 인질의 안전 여부를 반드시 확인한다

원포인트 잡학상식

유괴 사건을 무사히 해결하는 요령은, 개인적인 감정을 뛰어넘어 범인과의 신뢰 관계를 쌓는 것이다.

No.007

연쇄살인 사건을 해결한다

감정의 갈등으로 인해 발생하는 살인 사건에서는, 범인에 관한 증거가 현장에 남는다. 그러나, 살인을 즐기는 범인은 용의주도하여 단서를 남기지 않는다. 기존의 수사 방법을 숙지한 포식자를 추적하기 위하여, 특수경찰이 소집된다.

●직소 퍼즐처럼 사실을 짜 맞춘다

살인 사건은 대부분 경찰로 통보되어 알려진다. 살인자가 자책에 못 이겨 자수하는 경우도 있다. 경찰과의 줄다리기를 즐기기 위하여, 범인이 범행성명을 보내는 경우도 있다.

한편, 현장에 일절 흔적을 남기지 않고 연쇄살인을 즐기는 포식자가 존재한다. 이 포식자는 용의주도하게 범행계획을 짜서, 흔적을 남기지 않도록 주의하며 범행을 반복한다. 범행이 드러나더라도 욕망을 채우기 위한 살인을 그만두지 않는다.

범행현장에 무언가 물적 증거가 남아 있다면, 과학수사의 프로 집단인 감식팀이 현장의 보존 처리와 증거 수집을 진행한다. 그러나 범행현장에 물적 증거가 적은 살인 사건의 경우, 그들의 활약에는 한계가 있다. 이 때는, 특수경찰의 심리분석팀이 수사에 참가한다.

심리분석팀은 기존의 과학범죄 수사와는 다른 시점에서 범인을 추적한다. 「모든 일에는 반드시 이유가 있다」라는 철학이 입버릇인 것처럼, 현장을 하나의 사실로 받아들인다. 무기질적으로 아무 단서가 없는 현장의 상황이나 분위기를 느끼면서, 범인의 성격이나 심리 상태를 알아낸다.

감식팀의 분석결과도 확인하고 형사들이 현장 주변에서 얻은 목격 증언에도 주의를 기울이면서, 범인의 윤곽을 작성해 나간다. 수사를 통해 떠오른 단편적인 사실들을 검증하면서, 직소 퍼즐의 조각을 짜 맞추는 **프로파일링**은 그들의 전문 분야이다.

심리분석팀이 작성한 범인상은, 수사해야 할 인물의 방향성을 검토하는 하나의 지표가 된다. 형사들의 기억을 자극하여, 그들이 이전에 신경 쓰지 못하였던 사소한 사실을 깨닫기도 한다. 또한 탐문 조사 중에 형사의 감을 발동해 요주의 인물이 부상하고, 범인까지 이어지는 경우도 있다.

살인 사건의 물적 증거와 특수경찰

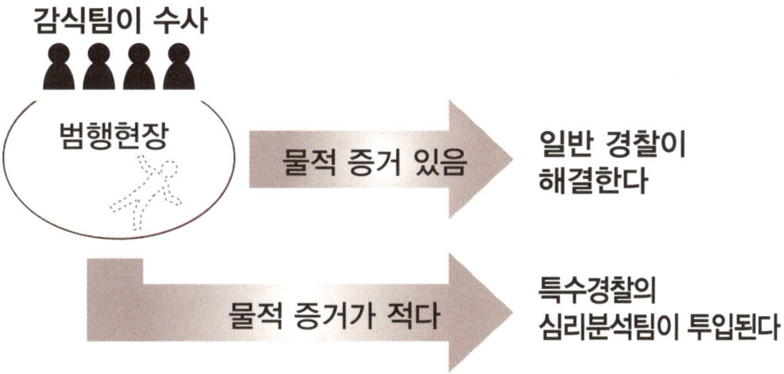
감식팀이 수사
범행현장
물적 증거 있음
일반 경찰이
해결한다
물적 증거가 적다
특수경찰의
심리분석팀이 투입된다

심리분석팀의 임무

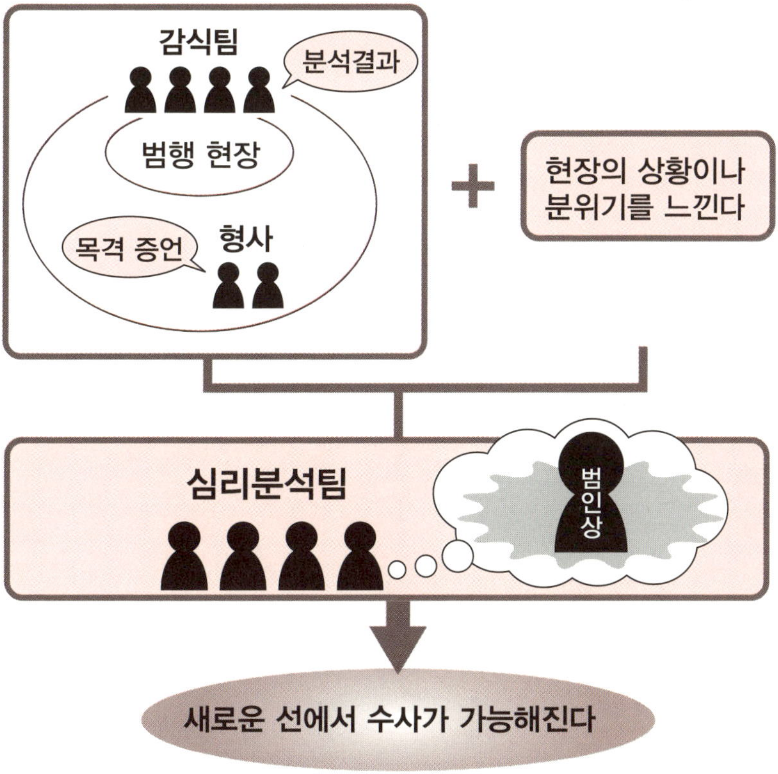
감식팀
분석결과
범행 현장
목격 증언
형사
현장의 상황이나
분위기를 느낀다
심리분석팀
범인상
새로운 선에서 수사가 가능해진다

원포인트 잡학상식

심리분석팀은 범인상이 떠오를 때까지 몇 시간이고 회의실에 모여서 브레인스토밍을 계속한다.

No.008

사이버 범죄를 해결한다

흉악 범죄의 희생자가 되는 것은 어른뿐만이 아니다. 호기심이 왕성한 어린이 역시 포식자가 노리기 쉽다. 그 중에서도 소아성애자는 익명성이 보장된 인터넷을 악용하여, 여러 가지 덫을 놓고 어린이들이 걸려들기를 기다리고 있다.

● 소아성애자를 적발한다

인터넷에서 어린이를 노리는 흉악 범죄자 중에서는, 교활하면서 신중하게 먹이를 노리는 범죄자가 있다. 이러한 범죄자와 싸우기 위해서는 면밀한 계획과 작전이 반드시 필요하다. 예를 들자면, 특수경찰의 수사관은 어린이 역할을 하면서 포식자를 끌어 들이는 「함정수사」를 한다. 인터넷 공간에서 포식자를 특정하여, 현실세계로 끌어내서 체포하는 효과적인 방법이다.

그러나 함정수사는 위험이 따른다. 그 이유는, **포식자**는 자신의 정체를 밝히지 않고도 어디서나 어린이를 노릴 수 있기 때문이다. 즉, 상대방이 사법권이 미치는 범위 내에 생활하고 있지 않을 수도 있다. 또한, 수사 중에 수사관의 정체가 들켜버려서 보복공격을 받을 위험성이 단번에 높아지기도 한다.

함정수사는, 수사관이 어린이 역할을 하면서 포식자의 주의를 끄는 것부터 시작된다. 매우 호기심이 강한 어린이를, 마치 실제로 존재하는 것처럼 연기한다. 영화나 소설의 인물 설정을 만드는 것처럼 매우 자세한 프로필을 준비하여, 얼굴 사진을 메시지와 같이 게시판에 등록하고 포식자와의 접촉을 시도한다.

접촉이 있었을 때는 상대방의 페이스나 속을 떠보며, 대화에 맞춰 상대한다. 어린이라는 것을 믿게 만드는 것이야 말로, 상대방이 경계심을 없애고 여러 가지 단서를 남기게 만든다. 그 후, 외설적인 말이나 사진을 보내달라고 요구한다. 이것은 전부 증거물이 되기 때문에 매우 중요한 부분이다.

또한, 수사단계에서 위법 행위가 없었다는 것을 증명하기 위해 모든 인터넷 접속기록과 대화를 증거로서 기록해 놓는다. 그 중에서도 가장 중요한 것은, 특수경찰의 세련된 대화 기술이다. 구체적인 방법을 밝힐 수는 없지만, 상대방이 자신의 의지로 외설적인 행위를 한 증거를 얻기 위해서 포식자와 다양한 대화를 나눈다.

포식자를 끌어 들이는「함정수사」의 위험성

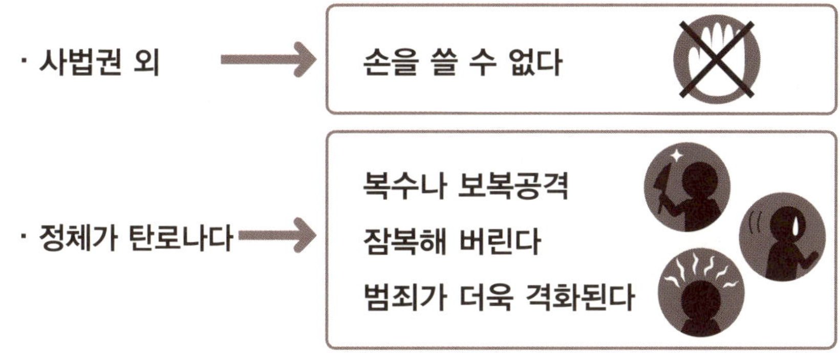
· 사법권 외
손을 쓸 수 없다
· 정체가 탄로나다
복수나 보복공격
잠복해 버린다
범죄가 더욱 격화된다

포식자를 노리는「함정수사」

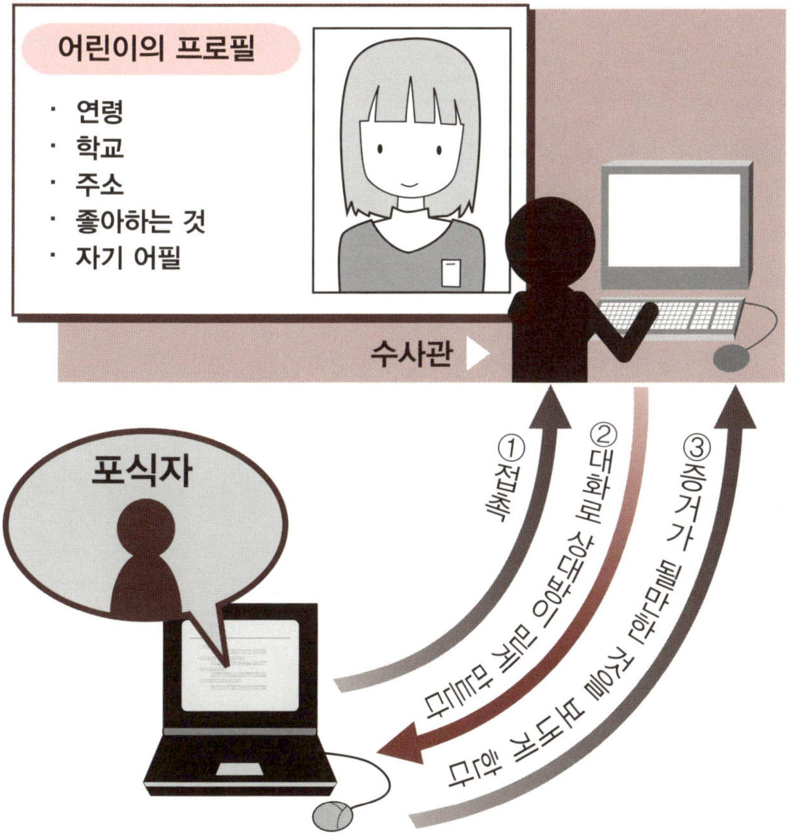
어린이의 프로필
· 연령
· 학교
· 주소
· 좋아하는 것
· 자기 어필
수사관
포식자
①접촉
②대화로 상대방이 믿게 만든다
③증거가 될만한 것을 보내게 한다

원포인트 잡학상식

사이버 범죄를 다루는 담당자로는, 소년범죄를 많이 다루고 어린이의 말과 행동이나 마음을 충실하게 재현할 수 있는 수사관을 기용한다.

No.009

폭파 사건을 해결한다

목표로 삼은 상대를 확실하게 살상하기 위해 폭탄이 사용된다. 편지나 소포를 사용하면 자신의 손을 더럽히는 일 없이 목적을 이룰 수 있다. 이런 비겁한 수단으로 보내지는 폭탄을 해체 처리하고, 남은 부품을 바탕으로 특수경찰은 범인을 특정 짓는다.

● 폭탄으로 폭탄범의 심리를 분석한다

드라마에서 묘사되는 폭탄 사건은 매우 공상적인 스토리이다. 예를 들면, 폭탄범은 자신의 재능을 과시하듯이 **전자회로**나 **전선**이 복잡하게 얽힌 특제 폭탄을 제조한다. 설치된 폭탄은 드라마의 전개상, 주인공이 해체를 하고 「폭파 몇 초 전」에서 기폭 타이머가 정지한다. 그렇지 않다면, 주인공은 폭탄을 안고 안전한 장소까지 뛰어가서 폭탄을 던져버려서 폭파시킨다.

현실의 폭탄사건에서는, 특수한 훈련을 거듭한 폭발물 해체처리팀이 임무를 맡는다. 실제로 사용되는 대부분의 폭탄은 조잡한 수제 폭탄으로, 언제 폭발할지 모른다. 드라마와 같은 복잡한 전기 회로가 들어간 폭탄도 존재하지만, 이러한 회로가 사용될 가능성은 낮다. 폭탄을 확실하게 폭파시키기 위하여 기폭회로를 단순하게 만들기 때문이다.

대규모 무차별 테러 공격을 제외하고, 특정한 상대를 노리는 폭탄은 편지나 소포와 같은 우편물로 보내진다. 목표로 정한 상대에게 확실하게 폭탄이 전달되는 효과적인 방법이기 때문이다. 그리고 실제로 대부분의 폭탄은 개봉 중에 발견된다.

폭발물 해체처리팀은 출동하게 되면 **방폭복**防爆服을 착용한다. 현장의 보안처리를 하고 폭탄의 형태나 기폭회로를 신중하게 조사한다. 이 조사를 토대로 그 장소에서 바로 해체할 것인지, 안전하게 기폭회로만을 파괴할 것인지, 안전한 장소까지 옮길 것인지, 어떠한 방법을 사용할 것인지를 결정한다.

해체 후, 혹은 폭파 후에는 부품을 모아서 폭탄을 복원하는 것과 동시에, 심리분석팀과 함께 폭탄을 만든 사람의 프로파일링을 개시한다. 폭탄은 음악이나 조각과 마찬가지로 사람이 만든 「물건」이다. 전선의 용접 요령이나 묶는 방법에는, 만든 사람의 성격이나 심리 상태가 짙게 반영된다. 흔적을 되짚어 보는 것으로 폭파범의 인물상을 반드시 알아낼 수 있다.

현실과 픽션에서 폭탄의 차이점

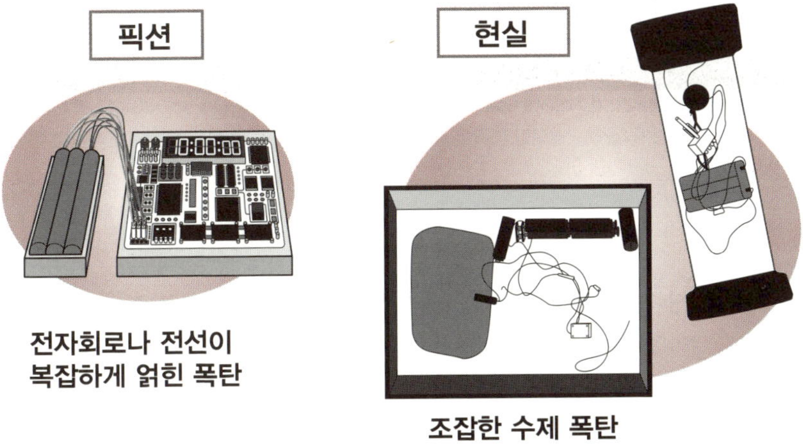
픽션
10:00:00
전자회로나 전선이
복잡하게 얽힌 폭탄
현실
조잡한 수제 폭탄

폭탄 발견 후의 행동

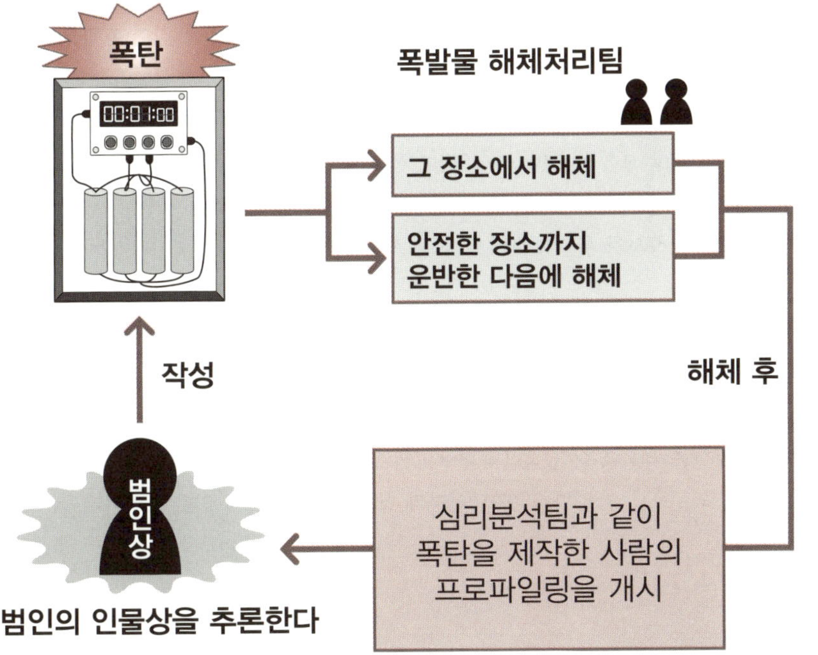
폭탄
00:01:00
폭발물 해체처리팀
그 장소에서 해체
안전한 장소까지
운반한 다음에 해체
해체 후
심리분석팀과 같이
폭탄을 제작한 사람의
프로파일링을 개시
작성
범인상
범인의 인물상을 추론한다

원포인트 잡학상식

수제 폭탄의 기폭회로에는, 영화나 소설에서 자주 등장하는 「파란 전선과 빨간 전선」은 존재하지 않는다.

No.010

암살 사건을 해결한다

지명도가 높은 인물은 자기 정체성이 낮은 상대에게 표적이 되기 쉽다. 암살에 성공하게 되면, 자기 자신이 각광을 받기 때문이다. 특수경찰은 이러한 이기적인 동기로 일어나는 암살 행위를 미연에 방지하는 임무도 맡는다.

● 표적이 된다고 생각을 하는 한, 반드시 노리는 자가 있다

한 미국 대통령은 예전에, 「테러리스트가 진짜로 나를 노린다면, 더 이상 막을 방법이 없다」라고 말하였다. 이 말은 1981년 워싱턴에서 일어난 레이건 대통령 암살미수 사건으로 현실이 되었다. 이 사건에서는, 암살자의 권총에서 2초 안에 6발의 탄약이 발사되었다.

이러한 사건을 눈 앞에서 보게 되면 지명도가 높은 인물일수록 공포심이 싹터서, 「언제 어디서 나를 노리고 있는지 알 수 없다」「누군가가 나를 노리고 있다면 절대로 막을 수 없다」라는 생각에 빠질 수 밖에 없다. 드라마의 세계에서도, 암살자는 「이상을 실현시키기 위하여, 죽음을 두려워하지 않는 자」로 묘사된다. 그러나 실제 암살자는 픽션에서 묘사되는 것과는 다르게, 열렬한 팬이거나 자기 정체성을 추구하기 위하여 지명도가 높은 사람을 노리는 경향이 높다.

지명도가 높은 인물은 정치가에서 문화인까지 매우 다양하다. 이러한 저명인의 육체적, 정신적 안전 확보를 위하여, 특수경찰에서도 **대상자 경호팀**이 임무를 담당한다. 팀은 임무 별로 조를 구성하여 행동한다. 대상자의 주위는 **신변경호조**가 지킨다. 대상자와 같이 행동하며, 대상자가 위험에 처해질 때는 신속히 안전한 장소로 피신시키는 일이 그들의 임무이다.

대상자의 하루 일정에 맞춰 이동할 곳에 먼저 도착해 관계자와의 조절을 마치고 위험구역을 조사하는 전진조와, 저택이나 숙박 장소인 호텔의 경비를 담당하는 **주거감시조**도 있다. 또한, 수상한 전화나 부적절한 우편물을 분석하여 위험 인물을 알아내거나, 말과 행동의 패턴을 파악하기 위해 심리분석팀이 후방지원을 하는 경우도 있다. 이러한 배려는 전부, 「이 목표는 노릴 수 없다」라고 암살자가 생각하도록 만들기 위한 조치이다.

대상자 경호팀의 임무

- 대상자와 같이 행동한다
- 대상자가 위험에 처할 경우에는 신속하게 안전한 장소로 대피시킨다

※범인을 체포하는 것보다, 대상자의 안전을 확보하는 것을 가장 우선시한다.

대상자 경호팀의 움직임

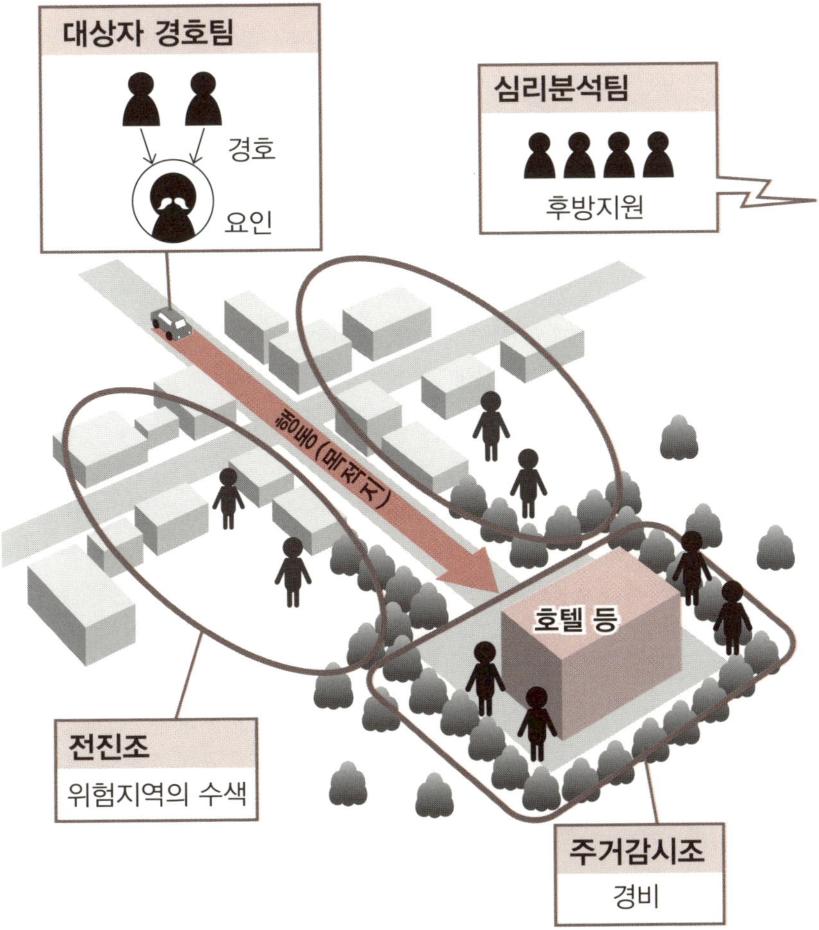

대상자 경호팀
경호
요인
심리분석팀
후방지원
이동(목적지)
호텔 등
전진조
위험지역의 수색
주거감시조
경비

원포인트 잡학상식

보디 가드는「몸을 던져서 대상자를 보호한다」라는 이미지가 강하지만, 이것은 헐리우드 영화의 사고법이다.

No.011

거짓말을 간파하여 사건을 해결한다

점거, 유괴, 살인, 폭파와 같은 범죄를 저지른 흉악 범죄자를 체포하더라도 그것만으로 사건이 해결되었다고는 할 수 없다. 법의 심판을 받게 하기 위해서는 저지른 죄를 자백 받아야만 한다. 이 때, 심문의 프로가 범인을 동요시켜 자백을 유도한다.

● 프로 심문관이 사건 해결을 마무리짓는다

어떠한 범죄에서도, 증거와 자백에 의한 뒷받침이 없다면 범죄 자체가 성립되기는 쉽지 않다. DNA로 대표되는 결정적인 물적 증거가 현장에서 채취되어 명백하게 사건에 관여가 의심되는 용의자라 하더라도, 상대방이 범행을 계속 부인한다면 재판에서 유죄판결이 내려지지 않는 경우가 있다.

또한, 의심이 간다는 것만으로 상대방을 처벌하는 것도 어렵다. 범행을 저지른 흉악 범죄자를 심문할 때에는, 상대방이 스스로의 의지로 범행을 자백하고 범인만이 알 수 있는 여러 가지 정보를 털어놓도록 하는 것이 반드시 필요하다. 이러한 역할을 담당하는 것이 심문관이며, 「**클로저***」란 별명으로 부르기도 한다.

클로저라는 별명은 사건을 종결한다는 데에서 유래된 것이다. 심문관은 수사선상에 용의자로 떠오른 상대방을 사정 청취하여, 범행을 저질렀을 가능성이 높은 상대를 점 찍어 둔다. 주위의 증언이나 증거를 토대로, 확실하게 범행을 저질렀다고 단언할 수 있을 경우에만 상대방을 심문한다.

영화나 소설의 세계에서는 고압적인 심문이 자주 등장한다. 어두컴컴한 심문실에 앉아있는 상대의 얼굴에 등불을 비추고, 자백을 강요하는 방법은 매우 유명하다. 이 외에도 「나쁜 심문관과 좋은 심문관」 방식도 등장한다. 심문관 한 사람이 노려보면서 자백을 강요하는 한 편에서, 또 한 명의 심문관이 도발적인 언동을 사과하고 상대방이 자신을 잘 이해하는 사람이라고 생각하게 만드는 방법이다.

아쉽게도 이러한 방법은 효과가 없다. 특히 범행을 부인하는 경우에는, 상대방을 몰아세우게 되어 거짓말에 거짓말을 보태서 진술을 하게 만들 가능성이 있다. 흉악 범죄를 일으킨 사람이라도 나름대로의 동기와 목적이 있다. 이러한 점을 이해하여, 프로 심문관은 범행을 저지르게 된 상대방의 기분을 이해하려고 노력한다. 「죄는 미워해도 사람은 미워하지 말라」라는 부드러운 대응이야 말로, 상대방의 닫혀진 마음을 열고 자백을 하게 만들어 사건을 해결하는 열쇠이다.

* 야구의 마무리 투수를 의미.

클로저의 임무

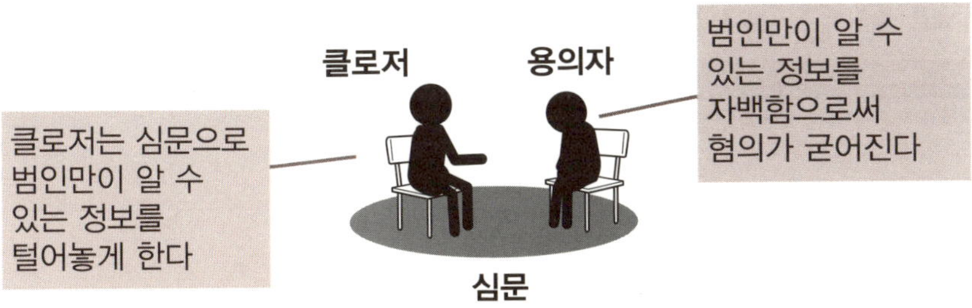
클로저
용의자
클로저는 심문으로 범인만이 알 수 있는 정보를 털어놓게 한다
범인만이 알 수 있는 정보를 자백함으로써 혐의가 굳어진다
심문

픽션에서의 심문

유명한 심문 장면

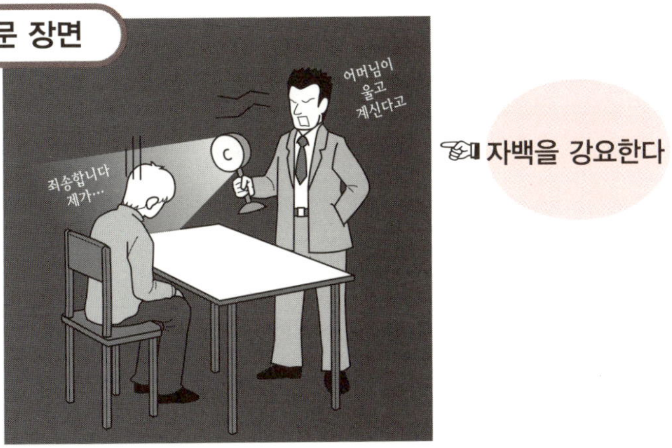
어머님이 울고 계신다고
죄송합니다 제가…
자백을 강요한다

나쁜 심문관과 좋은 심문관

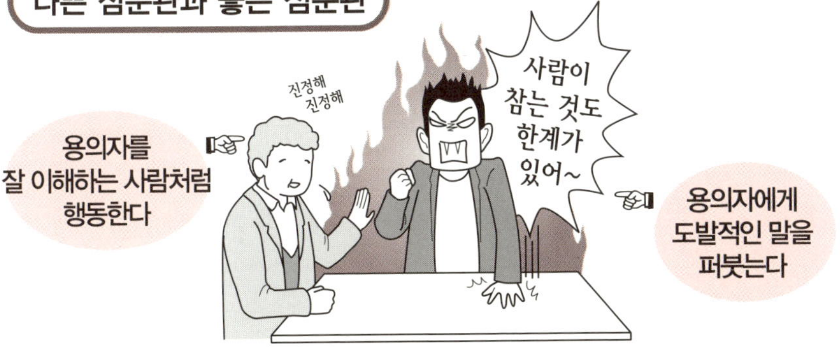
진정해 진정해
사람이 참는 것도 한계가 있어~
용의자를 잘 이해하는 사람처럼 행동한다
용의자에게 도발적인 말을 퍼붓는다

원포인트 잡학상식

심문관이 양성과정에서 배우는 항목들에는 「자신의 인격이야말로, 심문에 크나큰 영향을 끼친다」 라는 철학이 존재한다.

No.012

특수경찰과 군 특수부대의 차이점

특수경찰은 드라마와 같은 총격전은 좋아하지 않는다. 사살을 전제로 한 작전행동이 특기인 군 특수부대와는 다르다. 상대방을 체포하고 범행의 동기와 목적을 밝혀내 재범이나 유사 범죄를 막는 것이 임무이기 때문이다.

●「사살보다는 체포」를 하기 위해선 탁월한 능력이 필요하다

상대방을 사살하는가, 아니면 체포하는가?

특수경찰에서 언제나 논의되는 사항이다. 총기를 사용하는, 예를 들면 인질 사건에 출동하는 전술팀에 있어서는 커다란 문제가 된다. 총기의 사용에 있어서는, 「어떠한 상황에서 발포를 하여도 좋은가」라는 명확한 지표(경찰본부가 정한 화기사용 방침)를 준수할 필요가 있기 때문이다.

범인에게 발포하여 상대방이 부상을 입은 경우에는, 「발포가 정당성이 있는 행동이었는가 아니었는가」에 대해서 내부조사반이나 내부감식반이 조사를 한다. 따라서 특수경찰이라 하더라도 드라마와 같이 가볍게 발포를 할 수는 없다. 인질 구출이나 마약 압수 작전에서는 흉악 범죄자들이 숨어있는 가옥에 돌입하여 문을 열고 복도나 방을 돌아다니면서, 정신적으로 궁지에 몰린 범인이나 증거인멸을 하려 하는 마약 매매인들과 대적한다. 이런 상황에서도 누군가가 절박한 위험에 처하지 않은 경우에 발포를 하는 것은 부적절하다고 여기어진다. 법 집행이란, 흉악 범죄자를 체포하여 법의 심판을 받게 하는 것이다.

한편 군 특수부대에는 이러한 배려가 없이, 사살을 전제로 행동한다. 예를 들면 영국군의 모 특수부대는, 「확인 사살팀」이라는 별명으로 불린다. 다른 대원이 쏴서 쓰러트린 테러리스트의 앞을 통과할 때, 사망을 확인하기 위하여 쓰러진 테러리스트에게 총탄을 박아 넣는 것에서 유래가 되었다.

특수경찰은 범인을 체포하는 것이 원칙이다. 따라서 「**한 방울의 피도 흘리지 않고 해결한다**」라는 것을 좌우명으로 삼고 있다. 체포라는 임무는 사살보다 더 고도의 기량을 필요로 한다. 그렇다고 하더라도, 인질이나 주변 사람들에게 위해가 가해지는 최악의 경우에는 생각을 바꾼다. 「범인의 사살도 불사한다」라는 의지를 가지고, 주저하지 않고 방아쇠를 당긴다. 소프트한 전략과 하드한 전략을 같이 사용하는 것이 특수경찰의 강점이라 할 수 있다.

특수경찰과 특수부대

●특수부대

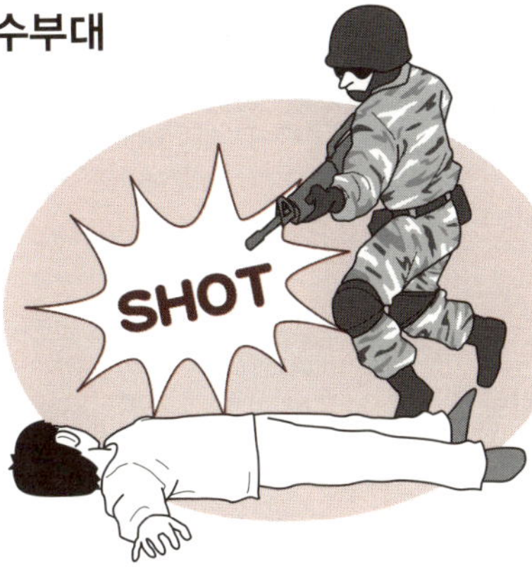
SHOT

「확인 사살팀」
범인의 숨통을 완전히
끊으면서 전진한다

●특수경찰

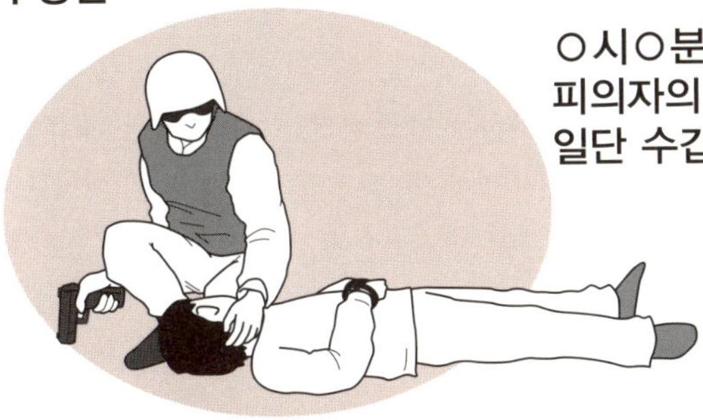

○시○분 피의자 확보
피의자의 생사에 관계없이
일단 수갑을 채운다

특수경찰의 원칙

소프트한 측면	한 방울의 피도 흘리지 않고 사건을 해결한다
하드한 측면	인질이나 주변에 위해가 가해지는 최악의 경우에는 범인의 사살도 불사한다

원포인트 잡학상식

이라크 주둔 미군의 경우, 민간인이 생활하는 시가지에서의 작전이 많기 때문에 특수경찰의 전술을 활용하는 경우가 있다.

No.013

범인을 사살해도 되는가?

영화나 소설에서는 흉악 범죄자와의 총격전이 그려진다. 오락성을 추구하는데 있어서는 어쩔 수 없는 전개이다. 그러나 실제로는 총기의 사용이 제한되기에, 단 한번도 발포하지 않고 퇴직하는 수사관도 수없이 많이 존재한다.

● 사람을 쏘고 싶지 않다, 라는 게 진심

인질교섭팀이나 심리분석팀에 소속되면 총기를 사용할 기회는 줄어든다. 대상자 경호팀이나 전술팀과 같이 흉악 범죄자와 부딪히는 장소에 있다 하더라도, 총기를 발포하는 것은 망설여진다. 범인이 눈치채지 못하도록 조준을 하는 저격팀이라 하더라도 살인에 대한 거부감은 강해, 드라마와 같은 일방적인 사살을 원하는 사람은 없다.

특수경찰의 임무는 「**범인 체포**」이다. 자신이 죄를 속죄하게 만들고, 법의 심판을 받게 하기 위해 존재한다고 생각하는 수사관이 많다. 자신의 몸을 보호하기 위하여, 혹은 인질의 목숨을 지키기 위하여 특수경찰에서는 발포 훈련을 반복하지만 「상대방의 움직임을 막는다」라는 목적이다. 물론 상대방이 맨손이라면 발포는 어렵다. 이러한 상황의 판단 기준은, 앞뒤를 생각하지 않고 상대를 사살하여 위협을 제거한다는 군 특수부대와는 많이 다르다.

직무상, 자신의 감정을 억누르고 순간적으로 발포를 해야만 하는 경우도 있다. 이 때문에, 안 보이는 곳에서 튀어 나오는 사진 표적을 파악하는 습관을 들인다. 도검류나 총기를 소지하고 있으면, 경고를 한 뒤에 주저하지 않고 발포한다.

이러한 조건이 붙은 훈련을 계속하는 것으로, 「근육의 기억」이 완성되어 간다. 현장의 긴박한 상황에서도 무의식적으로 신체가 반응한다. 그러나 실제로 발포를 하면, 여러 가지 마음의 문제가 생긴다. 사살한 상대의 가족구성이나 성장한 환경을 알면 알수록, 죄악감을 느끼게 되는 경우가 있다.

그래서 특수경찰에서는, 총기를 발포하여 상대를 사살한 수사관에게 정신과 의사나 카운슬러의 진찰을 받게 하는 규칙이 있다. 심리 전문가를 배치하고, 조사관의 정신상태를 파악하기 위해 일정기간 직무를 같이 하는 팀도 있다. 인간을 쏜다는 것은, 이 정도로 어려운 일이다.

특수경찰의 발포

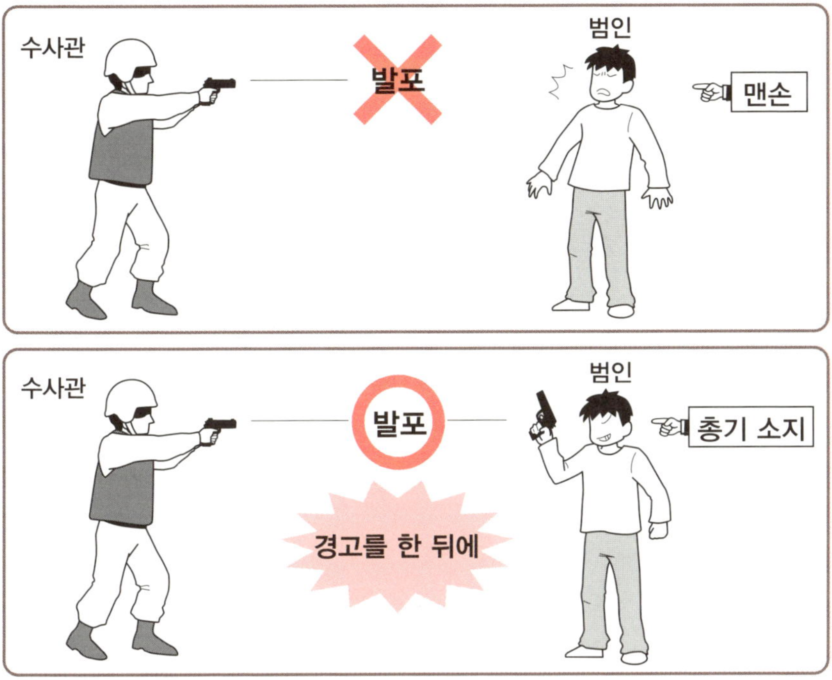
수사관
범인
발포
맨손
수사관
범인
발포
총기 소지
경고를 한 뒤에

※특수경찰에서는 원칙적으로 맨손인 범인을 상대로 발포가 인정되지 않는다.

사격 훈련의 반복 연습

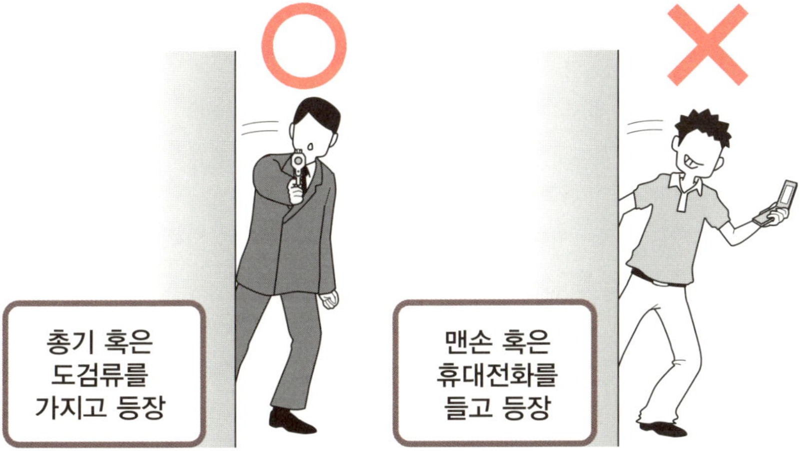
총기 혹은
도검류를
가지고 등장
맨손 혹은
휴대전화를
들고 등장

원포인트 잡학상식

미국의 경찰에서는, 정신과 의사가 발포한 수사관과 며칠을 동행하며 직장 복귀를 판단하는 경우도 있다.

No.014

세계의 특수경찰

『S.W.A.T. 특수기동대』 『사선에서』 『네고시에이터』 와 같은 해외의 픽션 작품에는 실제로 존재하는 특수경찰이 등장한다. 전부 다 세계 최고 수준의 특수경찰이다. 그러나 어느 부대가 최강인가는 판단할 수 없다.

● 지역성에 따라 특수경찰은 변화한다

특수경찰의 편성이나 장비는 지역에 따라 다르다. 국가의 정세나 지역 환경에 따라서, 특수경찰의 존재 방식과 임무가 다르기 때문이다. 예를 들어, 유럽 각국과 중남미의 특수경찰을 비교해보면 「마약」이라는 문제에 부딪치게 된다. 유럽은 주로 소비국이고, 중남미는 생산국이다.

국익과 정책의 일환으로써 유럽의 특수경찰은 현지에 파견되어, 최신예 기재와 전술을 중남미 동맹국의 특수경찰에게 제공하는 경우도 있다. 그렇다고 하더라도 현지에서 이러한 최첨단 기재가 효과를 발휘하는 경우는 많지 않다. 최첨단 장비에 기대지 않더라도 일상 생활에서 얻은 경험을 살리는 쪽이 싸움을 더욱 유리한 방향으로 끌고 갈 수 있기 때문이다.

밀림지대에 숨어있는 마약 조직의 약물 정제시설을 발견하는 기술은, 그 땅에서 생활하면서 얻은 경험이 힌트를 준다. 기관총이나 수류탄으로 무장한 상대를 적으로 맞이하더라도, 신속하게 대응이 가능하다.

그렇지만 콘크리트 정글에서는 입장이 뒤바뀐다. 고요한 심야나 사고능력이 저하되기 마련인 새벽에 마약 상인의 은신처를 급습하는 기술은 유럽의 특수경찰이 더 뛰어나다. 총탄 한 발 발사하는 일 없이, 저항할 틈도 주지 않고 전술팀은 순식간에 마약을 압수한다.

또한 유럽의 특수경찰과 미국의 특수경찰도 차이가 있다. 유럽에서는 당사자들이 그 상황에 적절한 판단을 내려 행동을 하는 사고방식이 강하지만, 미국에서는 명령 지휘계통을 일원화 시키는 풍조가 있다. **전술팀**의 **돌입요령**에는, 이러한 생각이 현저하게 드러나 있다. 미국의 전술팀은 돌입할 때, 사전에 순서를 정하는 경우가 많다. 「최초로 실내에 진입한 대원은 오른쪽을 전개한다. 두 번째로 진입한 대원은 왼쪽」 과 같은 방식으로, 면밀한 사전연습을 반복한다. 이 점에 있어서, 유럽에서는 「첫 번째 진입자가 오른쪽으로 간다면, 두 번째는 왼쪽」과 같은 단순한 발상으로 행동하는 경우가 많다.

유럽의 특수경찰과 중남미의 특수경찰

유럽	지역	중남미
소비국	마약	생산국
콘크리트 정글	무대	밀림지대
최첨단 기재와 세련된 전술	특수경찰	일상생활에서 얻은 경험
총탄을 한 발도 발포하지 않고 은신처를 제압 가능하다	특색	무기로 무장을 한 상대라도 신속하게 대응이 가능하다

미국과 유럽 특수경찰의 차이

미국

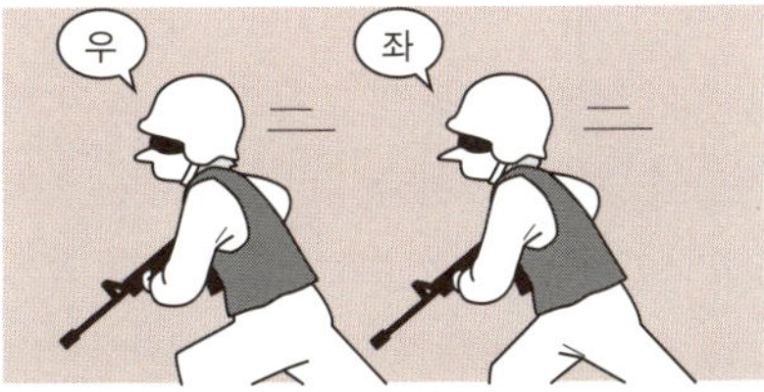
우
좌

첫 번째는 오른쪽!
두 번째는 왼쪽!
지휘계통을 일원화시켜,
몇 번이고
사전연습을 한다

유럽

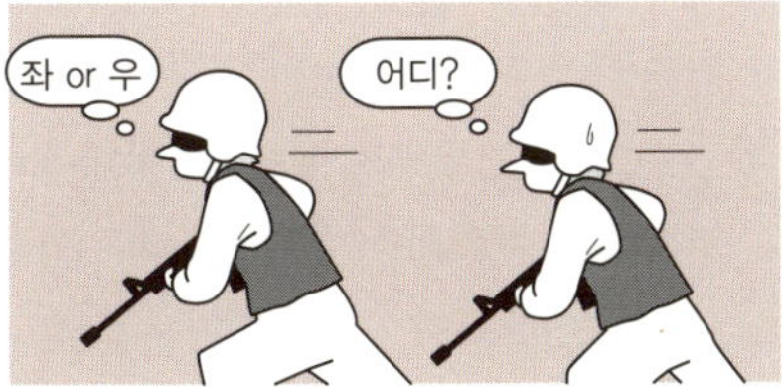
좌 or 우
어디?

첫 번째가
오른쪽이라면
두 번째는 왼쪽으로
당사자가 그 자리에서
판단하여 행동한다

원포인트 잡학상식

유럽과 미국의 특수경찰이 합동작전을 전개할 때는 돌입요령이 다르기 때문에 담당구역을 확실히 구분하여 혼란을 막는다.

No.015

일본의 특수경찰

최근 일본에서도 여성과 어린이를 노린 비정상 쾌락살인이 일상화 되고 있을 뿐만 아니라, 여러 국적을 가진 상대에 의한 흉악사건도 횡행하기 시작하였다. 이러한 위협에 대하여, 일본의 특수경찰은 어떻게 대응하고 있을까?

● 범인의 정에 의지해온 일본의 특수경찰

국가의 정세나 환경, 국민 감정에 의해 특수경찰의 모습과 성격도 변화한다. 이것은 일본 역시 예외가 아니다. 서구권의 특수경찰과 같은 논리적이고 무미건조한 사고보다, 일본인의 경우는 인정을 중요하게 여기는 사고 방식을 더 좋아하는 경향이 강하다. 과거에 발생한 흉악 범죄를 분석해 보아도 동기나 목적에는 정서적인 요인, 예를 들면 질투나 증오와 같은 감정이 뿌리 깊게 깔려있는 경우가 많았다.

그러나 국제화가 진행됨에 따라, 일본인의 의식에는 변화가 일어났다. 미국을 동경하는 풍조가 만연하면서 정서적인 사고에서 벗어나 논리적 사고로 바꾸려 하였다. 그 대가로 마음의 병을 앓게 되었다. 가치관만을 조장한 결과, 자신의 감정을 솔직히 표현할 수 없게 되었다. 이렇게 마음속에서 터져 나오는 절규에서, 대량살인이나 연쇄살인으로 자신을 표현하는 비뚤어진 사람이 나오게 되었다.

또한 가치관이 상이한 외국인이 국내에서 문제를 일으키기 시작한 것도 큰 문제라 할 수 있다. 범죄를 저지르는 사람이 소수라지만, 무장을 하고 돈을 강탈하기 위해 지갑을 빼앗는 것에 그치지 않고, 살인마저 서슴지 않고 저지른다.

일본의 상식이 통용되지 않는 상대에게는, 일반적인 수사는 통하지 않는다. 지금까지의 수사 방법이나 쌓아온 경험으로 해결하기 어려운 흉악 범죄가 눈에 띄게 증가하고 있다. 일본인 특유의 사고 패턴이나 감정에 기초한 수사 방법에도 한계가 있다.

이러한 상황을 고려하여, 현재 특수경찰의 각 팀에서는 국제화에 맞추어 방향성의 수정과 훈련을 거듭하고 있다. 서구 각국의 협력을 받으면서 재구성을 하고 있는 것이다. 예를 들면, 테러 사안에 출동하는 경찰청 관할하의 **특수급습부대**(Special Assault Team 〈SAT〉)가 대표적인 존재이고, 이 외에도 범인의 투항을 종용하는 **설득교섭관**의 육성 역시 전국 규모로 시작하고 있다.

일본에서 일어나는 범죄 경향의 변화

범죄의 동기

질투나 증오가 중심이 된 원한

↓

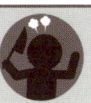

외부 요인: 외국인 문제와 국제화

내부 요인: 정서적인 사고에서 탈피하면서 생긴 마음의 병

↓

새로운 동기와 사건

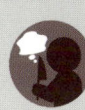

마음의 절규에 따른 무차별살인

가치관의 차이에 의한 흉악살인

특수경찰의 변화

테러 사안	SAT(특수급습부대) 창설
흉악범 증가	SIT(특수조사반) 창설
범인 투항	설득교섭관 육성

원포인트 잡학상식

특수급습부대는 서구권의 지원을 받고 있지만, 창설할 당시에는 이러한 노하우를 일본내 실정에 맞춰 활용하기 위해 고생했다.

No.016

사무 작업이 범인을 체포한다

흉악 범죄자를 추적하기 위해 최전선에서 활동하는 특수경찰의 모습이 드라마에서 자주 묘사된다. 그러나 실제로는, 정기적으로 서류를 정리하고 보고서를 제출하며 시시한 사무 작업을 하는 경우도 매우 많다.

● 수사에 새로운 단서를 제공하는 보고서 정리

근무일지나 **보고서**를 작성하는 일은, 특수경찰의 어느 팀에 소속이 되어있다 하더라도 피할 수 없다. 아무리 사격 솜씨가 대단하더라도, 수사의 감이 뛰어나더라도, 뛰어난 인질 교섭 능력을 가지고 있다 하더라도, 서면으로 정확한 보고서를 작성하는 능력을 갖추고 있지 않다면 제대로 된 특수경찰로 인정받지 못한다.

보고서는 체포한 흉악 범죄자의 죄를 검찰이 법정에서 추궁하기 위해서 반드시 필요한 기본적인 자료이다. 보고서에 모순점이 존재한다면, 힘들게 체포한 범인의 죄가 경감되어 증거 불충분으로 석방되는 일이 벌어질 수도 있다. 그렇기 때문에 유능한 수사관일수록, 보고서를 매우 상세하게 작성하게 된다.

유죄를 확정할 물적 증거를 가지고 있더라도, 입수한 방법이나 경위 등 세부적인 사항의 정보가 필요하다. 기억을 해두는 것만으로는 어려운데다, 시간이 지날수록 불명확해진다. 이런 불안정한 요소는 법정에서 불리하게 작용된다. 피고의 변호인이 모순점을 지적하는 일이 없도록, 그 자리에서 세부사항을 기록할 필요가 있다.

또한 사건의 흐름을 기록으로 남겨두는 것은, 사건을 해결할 수 있는 특효약이 되는 경우가 많이 있다. 특수경찰에서는 여러 전문 분야에서 파견된 수사관이 각각의 독자적인 시점으로 사건을 해결하려 한다. 수사회의에서 모두에게 똑같은 정보를 제시하게 되면 각각 입수할 수 있는 정보가 더욱 정확해진다. 이에 따라, 각 분야에서 소유한 정보의 오차가 적은 상황에서 여러 방면으로 사건의 진상에 가까워 질 수 있다.

현장에서 일에 몰두 하고 있을 때는 시야가 좁아지기 마련이다. 이럴 때 보고서로 정리를 해본다. 그러면 지금까지 깨닫지 못하였던 범인의 말과 행동 패턴에 대해 확실하게 파악되는 경우가 있다. 아무런 관심을 두지 않았던 사소한 항목이 클로즈업되어서 유력한 단서가 되어 사건을 해결하는 경우도, 실제로 수없이 많이 일어나고 있다.

범인을 심판하기 위한 중요한 보고서

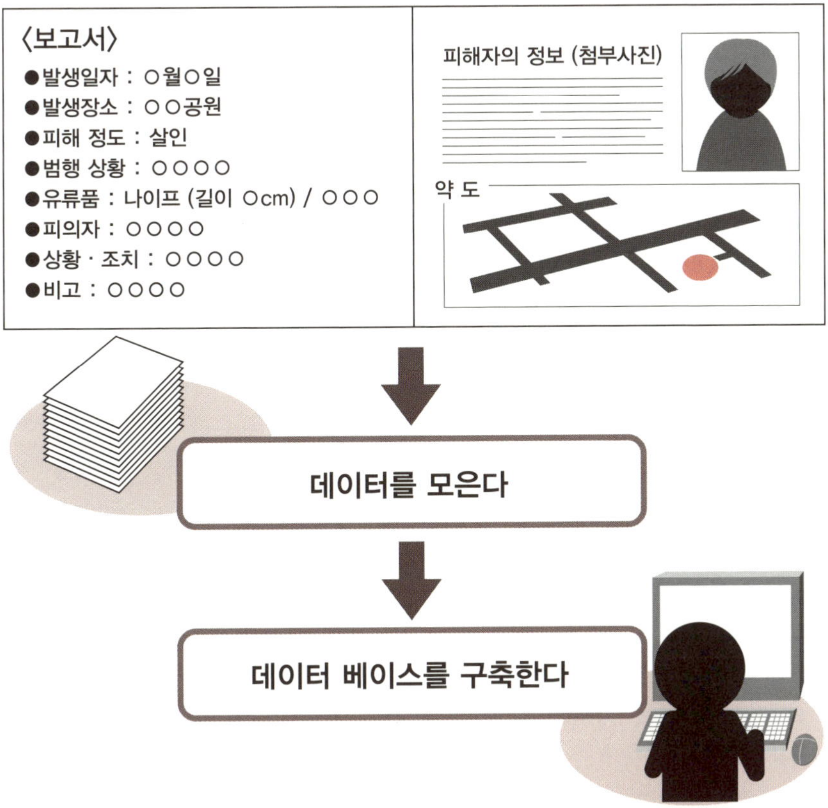
〈보고서〉
●발생일자 : ○월○일
●발생장소 : ○○공원
●피해 정도 : 살인
●범행 상황 : ○○○○
●유류품 : 나이프 (길이 ○cm) / ○○○
●피의자 : ○○○○
●상황 · 조치 : ○○○○
●비고 : ○○○○
피해자의 정보 (첨부사진)
약 도
데이터를 모은다
데이터 베이스를 구축한다

보고서가 수사에 다른 관점을 제공한다

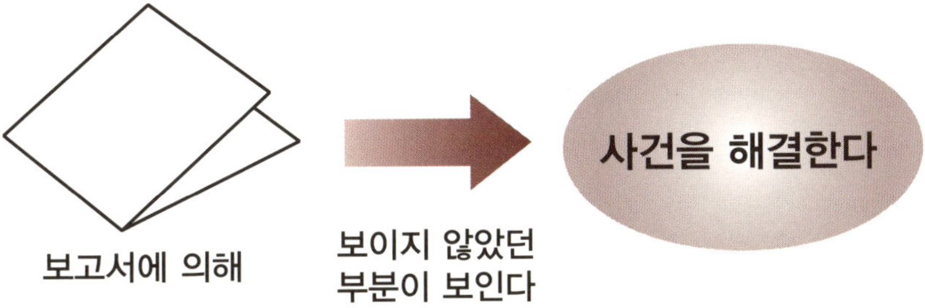
사건을 해결한다
보고서에 의해
보이지 않았던
부분이 보인다

원포인트 잡학상식

법정에서 증언을 요구하는 경우가 많기 때문에, 수사관은 기억이 애매해지지 않도록 모든 것을 정확하게 기록으로 남겨두는 경우가 많다.

No.017

아르바이트 특수경찰이 있다?

국가나 지역에 따라 특수경찰의 존재 방식에는 차이가 있다. 경찰이 독립하여 자치단체와 같은 기능을 하는 장소에서는, 지방으로 갈수록 예산의 한계가 발생한다. 인원 추가가 불확실하여 일반 경찰관이 특수경찰을 겸임하는 경우가 있다.

● 교통과의 경찰관도, 흉악사건 시에는 기관단총으로 무장한다

일본의 경찰조직을 전체적으로 살펴보면, 경찰청 산하에 도쿄 경시청을 포함한 각 도도부현都道府県* 경찰이 소속되어 있는 형식으로 되어있다. 그리고 그 안에는, 여러 특수경찰이 흉악 범죄에 대항하는 식으로 편성되어 있다.

해외에서도 지역의 환경이나 역사로 인하여 탄생한 법 집행의 수순이 존재한다. 따라서, 담당 지역이나 분담이 세분화 되어 있다. 예를 들면, 미국에는 FBI 연방수사국이 있다. FBI는 테러리스트나 스파이의 적발에서 연방법을 어긴 흉악 범죄자의 검거에까지 폭넓게 활동을 하는 탓에 지방 경찰에게 미움을 받는 경우가 많아 드라마에서는 「영역 침범자」로 자주 묘사된다. 이 외에도 학교 내의 안전을 책임지는 대학경찰, 국립 공원에서 일어나는 범죄를 단속하는 공원경찰, 교통경찰이나 관광객의 안전을 지키는 관광경찰이 있다.

이러한 경찰 중에는 당연히, 담당 지역에서 일어나는 흉악 범죄에 대응하기 위한 특수경찰이 편성되어 있다. 그러나 항상 최첨단 기재나, 최신예 무기와 장비를 착용할 수는 없다. 인원과 예산 면에서 여유가 없는 곳에서는 매일마다 훈련만 할 수도 없는 노릇이다.

그래서 일부 경찰에서는, 흉악 범죄 발생시에는 일반 수사관이 특수경찰의 임무를 겸임한다. 고속도로에서 교통위반 단속을 하던 경찰관이 현장으로 급파되어 차 트렁크에서 **기관단총**이나 **저격총**을 꺼내는 것은, 그리 보기 드문 광경이 아니다.

또한 흉악 범죄 해결에 진취적인 소규모의 경찰은, 인원 부족을 한탄하지 않고 신속하게 인근 지역의 경찰기관에 응원을 부탁한다. 해외 드라마에서 시골 지방의 살인 사건을 다룰 때, 현장에서 수사하는 경찰관들의 제복이 제각각인 경우가 있다. 이 장면은 실정을 사실적으로 그려냈다고 할 수 있다.

* 일본의 행정구역은 1도(都) 1도(道) 2부(府) 43현(県)으로 이루어져 있다. 각각 도쿄도(東京都), 홋카이도(北海道), 쿄토부(京都府)와 오사카부(大阪府) 및 그 이외의 현이다.

아르바이트 특수경찰

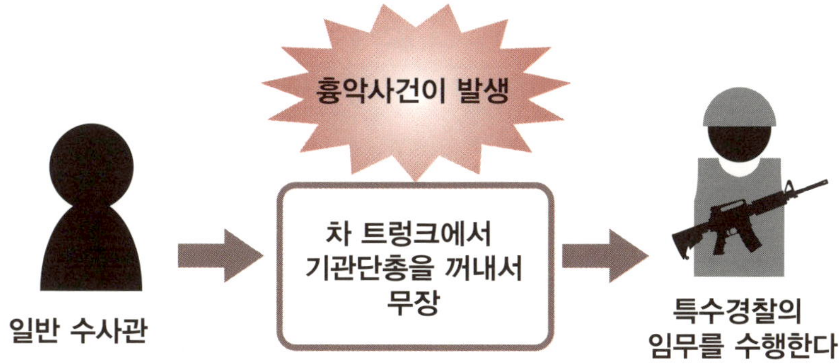
흉악사건이 발생
일반 수사관
차 트렁크에서
기관단총을 꺼내서
무장
특수경찰의
임무를 수행한다

특수급습부대(SAT)가 있는 경찰조직

특수급습부대(STA)는 전국 8개의 경찰 조직 내부에 편성되어 있다

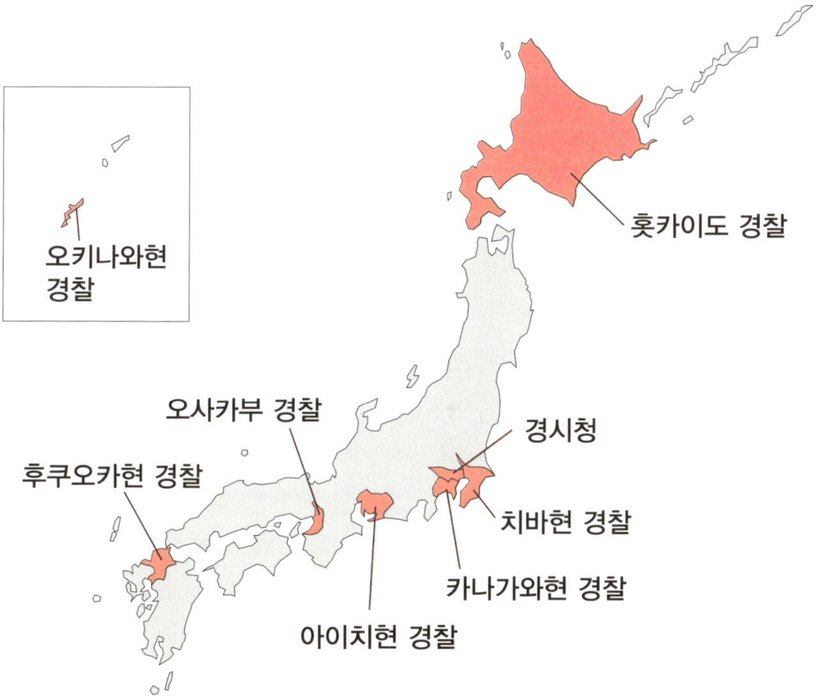
오키나와현
경찰
홋카이도 경찰
오사카부 경찰
경시청
후쿠오카현 경찰
치바현 경찰
카나가와현 경찰
아이치현 경찰

원포인트 잡학상식

미국에서도 예산이 부족한 소도시의 특수경찰에서는, 범죄자가 사용한 총기류를 합법적으로 재사용하는 경우도 있다.

No.018

임무에 적합한 성격은?

임무의 완수 여부는 지식이나 경험뿐만 아니라 수사관의 개성이 크게 영향을 미친다. 예를 들어 냉정, 침착하고 신중한 타입은 저격팀에는 적합하지만, 즉각적인 상황 판단이 요구되는 돌입팀에는 적합하지 않다.

● 임무에 따라 수사관의 타입은 다르다

해외 드라마에서는 파격적인 성격을 가진 수사관 캐릭터가 묘사되지만, 실제 현장에서 독불장군은 존재하지 않는다. 직감적이고 재빠른 행동이 가능한 능력은 중요하지만, 그 이상으로 협동성을 중시한다.

중대한 사건일수록 특수경찰의 각종 전문 팀이 연계하여, 흉악 범죄자의 체포에 전력을 다한다. 자신의 가치관이나 감정을 앞세워 행동하는 수사관은 수사를 막히게 만들 가능성이 있다. 그래서 특수경찰에서는 신입 채용 시 엄격한 시험을 실시한다. 예를 들면 일반 경찰관으로 최소 3년 정도의 경험을 쌓은 심신이 건전한 인재만을 모집한다.

시험 역시 엄격하다. 지식이나 기술도 중요하지만, 가장 중점을 두는 것은 직무에 적합한 「적성」을 본인이 가지고 있느냐는 점이다. 면접을 통해 시험 담당관은 특수경찰에 지원한 이유를 지원자에게 알아내면서 직무 경력과 대조해 본다. 흉악 범죄자를 상대하는 방법을 이용해 지원자의 말과 행동에 모순이 없는지 프로파일링을 한다. 필요하다면, 지원자가 소속되어 있는 부서의 동료나 상사를 대상으로 지원자에 대해 조사를 하는 경우도 있다.

또한 심리분석, 인질 교섭, 폭발물 해체처리, 저격, 전술과 같은 각 팀에 배치되었을 때 개성을 살릴 수 있는지도 신중하게 판단한다. 즉, 특수경찰은 각 분야의 프로페셔널이기 때문에 각 팀에 적합한 인물 경향에는 특징이 존재한다.

예를 들면, **전술팀**은 활발하며 명랑하고 행동파 수사관이 많으나, **폭발물 해체처리팀**은 냉정, 침착하고 논리적 사고를 잘하는 타입이 많다. **저격팀**은 집중력이 높고, 고독을 즐기는 경향이 강하다. **대상자 경호팀**은 충성심이 강하며, **인질교섭팀**은 인내심이 강하고 대범한 성격이면서도 지적인 동시에 정이 많은 인재를 필요로 한다.

특수경찰 조사관의 조건

① 최저 3년 정도의 경험

② 심신이 건전한 자

③ 지식이나 기술을 보유하고 있다

④ 직무에 적합한 「적성」

※가장 중요한 것은 ④의 「적성」으로, 시험 담당관은 면접을 통해 지원자의 프로파일링을 실시한다.

각 팀과 그에 적합한 성격

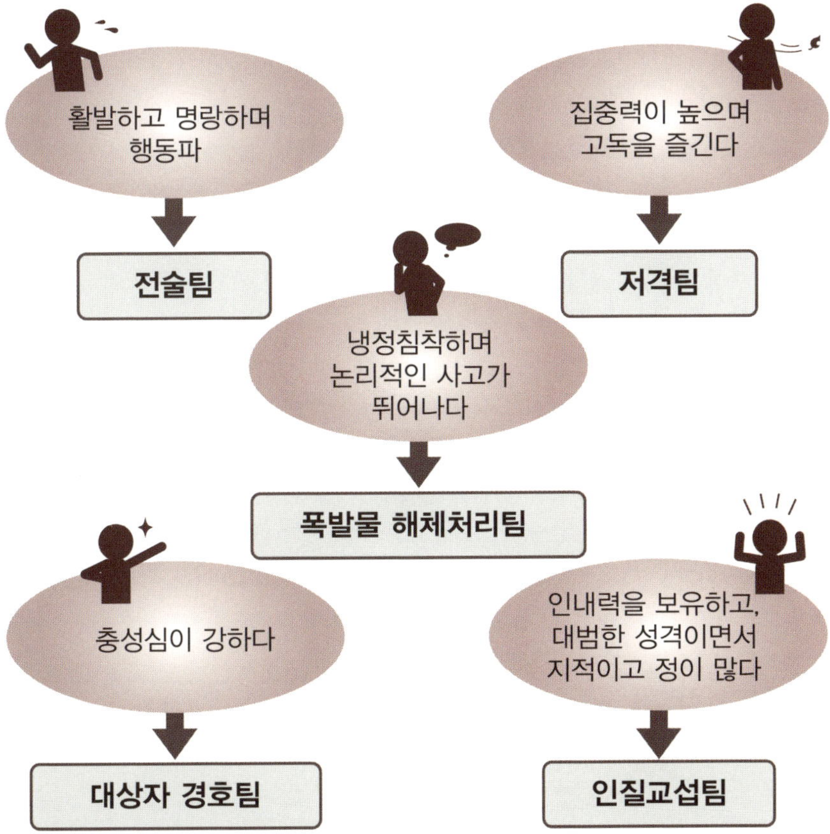
활발하고 명랑하며 행동파
전술팀
집중력이 높으며 고독을 즐긴다
저격팀
냉정침착하며 논리적인 사고가 뛰어나다
폭발물 해체처리팀
충성심이 강하다
대상자 경호팀
인내력을 보유하고, 대범한 성격이면서 지적이고 정이 많다
인질교섭팀

원포인트 잡학상식

특수경찰 모집관은 평소에 일반경찰의 언동을 주의 깊게 관찰하여, 유능한 인재를 놓치지 않도록 주의하고 있다.

No.019

임무에 적합한 체력은?

건강한 육체를 유지하는 것은 매우 중요한 일이다. 건강을 유지하지 못하는 상태가 계속되면, 정신적으로 약해진다. 많은 특수경찰에서는 체력검정을 실시하여, 각각의 임무에 적합한 체력을 유지하고 있는지를 정기적으로 검사한다.

● 임무에 적합한 체력을 유지한다

가혹한 임무를 수행하기 위해서는, 평소에 몸과 마음을 단련해놓을 필요가 있다. 체력적인 면에 있어서 가장 기본적으로 **속도, 민첩성, 지구력, 내구성**과 같은 부분의 기초 체력이 중시되어, 자기관리를 하도록 지시 받는다. 또한 이러한 기준을 통과하는 지를 확인하는 테스트가 연중 이루어진다.

예를 들면 미국의 FBI(연방수사국) 지방지국에서는, 3개의 항목으로 이루어진 체력검정이 존재한다. 가령 상반신의 근육을 사용하는 「로프 오르기」, 하반신의 근력을 사용하는 「단거리 달리기」, 그리고 온몸의 힘을 골고루 사용하는 「장애물 코스 주파」라는 형태로 상반신, 하반신, 전신의 체력을 부분적, 종합적으로 체크한다.

테스트 당일은 트레이닝복이 아니라, 가령 전술팀이라면 출동복을 입고 테스트를 받아야 한다. 출동복에다 총 중량이 10kg에 가까운 방탄조끼를 착용하고, 규정으로 정해진 높이의 로프를 오른다. 악력, 팔의 근력, 배와 등의 근력을 평소에 단련해 놓지 않으면 합격기준에 도달하기는 쉽지 않다.

단거리 달리기는 50m를 전력으로 달리는 것이지만 방탄조끼를 착용하고, 헬멧을 쓰고, 소총을 손에 든 상태에서 출발한다. 또한, 육상경기의 단거리경주와는 다르게, 지면에 등을 대고 반듯이 누운 상태에서 시작해야만 한다.

장애물 코스 주파는, 약 800m에 걸쳐 3개의 이벤트를 수행하게 된다. 200m 지점에는 지그재그 달리기를 50m 정도 수행하고, 400m 지점에서는 80kg 이상의 흙 부대를 10m 정도 끌고 가고, 600m 지점에서는 지정된 포인트에서 지면에 배를 대고 엎드렸다 일어나는 동작을 지정된 횟수만큼 반복한다.

FBI의 체력검정

로프 오르기(상반신)

트레이닝복이 아니라
출동복과 장비를 작용한다

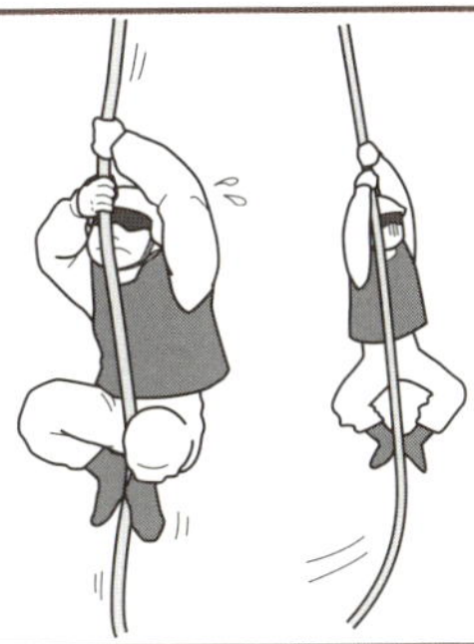

단거리 달리기(하반신)

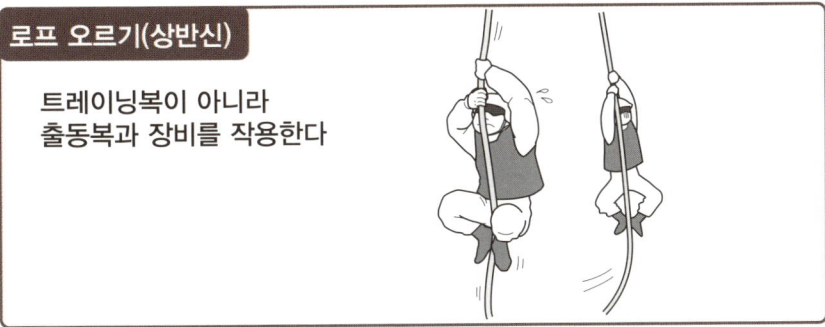

반듯이 누워있는
상태에서 출발한다

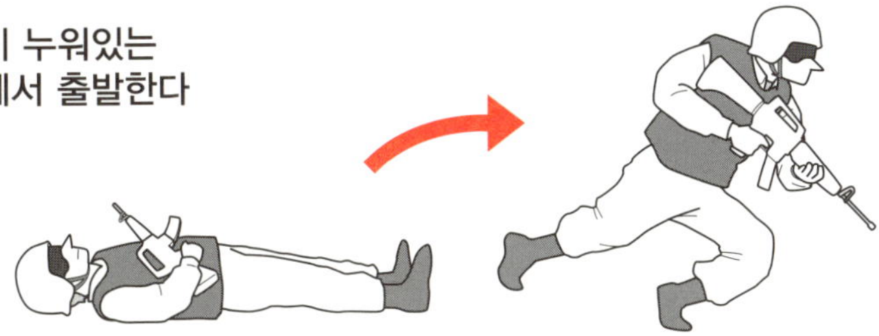

장애물 코스 주파(전신)

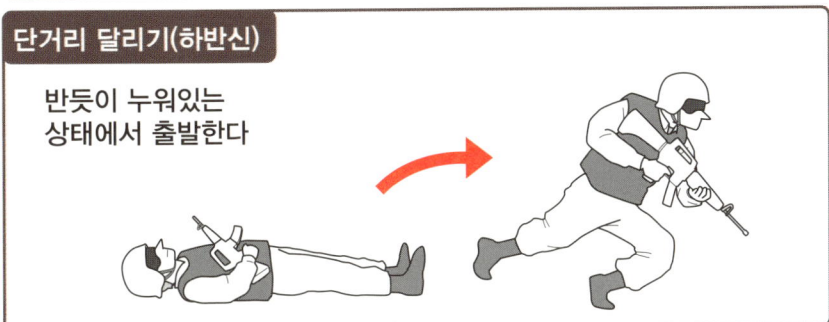

800m에 걸쳐 지그재그 달리기를 포함한 세 가지 이벤트를 수행한다

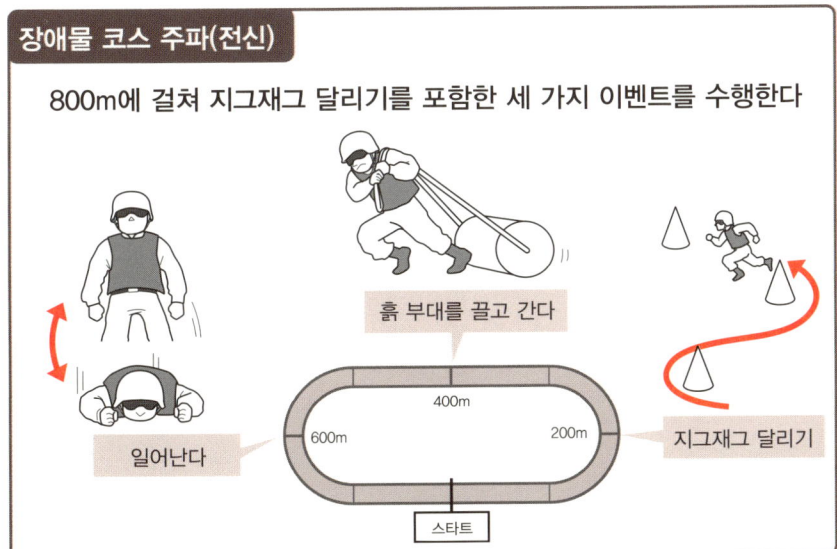

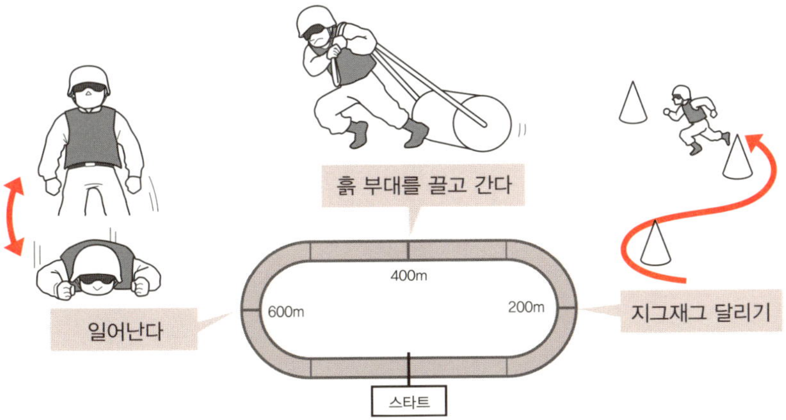
흙 부대를 끌고 간다
400m
600m
200m
일어난다
지그재그 달리기
스타트

원포인트 잡학상식

미국에서는 매년, 전 세계의 전술팀이 참가하여 경쟁을 하는, 올림픽 못지 않는 세계대회를 벌인다.

No.020

사건이 없을 때는 어떤 일을 하는가?

영화나 드라마에서는 특수경찰이 매우 드라마틱하게 묘사된다. 흉악 범죄에 맞서 출동해 지혜와 용기로 사건을 해결하는 슈퍼 히어로적인 존재로 그려진다. 현실에서는 출동 기회가 거의 없기 때문에, 긴급사태에 대비해 대기하는 경우가 많다.

● 모티베이션을 유지하는 것이 중요하다

치안이 유지되어 사람들이 안심하고 생활하는 지역이라면, 특수경찰이 출동하는 일은 거의 없다. 24시간 체제로 예측 불가능한 사태에 대비를 하고 있지만, 현장에 투입되는 일은 거의 없다. 그 중에서도 인질 교섭, 전술, 저격, 폭발물 해체처리 팀은 출동할 기회가 부족할 정도이다. 이는 흉악 범죄가 적고, 일반경찰관으로 해결이 가능한 사건만 일어나는 것이 원인이다. 그래서 픽션에서는 지방보다는 대도시를 무대로 선택하기 마련이다. 흉악 범죄가 일어날 가능성이 높고, 특수경찰의 활약을 그리기에 매우 적절하기 때문이다.

치안이 유지되고 있다는 것은 기쁜 일이다. 출동하는 회수가 줄고, 과거에 처리한 사건의 재검토나 데이터화, 보고서 작성과 같은 임무에 전념할 수 있다. 훈련에 많은 시간을 할애하여, 내일 일어날지도 모르는 사건에 대비해 지식과 경험을 향상시킨다.

모티베이션을 어떻게 유지하는가는, 특수경찰에서 항상 고민하는 문제이다. 훈련만 반복하더라도, 사건이 일어나지 않는다면 방심하게 되고 몸과 마음에 풀어지기 때문이다. 「무엇 때문에 훈련을 하는가?」라는 의문이 머리 속에 떠올라서는 안 된다.

실제로는 어떤 사건이 일어날지 모르기 때문에 아무리 준비를 많이 한다 하더라도 충분하다고 할 수 없다. 많은 특수경찰이 평상시에도 대원들의 의욕을 어떻게 유지시키느냐는 문제에 대하여 그 방법을 매일 연구하고, 고민하고 있다.

한편으로, 흉악 범죄가 다발하는 지역을 관할하고 있는 특수부대도 고민을 하고 있다. 출동회수가 늘어나면, 사건 해결에 전력을 기울여야 한다. 경험을 쌓는 일이 가능하더라도, 단지 그 상황을 해결하는 수단이 되기 쉬워서 교훈이나 새로운 지식, 깨달음을 얻을 시간을 만들 수 없다. 몸과 마음의 소모가 격렬하다 보니, 수사관 중에서는 건강이 나빠져서 현장을 떠나는 사람이 있을 정도이다.

대도시와 지방의 특수경찰

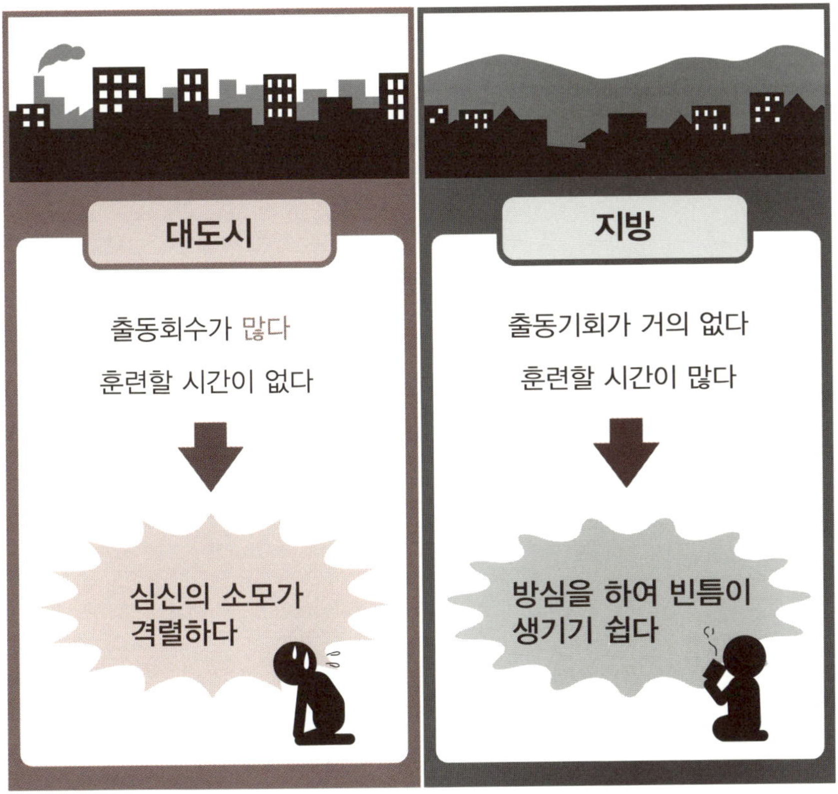
대도시
출동회수가 많다
훈련할 시간이 없다
심신의 소모가 격렬하다
지방
출동기회가 거의 없다
훈련할 시간이 많다
방심을 하여 빈틈이 생기기 쉽다

평상시 특수경찰의 임무

· 과거에 관여한 사건의 재검토나 데이터화
· 보고서 작성
· 훈련을 통해 지식이나 경험을 향상시킨다

원포인트 잡학상식

미국 마이애미주의 전술팀은 연간 거의 매일 출동을 하는 탓에, 팀원들의 정신적인 면을 염려하던 시기가 있었다.

일본의 픽션 작품과 특수경찰

해외에서는 특수경찰을 다루는 수많은 드라마가 제작되고 있다. 『S.W.A.T. 특수기동대』, 『FBI 실종수사대』, 『프로파일러』, 『CSI 과학수사대』, 『크리미널 마인드』, 『클로저』 등, 여러 작품이 있다.

이러한 TV 작품들은 절대적인 인기를 자랑하며, 많은 시청자들을 사로잡고 있다. 현실과 영상의 사실성이 잘 융합되고 각본과 연출은 치밀하게 계산되며 등장인물도 매력적이다.

한편 일본에서도 특수경찰을 다룬 작품은 존재한다. 해외 작품의 유행에 편승하는 형식으로 심리분석팀, 전술팀, 인질교섭팀을 주인공으로 한 작품이 많이 제작되었으나 아쉽게도 성공한 작품은 많지 않다.

물론, 예외도 존재한다. 60~70년대에 NET(현 TV아사히)에서 방송된 형사 드라마 『특별기동수사대』는 현실적인 리얼리티와 영상적인 리얼리티를 함께 추구한 작품이었다.

이 프로그램은 높은 시청률을 얻는 것에 그치지 않았다. 각 도도부현 경찰 내부에, 여러 사건을 담당하는 「기동수사대」를 창설시킬 정도의 영향을 미쳤다.

최근에는 『춤추는 대수사선』이나 『파트너相棒』와 같은 작품이 인기가 있다. 그러나 두 작품 다 형사 드라마가 중심이라 특수경찰을 전면에 내세운 작품과는 조금 차이가 있다.

해외 작품과 일본의 작품에 큰 차이가 나는 이유는 무엇인가?

그 이유로, 범죄의 형태가 다른 것을 들 수 있다. 해외 작품에서 다루는 총기 범죄나 엽기 범죄는 일본에서 많이 일어나지 않는다. 문화도 다르고, 시청자가 자신의 주변에서 일어나는 범죄로 받아 들이기는 힘들다.

따라서, 제작 측에서는 분위기를 살펴가면서 드라마를 제작하는 경우가 많다. 감독과 각본가도 어떻게 작품을 만들어야 하는지 모르기에, 해외 작품을 참고하게 된다.

또한, 배우들도 평소 생활에서는 전혀 인연이 없는 총을 다룬다. 이 총도 촬영용으로, 해외와 같이 실제 총기를 가공한 것과는 다르다. 중량감도 없고, 보고 있는 쪽에서도 위화감을 느끼게 된다.

이러한 문제를 해결하기 위해서, 해외와 마찬가지로 전 경찰관 컨설턴트에게 협력을 의뢰하기도 한다. 그렇지만, 그들도 현장에서 총기 범죄나 엽기 범죄를 다룬 경험이 거의 없기 때문에 그들에게 사실적인 조언을 얻는 것은 쉽지 않다.

일본의 경우, 이러한 컨설턴트의 기용으로 성공하는 경우는 형사 드라마 분야이다. 실제로 작품에 협력하고 있는 사람들 중에는 형사 경험자가 많아서, 풍부한 경험을 바탕으로 한 조언을 토대로 드라마를 제작하고 있다. 그렇게 때문에 형사드라마는 안심하고 즐기면서 볼 수 있다.

제 2 장

특수경찰의 무기와 장비

No.021

어떠한 무기를 휴대하는가?

특수경찰이 활약하는 영화나 소설에서는 여러 가지 무기가 등장한다. 각본가나 컨설턴트가 캐릭터의 성격에 맞추어 무기를 고르기 때문이다. 한편, 현장에서는 내부 규정에 따라 휴대 가능한 무기는 제한되어 있다.

● 기본 무장은 역시 권총

1997년, 미국 LA 교외에서 은행강도 사건이 발생하였다. 방탄조끼를 착용하고 군용 돌격 소총으로 무장한 강도 2명은, 경찰대와 격렬한 총격전을 벌이며 1000발 이상의 탄약을 발사하였다. 이때 경찰관 12명과 일반인 8명이 부상당했다. 경찰 본부는 사태의 종결을 위하여 특수경찰 SWAT를 소집하였다. 결과적으로 범인 1명이 자살하고, 나머지 1명도 체포된 후에 출혈과다로 사망하였다.

총격전이 길어지고 경찰관이나 일반인 피해자가 나온 원인은, 초기대응을 잘못하였기 때문이다. 현장에 급파된 일반경찰관과 형사들로서는 은행 강도의 범행을 신속하게 막을 수 없었던 것이다. **방탄조끼**로 전신을 방어하고, 사정거리가 길고 파괴력이 뛰어난 **군용총기**로 무장한 상대를 화력이 떨어지는 **권총**이나 **산탄총**으로 어떻게 상대할 것인지, 순간적으로 유효 대책을 강구하지 못하였다.

당시에는 영화나 드라마와 같이 순찰차의 트렁크를 열면 자동소총이 수납되어 있지 않았다. 일반경찰관이나 형사가 자신의 몸을 지키기 위하여 사용한 것은, 일단 권총이었다. 「자기방어와 일반인을 지키기 위하여, 상대방의 범행을 저지한다」를 목적으로, 합법적인 범위 안에서 권총을 휴대하였다. 특수경찰도 예외는 아니었다. 정당방어로써 발포는 인정되지만, 무조건 상대를 사살하는 것은 무리다.

권총이라도 제한이 가해져서, 경찰 본부가 제식으로 채용한 것 이외에는 고를 수 없다. 소설이나 영화에 나오는 주인공과 같이, 자신이 좋아하는 모델을 고를 수는 없는 것이다. 유일하게 융통성있게 선택할 수 있는 건 특수경찰 중에서도 일부에 불과하다. 예를 들면, 인질 사건에 출동하는 전술팀에게 **기관단총**이나 **자동소총**의 사용 허가는 당연히 내려져 있다. 소지하는 권총 역시, 일반경찰관이 부러워할 정도로 커스텀이 되어있다.

무장한 상대방에 대응

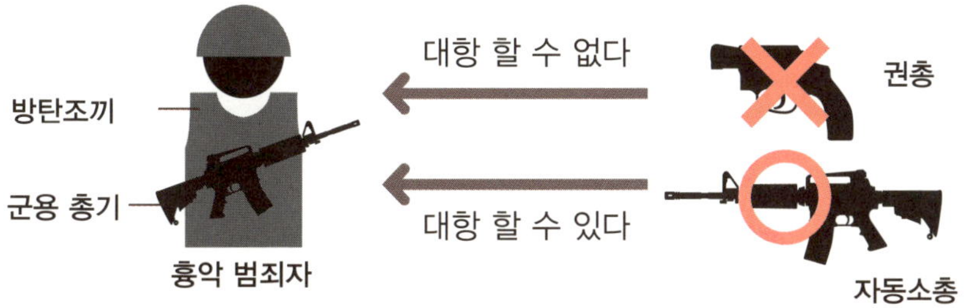
방탄조끼
군용 총기
흉악 범죄자
대항 할 수 없다
대항 할 수 있다
권총
자동소총

특수경찰의 총기

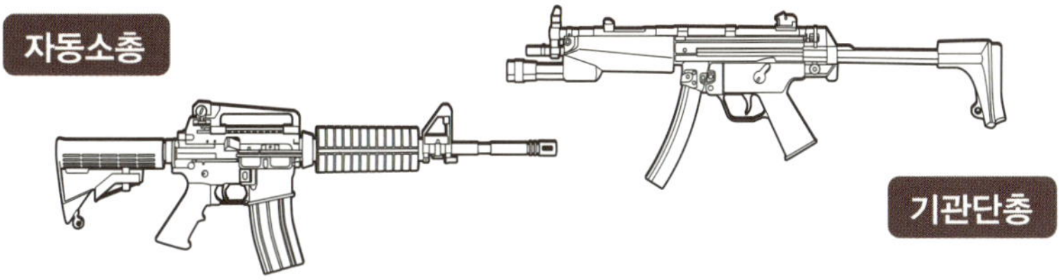
자동소총
기관단총

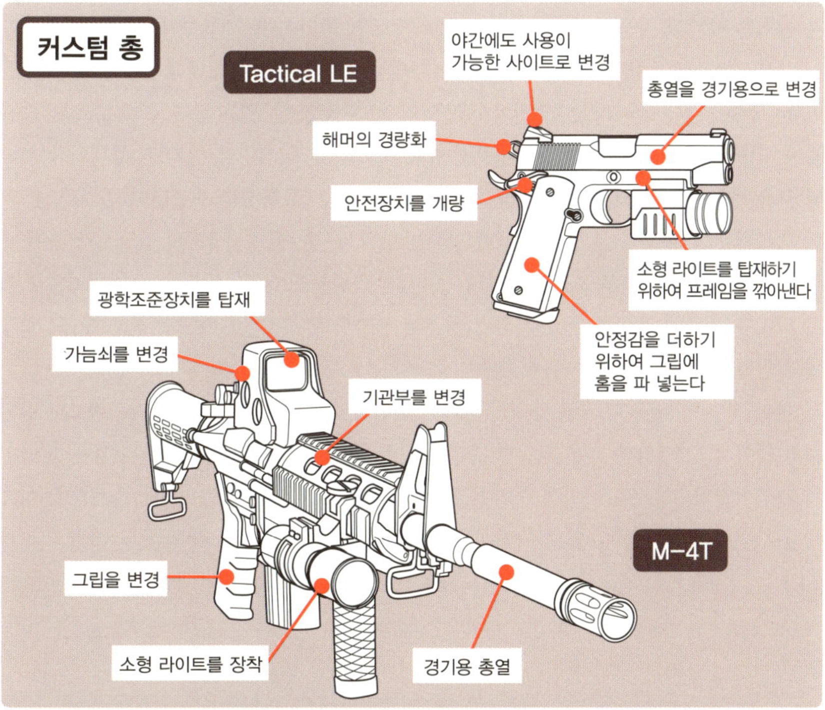
커스텀 총
Tactical LE
야간에도 사용이
가능한 사이트로 변경
총열을 경기용으로 변경
해머의 경량화
안전장치를 개량
소형 라이트를 탑재하기
위하여 프레임을 깎아낸다
안정감을 더하기
위하여 그립에
홈을 파 넣는다
광학조준장치를 탑재
가늠쇠를 변경
기관부를 변경
M-4T
그립을 변경
소형 라이트를 장착
경기용 총열

원포인트 잡학상식

LA의 은행강도 사건에서는 일반경찰관이 총포점에 들어가서, 범인들에게 대항할 수 있는 군용 총기를 긁어 모았다.

No.022

권총의 종류에는 어떤 것이 있는가?

특수경찰은 자기 방어를 위해 권총을 휴대하고 있다. 종류는 리볼버(회전식 권총)와 세미 오토매틱 피스톨(반자동 권총)로 나누어 진다. 경찰본부에서 제식으로 허가한 모델이라면, 어떤 타입을 사용하여도 지장이 없다.

● 장점과 단점을 숙지하고 선택한다

특수경찰의 임무는 말 그대로 특수하다. 여러 타입의 흉악 범죄에 맞서 싸우기 때문에, 시대에 맞춰 전문성을 중시한 팀이 편성된다. 그렇다고 하더라도 모든 팀이 영화나 소설에서 묘사되는 것처럼 권총을 소지한 채 범인이 은신하고 있는 아지트를 급습하는 일은 없다. 권총을 홀스터에서 한번도 빼지 않고 퇴직을 하는 경우도 있을 수 있다.

평상시부터 최악의 상황을 상정하고 권총을 휴대하는 것이 프로페셔널의 조건이다. 임무 중일 때만이 아니라, 비번일 때도 마찬가지이다. 외출을 한 곳에서 무장강도와 같은 범죄를 목격할 가능성이 없는 것도 있고, 체포한 범인이 복수나 보복을 할 수도 있다.

사용되는 권총은 두 가지로 나눌 수 있다. **리볼버**와 **세미 오토매틱 피스톨(반자동 권총)**이다. 특수경찰에서는 양쪽 다 허가하고 있지만, 사용할 수 있는 종류는 한정된다. 예를 들어, 미국 서해안의 대도시 경찰에서는 양쪽 다 사용을 허가하고 있지만, 휴대가 허가되어 사용 가능한 제식 권총은 베레타사, 스미스&웨슨사, 글록사의 권총뿐이다.

리볼버는 사용하기 쉽고, 방아쇠만 당기면 발포가 가능하다. 극도의 긴장으로 인한 스트레스 상태에서도 잘못 조작하는 경우가 없다. 명중도도 높고, 장탄수는 평균 6발로 적긴 하지만 은닉이 용이하다. 튼튼하기 때문에 전술팀에서는 「CQC(**근접 격투술**)」의 상황에서 **임팩트 웨폰**으로 사용하는 경향이 강하다.

한편, 반자동 권총은 그립 안의 탄창에 장전하는 타입이다. 그 때문에 리볼버보다 장탄수가 많아서, 상대방에 대응 가능한 충분한 화력을 가지고 있다. 그러나 리볼버에 비하여 조작이 어렵다. 권총의 타입에 따라서 조작방법이 다르기 때문에, 극한의 스트레스 상태에서도 정확하게 다룰 수 있기 위해서는 충분한 훈련을 쌓을 필요가 있다.

리볼버와 반자동 권총

리볼버

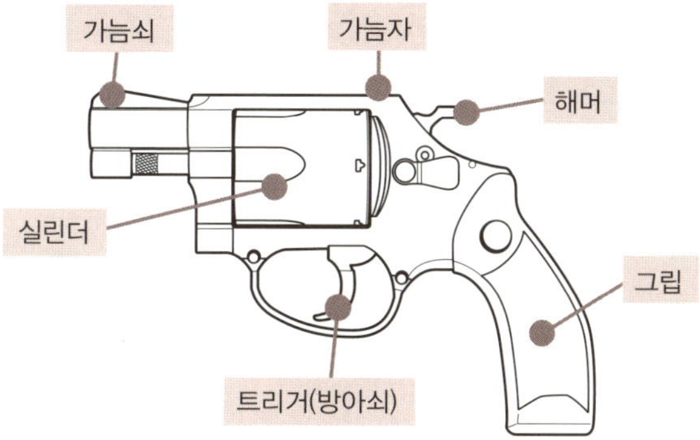

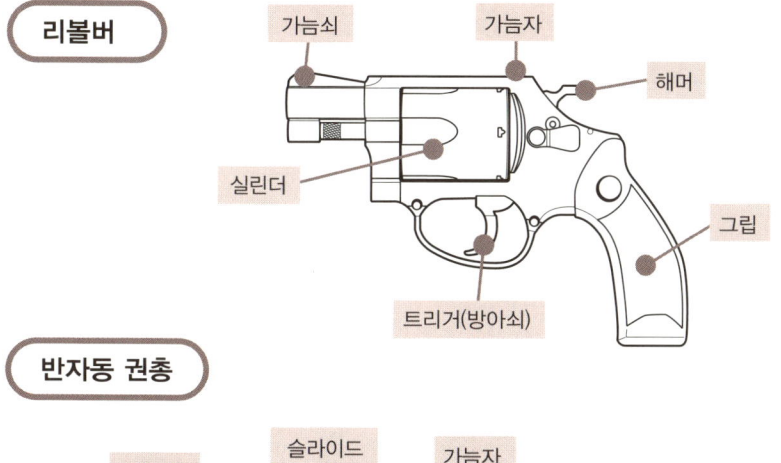

가늠쇠
가늠자
해머
실린더
그립
트리거(방아쇠)

반자동 권총

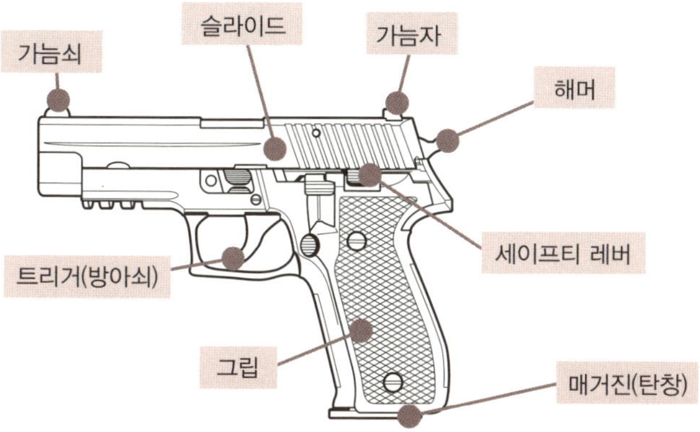

슬라이드
가늠자
가늠쇠
해머
세이프티 레버
트리거(방아쇠)
그립
매거진(탄창)

장점과 단점

	리볼버	반자동 권총
장점	· 다루기 쉽다 · 은닉이 용이하다 · 명중 정밀도가 높다 · 튼튼해서 타격에도 사용할 수 있다	· 장탄수가 많다 · 충분한 화력을 보유하고 있다
단점	· 장탄수가 적다	· 익숙하지 않으면 사용하기 어렵다

원포인트 잡학상식

임무에서는 반자동 권총을 휴대하지만, 비번일 때는 웨스트 파우치에 소형 리볼버를 감춰두는 수사관이 많다.

No.023

권총은 어떻게 휴대하는가?

흉악 범죄자를 체포하기 위하여 권총을 뽑아야만 하는 경우도 있다. 이 때, 상대방에게 권총을 빼앗기지 않고 안전하게 재빨리 겨누어야 한다. 특수경찰에서는 신중하게 홀스터를 고르고, 권총 휴대에 주의를 기울인다.

● 임무에 적합한 홀스터를 장착한다

영화나 소설에서는, 권총을 겨드랑이 밑에 다는 「숄더 홀스터」가 많이 등장한다. 넥타이가 비뚤어진 와이셔츠 복장을 한 형사의 왼쪽 겨드랑이 밑에 매달려있는 홀스터에 권총이 들어가 있는 것이 일반적인 모습이라 할 수 있다. 또한 지하조직의 히트맨(암살자)이 양복 품에 손을 넣어 권총을 뽑는 장면도 자주 묘사된다.

그러나 현장에서 숄더 홀스터는 그렇게 환영 받지 못한다. 긴급한 사태에 재빨리 권총을 뽑을 수 없기 때문이다. 겨누는 동작도, 권총을 왼쪽에서 뽑아서 앞으로 내밀어야 한다는 2단계 동작이 목표를 정확하게 겨눌 때 방해가 되기 때문이다.

특수경찰에서는 권총을 재빨리 뽑을 수 있는 「힙 홀스터」가 일반적이다. 벨트 오른쪽 부분이나 뒷부분에 홀스터를 장착하기 때문에, 권총을 뽑는 것만으로 총구가 정면을 바라본다. 사람들이 밀집해 있는 곳이나 실내에서 권총을 뽑을 때, 숄더 홀스터에서 뽑는 동작과 비교하면 힙 홀스터의 동작이 더 컴팩트하면서 부드럽다. 권총을 뽑을 때 자칫 방아쇠를 당겨 격발을 일으켜서, 자신의 팔이나 주위의 사람들이 잘못 맞을 위험성도 적다.

전술팀이나 저격팀에서는, 권총을 대퇴부에 장착하는 「레그 홀스터」가 주류이다. 예를 들면, 흉악 범죄자가 은신하고 있는 가옥에 돌입할 때 급작스럽게 무장을 권총으로 바꿔야 할 경우가 있다. 이럴 때 힙 홀스터를 사용하면, 방탄조끼가 방해가 되어서 재빠르게 권총을 뽑을 수 없다.

숙련된 전술팀은, 대퇴부 뒷면에 권총을 장착한다. 이 위치에 매달면 밸런스가 유지되어, 계단을 오르고 복도를 달리는 것과 같은 격렬한 동작에도 견딜 수 있다. 힙 홀스터는 오른쪽 팔꿈치를 구부려서 권총을 잡아야만 하지만, 대퇴부 뒷면이라면 오른쪽 손을 밑으로 내려서 권총을 잡을 수 있다.

홀스터 별 동작

숄더 홀스터

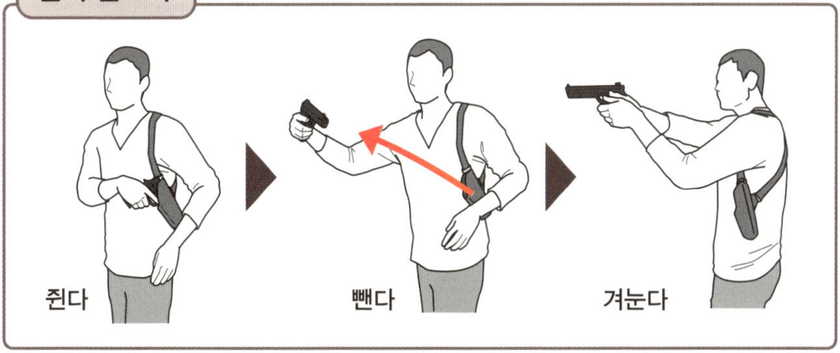
쥔다
뺀다
겨눈다

힙 홀스터

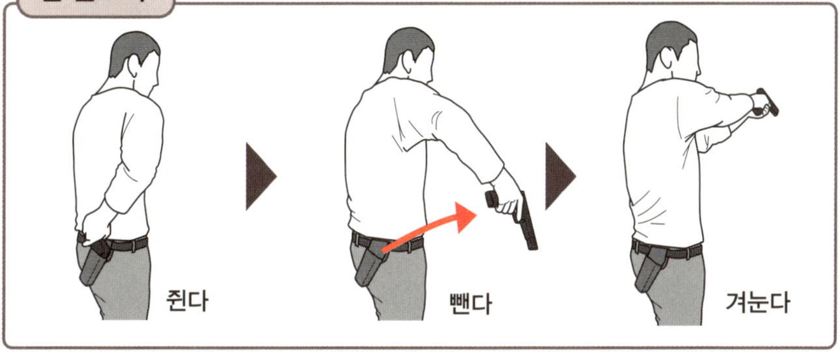
쥔다
뺀다
겨눈다

레그 홀스터

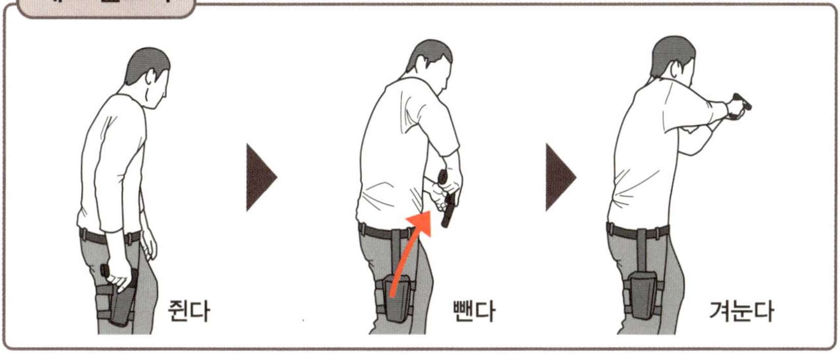
쥔다
뺀다
겨눈다

원포인트 잡학상식

전술팀에서는, 방탄조끼의 중앙에 홀스터를 장착해서 예비용 소형 권총을 휴대하는 수사관이 있다.

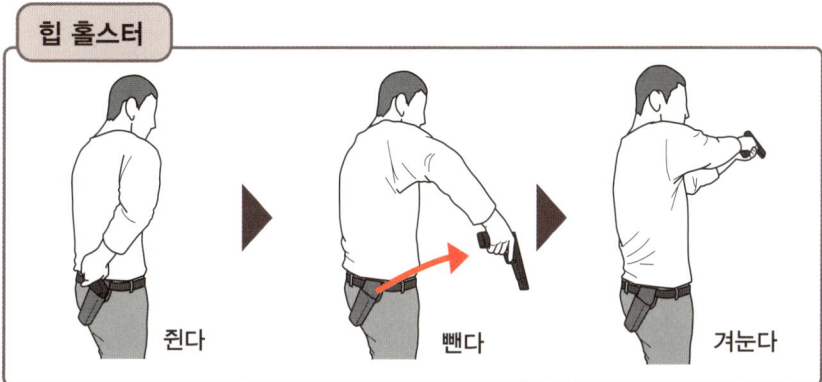

No.024

예비 탄약은 몇 발을 휴대하는가?

형사 드라마에서는 총격전이 자주 일어난다. 범인의 발포에 응전하여, 주인공의 손에 쥐어진 권총에 탄약이 다 떨어지는 일이 생긴다. 이 때, 주머니에서 예비 탄약을 꺼내서 재장전하는 경우가 많으나, 실제로도 그런 일이 일어나는 것인가?

● 휴대 가능한 예비 탄약에는 한계가 있다

특수경찰에서는 권총을 휴대할 기회가 많다. 직무의 수행에 있어 항상 위험이 따르기 때문이다. 현장에서는 자기 방어나 민간인을 지키기 위하여 실력행사를 해야 한다. 흉악 범죄자가 단독범이 아닌 경우도 있다. 이런 최악의 사태에 대비해 예비 탄약을 휴대하는 것이 상식이다.

리볼버에서는 예비 탄약을 한번에 장전하는 「스피드 로더」라 불리는 장치가 자주 사용된다. 권총의 실린더를 열어서 사격 후 탄피를 뽑아내고, 예비 탄약이 장전된 스피드 로더를 실린더 구멍에 맞춘다. 탄두를 밀어 넣은 상태에서 잠금 장치를 풀면, 탄약이 한번에 실린더 안으로 들어간다.

예비 탄약은, 스피드 로더를 사용하는 경우 최저한 2개를 휴대한다. 리볼버에 장전된 탄약까지 합쳐서 계산하면 약 18발이다. 현장 경험이 많은 수사관은 예비 탄약을 낱개로 들고 다니다가 사격이 끝난 탄피만 뽑아내고 예비 탄약을 넣기도 한다.

반자동 권총의 경우는, 탄창을 빼내고 새로운 탄창을 바꿔 낀다. 약실에 탄약이 장전되어 있으면 방아쇠를 당기는 것만으로도 다시 발포를 할 수 있다. 특수경찰에서 일반적으로 사용하는 9mm구경의 권총이라면, 예비탄창에는 평균 15발 정도가 장전 가능하다. 휴대를 고려한다면 역시 탄창 두 개 정도가 기본이 된다. 합계 약 45발 정도 발포가 가능하다.

리볼버는 18발. 반자동 권총은 45발. 이 정도 화력을 가지고 있으면 임무를 수행할 수 있다. 현장에서는 팀 단위로 움직이기 때문에 4명이 움직이면 리볼버는 72발, 반자동 권총은 180발을 사격 할 수 있다. 사건을 해결하기에 충분한 탄수라 할 수 있다. 영화나 소설과 같이 화려한 총격전은 거의 없다. 권총을 뽑을 기회도 거의 없는데다, 뽑아도 발포 하지 않은 채 전술적으로 경고하는 것만으로도 대부분의 범인은 저항을 그만둔다.

스피드 로더와 리볼버의 장전

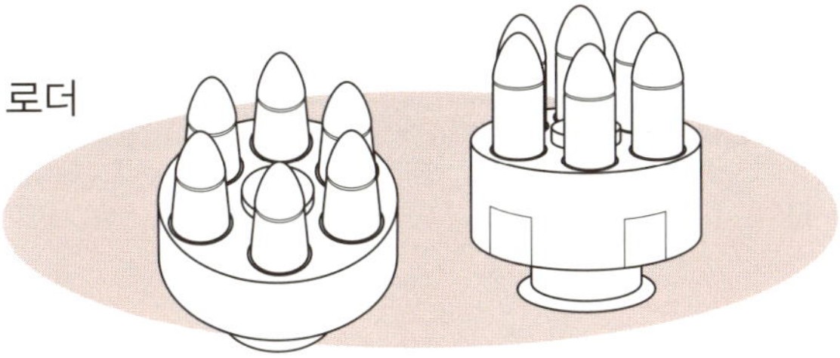
스피드 로더

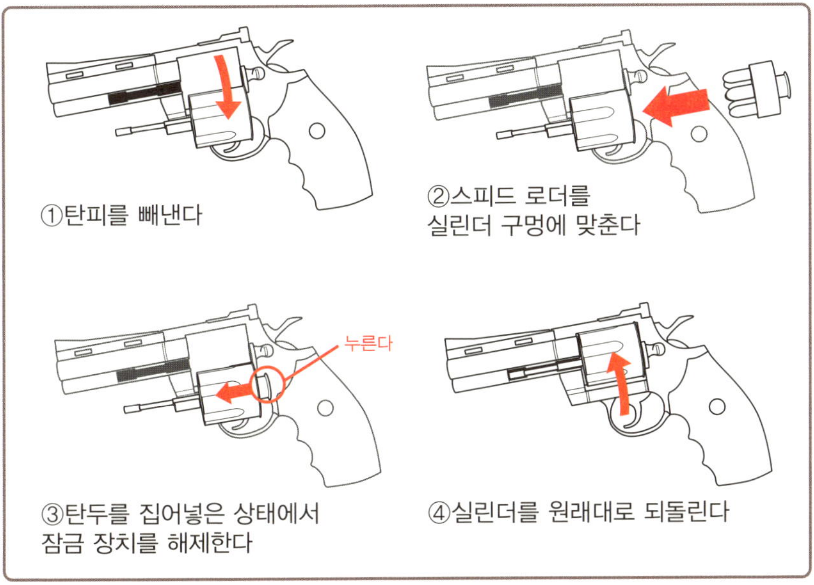
①탄피를 빼낸다
②스피드 로더를
실린더 구멍에 맞춘다
누른다
③탄두를 집어넣은 상태에서
잠금 장치를 해제한다
④실린더를 원래대로 되돌린다

반자동 권총의 장전

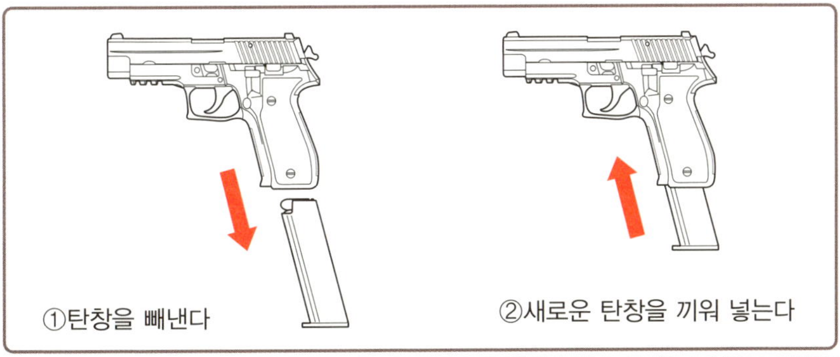
①탄창을 빼낸다
②새로운 탄창을 끼워 넣는다

원포인트 잡학상식

권총을 발포할 때에는 탄약 수를 세어서, 탄약을 전부 다 사격하기 전에 재장전을 하는 쪽이 안전하고 전술적으로 올바르다고 여겨진다.

No.025

특수경찰이 즐겨 사용하는 권총의 구경은?

9mm구경, 38구경, 45구경 등, 권총에는 다양한 종류가 존재한다. 구경이 클수록 살상 능력이 높을 것이라 생각하기 쉽지만, 실제로는 꼭 그렇지는 않다. 구경이 커지면 커질수록 반동이 강해, 발포 시의 컨트롤이 어렵다.

● 픽션과는 다른 시시한 권총

1971년에 헐리우드에서 형사 영화 「더티 해리」가 제작되었다. 여기서 주인공이 휴대하고 다니는 44**매그넘구경**의 리볼버는 세계적으로 유명해졌다. 44매그넘을 발포할 때는 대포를 발사하는 것과 같은 반동과 무시무시한 파괴력을 보여주어, 관객을 압도하였다. 44매그넘은 이후, 여러 영화나 소설에서 사용되게 되었다. 일부 특수경찰도 영향을 받아서 매그넘 탄을 사격 할 수 있는 리볼버를 도입하였다.

영화 정도의 과장된 연출까지는 아니더라도, 매그넘 탄은 현장에서는 사용하기 힘들다. 이 탄약은 「수렵용으로 화약의 양을 늘린 특별 탄약의 브랜드 제품」으로 탄생한 것이기 때문에, 특수경찰의 임무와는 맞지 않는다. 흉악 범죄자와의 싸움은, 신중하게 조준하여 한 발에 끝내는 사냥과는 다르기 때문이다.

그 후, 구경이 크고 무거운 탄약을 사용하여 상대방의 움직임을 무력화 시킨다는 생각이 90년대에 부상하였다. 그 결과, 미국 연방기관의 전술팀은 현재 45구경을 주류로 한 대형 반자동 권총을 채용하기 시작하였다.

그렇지만 특수경찰에게 대구경 권총은 별로 환영 받지 못한다. 평소에 절대적인 자신감을 가지고 권총을 다루더라도, 현장에서는 심신에 과도한 스트레스가 더해진다. 그러한 상황에서 반동이 강하고 파괴력이 높으며, 다루기 불편한 권총을 완벽하게 다룰 수 있을 리가 없다. 그렇기 때문에 대구경 권총은 기피대상이 되기 마련이다.

특수경찰에서는, 리볼버는 38구경, 반자동 권총은 9mm구경을 일반적으로 사용한다. 일반경찰관이 총에 사상 당하는 경우를 확인하였을 때, 범인이 범행에 사용하는 권총의 구경은 대부분 「22**구경**」이기 때문에 그보다 강한 위력이 필요 없기 때문이기도 하다.

44매그넘구경

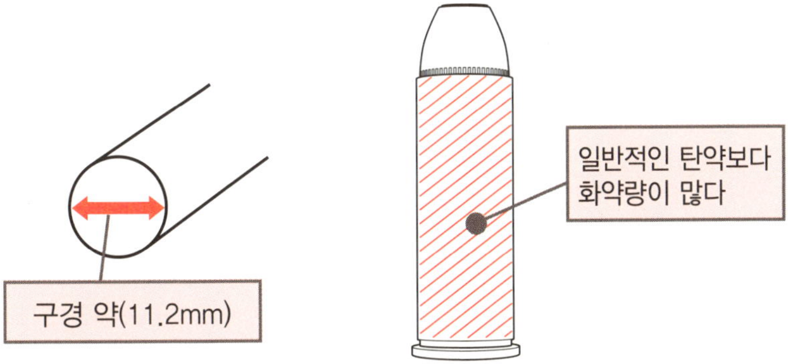
구경 약(11.2mm)
일반적인 탄약보다
화약량이 많다

※구경이란 총열의 내부 직경을 가리킨다.

일반적인 구경

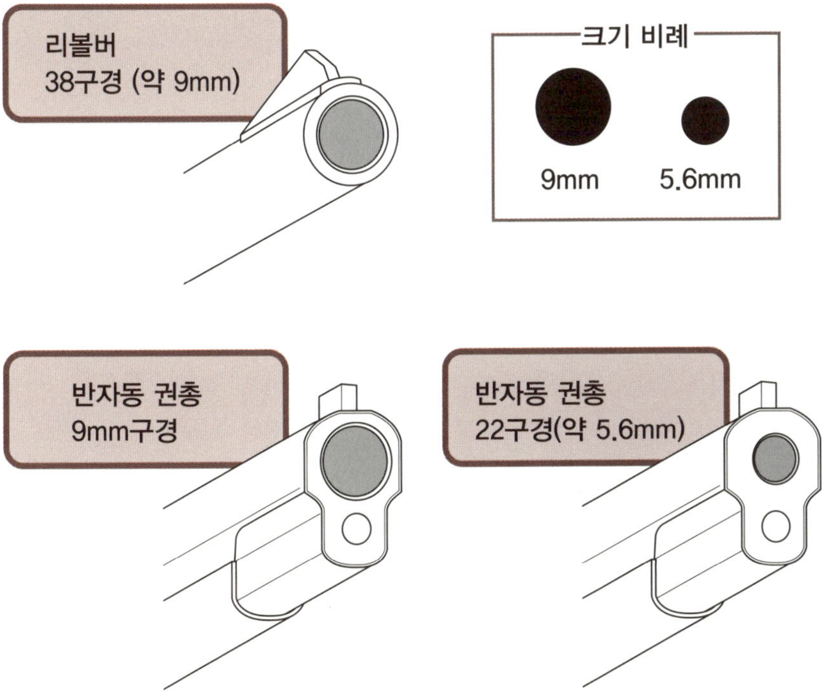
리볼버
38구경 (약 9mm)
크기 비례
9mm
5.6mm
반자동 권총
9mm구경
반자동 권총
22구경(약 5.6mm)

원포인트 잡학상식

44매그넘 이후, 헐리우드 영화의 영향으로 90년대에는 9mm구경 베레타, 글록과 같은 권총이 유행하였다.

No.026

임무를 수행할 때는 어떤 탄약을 사용하는가?

권총을 발포할 때에는 첫번째 탄을 확실하게 명중시켜야만 한다. 상대방의 움직임을 확실하게 막아서, 주위의 피해를 최소한으로 줄이기 위함이다. 따라서 특수경찰에서는 현장에서 사용하는 탄약에도 세심한 주의를 기울인다.

● 현장과 훈련에서는 탄약을 구분하여 사용한다

임무수행 중에, 권총을 발포하여 범인을 쏴서 쓰러트리는 경우는 거의 없다. 그러나 만에 하나의 경우에 대비하는 것은 중요하다. 구경이 큰 권총일수록 다루기가 불편해지고, 구경이 너무 작은 권총 역시 「상대방의 움직임을 저지하여 체포한다」라는 특수경찰의 목적에 맞지 않는다. 38구경의 리볼버나 9mm구경의 반자동 권총이 많이 사용되는 것은 이러한 이유 때문이다. 현장에서는 긴장한 상태에서도 정확하게 다룰 수 있는 총기가 요구되기 때문이다.

또한, 권총을 고르는 것뿐만 아니라 임무에 따라서 사용하는 탄약도 바뀐다. 여러 종류의 탄약이 존재하지만 기본적으로 납 탄약이 사용된다. 비중이 크기 때문에 명중했을 때 탄두가 찌그러져 버섯의 갓과 같이 넓어져서, 인체에 큰 피해를 입힐 수 있기 때문이다.

그러나 납 부분이 노출된 탄약은 총열이나 기관부에 들러붙기 쉬워, 권총이 손상될 위험성이 있다. 발사 가스와 함께 퍼지는 납 입자를 흡입하여 호흡기 계통에 질병을 일으킬 염려도 있다. 그래서 동銅으로 납의 표면을 여러 가지 형태로 코팅하는 탄약이 주류가 되었다.

리볼버에는 「**소프트 포인트**」라 불리는 탄약이 많이 사용된다. 탄두 끝 부분의 납을 일부만 노출 시켜서, 명중했을 때 발생하는 머쉬룸 효과를 높이는 효과가 있다. 반자동 권총에서는 「**할로우 포인트**」라 불리는 탄약이 인기가 있다. 탄약 끝부분에 구멍이 뚫려 있고 특수한 자국을 새겨두었기 때문에, 인체에 명중하게 되면 자국을 기준으로 탄두가 크게 확장한다.

그렇다고 하더라도, 이러한 탄약은 현장에서만 사용된다. 사격 훈련에서는 총탄의 가격이나 오인사격의 위험성을 고려하여, 일반경찰관이 사용하는 「풀 메탈 재킷」을 사용한다. 이 탄은 「필요 이상의 고통을 상대방에게 주지 않는다」라는 목적으로 제조된 것으로, 납 전체를 동으로 코팅해두었다.

머쉬룸 효과

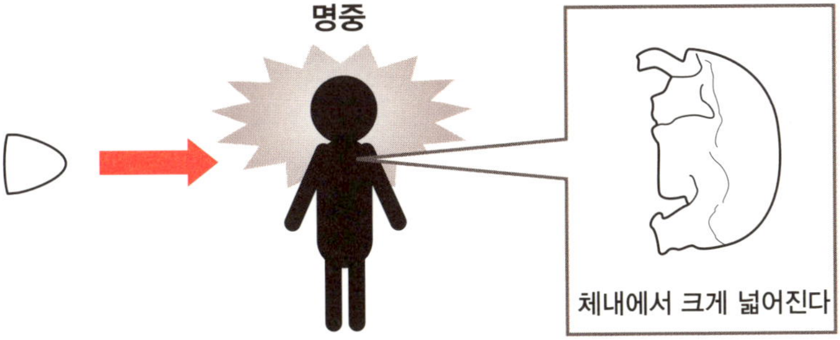
명중
체내에서 크게 넓어진다

탄약의 종류와 구조

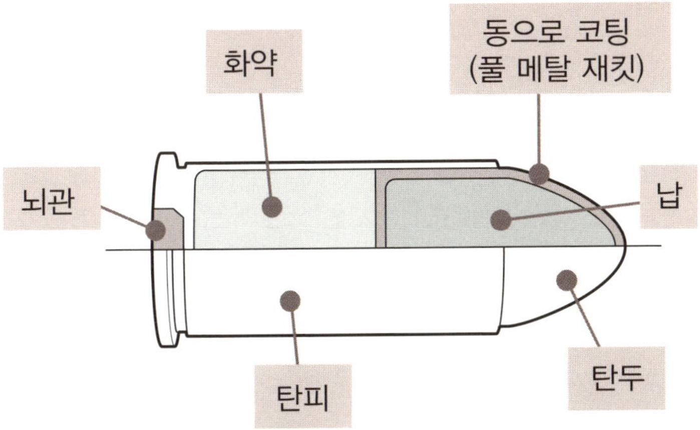
화약
동으로 코팅
(풀 메탈 재킷)
뇌관
납
탄피
탄두

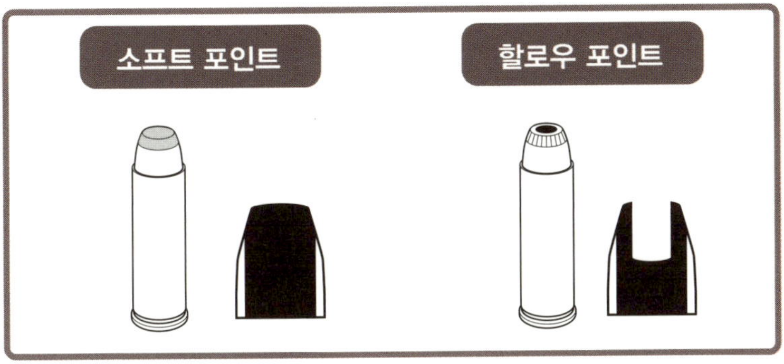
소프트 포인트
할로우 포인트

원포인트 잡학상식

범인이 두꺼운 의류를 착용하고 있는 경우, 할로우 포인트 탄약의 효력이 경감될 위험성이 있기 때문에 발포는 신중하게 해야 한다.

No.027

권총에는 탄약을 언제 장전하는가?

총기 고증이 애매한 영화나 소설에 등장하는 주인공은, 쏘기 직전에 리볼버의 실린더를 열고서는 힘껏 닫는다. 또한, 반자동 권총의 슬라이드를 당겨서 장전한다. 어째서 사전에 탄약을 장전하지 않는 것인가?

●장전하는 것이 아니라, 장전이 되어있는 지를 확인한다

픽션에서 묘사되고 있는 권총의 장전 장면은, 연출로서의 의미가 강하다. 사실성을 추구하는 것이 아니라, 「지금부터 총격전이 시작됩니다」라는 메시지를 관객에게 보내서 긴장과 스릴감을 높이는 효과가 있다.

현장에서는 언제든 발포를 할 수 있도록 특수경찰의 권총은 장전되어 있다. **리볼버**와 **반자동 권총**은 발사 기능이 다르기 때문에 조작하는 데에 차이가 있다. 그렇지만 현장에 도착한 특수경찰이 허리에 있는 홀스터에서 권총을 뽑아서 탄을 장전하는 일은 있을 수 없다.

리볼버에는 실린더에 탄약을 장전한다. 영화에서는 사격하기 전에 실린더를 열고 총을 흔들어서 기세 좋게 실린더를 닫는 장면을 자주 볼 수 있지만, 이러한 움직임은 총이 손상되기 쉬우며 고장을 유발할 수 있다. 리볼버는 방아쇠를 당기면 확실하게 발포가 가능하기 때문에 실린더를 열고 닫는 동작은 필요가 없다.

반자동 권총에서는 9mm구경이 주류이다. 이 구경의 탄약을 사용하는 대부분의 권총은 초탄을 장전하고, 공이치기를 안전한 위치로 돌려놓고 휴대한다. 45구경과 같은 일부 권총에는 공이치기를 당겨 놓은 채로 안전장치를 거는 타입도 있으나, 안전적인 면에서는 뒤떨어진다. 어느 쪽이라도, 탄약을 장전한 상태로 권총을 휴대한다. 발포할 때는 방아쇠를 당기거나, 안전장치를 풀고 방아쇠를 당기는 동작을 한다.

현장에서는 홀스터에서 총을 빼서 탄약이 장전되어 있는지를 바로 확인한다. 리볼버에서는 실린더를 열고, 장전되어 있는 탄약의 뇌관에 손상이 있는지 없는지를 확인하고 닫는다. 반자동 권총은 슬라이드를 수mm 정도 후퇴시켜서, 탄약이 장전되어 있는가를 눈으로 확인한다. 이러한 동작을 「**실린더 확인**」, 「**약실 확인**」이라 부르며, 고증이 철저한 작품에서는 잘 표현되어 있다.

장전을 확인하는 방법(리볼버)

실린더 확인

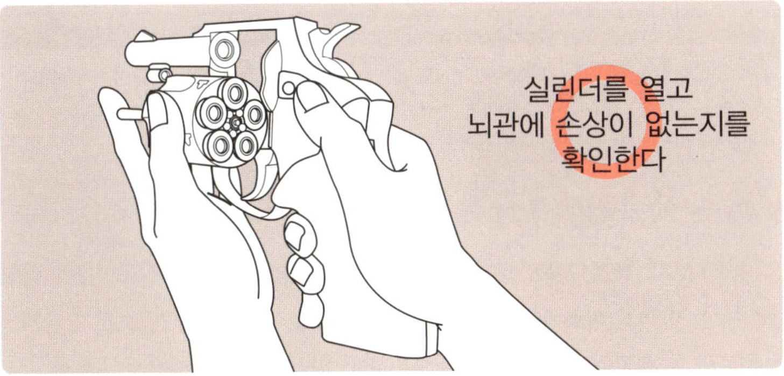
실린더를 열고
뇌관에 손상이 없는지를
확인한다

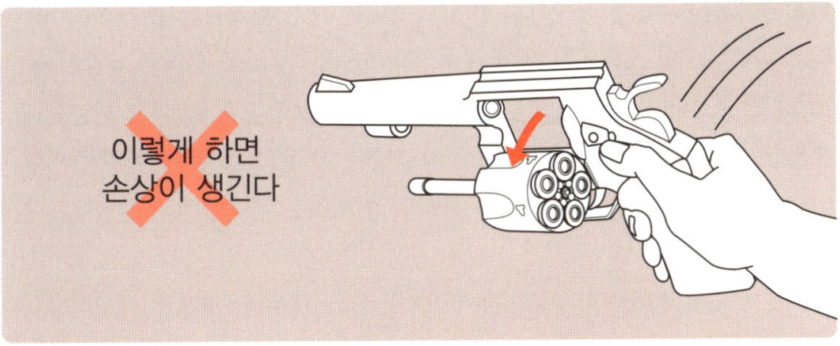
이렇게 하면
손상이 생긴다

장전을 확인하는 방법(반자동 권총)

약실 확인

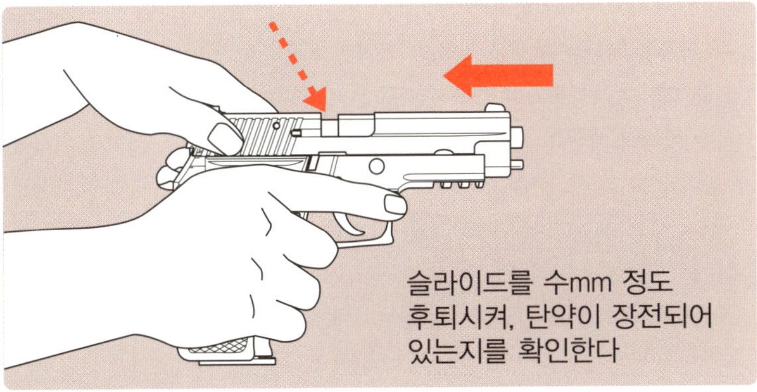
슬라이드를 수mm 정도
후퇴시켜, 탄약이 장전되어
있는지를 확인한다

원포인트 잡학상식

탄약이 장전되어 있는 것을, 총 본체에 있는 적색 인디케이터(indicator)로 확인이 가능한 반자동 권총도 있다.

No.028

권총은 어떻게 겨누는가?

권총 그립의 모양뿐만 아니라 사수의 손 크기에 따라서도, 겨누는 자세는 미묘하게 변화한다. 어떤 자세라도 상관은 없으나, 안전하면서 안정된 자세로 정확하게 명중을 시키는 것이 기본이다.

● 자신에게 맞는 사격 스타일을 사용한다

서구의 형사드라마에서는 캐릭터 성을 강조하기 위하여, 주인공인 소지하고 있는 권총을 겨누는 방법을 현장과는 다르게 하는 경우가 많다. 예를 들면 LA시 경찰의 형사라는 설정이라도, 실제와는 다른 사격 스타일을 하고 있는 경우가 있다. 픽션과 현실성, 어느 쪽을 우선하는가에 있어서는 작품을 제작하는 현장에서 매번 논쟁이 일어난다. 배우가 사격을 좋아하여 자기 나름대로의 스타일이 몸에 배어 있는 경우에는 더욱 문제가 복잡해 진다.

어느 쪽이냐 하면, 80년대에서 90년대는 권총을 잡은 오른손을 쭉 펴고 왼손은 팔꿈치를 안쪽으로 모아 붙이는 사격 스타일이 중심이었다. 현장의 경찰관들이 만들어낸 방법으로, 보기에도 충분한 위압감을 주고 작품적인 면에서도 관객들의 시선을 사로잡을 수 있었다.

한편, 최근의 드라마에서는 사실성을 한층 더 높이기 위하여, 배우의 개성이나 골격에 맞춘 자세가 주류가 되었다. 보기에는 그렇게 강력해 보이지는 않지만, 양손을 자연스럽게 앞으로 내밀고 **대각선 45도**로 권총을 잡은 자세를 취한 채 이동하는 방법이 자주 사용된다.

특수경찰 역시 마찬가지라고 할 수 있다. 전형적인 자세에 개인이 맞추는 것이 아니라, 개개인이 권총을 겨누는 자세를 정한다. 골격이나 근육이 발달된 정도가 각각 다르기 때문에, 교과서와 같은 일률적인 사격 자세는 문제가 된다.

매년 수 차례 실시되는 사격 기능 테스트에 합격할 수 있다면, 어떠한 자세를 취하더라도 상관이 없다. 물론, 안전을 지키기 위한 항목은 존재한다. 예를 들면, 「총구에서 레이저 광선이 나오고 있다 생각해라」 라는 규칙을 철저히 지키고 있다. 이것은 아무 생각 없이 총구를 사람에게 향하게 하지 마라, 총구를 조심해서 다루라는 깊은 의미가 있다. 또한 「**조준이 끝나기 전까지, 손가락을 방아쇠에 걸지 마라**」 라는 규칙도 가르치고 있다.

권총을 겨누는 자세

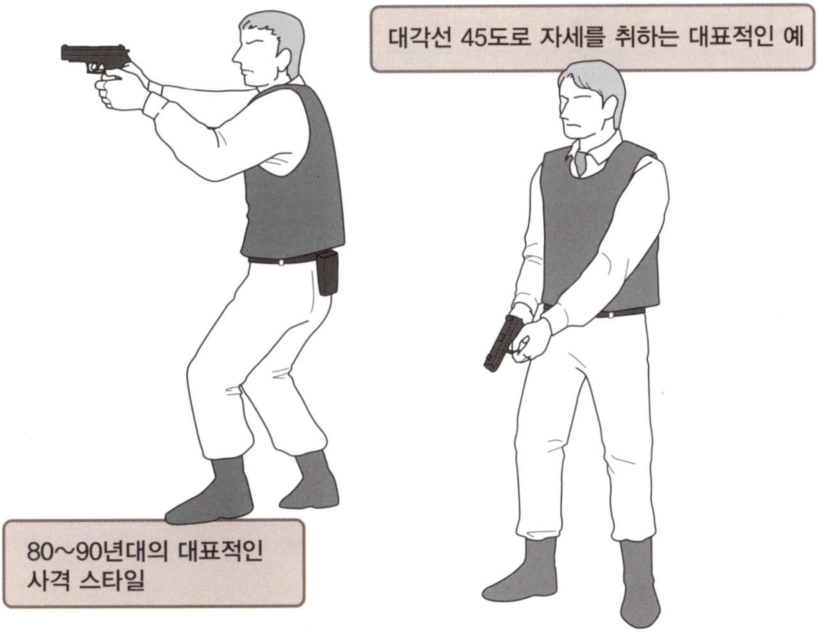
대각선 45도로 자세를 취하는 대표적인 예
80~90년대의 대표적인
사격 스타일

지켜야 할 항목

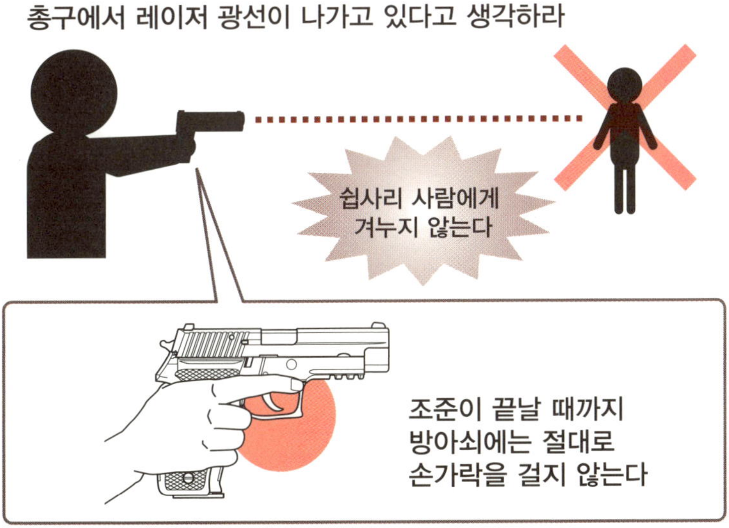
총구에서 레이저 광선이 나가고 있다고 생각하라
쉽사리 사람에게
겨누지 않는다
조준이 끝날 때까지
방아쇠에는 절대로
손가락을 걸지 않는다

원포인트 잡학상식

수사관이 권총을 대각선 45도로 자세를 취하고 이동하는 것은, 시야를 확보하고 상대방의 손을 재빠르게 확인하기 위함이다.

No.029

권총은 어떻게 조준하는가?

탄약을 명중시키기 위해서는 정확한 조준이 반드시 필요하다. 그렇다 하더라도, 사격 경기와 같이 시간을 들일 여유는 없다. 순간적으로 상대방을 무력화시켜야 하기 때문에, 상대와의 거리와 위치에 따라 조준 방법이 달라진다.

● 어떠한 방법으로든 반드시 명중시킨다

권총의 슬라이드 윗부분에는 가늠쇠와 가늠자라 불리는 한 쌍의 조준 장비가 장착되어 있다. 특수경찰에서 사용되는 리볼버와 반자동 권총의 가늠쇠/가늠자는 대부분 고정식이다.

고정식 가늠쇠/가늠자를 선호하는 데는 이유가 있다. 특수경찰에서는 사격 경기와는 다르게, 표적 중앙의 검은 점을 정확히 노리는 일은 없다. 그렇기 때문에, 탄착점을 조절 가능한 정밀한 조준장치는 필요가 없다. 그보다 신속하게 상대방의 신체의 중앙 부분에 총탄을 확실하게 명중시켜 무력화 시키는 것이 급선무이다.

어떤 자세로 발포를 하여도, 반경 5cm 원 안에 명중이 되면 그것으로 충분하다. 이 원은 인체 중심 내장기관의 폭을 의미한다. 이 반경 5cm의 원에 모든 탄약을 명중시키는 요령은 사이트를 보는 방법에 있다. 가늠자의 凹형으로 파진 부분과 가늠쇠에 있는 凸형태의 부분을 맞추어, 그 연장선상에 상대방 신체의 중앙 부분이 오게 한다.

방아쇠를 당기는 방법도 매우 중요한 요소이다. 가늠쇠, 가늠자, 상대방의 3점에 눈의 초점을 맞추는 것은 무리이기 때문에, 가늠쇠에 의식을 집중시켜서 재빠르게 안정된 움직임으로 방아쇠를 당긴다. 손가락에 쓸데없는 힘이 들어가면, 그 힘에 의해 손목의 각도가 변하게 되어 총구가 움직이고 그로 인해 탄착이 상하좌우로 퍼지게 된다.

그렇다고 하더라도, 조준기를 이용한 사격은 기본에 지나지 않는다. 전술팀에서는, 10m까지 조준기를 사용하지 않고 명중을 시키는 훈련을 실시한다. 이 방법은 「지향사격」이라 불리며, 양쪽 눈으로 상대방을 보고 그 시선상에 총기의 가늠쇠를 들이미는 듯한 자세를 취하여 방아쇠를 당긴다. 이러한 방법은 근거리, 야간, 좁은 실내에서 사격을 할 때에 자주 사용된다.

가늠자와 가늠쇠

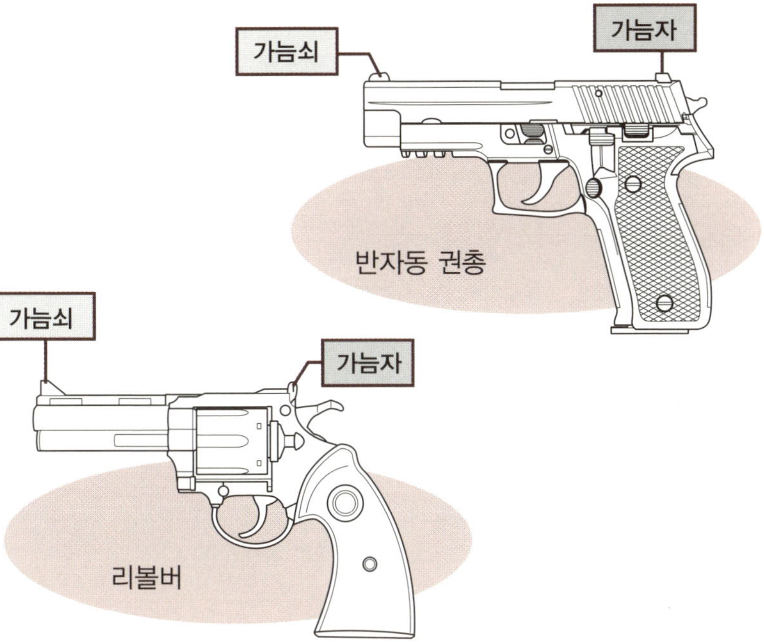
가늠쇠
가늠자
반자동 권총
가늠쇠
가늠자
리볼버

조준할 때의 시선

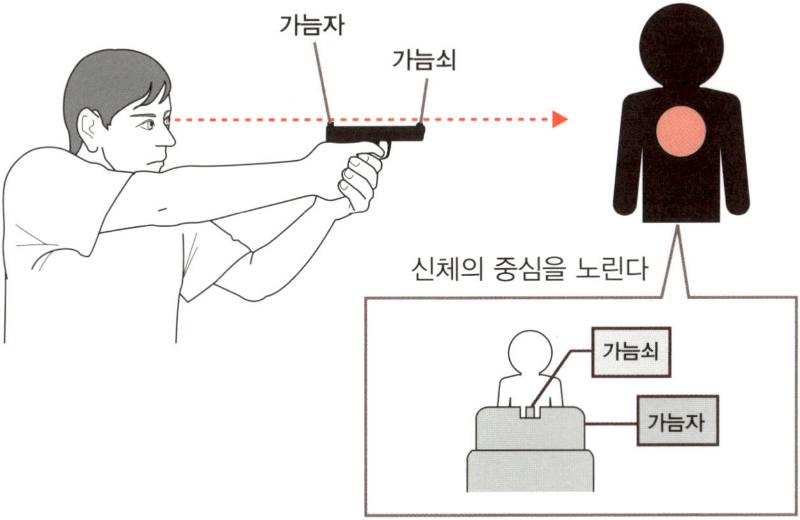
가늠자
가늠쇠
신체의 중심을 노린다
가늠쇠
가늠자

원포인트 잡학상식

전술팀에서는 지향 사격을 권총의 사격만으로 한정하지 않고, 기관단총이나 자동소총에도 활용하고 있다.

No.030

권총의 탄약을 전부 사용했을 때는 어떻게 하는가?

총격전에서는, 패닉 상태에 빠져서 탄약을 전부 다 쏴 버리는 경우가 있다. 이를 막기 위하여, 사격 훈련에서는 발포한 탄약 수를 기억하도록 교육을 시키고 있다. 또한, 탄약을 다 사격하기 이전에 예비 탄약과 교환하는 전술도 전수된다.

● 잔탄을 항상 의식한다

리볼버이건 반자동 권총이건, 권총에 장전 가능한 탄약은 한계가 있다. 픽션에서 나오는 무한 탄창 같은 건 존재하지 않는다. 6발, 8발, 15발과 같이 권총의 타입에 따라 장전 가능한 탄약 수는 여러 가지이지만, 그렇다 하더라도 한계가 있다. 무한히 발포를 하는 총기는, 현실에서는 있을 수 없는 일이다.

총기의 사용에 관해서는 특수경찰이라 하더라도 엄중한 규칙이 존재한다. 혹시라도 발포를 하게 된 경우에는, 탄약 한 발 한 발에 대하여 「**정당성이 있는 발포였는가 아닌가**」에 대한 조사가 이루어진다. 또한 유탄이 주위의 일반인을 상처 입히게 되면, 경찰 전체의 신용 문제와 직결되는 위험도 있다.

과거의 데이터를 종합해 보면, 실제 총격전에서는 픽션처럼 화려하게 싸우는 경우는 거의 없다. 중무장한 범죄자와 맞서 싸우는 기회가 많은 전술팀이라 하더라도 권총에 장전된 탄약을 전부 쏘는 사건은 많지 않고, 권총을 뽑더라도 발포 없이 상대방을 제압하여 체포할 확률이 더 높다.

그렇다고 하더라도, 최악의 상황을 상정해 두는 것이 특수경찰의 임무이다. 현장에서 범죄자를 체포하는 팀일수록, 사격 훈련에서는 최악의 상황에 확실하게 대처가 가능한 지식과 경험, 그리고 기량을 반복된 훈련을 통해 쌓아야만 한다.

예비 탄약의 재장전 타이밍은 각자의 판단에 맡겨진다. 탄약을 전부 발사하지 않고, 설사 몇 발인가 아직 쏠 수 있는 상태라 하더라도 타이밍을 보고 새로운 탄약을 보급하는 것이 바람직하다. 절대로, 권총에 장전된 탄약을 전부 다 쏴버려서는 안 된다. 필요한 때에 발포를 할 수 없게 되면, 자신 이외의 팀 멤버나 일반인들을 위험에 빠트릴 확률이 단번에 높아지기 때문이다.

탄약을 전부 사용하였다면

픽 션

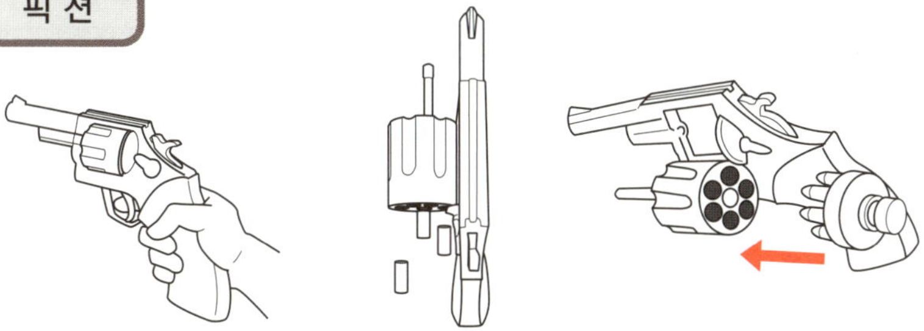

탄약을 전부 다 쏜다 ▶ 탄피를 빼낸다 ▶ 스피드 로더로 장전한다

현 실

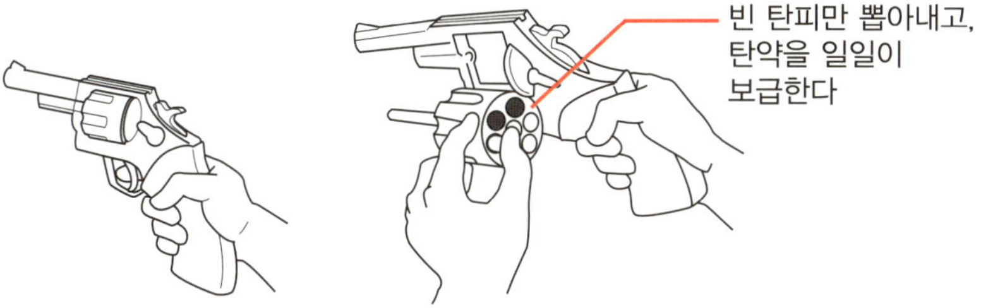
빈 탄피만 뽑아내고,
탄약을 일일이
보급한다

3~4발 발포 ▶ 한 발씩 장전

발포의 기준

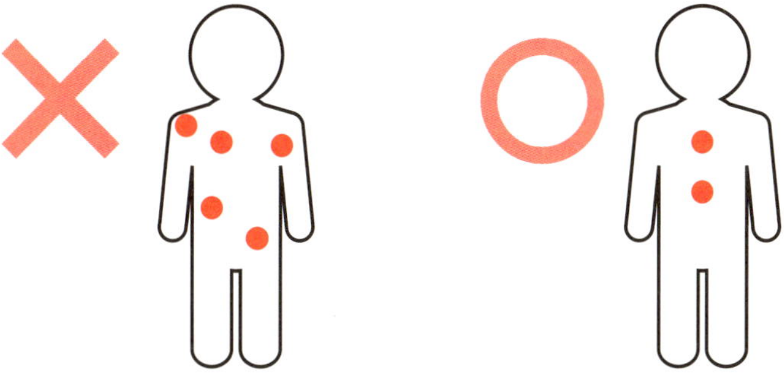

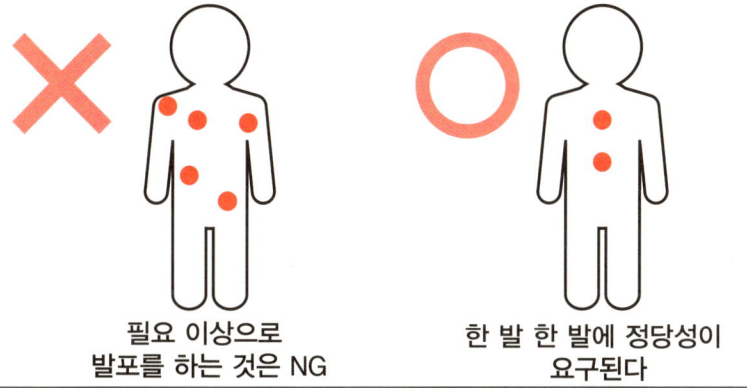

필요 이상으로 발포를 하는 것은 NG

한 발 한 발에 정당성이 요구된다

원포인트 잡학상식

반자동 권총의 경우에는 2~3발 정도의 잔탄이 있는 상태에서 새로운 탄창으로 교환하는 경우가 많다.

No.031

권총이 고장 나면 어떻게 하는가?

관리를 철저하게 한다면 권총의 고장을 방지할 수 있다. 그러나 탄약이나 탄창의 상태가 좋지 않은 경우나, 사격 방법이 올바르지 않다면 문제가 일어난다. 불발, 장전 불량, 탄피 배출불량 등, 일어날 수 있는 문제에 대비해야 할 필요가 있다.

●고장 나지 않는 권총은 존재하지 않는다

권총의 유지관리를 잘 하고 있다 하더라도, 탄약이나 탄창에 이상이 있다면 권총은 고장 난다. 예를 들면, 탄약의 뇌관이나 장약이 불량품이라면 방아쇠를 당기는 순간 문제가 일어난다. 발화가 되지 않는 경우가 있는가 하면, 발화되어도 장약이 어중간하게 연소되어 총탄이 총열 안에서 정지할 위험성도 있다. 또한, 탄피가 팽창하여 약실에 들러붙어서 배출이 되지 않는 경우도 있다.

리볼버와 **반자동 권총**을 비교해보면, 리볼버가 고장 날 확률이 더 낮다. 문제가 생기더라도, 탄창을 사용하지 않는 리볼버는 방아쇠를 또 당기면 실린더가 회전해서 다음 탄약을 쏠 수 있다.

그러나 반자동 권총에는 실린더가 존재하지 않기 때문에 약실에는 불량 탄약이 남아있게 된다. 고장이 나지 않도록 하려면 「탄창이 확실하게 장전되어 있는가를 확인한다」, 「권총의 슬라이드를 당겨서 불량 탄약을 배출한다」, 「새로운 탄을 장전해서 발포한다」 라는 이 세 가지 순서가 필요하다.

탄약에 문제가 없더라도, 반자동 권총은 탄창의 사소한 변형에도 고장을 일으킨다. 픽션에서는 주인공이 사격이 끝난 탄창을 지면에 떨어트리고, 새로운 탄창을 장전하는 장면이 자주 나온다. 멋있어 보이기는 하지만, 지면에 떨어진 충격으로 탄창의 끝 부분이 휘어지는 경우가 있기 때문에 현장에서는 환영을 받지 못한다.

또한, 반자동 권총은 발사 가스로 생기는 압력으로 슬라이드가 후퇴하고 이 움직임에 의해 탄피가 배출이 된다. 사수가 확실하게 총을 쥐고 있지 않으면, 슬라이드가 후퇴하는 에너지가 손의 움직임에 흡수된다. 따라서 슬라이드가 완전하게 후퇴하지 않고 배출 불량을 일으킨다. 위와 같은 이유로 반자동 권총을 사용하는 특수경찰은 혹시 일어날지 모르는 고장에 대비하여, **소형 리볼버**를 긴급 예비용으로 휴대하고 다니기도 한다.

탄창은 떨어트리지 않고 「넣어 둔다」

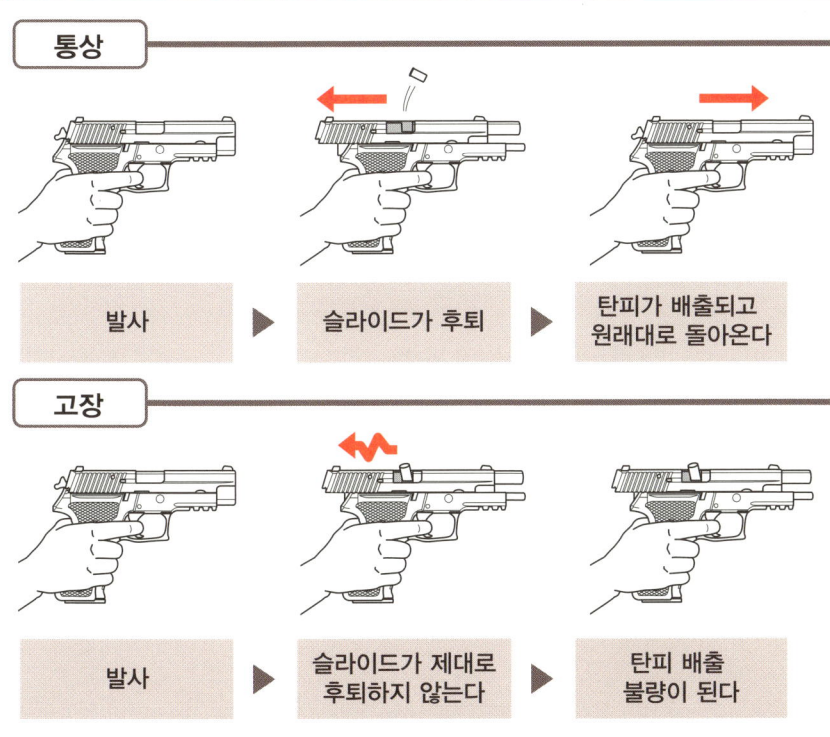

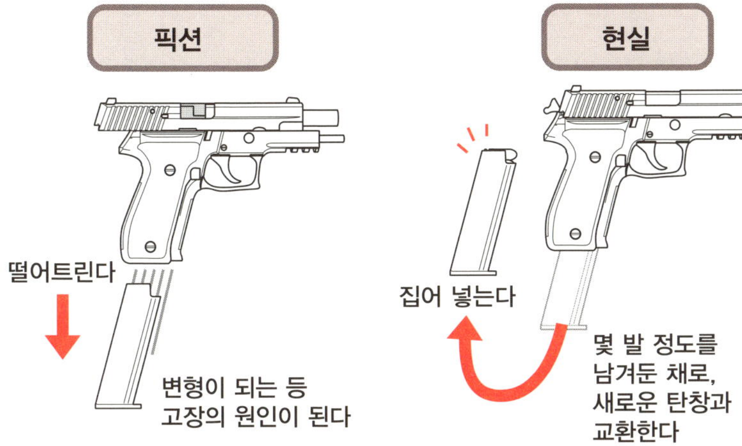
픽션
떨어트린다
변형이 되는 등
고장의 원인이 된다
현실
집어 넣는다
몇 발 정도를
남겨둔 채로,
새로운 탄창과
교환한다

반자동 권총의 시스템과 고장

통상

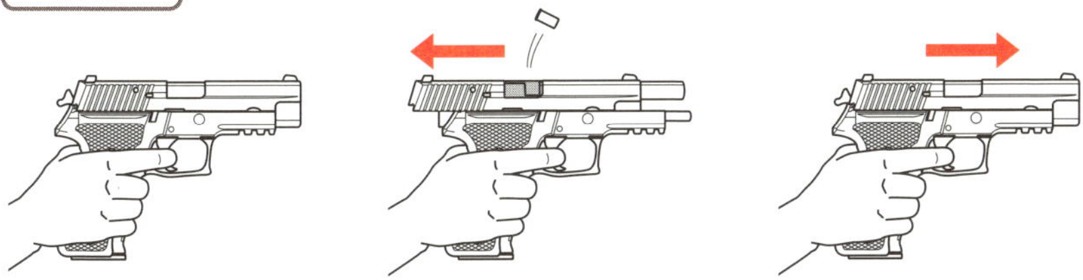

발사 ▶ 슬라이드가 후퇴 ▶ 탄피가 배출되고 원래대로 돌아온다

고장

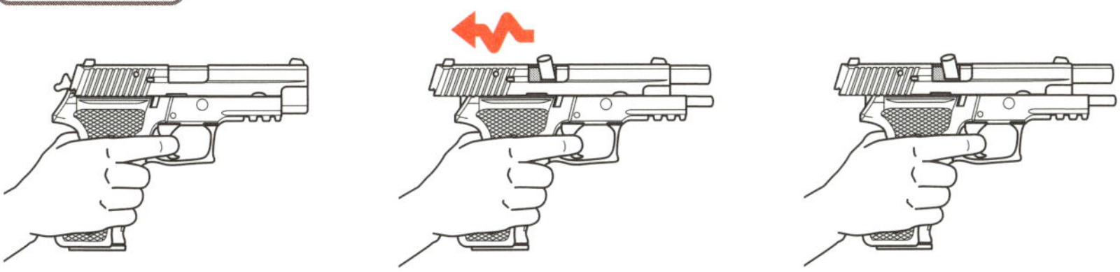

발사 ▶ 슬라이드가 제대로 후퇴하지 않는다 ▶ 탄피 배출 불량이 된다

원포인트 잡학상식

반자동 권총 사격 훈련에서는, 실탄과 빈 탄피를 함께 넣은 탄창을 사용하여 발포와 고장 처치 훈련을 반복한다.

No.032

총탄으로부터 몸을 지키는 방법은?

권총은 자기 방어에 반드시 필요한 장비라 할 수 있다. 그러나 흉악 범죄자가 불의의 습격을 할 경우, 권총으로는 막을 수가 없다. 그 때문에, 특수경찰은 항탄조끼를 착용하여 정신적으로도 육체적으로도 방어를 해둔다.

● 임무에 따라 맞춰서 사용한다

자신의 목숨을 지키는 것뿐만 아니라 관계자의 안전을 지키는 것이 최우선이기 때문에, 특수경찰에서는 「**항탄조끼**」를 착용한다. 총탄에 몸이 노출될 위험이 있는 최전선 팀에서는 의무적으로 장착하고 있다. 감식팀이나 심리분석팀 등 범죄자 체포를 지원하는 팀에서 착용하는 경우는 적지만, 그렇다 하더라고 사무실이나 수사차량에는 반드시 비치되어 있다.

항탄조끼는 「방탄조끼」라 불리는 경향이 강하다. 방탄조끼라 부르는 것이 잘못된 것은 아니지만, 어폐가 있는 것도 사실이다. 그 이유는, 완전하게 총탄을 막는 것은 어렵기 때문이다. 총탄을 막더라도 명중했을 때의 인체가 받는 탄착 에너지를 막는 것은 어렵다. 총격전을 상정하고 만든, 전술팀이 작용하는 10kg에 가까운 「**전술조끼**」라면 그것도 가능하지만 다른 팀에서는 그렇게 막기 힘들다.

일반적인 항탄조끼는, 보통 셔츠 밑에 착용하는 경우가 많다. 이렇게 착용하면 눈에 띄지 않기 때문에 상대방을 방심하게 만들 수 있다. 강철의 5배나 10배의 강도를 자랑하는 특수한 섬유 소재로 만들어져 있기 때문에, 권총탄 정도의 탄약이라면 관통을 막을 수 있다. 그러나 착탄시의 에너지를 완전하게 없애는 것은 어렵다. 섬유 소재의 특성상, 칼로 공격 당하면 막기 힘들다는 단점도 있다.

가택수색이나 흉악 범죄자가 숨어있는 아지트를 급습하는 임무 등, 순식간에 제압을 하여야 하는 경우에는 옷 위로 장착하는 타입을 선택한다. 착용을 숨길 필요가 없기 때문에, 옷 밑에 입는 타입보다 더욱 튼튼한 항탄처리를 할 수 있다. 상당한 위험이 예측되는 경우에는 군용탄과 같은 특수한 권총탄이나 소총탄도 막을 수 있는 「**세라믹 플레이트**」를, 가슴과 등에 장착하고 현장에 나간다.

총탄으로부터 몸을 지키는 방법

■ 항탄조끼

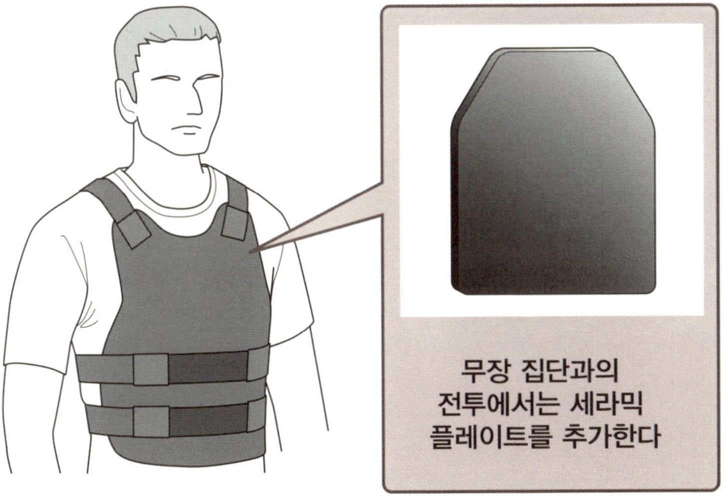
무장 집단과의
전투에서는 세라믹
플레이트를 추가한다

일반적으로는 셔츠 안쪽에 입는다

■ 전술조끼

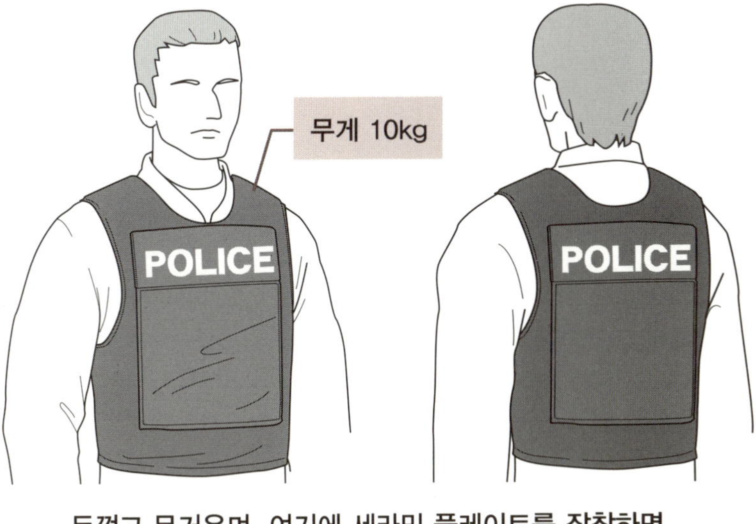
무게 10kg
POLICE
POLICE

두껍고 무거우며, 여기에 세라믹 플레이트를 장착하면
군용탄의 관통까지 막을 수 있다

원포인트 잡학상식

여름에는 항탄조끼 속에 땀이 차기 때문에 통기성이 좋은 전용 속옷을 착용하여 땀을 효과적으로 증발시켜 체온을 조절한다.

No.033

도검류의 공격을 막는 방법은?

칼로 공격을 해오는 경우는 거의 없지만, 이러한 습격을 받으면 목숨을 잃을 염려가 있다. 소형 칼과 같은 흉기는 숨겨서 들고 다닐 수 있기 때문에 주의가 필요하다. 공격은 순식간에 일어나기 때문에 권총을 빼서 자세를 취할 여유가 없는데다, 항탄조끼로도 공격을 막기 어렵다.

●권총과 항탄조끼만으로는 막을 수 없다

픽션에서는 매우 신기한 총격전이 일어난다. 범인은 매복해 경찰관을 상대할 수 있는 기회가 있음에도 불구하고, 어째서인지 원거리에서 총을 쏘기 시작한다. 이러한 이야기의 전개는 어디까지나 총격전을 연출하는데 있어서 빼놓을 수 없는 「영상에서의 사실성」이라 할 수 있다.

현실에서는 범인이 권총만 가지고 있는 경우는 거의 없다. 도검이나 날카로운 흉기를 숨기고 매복해있다가, 순식간에 달려 들어오는 경우가 있다. 예를 들면, 어떤 범인이 자택에 숨어 있는 것을 경찰관에게 발각되었다. 이 범인은 저항을 하지 않는 척하면서 공구함에서 스크류 드라이버를 꺼내더니, 경찰관의 경동맥을 찌르고 도주를 한 사건도 있다.

아주 가까운 거리에서 급소를 노린 공격을 당한 경우에는, 권총으로 대처하긴 힘들다. 발포를 하더라도 명중을 보장할 수 없고, 주위의 일반인이 유탄에 맞을 위험성도 있다. 또한, 항탄조끼는 총탄으로부터 몸을 지킬 수는 있지만, 날카로운 칼과 같은 흉기를 막는 것에는 한계가 있다.

이런 이유로 특수경찰은 근거리에서 들어오는 갑작스러운 공격에 대비하여 「**임팩트 웨폰(타격무기)**」을 휴대하고 다닌다. 이 장비는, 일반경찰관이 휴대하고 다니는 특수 경찰봉을 개량한 것이다. 상대방의 관절이나 신경을 타격해 격렬한 통증을 유발시켜서 일시적으로 적의 움직임을 봉쇄한다. 그 사이에 간격을 벌리고, 안전한 거리에서 권총을 뽑기 위하여 사용한다.

임팩트 웨폰은 특수 경찰봉과 같이 늘어난 상태에서만 사용하는 것이 아니라, 접은 상태에서도 사용한다. 능숙하게 사용하기 위해서는 전문적인 훈련이 필요하지만, 기본기를 완전하기 익히게 되면 권총이나 어둠을 비추는 **플래시라이트**를 대용품으로 사용할 수 있다. 이러한 편리성을 고려하여, 범인과 접촉할 기회가 많은 팀은 임팩트 웨폰 훈련을 매일마다 반복한다.

영상의 리얼리티와 현실

픽션

멀리서 쏘아댄다

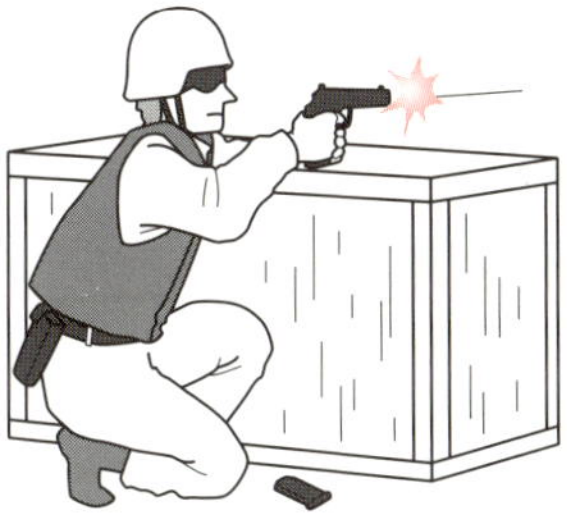

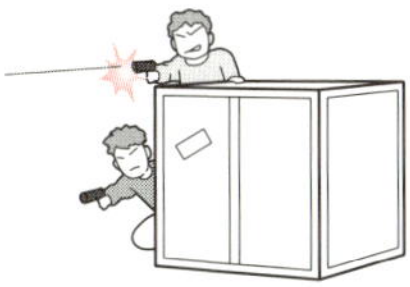

픽션에서는 멀리서부터 쏘아대는 경우가 많다

현실

가까운 곳에서 갑자기 달려든다

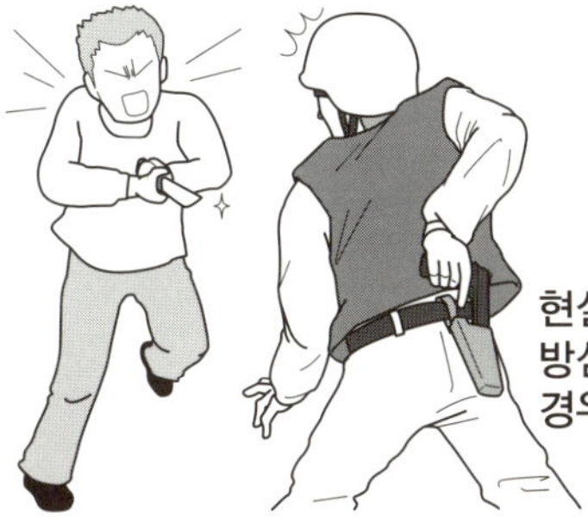

현실에서는 가까운 거리에서 방심한 순간을 파고 들어오는는 경우가 많다

임팩트 웨폰

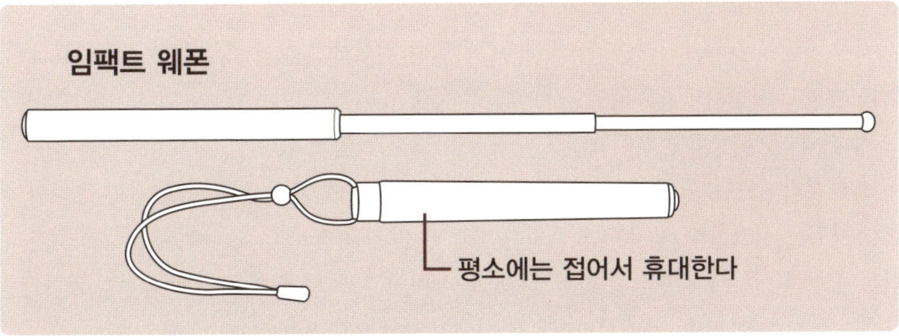
임팩트 웨폰
평소에는 접어서 휴대한다

※일본 경찰에서 사용하는 3단 경찰봉과 거의 비슷한 물건이다.

※권총이나 플래시라이트를 임팩트 웨폰으로 사용하는 경우도 많다.

원포인트 잡학상식

가까운 거리에서 칼과 같은 흉기로 습격해 오는 상대방을 붙잡아 누르지 않고, 일격을 가한 뒤 상대방의 사각으로 돌아 들어가 대응한다.

No.034

암흑 속에서는 어떻게 행동하는가?

범행 현장의 확보, 증거 채취, 범인의 수색은 밝으면 밝을수록 더 많은 단서를 얻을 수 있다. 따라서 야간에는 광원의 확보가 필요하다. 충분한 시야를 확보하기 위해서, 수사관은 작으면서 강력한 플래시라이트를 휴대하고 있다.

● 주간에도 플래시라이트를 휴대한다

특수경찰에게 있어서, 권총과 같이 허리에 차고 다니는 **플래시라이트**는 필수품이다. 그 이유는, 살인이나 사체유기와 같은 범행 현장은 사람들 눈에 띄지 않는 어두운 공간이 선호되기 때문이다. 흉악 범죄자의 습성이라고도 할 수 있는데, 이렇다 보니 범죄조사에서 충분한 불빛이 없으면 물적 증거를 놓칠 염려가 있는 것이다.

또한 주야를 가리지 않고, 범인 체포나 마약 압수를 위해 가옥에 돌입하는 경우도 있다. 이 때, 모든 실내 공간에 불이 켜져 있으리란 법은 없다. 옷장, 창고, 지하실, 주차장과 같은 어두컴컴한 장소로 갑자기 돌입하면 시야가 좁아진다. 움직임도 완만해지고 증거를 놓치기 쉬워질 뿐만 아니라, 어두운 곳에 숨어 있을지도 모르는 범인에게 총격을 당할 수도 있다.

암흑 속에서 전술적으로 행동하기 위해서는 플래시라이트가 반드시 필요하다. 이전에는 D형 건전지 혹은 C형 니켈수소전지를 사용하였기 때문에 대형이면서 두꺼웠고, 길이가 30cm 정도였다. 이 타입은 지금도 일반 경찰관이 허리에 착용하고 있고, 순찰차에도 상시 배치되어 있다.

특수경찰이 새롭게 사용하는 플래시라이트의 전력으로는, 카메라에서 사용되는 소형 리튬 전지가 사용된다. 이 외에 충전식도 있는데, 그 크기는 손바닥 안에 다 들어갈 정도로 작다. 최근에는 픽션 작품에서도 등장하는 회수가 늘고 있다.

플래시라이트는 한 손으로 사용할 정도의 크기로 가볍고 튼튼하며, 거기에 광원이 강력한 타입을 선호한다. 확실하게 주위를 비출 수 있을 뿐만 아니라, 총기나 칼로 공격을 하려는 범인의 시야나 평형감각을 일시적으로 마비시킬 수 있기 때문이다. 훈련을 거듭하여 능숙하게 다루게 되면, 플래시라이트를 **임팩트 웨폰**으로 사용할 수 있게 된다.

플래시라이트의 종류

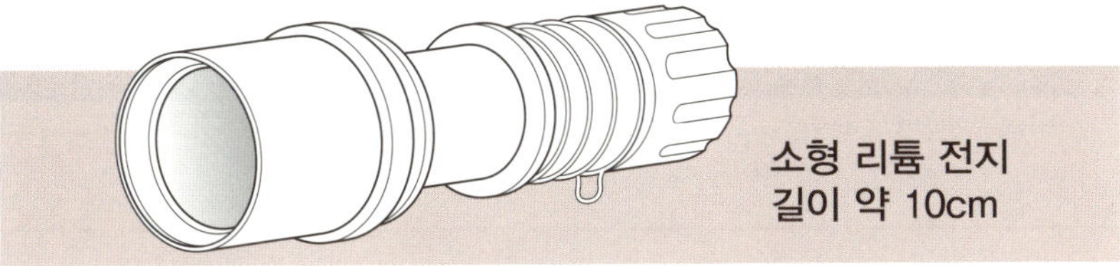
소형 리튬 전지
길이 약 10cm

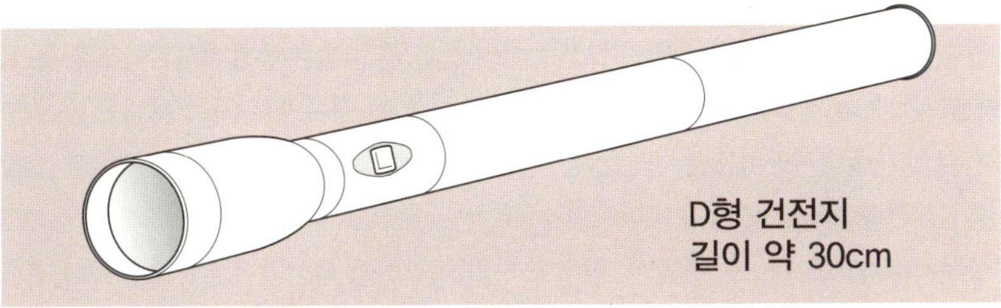
D형 건전지
길이 약 30cm

플래시라이트의 특징

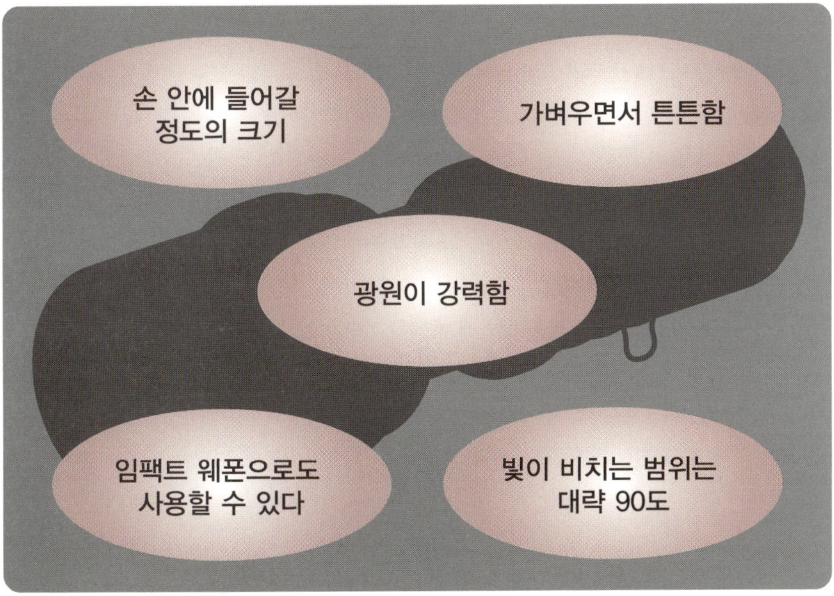
손 안에 들어갈
정도의 크기
가벼우면서 튼튼함
광원이 강력함
임팩트 웨폰으로도
사용할 수 있다
빛이 비치는 범위는
대략 90도

원포인트 잡학상식

D형 건전지나 C형 건전지를 사용하는 플래시라이트는 매우 튼튼하기 때문에, 야간 순찰 때 무척 든든한 아군이다.

No.035

플래시라이트와 권총은 어떻게 겨누는가?

24시간 치안 유지에 힘쓰는 전술팀은, 사전에 권총의 프레임에 플래시라이트를 장착하고 있다. 다른 특수경찰은 권총과 플래시라이트를 각각 휴대하는 경우가 많아, 왼손으로 라이트를 겨눈다

● 암흑을 비추는 것만으로도 주의가 필요하다

전술팀 이외의 특수경찰에서는, 오른손에 권총을 들고 왼손에 플래시라이트를 들어 상대방을 겨누는 훈련을 한다. 권총을 사용할 필요가 없는 경우에는, 홀스터에 권총을 넣은 채 왼손으로 플래시라이트를 사용한다. 오른손을 항상 자유롭게 유지하는 것은, 임팩트 웨폰이나 권총을 필요에 따라 재빨리 빼기 위한 것이다.

플래시라이트를 겨누는 방법은, 임무에 따라 미묘하게 차이가 있다. 예를 들어 전술팀은 범죄자가 숨어있는 장소를 급습하거나, 사다리를 이용하여 2층으로 돌입하거나, 문이나 창문을 열거나, 인질을 확보하거나, 상대방을 제압하는 것과 같은 움직임이 필요하기 때문에 왼손을 비워두어야만 한다. 그렇기 때문에 플래시라이트는 권총의 프레임 하부에 장착되어, 권총을 쥐고 있는 오른손의 악력 차이로 라이트의 점등을 조절한다.

한편, 범행 현장에서 유류품의 조사나 증거 채취를 할 경우나 도주한 범인을 수색할 때에는, 권총에 장착된 플래시라이트로는 효과를 기대하기 어렵다. 권총을 휘둘러가며 라이트를 비추면서 수사를 하는 것은 경찰의 신용에 손상을 입힌다. 길거리나 주택가에서 수사를 할 때는, 일반인에게 총구가 향할 위험성이 단번에 높아진다.

플래시라이트를 겨누는 방법은 현장의 위험도에 따라 변화한다. 범행 현장의 확보나 유류품 수사에서는 그렇게까지 신중함을 요구하지는 않지만, 가까운 곳에 범죄자가 잠복해있을 가능성이 있을 때는 점등 방법에 주의를 기울여야 한다.

아무런 생각 없이 어두운 곳을 비추면 자신이 있는 장소를 상대방에게 알려주는 꼴이 되기 때문이다. 더군다나 팀 단위로 행동하는 경우에 뒤에서 라이트를 앞으로 비추게 되면, 같이 행동하고 있는 팀의 위치를 범죄자에게 알려줄 위험이 있다.

권총과 플래시라이트를 겨누는 자세

일반적

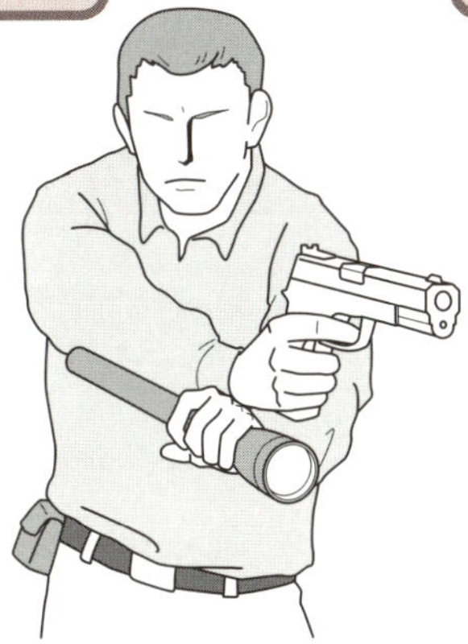

오른손에 권총,
왼손에 플래시라이트

전술팀

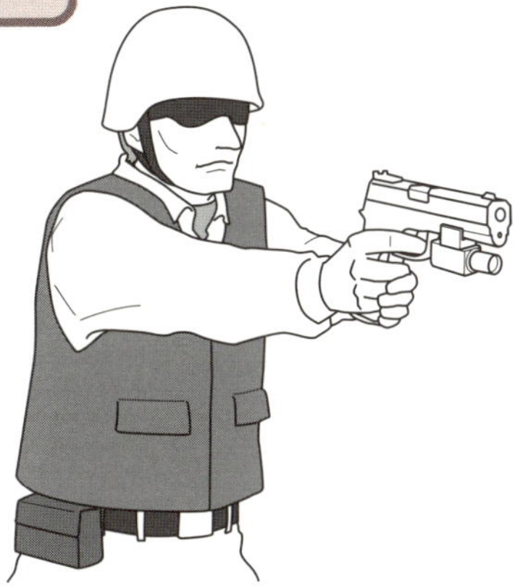

권총의 프레임
하부에 장착되어 있다

범죄자가 가까이 있는 경우

✕ 팀원을 비추지 말 것

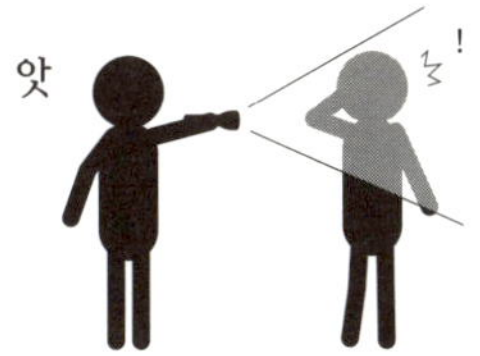
앗
!

✕ 쓸데없이 어두운 곳을 비추지 말 것

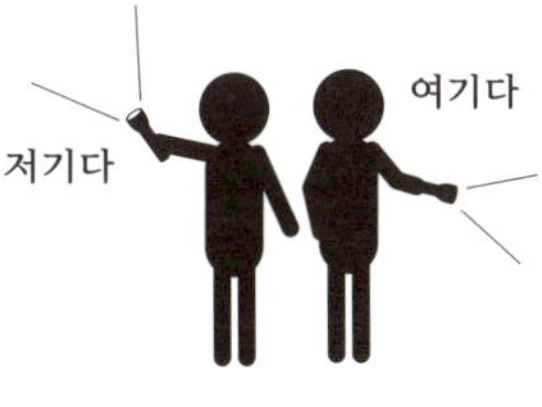
여기다
저기다

○ 전방만을 비추고, 뒤에서
총을 겨누고 전진한다

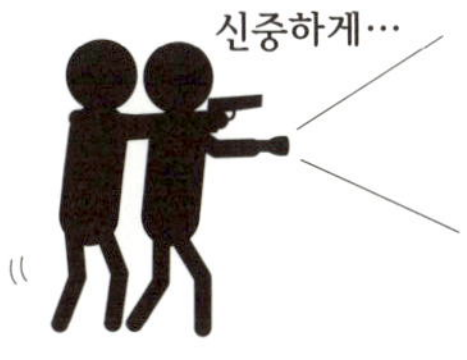
신중하게…

원포인트 잡학상식

권총에 장착한 플래시라이트는 어둠 속에 숨어있는 범인을 비추는 것 이외에, 조준장치로서도 활용이 가능하다.

No.036

사격 훈련은 어디서 하는가?

권총을 휴대한다 하더라도 능숙하게 사용하지 못하면 흉악 범죄에 대응하기 어렵다. 상대방이 체포를 두려워하여 필사적으로 저항하는 경우도 있다. 특수경찰은 최악의 상황을 대비하여 평상시부터 훈련을 반복한다.

●현실에 맞춰서 훈련을 실시한다

범행현장에서의 수사나 범인의 체포를 위하여 출동하는 팀일수록, 더욱 위험한 상대에 대비하여야 한다. 즉, 허리에 찬 홀스터 안에 들어가 있는 권총을 빼고 발포해야 할 상황이 일어날 수도 있다는 것을 명심하고 사전에 몸과 마음이 익숙해지도록 만들어야 한다.

24시간 체제로 임무에 임하다 보면, 해가 떠있을 때만 활동하는 것이 아니라 야간에도 활동을 하게 된다. 빛의 가감에 의해 사물이 다르게 보이게 된다. 상대방이 손에 든 것이 권총인지, 나이프인지, 아니면 휴대전화인지. 긴장을 하면 할수록 시야가 좁아지기 때문에, 오인이나 간과할 수 있는 위험성이 단번에 높아진다.

그렇기 때문에, 혼동하지 않도록 평소부터 경험을 쌓아 놓는다. 경험을 쌓으면 자신감이 붙는다. 절박한 상황에서도, 머리가 혼란스럽더라도, 무의식적으로 몸이 자연스럽게 반응을 한다. 이러한 점에서, 사격 훈련은 실내사격장과 실외사격장을 목적에 맞춰 나눠서 사용한다.

실내사격장에서는, 빛을 조절하는 것으로 주간, 일출 및 일몰, 야간과 같은 상황을 인공적으로 만들어낸다. 여기서 먼저 사격의 기본적인 노하우를 배우고 익히면서 경험을 쌓는다. 항탄조끼를 착용하고 플래시라이트를 함께 사용하는 사격을 포함하여, 더운 날씨나 비 내리는 날씨와 같이 기온이나 습도와 같은 기상조건에 영향을 받는 일 없이 합리적으로 훈련을 한다.

권총 사격 실력이 향상되면 **실외사격장**으로 이동한다. 여기서는 현실에 맞추어서, 모든 기상조건하의 훈련이 주체가 된다. 실내와 비교해 사격 방향이나 거리에 있어서 선택의 폭이 넓어지고, 문이나 창문과 같은 장애물을 배치하거나 차량을 이용하기도 한다. 전술팀이나 저격팀이라면 저격 후 돌입과 같은 모의합동 훈련을 실시하고, 특수 음향 섬광탄이나 최루가스 등도 실제로 사용하여 현장을 방불케 하는 훈련을 실시한다.

실내에서 사격 훈련

방탄조끼, 플래시라이트를 같이 사용하는 사격을 포함하여,
합리적으로 훈련을 실시한다

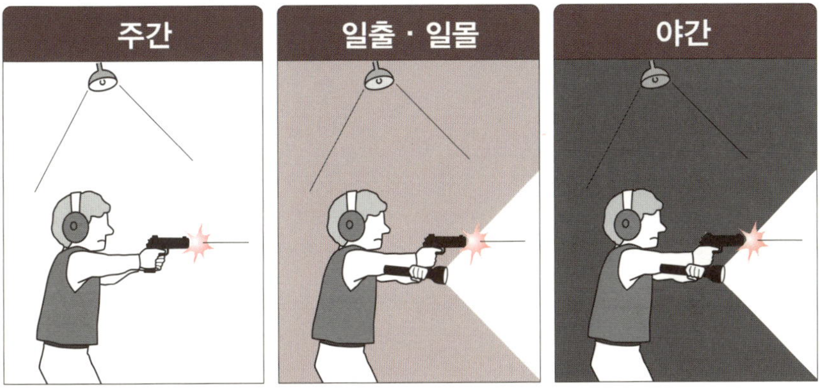
주간
일출 · 일몰
야간

실외사격장

전천후, 전방위로 사격 방향 선택의 폭이 넓은 가운데, 장애물도
사용하여 훈련을 실시한다

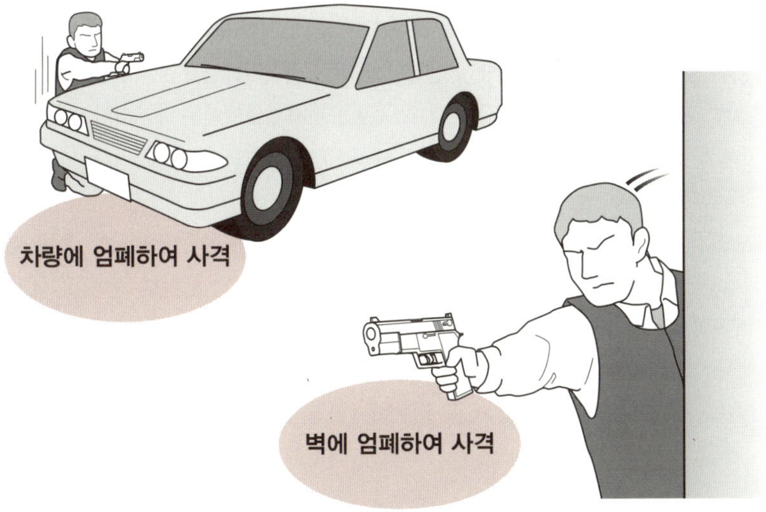
차량에 엄폐하여 사격
벽에 엄폐하여 사격

원포인트 잡학상식

겨울철의 실외사격장에서는 몸이 차가워져서 총기를 다루는 손끝이 추위로 잘 움직여지지 않기 때문에 훈련을 어려워하는 수사관이 많다.

No.037

사격 훈련에서는 무엇을 배우는가?

특수경찰에서는 일반경찰관과 달리 전문적인 사격을 배운다. 팀에 따라서는 샷건, 자동소총, 기관단총, 저격총도 다룬다. 또한, 기본 장비인 권총에 있어서도 더욱 고도의 훈련을 받는다.

● 총을 쏘는 것만이 훈련은 아니다

픽션과는 다르게, 특수경찰에서는 새로 들어온 팀원이 사격 훈련에 참가했을 때 처음부터 권총을 쏘는 일은 없다. 일단은 강의를 통하여 화기의 사용 방침이나 정당한 발포 기준을 머리 속에 새겨 넣는다. 적절한 판단이 가능하지 않은 상태에서 총을 다루지 않는다면, 특수경찰의 의미가 없기 때문이다. 오인사격이나 정당성이 결여된 발포를 하게 되면, 상대방이나 상대방의 변호사에게 고소를 당한다. 또한, 재판에서 패소할 가능성도 높다.

그렇기 때문에 신중함이 요구된다. **일반경찰과는 다른 레벨**이 요구되어 지식, 기술, 전술, 사기, 위험 탐지 능력을 철저하게 배운다. 개인뿐만 아니라, 팀원과 같이 움직이는 훈련도 실시한다. 또한, 극도의 긴장이나 호흡, 심장의 고동, 지각, 신체의 움직임이 어떠한 스트레스를 주는 것인가, 권총을 쏠 때 어떤 영향을 미치는가, 와 같은 사항에 대하여 상세하게 배운다.

권총을 쥐는 방법, 자세, 다리의 위치, 조준 방법, 방아쇠를 당기는 법, 인체의 급소 등 기초를 다시 닦는 차원에서 철저하게 수정한다. 예를 들면, 일반경찰관은 권총을 쏠 때 상대방의 상반신 중앙을 노리도록 교육을 받지만 이는 특수경찰에서는 충분하다고 할 수 없다. **항탄조끼**를 착용하고 있는 범죄자도 있기 때문이다. 이 때는 주저하지 말고 머리나 골반을 노리고 발포하여, 상대방을 무력화 시켜야만 한다.

또한 「경고를 하면서 권총을 조작한다」라고 하는, 두 가지 동작을 동시에 하는 것도 훈련에서 요구된다. 현장에서는 「경찰이다」, 「움직이지 마」, 「총을 버려」와 같은 경고를 하면서 권총을 조준하고 발포하여야 한다. 마약 압수와 같은 가택수사의 경우에는, 가까운 거리에서 상대방을 명중시키면서 권총을 조작하여야 한다. 언제, 어떠한 상황에서 어떻게 움직여야 하는 것인가? 순간적으로 결단을 내리고, 그 자리에서 실행을 해야만 한다.

사격 훈련에 앞서 배우는 것

- 화기의 사용 방침
- 정당한 발포 기준
- 지식, 기술, 전술, 사기, 위험 탐지능력을 배운다
- 팀원과 같이 움직이는 훈련
- 총기 사격과 스트레스의 영향

경고를 하면서 권총을 조작한다

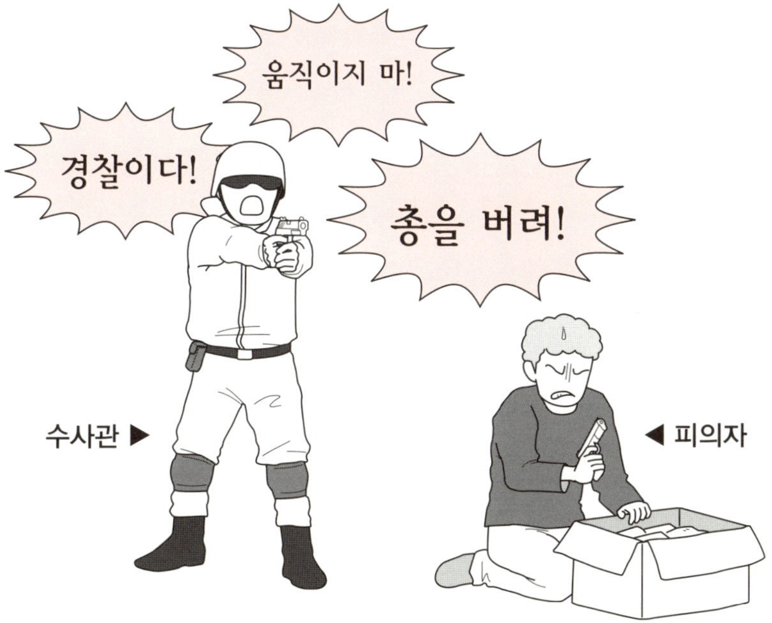
경찰이다!
움직이지 마!
총을 버려!
수사관 ▶
◀ 피의자

원포인트 잡학상식

범인에게 경고를 하면서 권총을 조작한다는 것은 간단해 보이지만, 실제로는 상당한 숙련도를 필요로 한다.

No.038

사격 실력은 어떤 기준으로 판정하는가?

특수경찰에 배치가 결정되면 더욱 엄격한 기준이 요구된다. 예를 들어 권총의 조작에 있어서, 연간 수 차례의 기능 테스트를 통과하여야 한다. 합격 기준을 넘지 못하면, 보충 훈련을 강제적으로 받아야 한다.

● 팀으로 행동이 가능한지가 합격 기준이다

영화나 소설에서는, 주인공이 실내사격장에서 표적을 목표로 사격을 하는 장면이 묘사된다. 사격 부스에서 헤드폰과 비슷한 이어 프로텍터를 장착한 채로, 홀스터에서 권총을 빼서 발포를 한다. 이러한 장면은 실제로도 볼 수 있지만, 「표적을 향해 권총으로 그냥 사격한다」와 같은 사격은 특수경찰에서는 있을 수 없다.

특수경찰에서는 일반경찰과 다르게, 여러 가지 범죄에 전문적으로 관여한다. 권총을 조작하는 경우에는 순간적으로 적절한 상황 판단이 요구된다. 따라서 권총에 있어서는, 더욱 구체적이며 실천적인 사격 방법을 전술적으로 학습한다.

그리고 1년에 수 차례 **기능 테스트**를 실시하여, 요구 수준을 유지하고 있는가를 확인한다. 만약 불합격이라면, 약점을 극복하기 위한 특별 훈련을 받아야만 한다.

기능 테스트에서 평가 대상이 되는, 전술적인 사격이란 어떤 것일까? 예를 들어, 인간의 허리에서 위의 부분을 찍은 사진 표적을 여러 개 준비해 사격의 정확성과 속도를 시험한다. 교관은 표적의 손에 들려있는 소도구를 불규칙하게 바꾼다. 권총, 날카로운 흉기, 휴대 전화, 캔 맥주와 같은 소도구를 사용하여, 위협 레벨을 식별하는 습관을 들이기 위함이다.

사람이 걷는, 혹은 뛰는 속도에 맞춰 움직이는 이동 표적도 사용된다. 한 손 사격도 체크되며, 자신의 팔이 총에 맞았을 경우를 대비해 다른 한 손으로만 탄창을 교환하는 항목도 있다. 불발, 장전 불량, 배출 불량을 한 손만으로 고칠 수 있는가도 체크된다.

또한 현장에서는 팀 단위 행동이 기본이기 때문에, 「**상호지원**」이 중시된다. 자기 멋대로 행동하는 것이 아니라 팀원들과의 의사소통 기술, 건물 안이나 실외의 이동 요령, 상대를 발견하였을 때 팀으로 대응과 같은 항목도 사격 기능 테스트에 포함되어 있다.

특수경찰의 기능 테스트

표적의 손에 들려있는 소도구가 불규칙하게 변화한다

이동표적

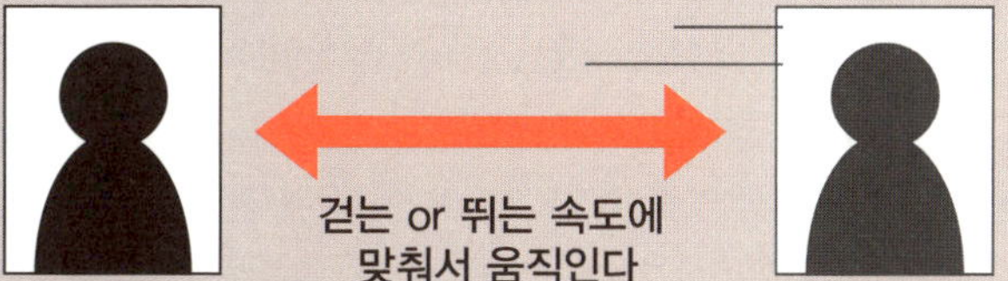
걷는 or 뛰는 속도에
맞춰서 움직인다

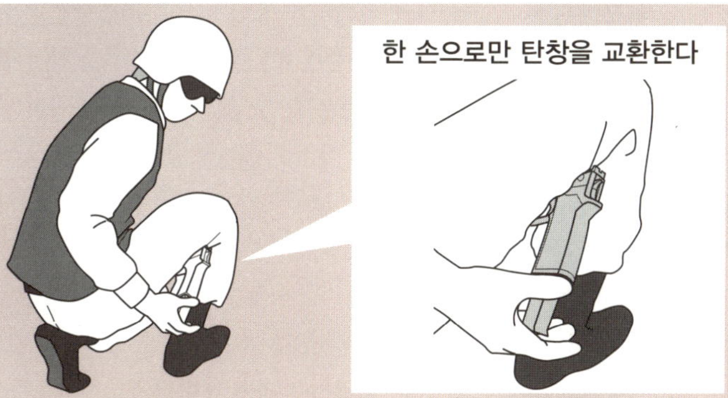
한 손으로만 탄창을 교환한다

일반경찰의 사격 훈련

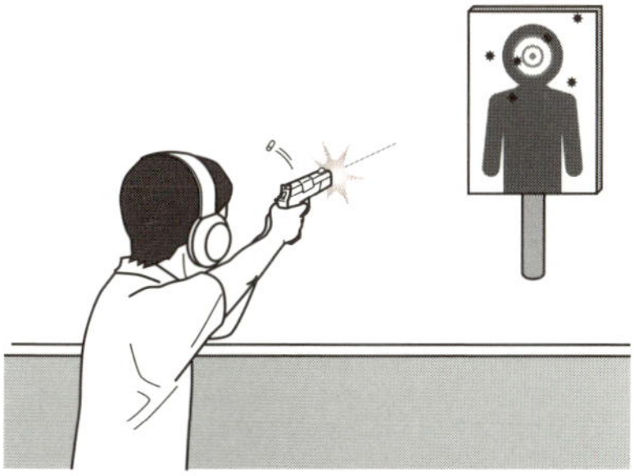

표적을 향하여
권총 발사를 반복한다

원포인트 잡학상식

복수의 표적을 사용하여 실시하는 식별사격 테스트에서는, 사격 후에 발포의 순서와 근거에 대하여 교관이 매우 자세하게 질문한다.

No.039

권총으로 노릴 수 있는 한계 거리는?

픽션에서는 거리에 관계없이 총탄은 직선으로 날아간다. 주인공의 실력과 권총의 성능은 발군으로, 먼 거리에 있는 상대라 하더라도 반드시 명중시킨다. 그러나 실제로는 포물선을 그리기 때문에, 핀포인트로 명중시키는 것은 어렵다.

● 어떤 권총이라도 한계가 있다

권총은 기관단총이나 자동소총에 비하여 총열이 짧고, 사용하는 탄약에 들어가는 화약의 양이 적기 때문에 원거리의 적을 노리는 것은 어렵다. 권총탄은 라이플탄과 같이 완만한 포물선을 그리며 날아가지만, 발사시의 에너지가 빠르게 소비된다. 따라서 거리가 멀어지면 멀어질수록, 그 특성상 명중 정밀도가 낮아지고 위력이 약해진다.

소설이나 영화에서는 주인공이 조준한 곳에 총알이 명중하지만 현실에서는 그렇게 간단하게 명중이 되지는 않는다. 상대방과의 거리가 떨어져 있을수록 난이도는 올라가서, 핀포인트로 명중 시키기는 어려워진다. 또한 종이로 만들어진 표적과는 다르게, 상대방은 움직이면서 발포해 온다. 총탄이 날아드는 가운데, 당황하지 않고 권총탄이 날아가는 포물선의 오차를 냉정하게 계산하여 사격할 수 있는 기량이 요구된다.

특수경찰에게 권총의 **최대 유효 사거리는** 25m라 여겨지기에, 이 거리에서의 사격 훈련이 의무화되어 있다. 이는, 거리가 멀어지면 멀어질수록 명중률이 저하하는 것을 실감시키기 위한 것이다. 물론 명중 정밀도가 떨어져도, 25m를 넘긴 상태에서도 살상능력은 유지된다. 쏜 탄약이 유탄이 되어, 일반인에게 피해를 주는 일은 절대 없어야 한다.

특수경찰의 임무를 고려해볼 때, 많은 총격전은 과거 데이터에서 산출하더라도 7m 전후의 거리에서 일어난다. 25m라는 수치는 현실적이지 않다는 현장의 의견도 다수 존재한다. 그렇지만, 자신이 사용하는 권총의 성능과 자신이 가진 기량의 한계를 파악해 두지 않는다면, 잘못된 대응을 할 수도 있다.

그 예시로, LA에서 일어난 은행 강도 사건과 같이 상대방이 방탄조끼와 돌격 소총으로 무장하고 있을 때 권총으로 어느 선까지 대응 할 수 있는지 그 한계를 파악하지 못했을 때 피해는 확대된다. 패닉 상태에 빠져서 불리하다는 판단을 하지 못하고, 마지막까지 권총으로 응전을 하게 된다.

현실과 훈련

일반적인 총격전의 거리는 7m 전후

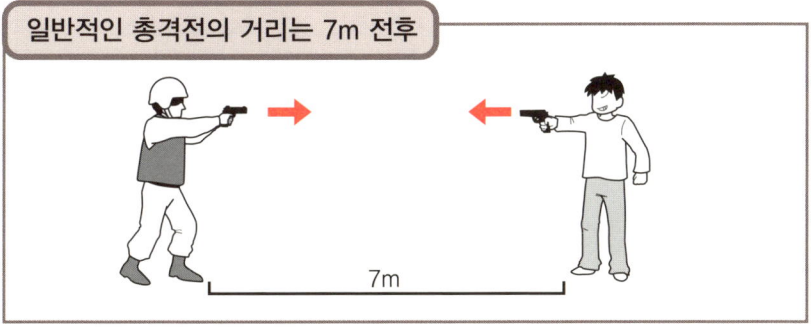

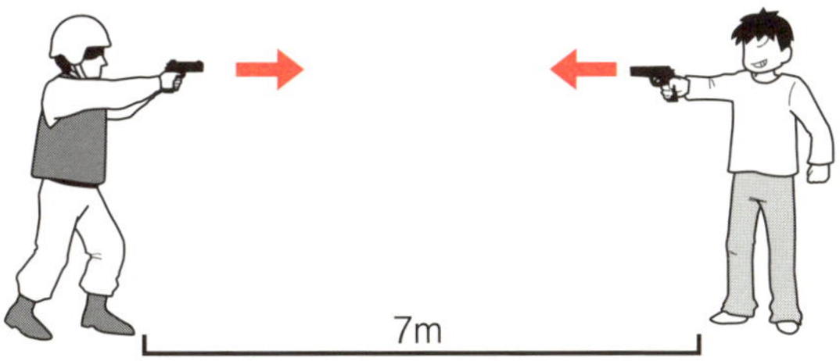
7m

훈련은 25m 거리까지 실시한다

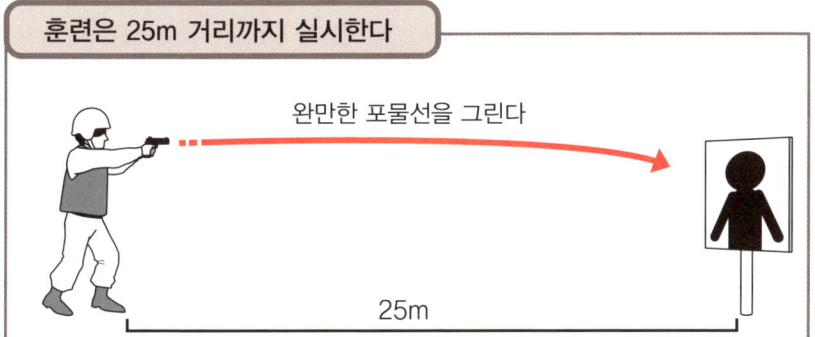

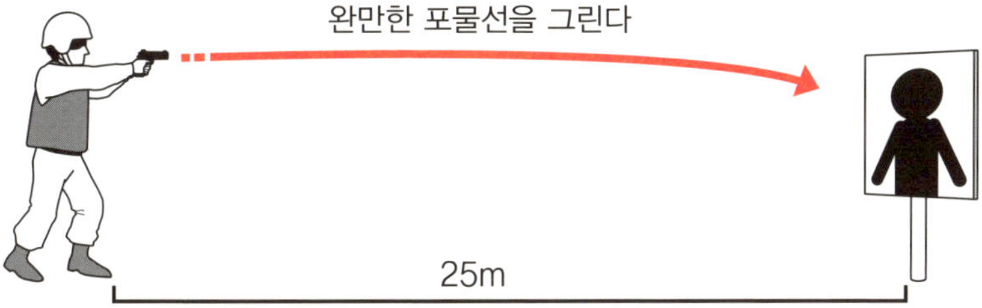
완만한 포물선을 그린다
25m

25m에서 실시하는 훈련의 목적은 한계를 알기 위함

평소에 한계를 알아둔다

실제 현장에서 판단 기준이 된다

무리를 하지 않고, 적절하게 대응을 할 수 있게 된다

원포인트 잡학상식

사격 경기에서는 25m 앞의 표적을 간단하게 쏘지만, 현장에서는 확실하게 명중시킬 수 있는 거리로 발포를 한정한다.

No.040

상대방의 총탄을 피하는 요령은?

사격 훈련은 단순히 목표에 대고 권총을 쏘는 이미지가 강하다. 영화 속에서도 이러한 장면이 많이 나온다. 그러나 실제로는, 차폐물로 계속 이동하면서 사격을 하는 전술적인 훈련을 반복한다.

● 조준을 당하지 않도록 위치를 바꾼다

총격전에서는, 가능한 한 차폐물에 숨어서 발포한다. 픽션과 같이 멋있게 똑바로 서서 권총을 쏘는 일은 있을 수 없다. 상대방이 쏜 총탄에서 자기자신을 지키기 위해 매우 중요한 항목이다. 신체의 노출을 최소화하고 짧은 시간 안에 안정된 자세로 상대방을 조준하기 위해서는, **차폐물의 종류와 쓰임새**를 확실히 파악하고 실시간으로 판단하면서 이동해 확실하게 조준하여 발포가 가능한 능력이 반드시 필요하다.

원래 차폐물이란 모습을 감추기 위한 물건을 의미한다. 초목의 그늘, 암흑, 나무로 된 문과 같이 총알이 관통하기 쉬운 것과, 철제 문이나 콘크리트와 같이 관통하기 어려운 물건이 있다. 상대방에게 들키지 않고 접근을 할 때는 양쪽을 다 사용하지만, 총격전에서는 인공물에 숨는 경우가 많다. 그러나 차폐물에 너무 기대는 것은 금물이다. 예를 들어, 총탄을 확실하게 막아주는 콘크리트 벽이나 순찰차의 엔진 부분 뒤에 숨어서 발포를 계속하면 「이 차폐물은 총탄으로부터 몸을 보호해 준다」라는 의식이 작용하여 그 장소에서 벗어날 수 없게 된다.

이러한 심리는 위험한 것이다. 같은 곳에 머무르면서 사격을 계속하게 되면, 상대방에게 숨어 있는 장소를 알려주는 꼴이 된다. 그리고 집중포화를 받아서 저격당한다. 그렇기 때문에 사격 훈련에서는 차량, 콘크리트 블록, 소화전, 전신주와 같은 소도구를 배치하여 차폐물 사이를 이동해가면서 발포하도록 가르치고 있다.

각자의 훈련 영상을 녹화하여, 상세한 부분까지 검증한다. 예를 들어 차량의 보닛을 차폐물로 사용하여 발포할 때 보닛 위로 얼굴을 내밀고 사격, 헤드라이트의 옆으로 얼굴을 내밀고 사격, 차체의 밑으로 사격, 이 세 가지 방법이 있다. 이 때, 자신이 이용한 방법에 대하여 무슨 이유로 이 방법을 사용하였는지를 교관에게 설명해야 한다.

총격전의 기본

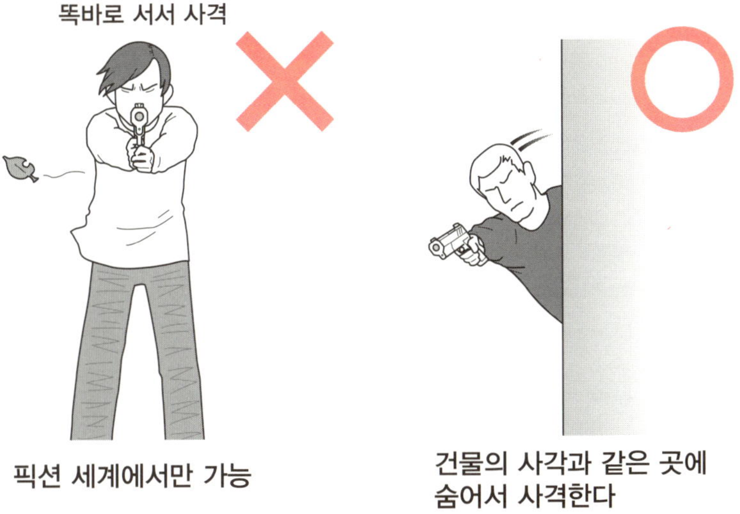
똑바로 서서 사격
픽션 세계에서만 가능
건물의 사각과 같은 곳에
숨어서 사격한다

총격전이 일어날 때의 행동

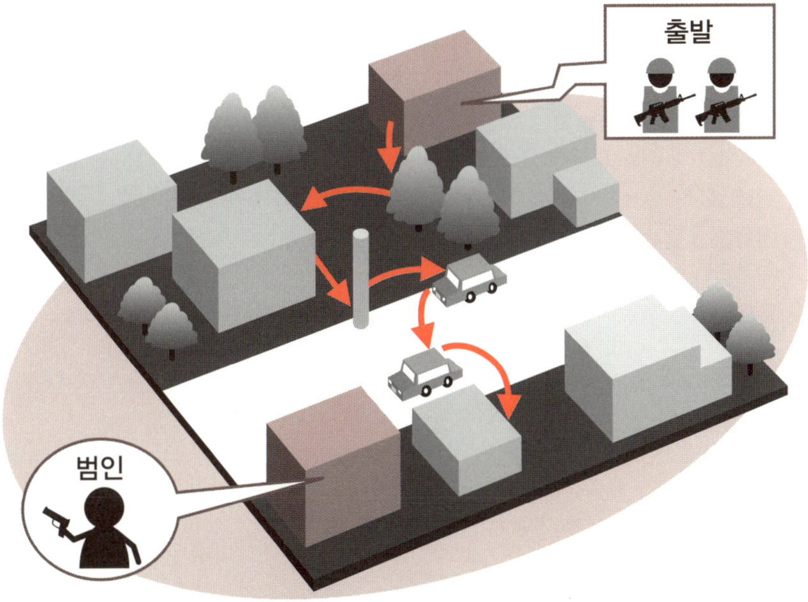
출발
범인

차폐물을 활용해 이동하면서, 적에게 접근한다

원포인트 잡학상식

범인의 총탄을 피하는 가장 확실한 방법은, 탐지되지 않도록 이동하여 범인의 옆면이나 뒷면에서 허를 찌르는 것이다.

컨설턴트라는 직업 ①

특수경찰이나 총기가 등장하는 작품의 제작 협력에 참여해 온 나 자신의 경험으로 보았을 때, 컨설턴트의 일은 세 가지로 나눠진다. 촬영 전의 협력, 현장에서 촬영 협력, 촬영 후의 확인이다.

촬영 전에는 특히 여러 가지 일로 분주하다. 촬영 예정지 사전 답사에 동행하여 프로듀서, 감독, 각본가와의 미팅을 통해 의견을 교환한다. 회의의 결과는 각본에 반영될 뿐만 아니라, 액션 연출의 토대가 되는 그림 콘티에도 활용이 된다.

그림 콘티는 감독과 카메라맨이 연출을 결정하는 설계도이다. 그렇지만 제작일수에 제한이 있는 경우, 그림 콘티를 사용하지 않고 리허설로 동작을 결정하는 경우도 있다.

배우들의 총기 지도도 담당한다. 해외 작품에서는 배우가 몇 개월 전부터 배역에 맞춰서 연구에 몰두하여, 총기 사용에 익숙해질 기회가 있다. 그러나 일본에서는 배우의 스케줄 조절이 어렵다.

따라서, 한정된 시간에 효율적으로 배우들을 배역에 맞춰 프로패셔널로 만들어야 한다. 이 부분이 가장 어려운 일이다.

예를 들면, 「특수경찰은 이런 자세로 권총을 겨눈다」 라는 일방적인 지도는 의미가 없다. 배역상, 그들은 총기를 능수능란하게 다루는 프로패셔널이다. 즉, 현장의 수사관과 마찬가지로, 자신의 신체 일부와 같이 다루어야만 한다.

지도는 강의와 실기, 양쪽 다 진행한다. 수사관의 실제 수사 순서를 이해하고, 이를 바탕으로 실제로 실기를 진행한다.

중요한 것은 「쓸데없는 동작이 없고, 자연스러워 보이는 것」이다. 예를 들면 홀스터에서 총을 뽑아서 겨누는 동작 하나도, 주저 없이 부드럽게 움직이는 것이 중요하다.

사람은 각각 골격이나 근육에 차이가 있다. 배우가 5명이 있다면, 5명 모두의 자세가 미묘하게 차이가 나기 때문에 신인 수사관을 육성하는 것과 같은 방법으로 자세를 만들어 가는 경우가 많다.

총기를 가지고 자연스럽게 움직인다는 것은, 자신의 의사로 컨트롤이 가능하다는 것을 의미한다. 그러나 의식이 총에 쏠려 있다면, 움직임이 뻣뻣하고 표정이 신통치 않게 된다. 이는 영상으로 비칠 때에 치명적이라 할 수 있다.

물론 「쓸데없는 동작이 없는 움직임」은 보기에 밋밋하다는 의견도 있다. 영상에서의 사실성을 고려하였을 때 감독이나 배우가 부족하다고 느끼는 경우도 있기 때문에, 최종적으로 어느 측면의 사실성을 추구하여 촬영을 하는지는 감독 자신이 판단한다.

제 3 장
전술팀

No.041

특수경찰은 군용 총기도 사용하는가?

특수경찰은 흉악 범죄자를 전문적으로 체포하기 때문에, 이에 걸맞은 무장이 필요하다. 범인과 마주칠 위험이 존재하는 팀은 권총을 휴대하지만, 화력이 필요한 상황에서는 군대에서 사용하는 자동소총도 쓰인다.

● 흉악 범죄자를 억제하는 비장의 카드

경찰관이 자기 방어를 위하여 휴대하는 총기라 하면 역시 권총이다. 픽션에서는 홀스터에서 권총을 뽑아서 겨누는 장면이 자주 묘사된다. 이 때, 권총이 아닌 자동소총을 겨누는 연출로 바꿔보면 어떻게 될까? 「영상에서의 사실성」에서는 성립하더라도, 「현실적인 사실성」이라는 의미에서는 설득력이 없어진다.

그러나 현장에서는 새로운 움직임이 일어나고 있다. 범죄 발생건수가 많은 대도시의 특수경찰에서는, 미군이 사용하는 M16이나 **M4 카빈**과 같은 자동소총을 제식장비로 채택하기 시작하고 있다. 이러한 움직임은 「흉악범들을 억제하기 위해서는, 강행적인 수단도 주저하지 않는다」라는 명확한 의지의 표현이라 할 수 있다.

자동소총을 채용하기 시작한 요인 중 하나는, 본서 50페이지에서 소개한 은행 강도 사건이다. 시중에서 판매하는 **항탄조끼**로 전신을 방어하고 자동소총으로 무장한 범죄자가 나타나게 되었기 때문이다. 항탄조끼의 시중 유통을 규제하여 단속하는 것은 어렵다. 또한, 뒷거래로 범죄자들에게 흘러 들어가는 총기의 근절이 곤란하다는 사실이 표면화되었기 때문이다.

자동소총은 총열이 길고, 양손과 어깨 3점으로 받치기 때문에 안정적이고, 원거리에서도 정밀한 사격을 할 수 있다. 권총과는 비교를 할 수 없을 정도로 압도적인 화력을 보유하고 있다. 일반경찰의 권총탄은, 범인에게 쏘더라도 항탄조끼에 막힐 수도 있다. 그러나 범인이 발포하는 라이플탄은, 매우 간단하게 경찰관의 항탄조끼를 관통해 버린다.

특수경찰에서는 이러한 현실을 심각하게 받아들여, 인질 구출 작전에 출동하는 전술팀은 물론이고 무장범과 마주칠 가능성이 있는 모든 팀의 휴대 화기를 재검토하였다. 그 결과, 자동소총의 배치와 훈련을 개시하고 경찰 차량에도 자동소총을 적재하도록 하였다.

자동소총

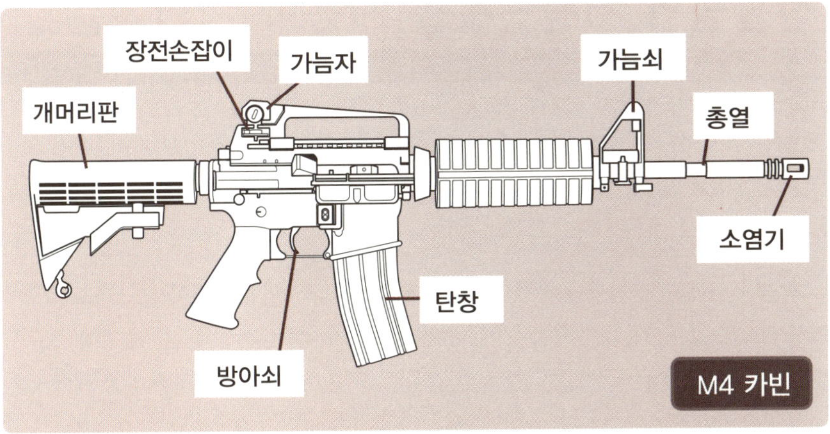
장전손잡이
가늠자
개머리판
가늠쇠
총열
소염기
탄창
방아쇠
M4 카빈

자동소총 VS 권총

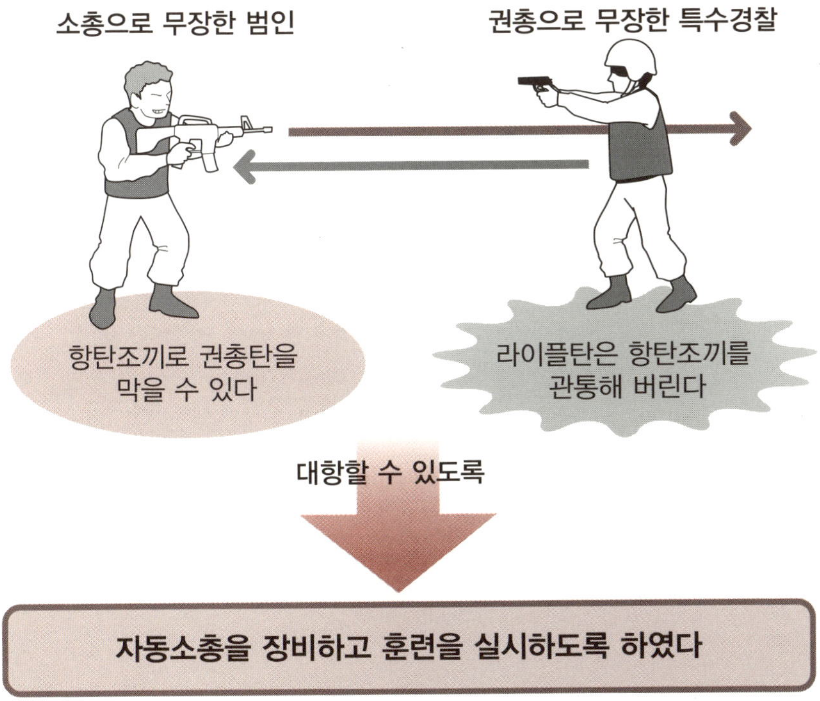
소총으로 무장한 범인
권총으로 무장한 특수경찰
항탄조끼로 권총탄을 막을 수 있다
라이플탄은 항탄조끼를 관통해 버린다
대항할 수 있도록
자동소총을 장비하고 훈련을 실시하도록 하였다

원포인트 잡학상식

항탄조끼에 장착하는 세라믹 플레이트의 중량과 두께에 따라, 관통을 막을 수 있는 군용 총기의 구경은 미묘하게 다르다.

No.042

전술팀이 기관단총을 사용하는 이유는?

가옥에 숨어있는 무장범의 체포는 전술팀이 담당한다. 그러나 권총으로는 화력이 부족하고, 자동소총은 총열이 길기 때문에 실내에서는 다루기 불편하다. 그래서 많은 전술팀은 컴팩트한 기관단총을 사용한다.

● 사용하기 편리한 기관단총

범인은 여러 가지 동기나 목적으로 사건을 일으킨다. 「인질을 죽이겠다」라고 위협하면서 자신의 요구사항을 관철시키려는 경우도 있는가 하면, 혼자서 점거를 하는 경우도 있다. 그들이 범행장소로 선택하는 곳은 가옥, 사무실, 버스, 열차, 여객기 등 폐쇄된 장소가 많다.

사건이 일어나면 전술팀이 투입된다. 최근의 픽션에서도, 그들은 드라마의 긴장을 고조시키는 존재로 묘사된다. 물론, 전술팀이 임무를 수행하는 것은 인질교섭팀이 교섭 설득에 실패한 경우나, 인질이나 범인 자신의 생명이 위험한 상황에 한정된다.

현장에서는 상대방의 무장에 따라 전술팀의 휴대화기가 변경된다. 예를 들어 범인이 자동소총으로 무장하고 항탄조끼를 착용한 것이 확인되면, 권총을 가지고 돌입하는 경우는 없다. 순식간에 상대를 무력화 시키기에는 화력이 너무나도 부족하기 때문이다. 무장범이 여러 명이 있을 경우에는 더더욱 위험하다.

그러나 전술팀이 자동소총을 사용하기에는 문제점이 있다. 좁은 공간에서는 자동소총을 다루기 어렵고, 움직임이 둔해진다. 또한 **라이플탄**은 쉽게 인체를 관통하여, 사선상의 인질에 명중되는 2차적 피해도 일어날 수 있다. 그래서 전술팀은 권총탄을 사용하는 **기관단총**을 휴대하게 되었다. 실내에서 범인을 제압할 때 사정거리는 25m를 넘지 않기 때문에 기관단총이 편리하다.

제압작전이 시작되면 제압이 완료될 때까지 전진을 멈추지 않는다. 인질이나 무장하지 않은 범인을 제압할 때에는 그 자리에 쓰러트리고 수갑을 채운다. 경고를 무시하고 무기를 버리지 않는 경우에는, 상대가 쓰러질 때까지 주저하지 않고 총탄을 쏘아대면서 전진한다. 이러한 편리함에 있어서도, 기관단총이 전술적으로 유리하다.

자동소총의 문제점

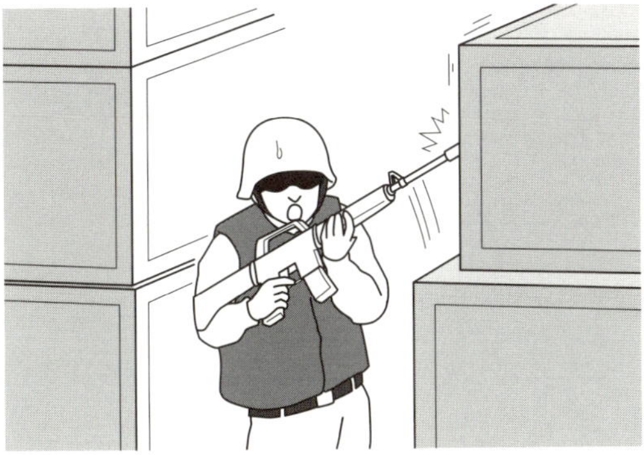

공간이 좁으면 긴 총열이 방해가 되기 때문에, 움직임이 둔해진다

사선상의 인질이나 아군이 맞을 가능성이 높다

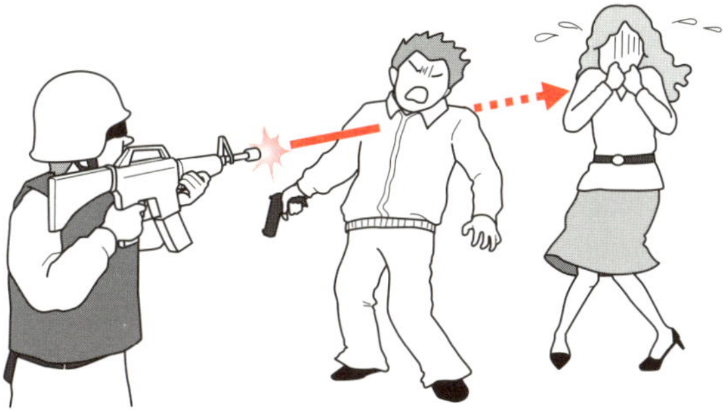

전술팀이 애용하는 기관단총

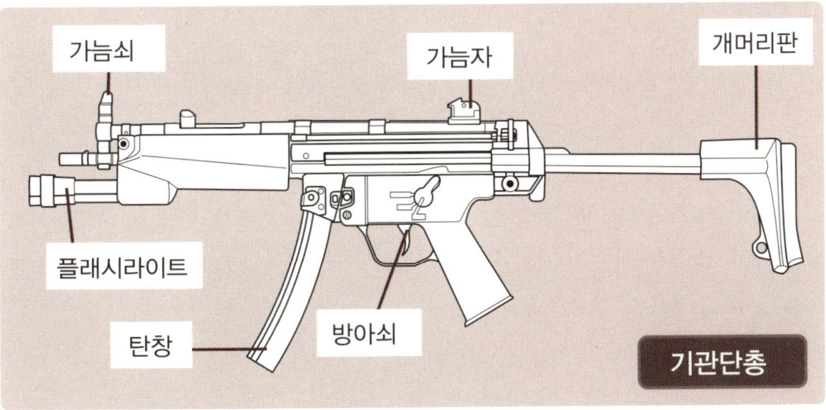
가늠쇠
가늠자
개머리판
플래시라이트
탄창
방아쇠
기관단총

원포인트 잡학상식

전술팀은 자동으로 연속 사격을 하기보다, 반자동으로 한 발씩 속사하는 안정된 사격 전술을 선호한다.

No.043

총구에 소음기를 달고 돌입한다?

영화나 드라마에 등장하는 전술팀은, 흔히 기관단총의 총구에 원통형의 「소음기」를 장착하고 있다. 소리 없이 발포하여 범인을 차례로 쓰러트린다. 실제로도 위와 같이 소리를 내지 않고 사격을 할 수 있을까?

● 소음기는 존재하지 않는다

TV나 영화에서는 멋있어보이는 소음기(사일렌서)는, 아쉽게도 실제로 존재하지 않는다. 범인이 눈치채지 못하도록 발포를 하는 것도 「영상적 측면의 사실성」이다. 그렇지만, 소음기와 닮은 장비로서 「서프레서」가 있다. 서프레서란, 발사 화약이 연소하며 공기를 격렬하게 진동시켜서 발생하는 발포음과 발생하는 화염을 억제하기 위하여 제조된 장치이다.

이 장치는, 전술팀에 있어서는 든든한 아군이다. 전술팀은 순식간에 범인을 제압해야만 하기에 휴대무기를 발포하여 상대방을 제압해야 하는데, 바로 이 **CQB전술**이라 불리는 「근접제압술」에서 서프레서는 효과를 발휘한다.

서프레서를 장착하지 않은 기관단총으로 사격하면, 함께 행동하는 팀원의 고막을 마비시켜 버린다. 또한 마약 거래상이 은신하고 있는 소규모 마약정제소에서는, 총구에서 나오는 화염에 의해 발화가 일어날 수도 있다. 게다가 암흑 속에서 발포를 하게 되면, 범인에게 자신의 장소를 알려주는 꼴이 되는 등 전술팀에게 불리한 상황이 된다.

전술팀은 일반적으로, 동료와 연락을 취하는 이어폰을 오른쪽 귀에 장착한다. 이어폰은 정보수집용으로, 고막을 보호하는 기능은 거의 없다. 무전기를 장착하고 있지 않은 왼쪽 귀에 귀마개를 하면, 주위에서 나는 소리를 듣기가 힘들어진다.

이러한 이유로 서프레서가 필요하다. 예를 들어 권총과 기관단총에 많이 사용되는 9mm 탄약은 약 165데시벨의 소리를 발생시킨다. 이 정도의 소리는 순간적으로, 비행기의 엔진소리를 상회하는 정도이다. 그러나 서프레서를 사용하면 약 30데시벨이 감소한다. 이것은 수치로 계산하면 1/1000의 음량으로 경감이 되었다는 것을 의미하며, 귀마개를 하지 않더라도 발포할 수 있을 정도의 음량이다.

서프레서

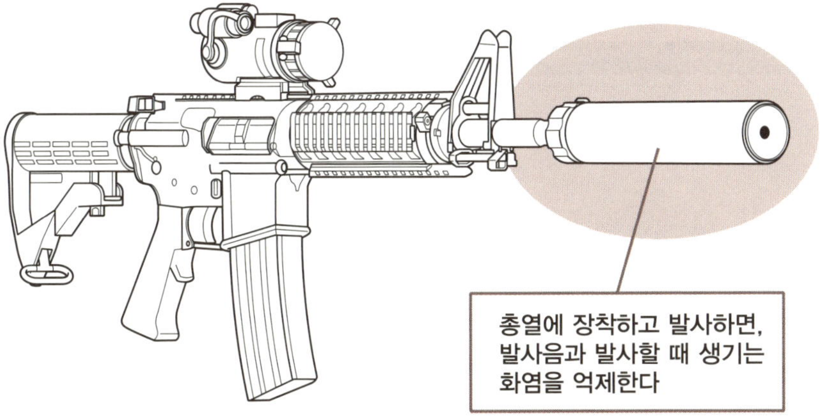
총열에 장착하고 발사하면,
발사음과 발사할 때 생기는
화염을 억제한다

서프레서가 없는 경우의 위험성

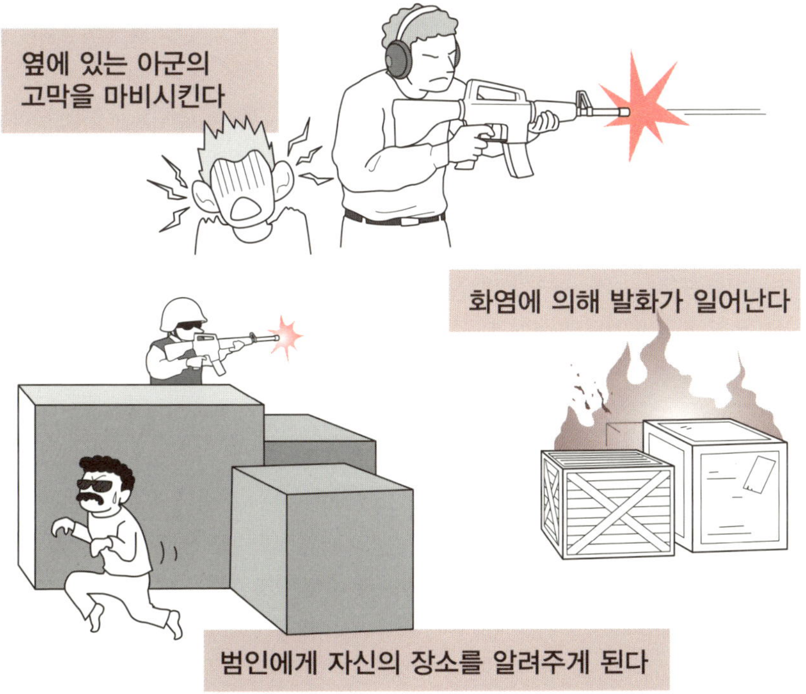
옆에 있는 아군의
고막을 마비시킨다
화염에 의해 발화가 일어난다
범인에게 자신의 장소를 알려주게 된다

원포인트 잡학상식

서프레서는 「암살 도구」로 오인 당하기 쉬워서, 사용 허가를 받지 못하는 전술팀도 많이 있다.

No.044

총기 고장을 방지하는 요령은?

권총이나 기관단총은 기계 덩어리이다. 발포 도중에도 고장이 나는 경우도 있다. 이러한 위험을 최소로 억제 하기 위해, 전술팀에서는 무기의 타입에 따라 탄창에 장전하는 탄수를 변경한다.

● 탄창 불량이 고장의 원인이 된다

전술팀이 사용하는 대부분의 총기는 탄창을 사용한다. 방아쇠를 당기면 공이치기가 장전이 되어 있는 탄약의 뇌관을 때려서, 탄약 안의 화약이 연소하여 탄두가 총열을 빠져 나와 날아간다. 그 후, 빈 탄피는 배출되고 새로운 탄약이 장전된다. 탄창에 들어있는 탄약이 전부 없어질 때까지, 이러한 사이클은 반복된다.

이 때, 탄창에는 세심한 주의가 필요하게 된다. 탄약은 탄창 내부에 있는 스프링의 힘에 의해 밀어 올려지기 때문이다. 탄창 스프링의 불량이 심각하면 심각할수록, 장전 불량을 일으킬 위험성이 높아진다. 탄창의 변형뿐만 아니라 스프링의 강도 역시 현장에서 권총과 기관단총의 작동에 큰 영향을 미친다.

예를 들어, 전술팀이 자주 사용하는 기관단총에는 30발 장전식 탄창을 사용한다. 그러나 30발을 장전하는 경우는 없다. 그 이유는, 전술팀의 대부분이 24시간 체제로 근무를 하다보니, 탄창에도 탄약을 늘 장전해둬야 하기 때문이다.

탄창 스프링이 최대한 압축될 정도로 탄약을 채워 넣고 돌입용 조끼에 보관하면 스프링에 **과도한 부담**을 준다. 탄약을 밀어 올리는 힘이 없어지면 약실에 탄약을 장전하기 어려워져서, 현장에서 장전 불량이 발생한다. 전술팀에서는 이러한 이유로, 기관단총의 탄창에 탄약을 장전할 때는 스프링에 여유를 두기 위하여 장탄수를 27발 정도로 제한하고 있다.

한편, 권총은 어떨까? 권총의 탄창에 장전 가능한 탄수는 아무리 많아도 15발 정도가 한계이다. 스프링의 강도도 충분하기 때문에, 15발 탄창에는 15발을 장전하여도 문제는 없다. 그러나 20발이나 25발의 탄약이 장전 가능한 전술팀 전용 탄창은 주의할 필요가 있다. 이 때는, 기관단총과 마찬가지로 최대 장탄수보다 조금 적게 장전을 해둔다.

탄창과 탄약의 구조

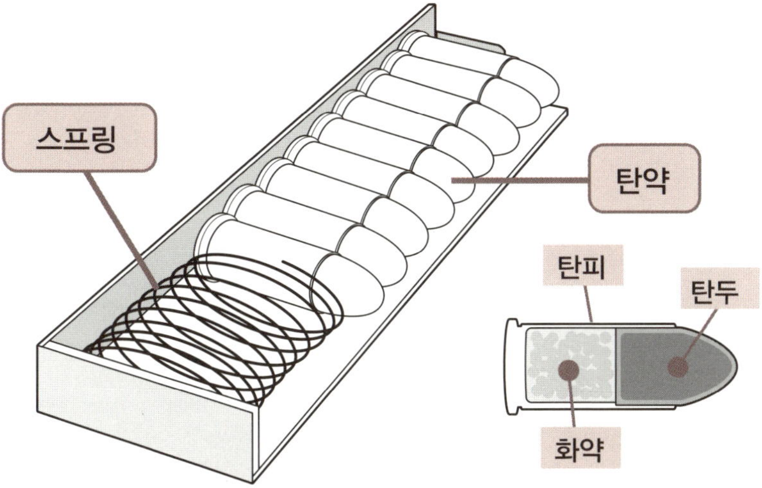
스프링
탄약
탄피
탄두
화약

전술팀의 장전

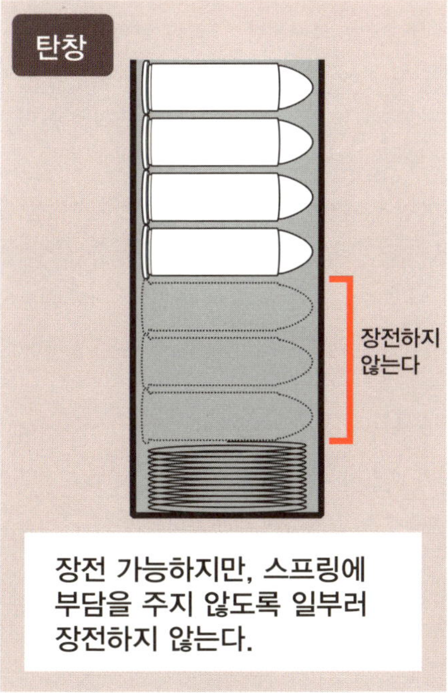
탄창
장전하지
않는다
장전 가능하지만, 스프링에
부담을 주지 않도록 일부러
장전하지 않는다.

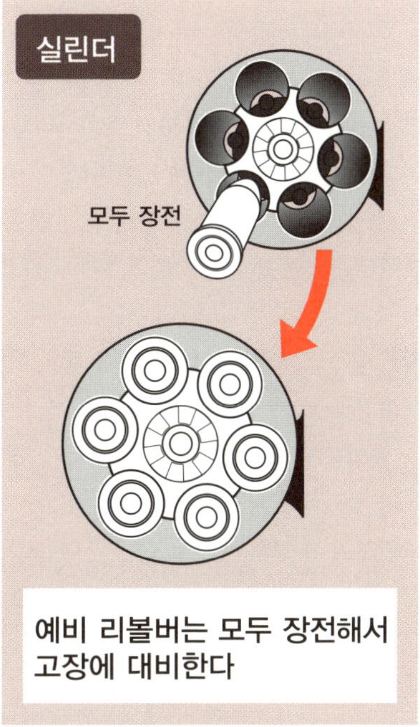
실린더
모두 장전
예비 리볼버는 모두 장전해서
고장에 대비한다

원포인트 잡학상식

전술팀은 기관단총의 탄창에 끝까지 탄약을 장전시키고, 거기서 3발 정도를 뺀 상태로 휴대한다.

No.045

장전 불량에는 어떻게 대처하는가?

탄창에 장전하는 탄약에 충분히 주의를 기울이더라도 작동불량을 막을 수 없는 경우가 있다. 화약이나 탄피에 문제가 있으면 고장이 일어난다. 전술팀에서는 이런 예측 불가능한 사태에도 충분히 대응할 수 있는 능력을 기르고 있다.

● 두 가지 대처 방법을 완벽하게 익힌다

전술팀은 긴급상황에 대비하여, **작동불량**을 일으킬 경우에 실전적인 회피요령을 훈련으로 터득한다. 예를 들어 기관단총의 사격 훈련에서는 교관이 지면에 떨어져 있는 탄피를 주워 실탄과 섞어서 탄창에 장전한다.

전술팀은 이 탄창을 장전하고 여러 가지 사격 훈련을 수행해야만 한다. 당연히 빈 탄피가 장전되면 기관단총은 작동불량을 일으킨다. 이 때 신속하게 빈 탄피를 제거해야 하지만 현장에서 작전 수행 중이라 상정하고 있기 때문에 약실에서 빈 탄피를 제거하는 것보다 우선 범인을 제압하는 것이 요구된다.

픽션에서 전술팀은 육체적 능력이 뛰어난 영웅으로 묘사된다. 그러나 현실에서는 뛰어난 정신력이 매우 중요하다. 심신이 우수하고 지적 센스가 뛰어나지 않으면 순간적인 판단은 불가능하다. 장전 불량이 일어나더라도 위축되는 일 없이, 냉정하고 침착하게 대응이 가능한 능력도 조건에 포함된다.

돌입 허가가 떨어지면, 전술팀은 단번에 **제압**을 시작한다. 범인에게 발포하고 있을 때 기관단총이 장전 불량을 일으키면 대응 방법은 두 가지밖에 없다. 한 가지는, 돌입 스피드를 늦추지 않고 기관단총을 **임팩트 웨폰**으로 사용하는 것이다. 또 한 가지는, 대퇴부에 장착한 홀스터에 있는 권총을 사용하여 계속 제압을 진행하는 것이다. 장전 불량 상태의 총기는 상대를 제압하고 나서 신속하게 처리한다.

돌입은 단독으로 진행하지 않는다. 장전 불량이 일어나면, 자신뿐만 아니라 함께 행동하고 있는 팀원들도 위험해질 수 있다. 그렇기 때문에, 평상시의 훈련을 통해 순간적으로 판단하여 그 상황에 가장 적합한 대응이 가능하도록 완벽하게 익혀두어야 한다.

장전 불량 대응 훈련

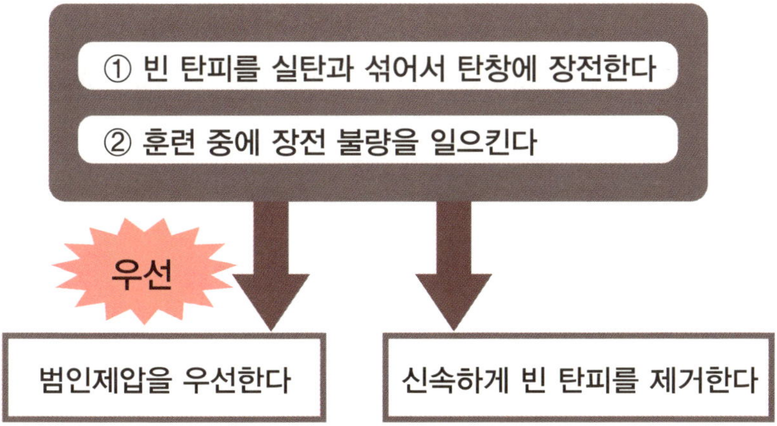
① 빈 탄피를 실탄과 섞어서 탄창에 장전한다
② 훈련 중에 장전 불량을 일으킨다
우선
범인제압을 우선한다
신속하게 빈 탄피를 제거한다

장전 불량에 대한 대응

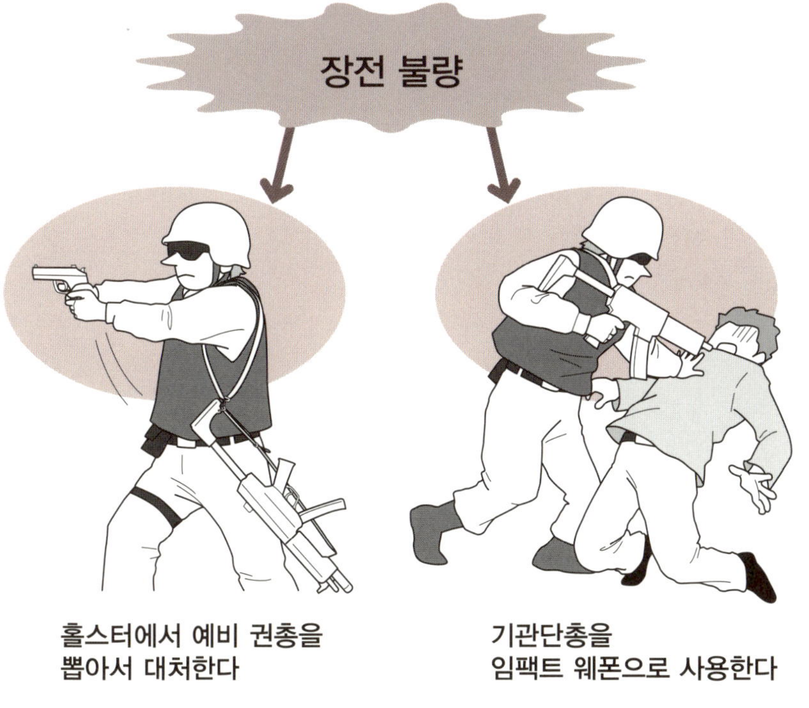
장전 불량
홀스터에서 예비 권총을 뽑아서 대처한다
기관단총을 임팩트 웨폰으로 사용한다

원포인트 잡학상식

반자동의 종류에 따라서는, 불발이 됐을 때 다시 방아쇠를 당기면 제대로 발사할 수 있게 되는 경우도 있다.

No.046

돌입 중에 총이 고장 난다면 어떻게 하는가?

작전수행 중에 기관단총이 고장이 난 경우에는 어떻게 고쳐야 하는가? 영화나 TV에서는 이러한 장면이 묘사되는 경우가 없다. 촬영을 중단하고 그 장면을 다시 찍는 것이 「영상에서의 사실성」이다.

● 어떠한 상황에서도 팀 플레이

전술팀이 등장하는 해외 경찰 드라마에는 기관단총이나 자동소총이 등장한다. 발포 장면에서는 실총을 사용하기도 하지만, 사실은 **공포탄**만을 발포 가능하도록 가공을 해 둔다. 가스압을 높여서 연사를 할 수 있도록 총열에 금속 파이프를 삽입한 것이다. 이렇게 처리를 하면 총구에서 격렬한 화염이 뿜어져 나오기 때문에 오락성이 매우 뛰어난 도구가 완성된다.

촬영용으로 가공한 것이 아닌 「실제」 총에서 공포탄의 연속 사격은 어렵다. 총구에 「**블랭크 어댑터**」라 불리는 장치를 장착하지 않는 한 가스압을 얻을 수 없다. 따라서 압력 부족으로 인해 빈 탄피가 자동으로 배출되지 않아서, 수동으로 한 발씩 장전할 수밖에 없다.

참고로 눈이 내리는 공항을 무대로 한 유명한 액션영화에서는, 빨간 테이프를 붙인 실탄이 들어가 있는 탄창과 파란 테이프를 붙인 공포탄이 들어간 탄창을 구분해서 사용하여 주인공이 테러리스트 집단을 속이는 장면이 있다. 이것은 어디까지나 픽션에 불과하고, 촬영용 총기이기 때문에 성립하는 것이다.

자 그렇다면, 작전 중에 기관단총이 고장 났다고 가정하자. 이 때는 영화와 같이 다시 처음부터 할 수는 없기 때문에, 돌입을 계속하면서 기관단총을 **임팩트 웨폰**으로 사용하던가 무장을 권총으로 바꾼다. 이러한 판단은 본인이 해야 하지만, 어떠한 방법을 사용해서라도 눈 앞에 있는 적을 제압해야만 한다.

고장 난 총을 고칠 때에는 주위의 안전을 확보한다. 구체적으로는 범인을 제압한 이후, 전술팀의 누군가에게 「원호 신호」를 보낸다. 신호를 받은 팀원은 재빨리 접근하여, 「주위를 경계하는 신호」를 보낸다. 이 신호를 확인하고 난 후에 고장 난 총을 고친다. 탄창을 제거하고 볼트를 수 차례 움직인 후, 탄창을 다시 끼우고 재장전한다. 전술팀에서는 어떠한 문제가 발생하더라도 이러한 팀 플레이로 문제를 해결한다.

공포탄의 총구와 탄피

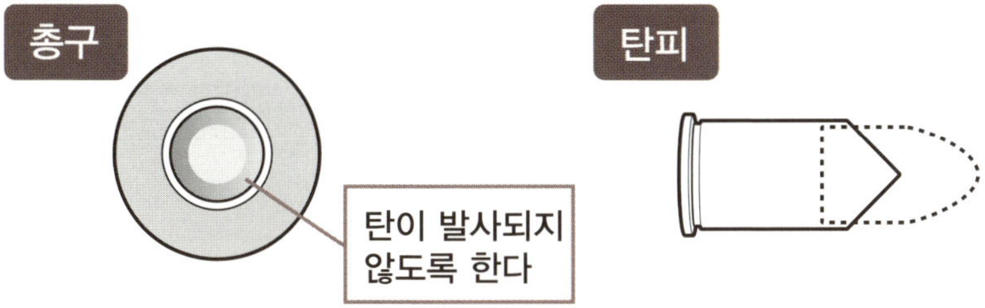
총구
탄이 발사되지 않도록 한다
탄피

블랭크 어댑터

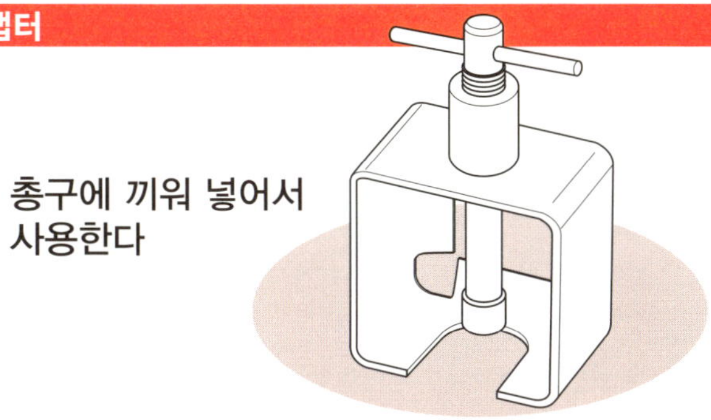
총구에 끼워 넣어서 사용한다

총의 점검

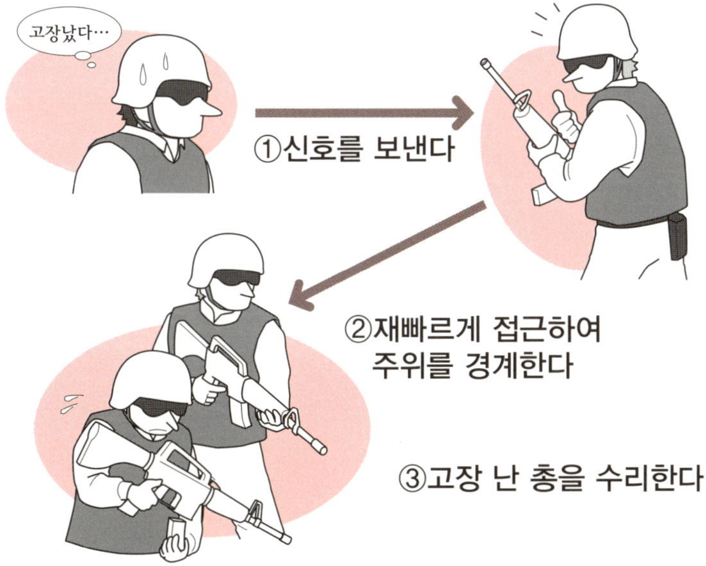
고장났다…
①신호를 보낸다
②재빠르게 접근하여 주위를 경계한다
③고장 난 총을 수리한다

원포인트 잡학상식

블랭크 어댑터를 장착하지 않고 사격을 하면 가스압이 총구로 나오는데, 알루미늄 캔을 가볍게 관통할 정도의 위력이 있다.

No.047

범인 체포에 샷건을 사용한다?

영화나 드라마에서 묘사되는 총격전에서는 샷건이 자주 등장한다. 압도적인 화력을 자랑하는 샷건은 문이나 벽을 파괴하여, 인상적이며 화려한 영상을 보여준다. 현장에서도 영화에서 나오는 것과 같은 방법으로 사용을 하는 것일까?

● 파괴적인 이미지가 강한 샷건

샷건은 원래 납으로 된 산탄을 발포하는 수렵용 화기이다. 조류를 잡는 소형의 산탄인 「**버드샷**」이나 사슴과 같은 대형 동물을 쏘는 알이 굵은 산탄인 「**벅샷**」 등, 사냥감에 따라 산탄을 선택할 수 있다.

탄막을 쳐서 상대를 무력화 시키는 방법은, 미국 금주법 시대에 마피아와의 싸움에서 애용되었다. 좁은 실내에서 다수의 상대를 무력화 시켜야 할 경우나, 한 번에 넓은 범위의 상대를 쓰러트릴 경우에도 유효하였기 때문이다.

원래 샷건은 사정거리가 짧기 때문에 정밀한 사격에는 적합하지 않는다. 그리고 산탄은 확산하기 때문에, 주위의 일반인이 있는 길거리에서의 총격전이나 인질 구출 작전에는 적합하지 않다는 약점도 있다.

또한 최근까지, 샷건은 권총이나 기관단총과 같이 취급되었다. 말하자면 「**치사성 화기**」라는 사고 방식이다. 그러나 산탄과는 별도로 여러 가지 탄약이 개발되어, 「**비 치사성 화기**」라는 역할을 점차적으로 수행하게 되었다. 이러한 이유로, 현재는 전술팀뿐만 아니라 특수경찰의 전문팀이나 경찰 차량에 폭 넓게 표준으로 장비 되어있다.

치사성 화기로 사용할 것인가, 아니면 비 치사성 화기로 사용할 것인가? 이 선택은 팀의 결단과 역할, 그리고 사수의 기량에 달려있다. 샷건의 사수는 비 치사성 탄약과 치사성 탄약을 양쪽 다 준비하여, 주어진 정보와 상황의 판단을 기준으로 장전하는 탄약을 변경하는 경우가 많다.

예를 들어, 처음에는 비 치사성 탄약을 장전해 두었다가 자물쇠에 대고 발포하여 파괴하고, 팀이 실내에 전개한 순간에 범인을 제압하는 치사성 산탄으로 바꾼다. 또한 폭동 진압이나 인파 속에서 샷건을 사용할 때에는, 주위에서 입을 최소한의 피해를 고려하여 충격으로 상대방을 일시적으로 마비시키는 **러버 고무탄**이나 **빈 백탄**과 같은 비 치사성 탄약을 사용한다.

산탄의 종류

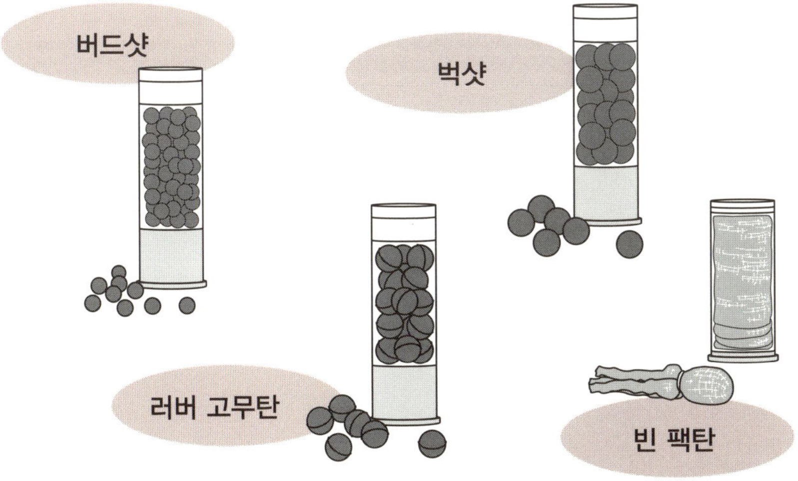
버드샷
벅샷
러버 고무탄
빈 팩탄

치사성 화기와 비 치사성 화기

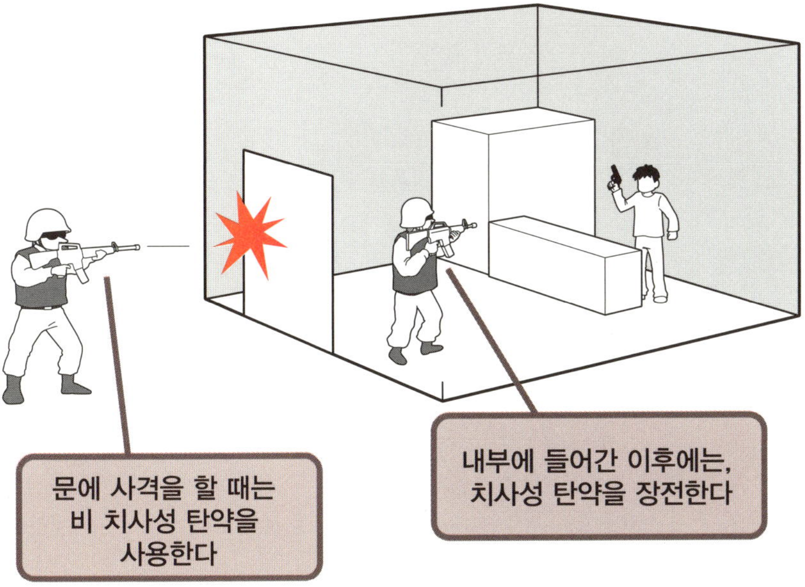
문에 사격을 할 때는
비 치사성 탄약을
사용한다
내부에 들어간 이후에는,
치사성 탄약을 장전한다

원포인트 잡학상식

전술팀에는 비 치사성 탄약과 치사성 탄약을 능수 능란하게 구분해서 사용하여 문을 파괴하는「전문가」가 존재한다.

No.048

저격팀의 발포율이 낮은 이유는?

특수경찰에서는 「범인 체포」 라는 목적이 있다. 픽션의 세계에서는 저격수가 발포를 하지만, 현장에서는 한 발도 발사하지 않는 경우가 더 많다. 저격수는 「사살」 보다 「감시」 가 더 중요한 임무이기 때문이다.

● 저격팀의 임무는 대부분 「감시」

무차별 발포를 반복하는 범인이나 인질을 방패로 요구사항을 관철시키려는 범인은 특수경찰이 담당한다. 신속하게 도주 경로를 차단하고 인질교섭팀이 범인과의 접촉을 시작한다.

이 때, **저격팀**은 은밀하게 전개하여, 차폐물에 숨어서 저격총으로 조준한다. 그들은 범인의 동향을 감시 할 수 있는 거점으로 이동하여, 인질이나 범인에 관련된 정보를 인질교섭팀에 전달한다.

돌입준비에 들어간 전술팀에게도, 저격팀은 휴대 화기의 선택이나 행동 루트의 결정에 반드시 필요한 데이터를 송신한다. 「**감시**」라는 임무를 통해 인질교섭팀이나 전술팀의 눈이 되는 것이다. 저격 명령이 떨어졌다 하더라도 저격팀이 단독으로 움직이지는 않는다. 발포 후에 신속하게 전술팀이 돌입할 수 있는 준비가 되어 있지 않으면 저격은 뒤로 미루어진다.

저격팀은 통상, 사수와 관측수의 2명으로 편성된다. 범인을 네 방향에서 감시하기 위하여, 최저 4팀이 전재한다. 그들은 저격총과 저격용 조준경의 성능을 개량하여 조합한 「**저격 시스템**」을 휴대한다. 저격 시스템에는 **볼트액션 방식**(수동 장전식)과 **자동 방식**(자동 장전식)이 있다. 인질을 방패로 삼은 상대를 한 발에 쓰러트릴 필요가 있을 경우에는 볼트액션 방식을 사용하고, 복수의 무장범을 상대할 때에는 자동 방식을 사용하는 경우가 많다.

특수경찰의 저격은 군용 저격과는 다르게, 수 백m 떨어진 장소에서 사격을 하는 경우는 없다. 따라서 그들이 사용하는 저격 시스템은, 100m의 거리를 직경 1인치의 원(500엔 동전 정도의 크기)에 발사한 모든 탄약이 착탄하도록 조절한다. 범인을 현장에서 나갈 수 없도록 해두기 때문에, 여객기나 유람선 같은 경우를 제외하고는 100m 이내에서 임무를 수행할 수 있다.

일반 가옥에 대한 저격팀의 전개

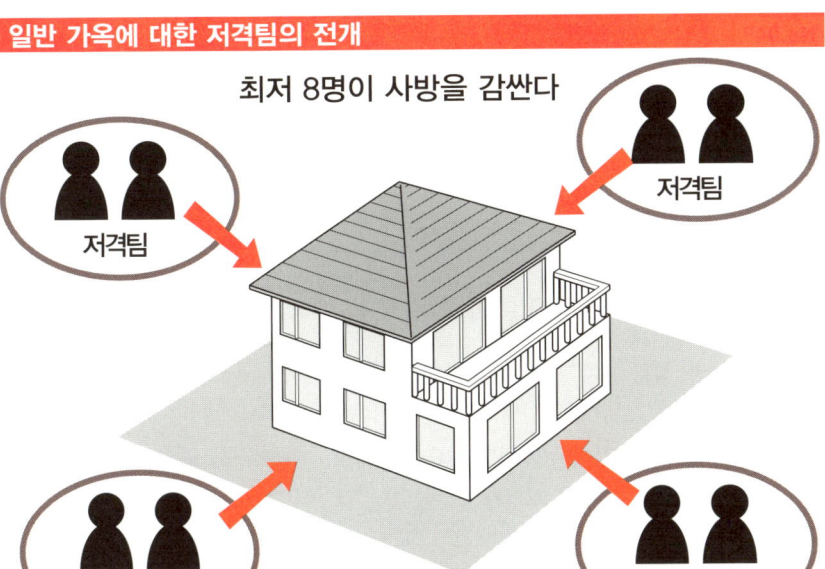

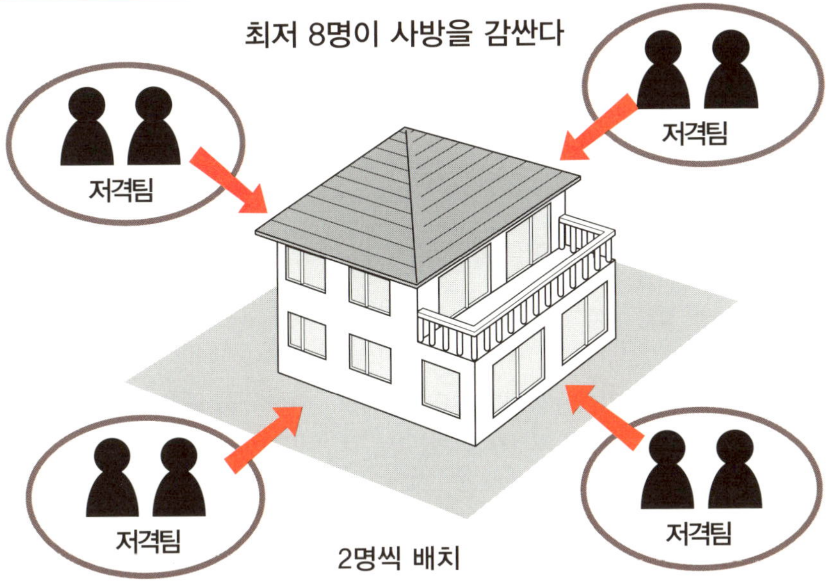
최저 8명이 사방을 감싼다
저격팀
저격팀
저격팀
저격팀
2명씩 배치

저격총 및 그 성능

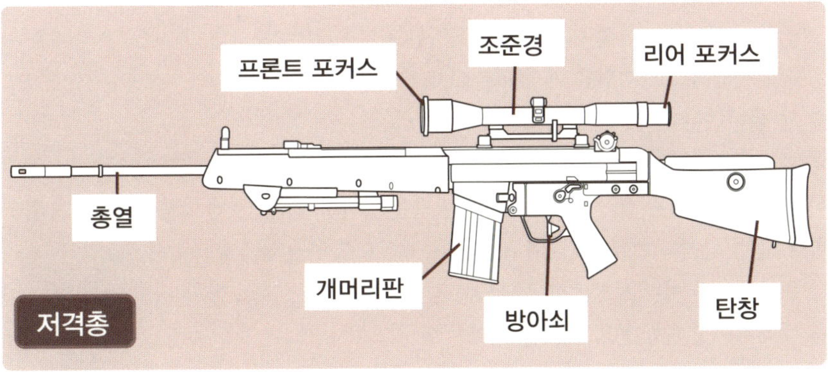
프론트 포커스
조준경
리어 포커스
총열
개머리판
방아쇠
탄창
저격총

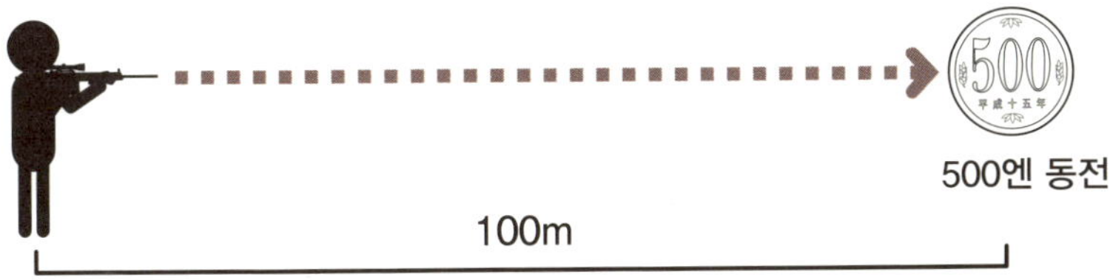
500
500엔 동전
100m

원포인트 잡학상식

저격팀의 사수와 관측수는 주의력과 정신력을 유지하기 위하여, 일정시간마다 교대하면서 임무를 수행한다.

No.049

어떤 방식으로 인질 사건을 해결하는가?

90년대 이후, 인질 사건은 지속적으로 나타나고 있다. 자신의 요구를 관철시키기 위해, 선정적인 보도를 선호하는 TV나 신문을 악용하려고 범인들이 계획하는 한편, 출동하는 전술팀도 세간의 주목을 받게 되었다.

● 희생자를 내지 않고, 여론에도 지지 않는 전술

TV나 신문과 같은 대중 매체의 발달은 범죄행위를 완전히 바꾸어 놓았다. 인질 사건이나 점거 사건을 일으키면 세간의 주목을 받게 된다는 것을 일부 범죄자가 학습하였기 때문이다. 「인질을 살해한다」라고 위협할 뿐만 아니라, 경찰이 자신을 사살하도록 만들기 위하여 인질에 해를 입히는 상대까지 출현하였다.

현장에서 전술팀은 인질교섭팀, 저격팀, 심리분석팀과 연계 플레이를 한다. 인질에게 피해가 가는 경우나, 범인 자신이 자살을 하려는 절박한 상황에 한해 「인명 확보」라는 목적으로 돌입작전이 정당화 된다. 이 때, 신속하게 돌입하여 순간적으로 제압을 하지 못한다면 인질이나 범인 중에서 희생자가 발생한다. 인질을 분산한 채 복수의 범인이 망을 보고 있다면, 더욱 더 희생자가 발생할 확률이 높아진다.

만약 돌입에 실패하면 대중 매체의 격렬한 질타를 받는다. 그래서 전술팀은 총기를 사용하여 순간적으로 범인을 제압하는 **CQB전술**을 사용하게 되었다. CQB란 「**근접제압술**」을 의미하는 전술팀의 은어이다.

예를 들어, 일반 가옥에서 인질 사건이 일어났다고 가정하자. CQB전술에서는, 인질의 위치나 법인이 있는 장소를 특정하고 문과 창문의 위치, 크기, 개폐 방향을 신중하게 확인한다. 건설 당시의 설계도를 입수해 더욱 구체적으로 전술적인 작전을 세운다.

순간적으로 여러 방향에서 소규모의 팀을 돌입시키는 것이 돌입 시의 철칙이다. 이를 위해서는 면밀한 돌입 계획을 세워야 할 필요가 있으나, 작전 자체는 간결하고 명료해야 한다. 단시간에 수많은 방을 한번에 제압하기 위해서는, 치밀함뿐만 아니라 상식에서 벗어나는 대담함이나 용기도 필요하다. 이러한 돌입 방식을 현장에서는 「**다이내믹 엔트리**」라고 부른다.

돌입 예시

전술팀은 여러 방면에서 돌입하여, 단번에 사건을 해결한다

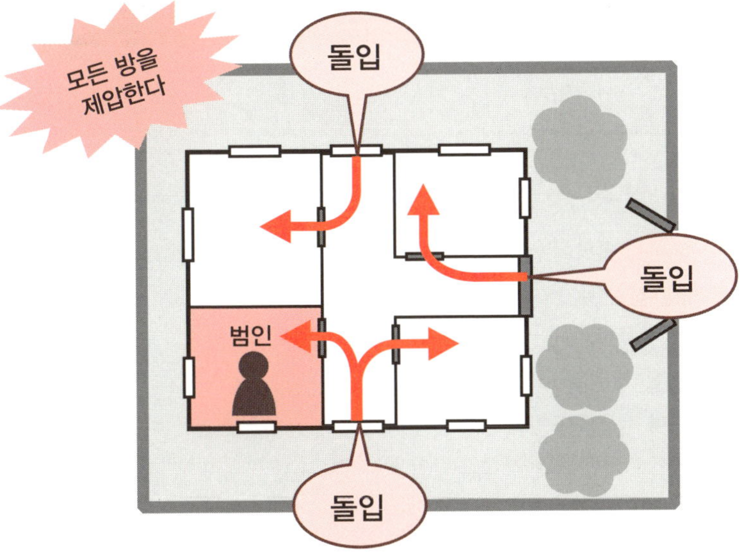
모든 방을 제압한다
돌입
돌입
범인
돌입

방으로 돌입

최저 2명이 팀을 이루어, 동시에 작전을 진행한다

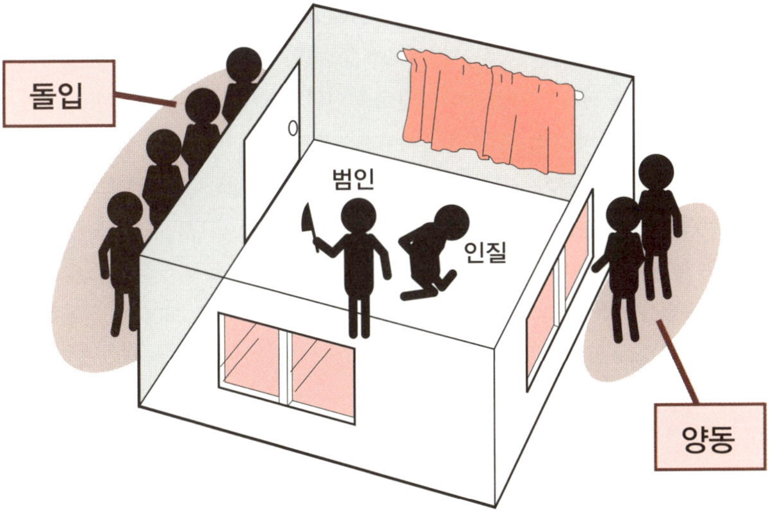
돌입
범인
인질
양동

원포인트 잡학상식

해외 드라마에서는 문을 파괴하고 단번에 돌입하여 범인을 제압하는 「다이내믹 엔트리」가 자주 묘사된다.

No.050

점거 사건을 해결하는 전술은?

전술팀은 인질 사건에만 출동하지는 않는다. 범인이 건물로 도망쳐 들어가거나, 혹은 단독으로 점거를 한 경우에도 사태의 수습을 위하여 출동한다. 단 인질이 없는 경우, 경찰 드라마나 영화에서와 같은 강행 돌입은 하지 않는다.

● 돌입하지 않고 투항시킨다

「한 방울의 피도 흘리지 않고 사건을 해결한다」를 위해서, 전술팀은 범인을 궁지에 몰아넣지 않는다. 점거 사건을 일으킨 범인에게는 반드시 동기와 목적이 있다. 이 범인의 비뚤어진 마음을 이해할 수 있다면 사건을 해결할 수 있다. 돌입이라는 무력 해결이, 항상 범인과 특수경찰을 위한 것이라고는 할 수 없다.

도주한 범인이 건물로 도망쳐 들어간 경우도 마찬가지이다. 건물의 출입구를 봉쇄하고 일단 대기한다. 이것은 흥분 상태의 범인을 자극하지 않고 진정시키기 위함이다. 영화나 드라마에서는 범인을 쫓아가던 형사가 반격을 당하는 장면이 나오는데, 당연한 이야기라 할 수 있다. 현실에서도 범인은 건물로 도망쳐 들어가면 어딘가에 몸을 숨긴다. 이런 상황에서 기세 좋게 돌격해 들어가는 건 「어서 나를 쏴라! 나는 여기에 있다!」라고 범인에서 신호를 보내는 것과 마찬가지이다.

범인이 자살하려 하거나, 혹은 주위를 포위한 특수경찰에 대해서 발포를 하는 경우가 아닌 한, 전술팀은 돌입을 중지한다. 주도권을 인질교섭팀에 넘기고 상황을 지켜본다.

교섭이 순조롭게 진행되면, 90%의 확률로 범인이 투항한다. 범인이 투항하지 않은 경우에 한하여 전술팀이 행동을 개시한다. **최루가스탄**을 건물 안에 쏘아 넣고, 범인이 투항하게 만드는 것이다. 최루가스를 어떻게 얼마만큼을 쏘아 넣느냐는, 건물의 설계도에서 산출한다. 전술적으로는, **목욕탕**이나 **세면장**에 가장 먼저 쏘아 넣는다.

돌입은 어디까지나 최후 수단에 지나지 않는다. 최루가스로도 투항하지 않는 경우에 한하여, **방독면**을 착용하고 방탄방패 뒤에 숨어서 팀 전체가 주위 360도를 경계하며 시간을 들여서 범인 체포를 실시한다. 소리를 내지 않고 범인에 접근하는 제압 요령은, 적의 레이더에 걸리지 않는 스텔스 전투기에 비유하여 「**스텔스 엔트리**」라 불린다.

최루가스를 쏘아 넣는 순서

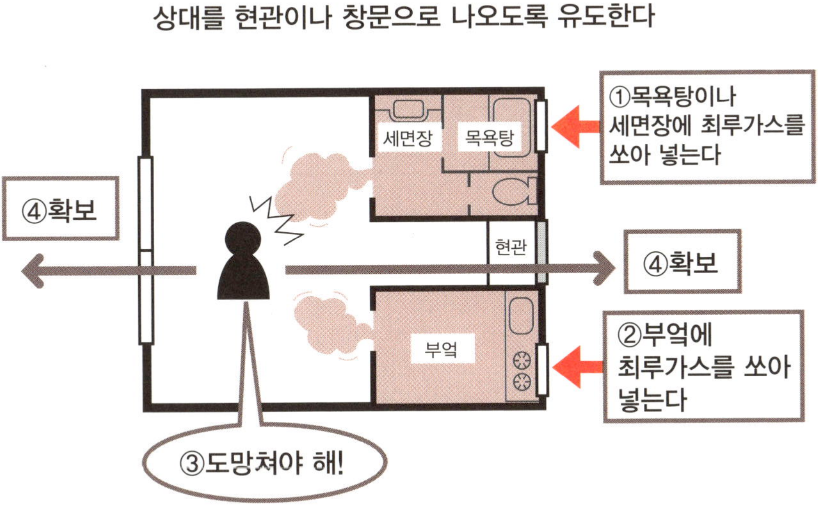
상대를 현관이나 창문으로 나오도록 유도한다
①목욕탕이나 세면장에 최루가스를 쏘아 넣는다
세면장
목욕탕
④확보
현관
④확보
부엌
②부엌에 최루가스를 쏘아 넣는다
③도망쳐야 해!

돌입할 때의 대형

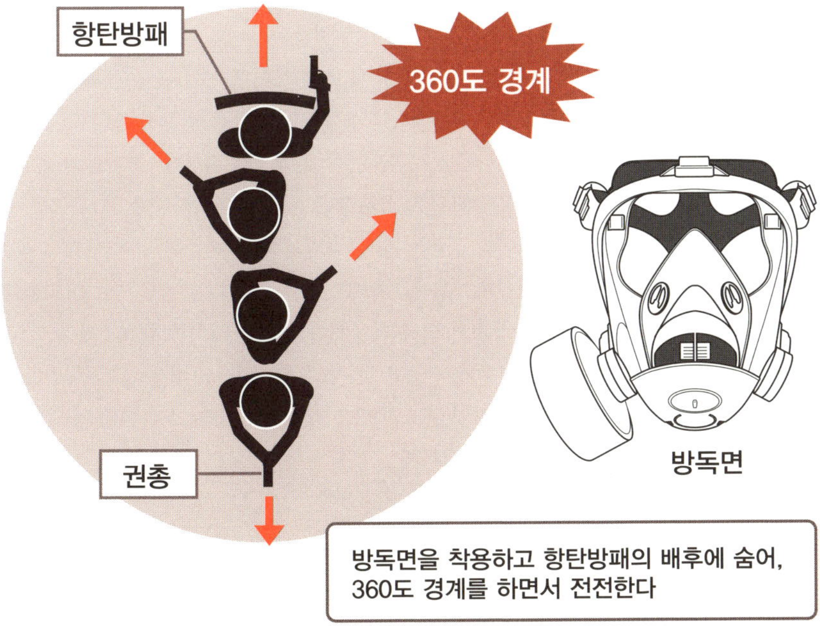
항탄방패
360도 경계
권총
방독면
방독면을 착용하고 항탄방패의 배후에 숨어, 360도 경계를 하면서 전진한다

원포인트 잡학상식

최루가스를 사용할 때에는 목욕탕이나 부엌처럼 물이 사용되는 장소를 가장 먼저 노려 범인이 물을 사용할 수 없게 몰아 넣는다.

No.051

접근방법은 극비사항이다?

인질 구출 작전에서는 범인의 허를 찌르는, 신속하고 공격적인 행동이 요구된다. 인질에 해를 입힐 여유를 범인에게 주지 않게 하기 위해서라도, 전술팀은 조용히 근접하여 돌입 사인을 기다린다. 그러나 그 방법은 공개되지 않는다.

●TV나 영화에서는 묘사할 수 없는 전술

특수경찰이 활약하는 드라마에서는 인질 사건이 묘사된다. 제작 측면에서 보자면 밀실에서 일어나는 범인과 경찰의 심리전을 통해 긴박감과 농후한 인간 드라마를 묘사하는 것이 가능하기 때문이다.

이러한 작품에서는, 전직 특수경찰인 컨설턴트가 현장에서 조언을 하는 경우가 많다. 그렇기 때문에 현실성을 연출에 반영시키는 것에 성공하여, 그 결과로서 오락성을 해치지 않으면서도 현실성이 넘치는 수 많은 히트 작품이 탄생하는 것이다.

그러나, 이러한 작품에서도 거의 묘사되지 않는 장면이 있다. 「전술팀이 돌입을 개시할 때까지, 어떻게 이동하는가」라는 움직임은 의도적으로 편집된다. 이것은 본서 124페이지에서 소개하는 CQC전술과 마찬가지로, 극비로 취급되기 때문이다.

인질 구출 작전에서는, 돌입개시 후 몇 초 안에 모든 것이 결정된다. 순간적으로 범인의 사고회로를 혼란 시켜 충격을 주고 그 장소에서 움직이지 못하게 할 수 없다면 인질을 상처 입힐 확률이 급격하게 높아진다. 전술팀도 총탄에 맞아 쓰러진다. 전술팀의 움직임이 범인들에게 사전에 들통나게 되면 작전은 실패한다.

이러한 위험을 최소한으로 줄이기 위해서는, 상대방의 허를 찌르는 일이 반드시 필요하다. 그렇다고 해도 전술팀은 **항탄조끼**를 장착하고, 기관단총과 '문이나 창문을 파괴 하는 **특수장비**'를 포함한 중장비를 가지고 이동해 돌입하기 위한 배치를 완료해야만 한다.

소리를 내지 않은 채 팀 단위로 들키지 않고 접근하는 것은 결코 쉬운 일이 아니다. 그렇기 때문에 접근하는 방법과 그 움직임을 묘사하면, 범인에게 공략의 힌트를 줄 수도 있다. 그렇기 때문에 전술팀의 접근은 애매하게 묘사되는 경우가 많다.

전술팀의 접근은 극비사항

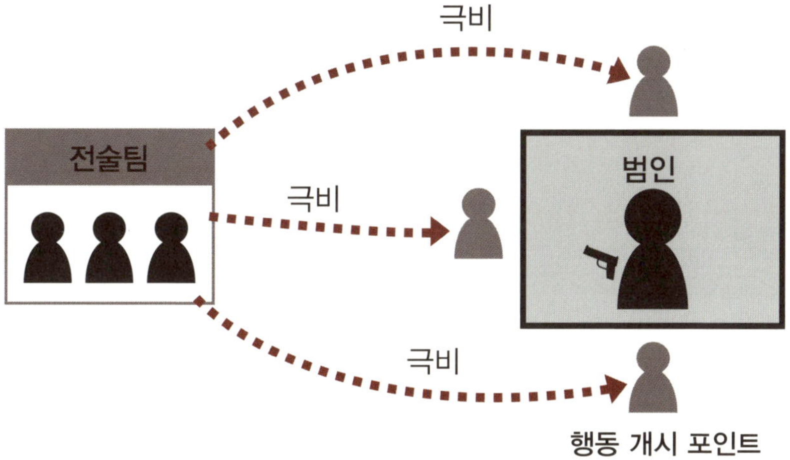
극비
전술팀
극비
범인
극비
행동 개시 포인트

인질 구출 작전

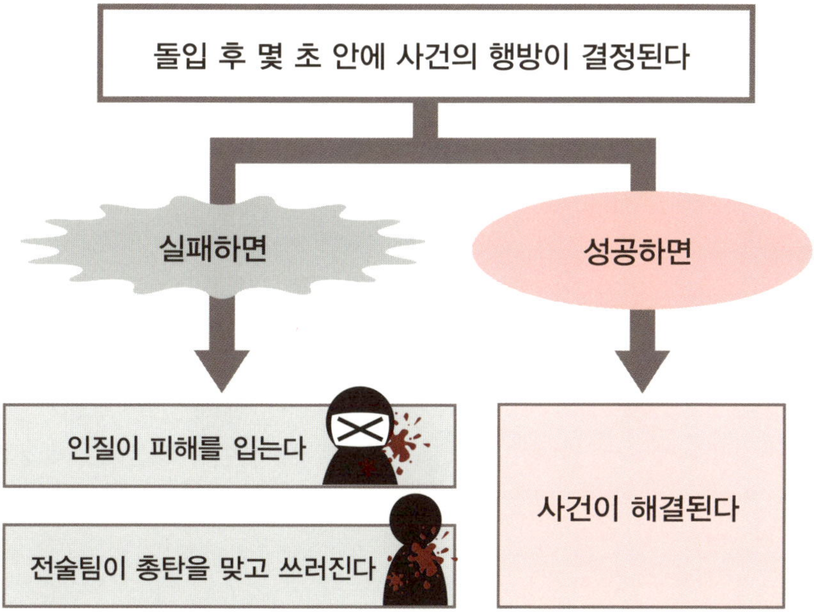
돌입 후 몇 초 안에 사건의 행방이 결정된다
실패하면
성공하면
인질이 피해를 입는다
전술팀이 총탄을 맞고 쓰러진다
사건이 해결된다

원포인트 잡학상식

인질 구출 모의연습에서는, 작전에 익숙하지 않은 팀일수록 접근 중에 범인 역할의 수사관에게 발각되어 반격을 당한다.

No.052

인질 구출에 있어서 가장 어려운 것은?

신속하면서 공격적으로 허를 찌르는 대담한 행동이 인질과 범인의 생명을 구한다. 전술팀은 범인이 응전할 수 있는 여유를 주지 않고 단번에 제압한다. 그러나 이를 위해서는, 문이나 창문과 같은 난관을 돌파해야만 한다.

● 세밀한 계획과 대담한 돌입

인질 사건이나 단독으로 사건을 일으키는 상대는 은행, 편의점, 자택과 같은 건물을 점거하고 여러 가지 요구를 들이민다. 경찰이 들어오지 못하도록 바리케이드를 설치하고, 포위하고 있는 경찰들을 향해서 발포하기도 한다. 이러한 위험한 사태를 해결하기 위한 비장의 카드로서, 전술팀이 현장에 파견된다.

전술팀은 체크 리스트를 준비하여 돌입이 가능한 포인트를 재빠르게 찾아낸다. 일반경찰관이나 구급의료팀으로 위장한 팀원이 정찰을 나가서 문이나 창문의 형태 · 재질을 상세하게 확인한다. 또한, 가까이에 배치되어 있는 저격팀에 정보 제공을 요구하기도 한다.

문으로 돌입할 것인가, 창문으로 돌입할 것인가? 소설이나 영화에서는 아무렇지도 않게 묘사되는 장면도, 현장에서는 신중하게 검토를 하여 결정이 된다. 단시간에 광범위한 지역을 제압할 필요가 있기 때문에, 돌입에 사용되는 문이나 창문의 크기에 따라 투입 가능한 인원 수, 전술팀의 장비도 바뀌게 된다.

문의 개폐방향 역시 고려해야 할 포인트이다. 예를 들어, 건물의 중앙 현관에서 내부로 돌입한다고 가정해 보자. 해외에서는 밀어서 여는 문이 많기 때문에, 「**배터링 램**」이라 불리는 파괴공구나 **샷건**을 사용하여 쉽게 파괴한다. 그러나 일본의 가옥에는 당겨서 여는 문이 많기 때문에, 비집어 열어야 하는 탓에 돌입하는데 시간이 걸리게 된다.

최초의 난관을 돌파하기 위해서는 심리분석팀의 조언도 참고해야 한다. 「상대는 돌입에 대해 준비하고 있는가, 아닌가?」, 「투항을 할 의사가 있는가, 없는가?」와 같은 심리경향을 프로파일링하여, 상대의 행동패턴을 정확하게 산출해 낸다. 허술한 문이나 창문은 어디인가? 어느 정도 경계심을 품고 있는가? 등을 계산한 후에, 전술팀은 돌입 포인트를 결정한다.

파괴공구

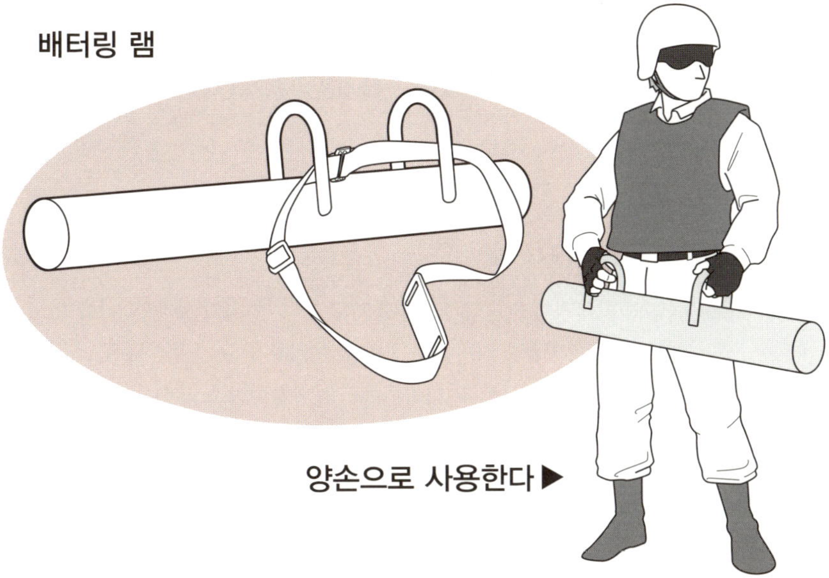
배터링 램
양손으로 사용한다▶

문을 파괴하는 방법

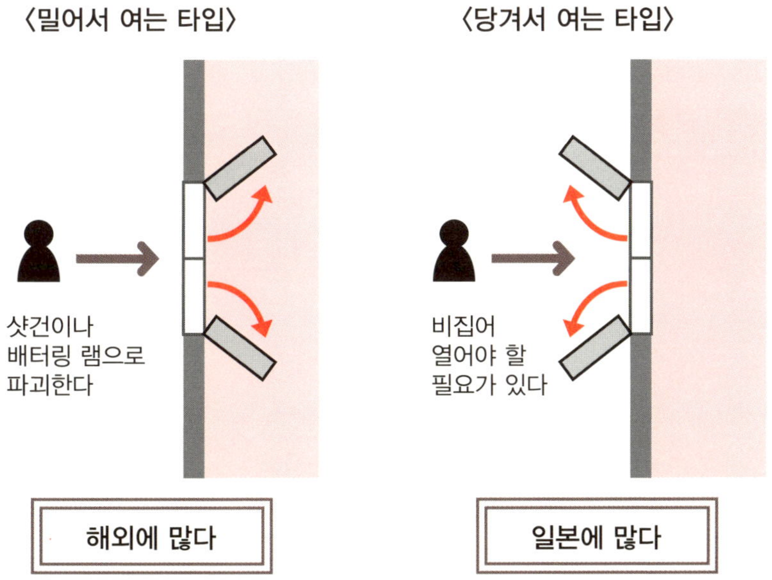
〈밀어서 여는 타입〉
샷건이나
배터링 램으로
파괴한다
해외에 많다
〈당겨서 여는 타입〉
비집어
열어야 할
필요가 있다
일본에 많다

원포인트 잡학상식

서구의 전술팀이 사용하는 노하우를 건물의 건축 방법이나 공간 배치가 다른 일본에서 그대로 사용하기는 어렵다.

No.053

문이나 창문을 어떻게 부수고 돌입하는가?

돌입 포인트가 정해지면, 전술팀은 휴대장비 준비에 들어간다. 창문과 문을 파괴하는데 필요한 장비는 다르다. 영화나 드라마에서는 폭탄으로 단번에 날려버리지만, 너무나 위험하기 때문에 실제론 기피하는 방법이다.

● 문이나 창문을 파괴하는 것은 전문적인 기술이 필요하다

전술팀은 신속하며 공격적인 기습작전을 주특기로 한다. 인질이 있다면, 더욱 더 순식간에 제압해야만 한다. **CQB전술**을 사용하고 돌입 포인트를 몇 군데 준비하여, 소수 인원의 팀이 일제히 창문이나 문을 파괴한다. 다방면에서 돌입하여 범인의 사고회로를 혼란시켜, 저항을 최소로 줄일 수 있기 때문이다. 인질이 혼란 상태에 빠지기 전에 움직임을 막아서, 전술팀의 행동에 방해가 될 위험도 줄일 수 있다.

TV나 소설에서 묘사되는 인질 구출 작전에서는, 폭약으로 문이나 창문을 날려버리고 돌입한다. 「인질의 몇%가 죽거나 다치더라도 상관이 없다」는 군의 특수부대에서는 이러한 전술이 용서가 되지만, 실제로는 허가를 받기 힘들다. 폭발로 인하여 인질이 피해를 입는 것뿐만 아니라, 화재를 일으킬 수 있는 위험성이 존재하기 때문이다.

돌입 포인트를 문으로 설정한 경우에는 다음 두 가지 방법 중 하나를, 「파괴담당자」라 불리는 전술팀의 팀원이 실행한다. 한 가지는 「**배터링 램**」이라 불리는 파괴공구로 문을 파괴하는 방법이 있다. 이 방법은 밀어서 열리는 문에 사용한다. 그리고 또 한 가지 방법은, 특수한 탄약을 장전한 샷건을 사용하여 자물쇠를 날려버리는 방법이다.

한편 창문으로 돌입하는 경우는, **유리창을 깨부수는 특수공구**를 이용한다. 이 공구는 전술팀이 사용하는 것을 상정하고 개발한 장비가 아닌, 소방대가 유리창을 깨고 커튼을 찢어내는 목적으로 사용하는 도구를 이용하는 것이다. 또한 지면에서 높은 곳에 위치한 창문으로 돌입할 때는, 특수 사다리를 같이 사용한다.

경험이 많은 전술팀은 돌입 포인트로 문뿐만 아니라 창문을 함께 선택한다. 그 이유는 범인의 심리에는 문에 바리케이드를 쌓는 경향이 있어서, 창문의 방어는 상대적으로 허술하기 때문이다. 문을 열고 닫는데 시간이 소요되는 측면까지 고려하면, 창문은 그야말로 절호의 돌입 포인트가 되는 경우가 많다.

영화나 드라마에서 자주 나오는 문 파괴 방법

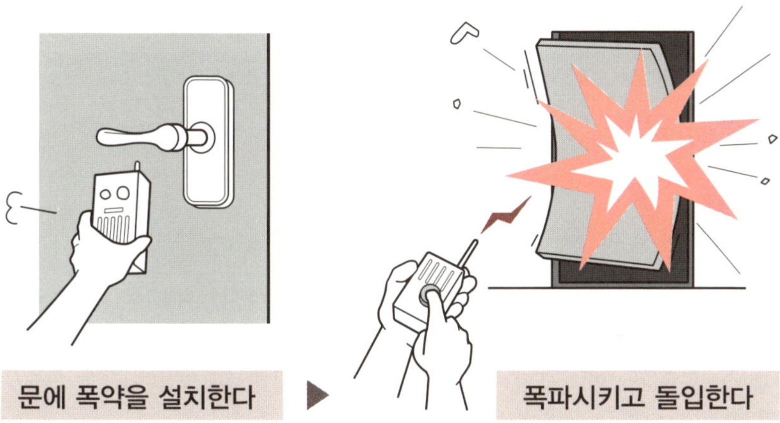
문에 폭약을 설치한다
폭파시키고 돌입한다

군대에서는 사용이 가능한 방법이지만,
특수경찰에서는 사용할 수 없다.

유리창을 깨부수는 공구

소방대에서 화재 진압에 쓰는 공구를 사용한다

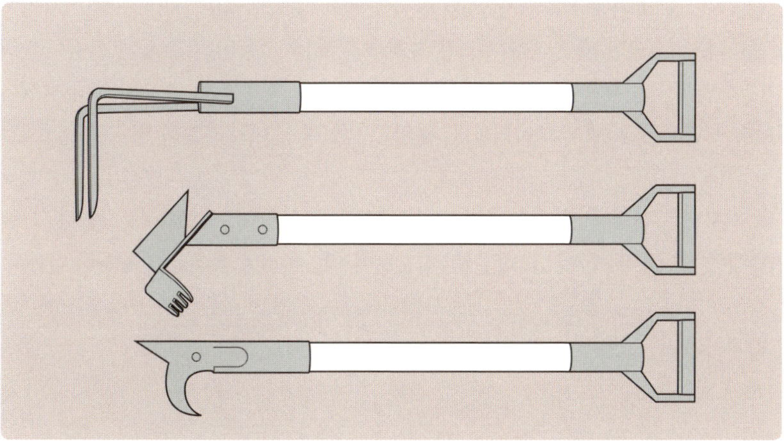

원포인트 잡학상식

전술팁은 폭파 돌입의 대용으로, 링거액 주머니와 특수 음향 섬광탄을 사용해 유리창이나 자물쇠를 깨부순다.

No.054

범인을 무력화 시키는 방법은?

소리를 내면서 문이나 창문을 깨부수면, 범인은 반드시 눈치를 챈다. 상대의 허를 찌르는 작전을 실행했다 하더라도, 저항에 부딪힐 위험성이 존재한다. 그래서 전술팀에서는 상대의 감각이나 사고를 일시적으로 마비시키는 것을 잊지 않는다.

● 0.X초에 목숨을 건다

90년대 이후, 영화나 소설에 전술팀의 극비장비가 등장하게 되었다. 그것은 바로 「**플래시뱅(특수 음향 섬광탄)**」이다. 이 장비는 납치된 루프트한자 항공기를 급습하여, 인질구출에 성공한 독일의 전술팀 GSG-9의 활약에 의해 알려지게 되었다. 이후, 플래시뱅은 영화나 소설에서 자주 등장하게 되었다.

플래시뱅은 군용 수류탄이나 발연탄과 비슷한 형태를 하고 있다. 안전핀을 빼서 던지면 본체에 장전되어 있던 화약이 폭발하여, 눈이 안보일 정도의 섬광과 대 음량, 그리고 진동을 0.×초간 발생시킨다.

파편이 튀지 않기 때문에 「**비 치사성 무기**」로 분류된다. 문이나 창문을 파괴하고 돌입할 때, 플래시뱅은 든든한 아군이다. 예를 들어, 1층의 뒷문으로 돌입할 때, 1층의 창문이나 2층의 정면 베란다로 던져 넣어서 상대의 주의를 끈다. 또한, 문이나 창문을 파괴하고 플래시뱅을 던져 넣는 것과 동시에 돌입하는 경우도 있다.

플래시뱅을 효과적으로 사용하면, 범인의 총에 맞을 위험이 줄어든다. 아무리 강하다 하더라도, 폭발할 때 생기는 무거운 충격에 버틸 수 있는 상대는 없기 때문이다. 참고로, 전술팀에 배치된 신입은 연습에서 점거범 역할을 하게 된다. 이 때, 고참 팀원은 플래시뱅을 던져 넣고 일제히 돌입한다. 신입은 범인이 느끼는 혼란과 공포를 실제로 체감하게 된다.

플래시뱅은 현재 세계 각국의 전술팀에서 애용하고 있다. 픽션에서는 「**스턴 그레네이드(충격 수류탄)**」라 불리기도 하지만, 전술팀에서는 이러한 이름을 사용하지 않는다. 그 이유는, 어디까지나 경찰이기 때문에 그레네이드(수류탄)이라는 군사용어를 사용하지 않기 때문이다.

플래시뱅

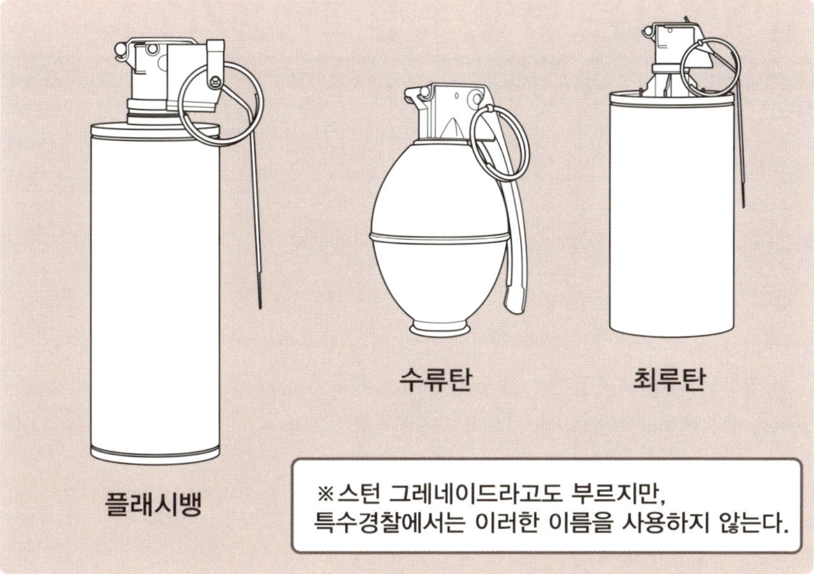
수류탄
최루탄
플래시뱅
※스턴 그레네이드라고도 부르지만,
특수경찰에서는 이러한 이름을 사용하지 않는다.

플래시뱅을 사용한 돌입 예시

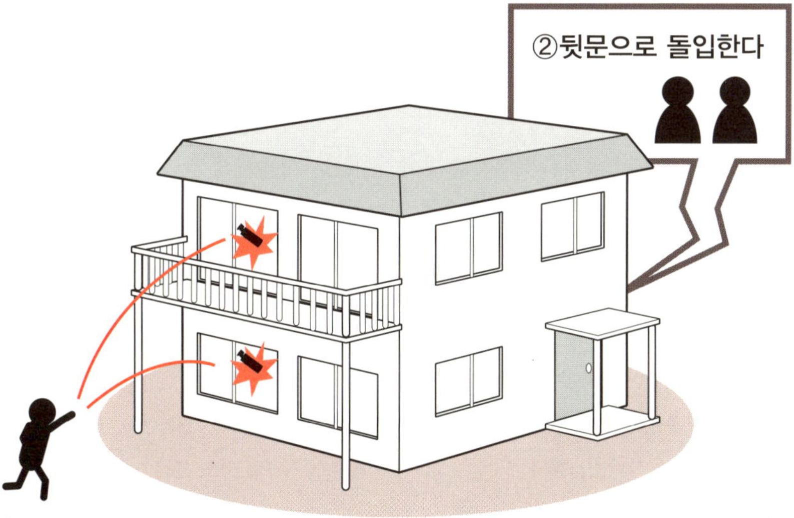
②뒷문으로 돌입한다
①플래시뱅을
1층과 2층에 던져 넣는다

원포인트 잡학상식

「스턴 그레네이드(충격 수류탄)」는 군사용어로, 「플래시뱅」은 파편이 튀는 수류탄과는 다른 것이다.

No.055

실내에서는 어떻게 전개하는가?

문이나 창문을 파괴하고 플래시뱅을 던져 넣는 것과 동시에 전술팀은 돌입한다. CQB전술에서는 폭파를 기다리고 돌입하는 것이 아니라, 섬광과 충격파가 실내를 메우는 그 순간에도 전진을 계속하여, 담당구역을 차례로 제압한다.

● 상호지원의 법칙을 철저하게 지킨다

플래시뱅의 폭발과 동시에 돌입하기 위해서는, 정확하게 던져 넣는 기술을 필요로 한다. 예를 들어, 가까운 거리에 가연성 물질이 있는 경우에는 투척범위가 제한된다. 적절한 지역에 던져 넣지 못한다면, 폭발의 충격으로 화재가 날 위험이 있다. 또한, 노인이나 어린이가 인질로 잡혀 있는 경우에는 심장발작이나 쇼크 상태에 빠지는 사태도 고려해야만 한다.

실제 폭발로 발생하는 충격파는 유리창을 날려버리고 벽걸이 시계를 고장 낼 정도의 순간적인 압력을 만들어 낸다. 과거에는 범인이 쌓아 올린 바리케이드에 튕겨 나온 플래시뱅이 발 밑에서 폭발하여, 다리가 골절된 전술팀도 있었다.

전술팀에서는 휴대화기를 발포하며 진행되는 돌입과 제압을 「CQB」라는 은어로 부르지만, 제압한다는 의미에서 「**클리어링**」이라 부르는 경우도 있다. 통상 2인 1조로 행동하며, 범인이나 인질의 소재나 클리어링이 필요한 구역의 넓이에 따라 4인, 6인으로 인원수를 변화시킨다.

어떠한 경우에도, 짝수로 행동하는 것이 기본이다. 전술팀은 작전 중에 멤버가 서로를 지켜주는 「상호지원의 법칙」을 철저하게 지키기 때문이다. 이 상호 지원의 법칙은 클리어링을 할 때 활용된다. 클리어링은 반드시 2명이 수행하며, 한 명이 방 오른쪽 절반을 제압할 때에 다른 한 명이 자동적으로 왼쪽 절반을 동시에 제압한다.

2명의 돌입에 시간 차이가 생기면 매우 위험해진다. 클리어링에서 처음으로 진입하는 팀원이 반사적으로 방의 오른쪽 절반을 제압하기 시작했을 때, 뒤에 오는 팀원이 늦어버리면 사각인 왼쪽에서 공격을 당할 수 있다. 그렇기 때문에 시간 차이를 두지 않고 실내의 왼쪽도 클리어링을 해야만 한다. 이러한 상호 지원이 있기 때문에 신속한 제압이 가능하다.

플래시뱅의 충격파

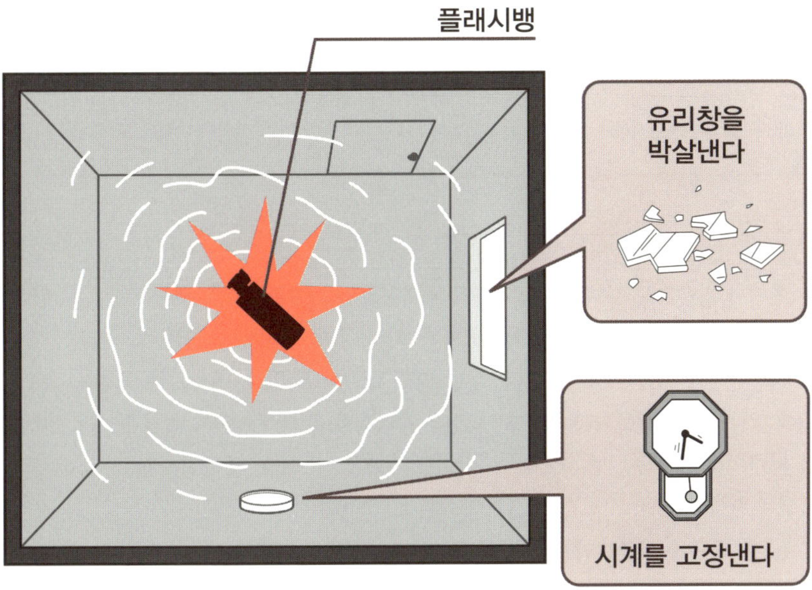
플래시뱅
유리창을 박살낸다
시계를 고장낸다

전술팀의 클리어링

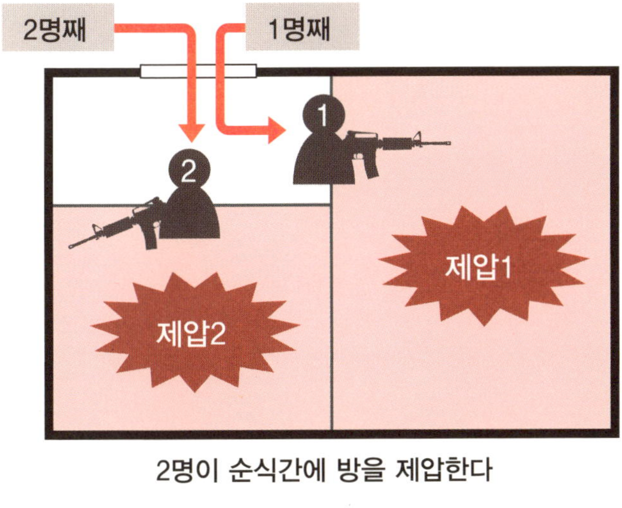
2명째
1명째
1
2
제압1
제압2

2명이 순식간에 방을 제압한다

원포인트 잡학상식

플래시뱅이 불발될 가능성도 있기 때문에, 만에 하나의 경우에 대비하여 2개를 투척하고 돌입하는 전술팀도 있다.

No.056

어떤 자세로 총을 겨누고 돌입하는가?

영화나 TV에서는 「영상에서의 사실성」이 요구된다. 예를 들면 전술팀은, 기관단총을 조준한 상태로 돌입한다. 그러나 현장에서는, 범인이 없는 상태에서 조준을 하게 되면 시야가 좁아져서 역으로 공격을 당할 수 있다.

● 상대를 발견했을 때만 총을 조준한다

문이나 창문으로 실내에 돌입하였을 때, 전술팀은 기관단총의 총구를 대각선 밑으로 향하게 한다. 이 자세는 「**로우 레디 포지션**」이라 하며 신속하게 돌입할 수 있다.

기관단총을 조준하게 되면 자신의 발 밑을 확인할 수 없다. 책상이나 의자와 같이, 실내에는 수많은 장애물이 존재한다. 범인은 수류탄을 준비하고 문이나 창문 바로 밑에 기폭 와이어를 설치하는 경우도 있다. 이러한 위협을 발견하지 못하고 그냥 지나치는 일이 없어야 한다.

또한, 총구가 처음부터 정면을 보고 있으면 상대방이 무엇을 들고 있는지 식별을 할 수 없다. 상대를 발견했을 때는 먼저 상대의 손을 확인하여 위험도를 파악한다. 상대가 무장을 하고 있다면 경고를 하고, 기관단총으로 조준한다. 맨손일 경우에는 재빠르게 구속한다. 전술팀에서는 범인과 인질의 구별 없이, 위험한 인물인가 아닌가를 식별한 후에 대처한다.

총구를 밑으로 내리고 있으면, 돌입한 문 뒤나 벽에 숨어 있는 범인의 습격에도 재빠르게 대처할 수 있다. 칼과 같은 흉기로 공격 당할 위기도 벗어날 수 있고, 범인에게 기관단총을 빼앗길 일도 없다. 패닉 상태에 빠진 인질이 덤벼들어서 움직일 수 없게 되는 상황도 피할 수 있다.

그렇다면 어째서 영화나 드라마에서는 기관단총을 조준한 상태로 돌입하는 것일까? 그것은 대각선 아래로 총구를 내린 상태로 돌입하면 클로즈 업 영상을 찍기 어렵고, 프레임에 전부 담을 수 없기 때문이다. 현실성을 추구하자면 카메라를 후퇴시킬 수밖에 없다. 하지만 그렇게 하면 화면에 박력이 없어진다. 그렇기 때문에 「영상에서의 사실성」이 우선시되어, 전술팀은 기관단총을 조준한 채로 돌입하는 것이다.

돌입할 때의 자세

발 밑을 볼 수 있도록, 로우 레디 포지션 자세를 취하고 돌입한다

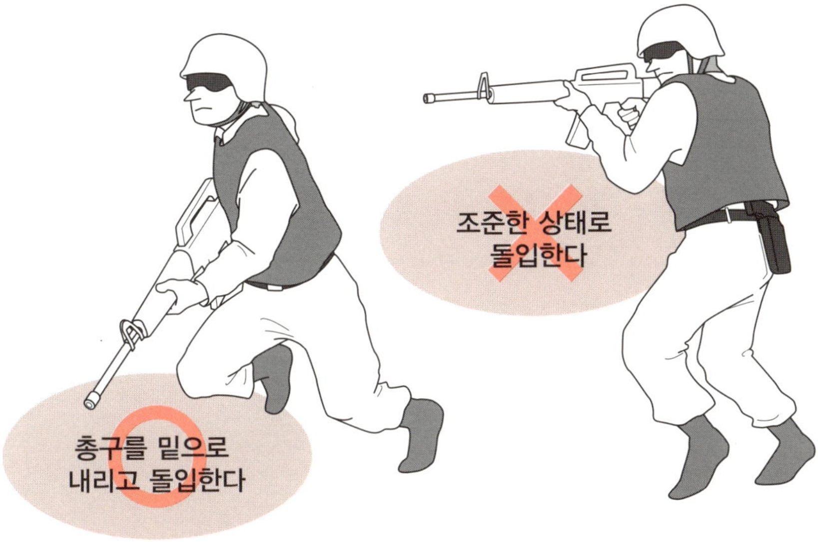
조준한 상태로
돌입한다
총구를 밑으로
내리고 돌입한다

돌입할 때의 움직임

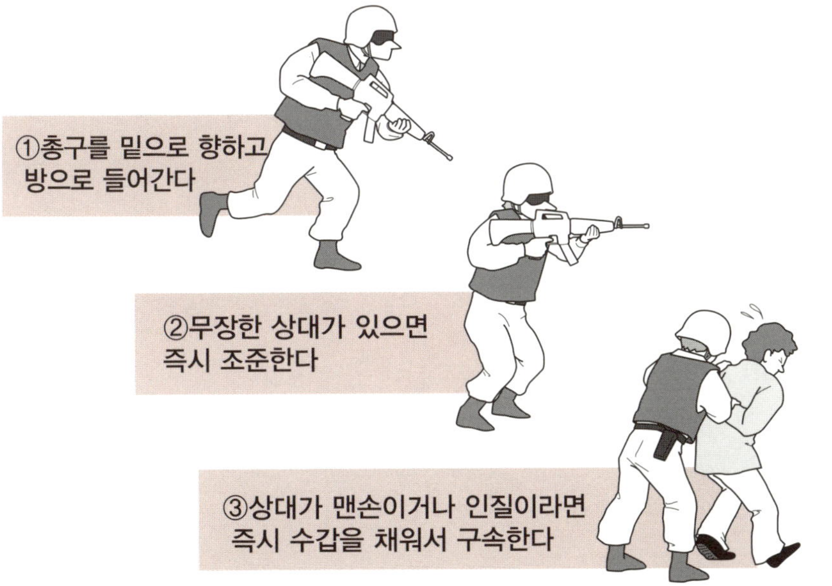
①총구를 밑으로 향하고
방으로 들어간다
②무장한 상대가 있으면
즉시 조준한다
③상대가 맨손이거나 인질이라면
즉시 수갑을 채워서 구속한다

원포인트 잡학상식

헐리우드 영화에서는 배우의 표정을 중심으로 비추기 때문에, 권총이 방해가 될 때에는 옆으로 해서 발포하는 연출이 유행했다.

No.057

특수경찰의 장기인 CQC전술이란?

피 한 방울 흘리지 않고 사건을 해결하기 위하여, 전술팀은 마지막까지 전력을 기울인다. 최근에는 총기를 사용하는 CQB전술에 더해, 새롭게 범인을 순간적으로 제압하는 CQC전술을 도입하게 되었다.

● 재빠르게 근접해서 상대방을 제압한다

희생자를 내지 않고 범인을 확보하기 위해서는 정확함과 신속함이 요구된다. 플래시뱅을 효과적으로 사용하여, 전술팀은 여러 방면에서 일제히 돌입한다. 범인은 패닉에 빠지고 총구를 인질에 들이댈 것인가, 응전을 해야 할 것인가, 판단을 하지 못하는 상황에서 제압을 완료해야만 한다.

전술팀은 지금까지 CQB전술을 중심으로 행동해 왔다. CQB전술은, 휴대화기의 발포를 전제로 개발한 제압 전술이다. 그러나 경찰관의 입장에서 체포라는 임무를 완수하기 위해서는, CQB전술만으로는 부족하다 할 수 있다.

범인이 저항을 하면 전술팀은 발포를 하지 않을 수 없다. 범인이 사망하게 되면 범행의 동기나 목적을 알아낼 수가 없다. 상대의 심리를 분석하는 것도 불가능하게 되어, 유사범죄를 예방하기 위해 필요한 데이터도 얻을 수 없다. 이러한 상황에서는, 사건 발생 후 대응밖에 할 수 있는 것이 없다. 그들은 이러한 모순에 부딪힌 것이다.

그래서 전술팀은 CQB전술과 함께, 총을 쏘지 않는 CQC전술을 채용하였다. CQC란 「근접격투술」의 은어이다. 휴대화기는 단지 사격을 위한 도구가 아니라는 사고 방식을 도입하여, 임팩트 웨폰으로 사용하기 시작하였다.

좁은 실내에 돌입하면, 범인과 상대하는 거리는 채 몇m도 되지 않는 경우가 있다. TV나 영화에서는, 전술팀이 그 장소에 멈춰서 기관단총을 조준하면서 「총을 버려!」라고 경고한다. 물론, 실제 CQB전술도 마찬가지이다.

그러나 CQC전술에서는 멈추는 경우가 없다. 경고를 하면서도, 범인에게 재빠르게 접근한다. 명령에 따르지 않는 경우, CQB전술에서는 발포를 하지만 CQC전술에서는 상대의 급소를 총기나 맨손으로 가격하여 그 자리에서 쓰러트려 제압한다. 선택지가 넓어지는 것으로, 전술팀은 더욱 상황에 맞춘 행동을 취할 수 있게 되었다.

CQB전술과 CQC전술

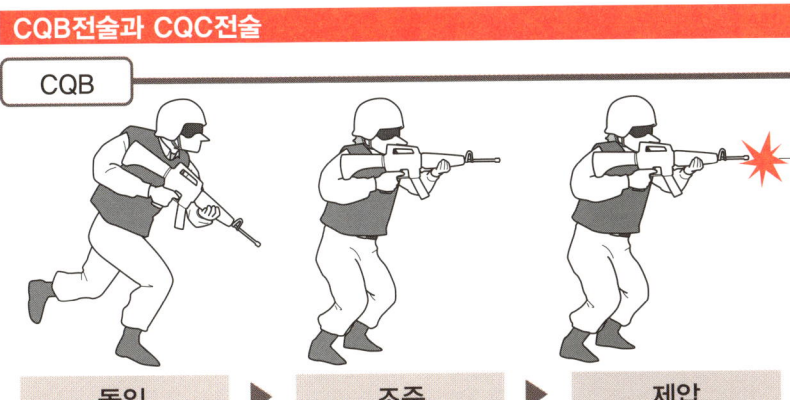

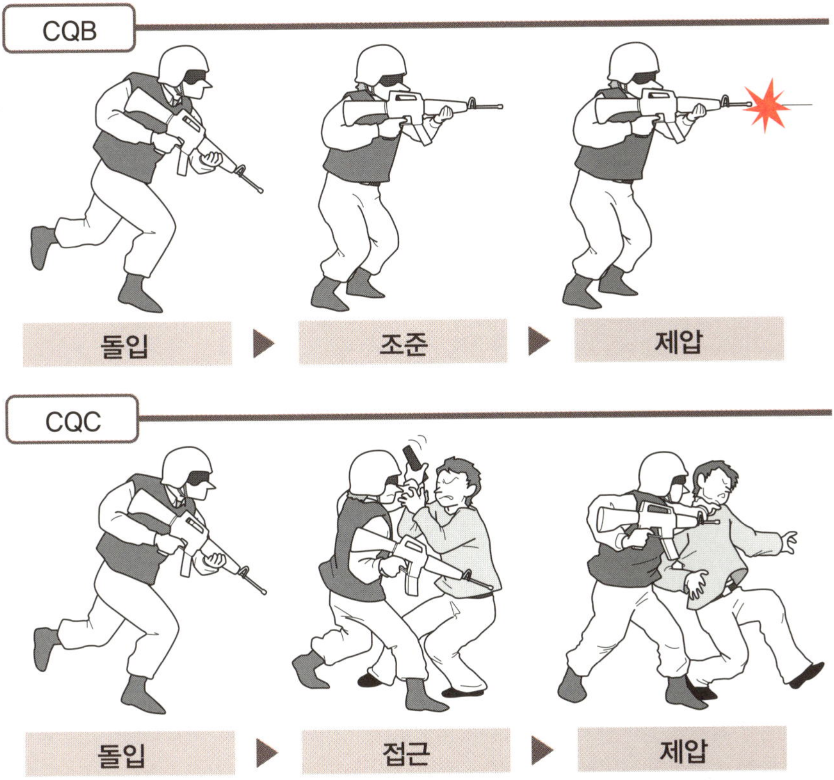
CQB
돌입
조준
제압
CQC
돌입
접근
제압

※총은 임팩트 웨폰으로 사용한다

범인이 사망했을 때의 단점

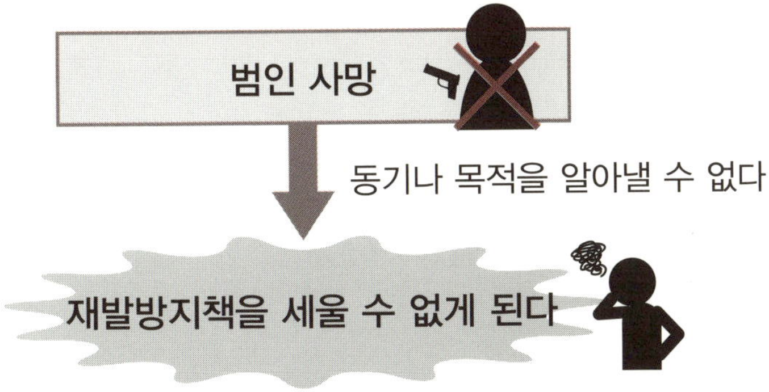
범인 사망
동기나 목적을 알아낼 수 없다
재발방지책을 세울 수 없게 된다

원포인트 잡학상식

CQC전술은 타격계 기술을 기본으로 하는 전술, 유술(柔術)이나 장술(杖術)을 기본으로 하는 전술 등, 서구 각국에서도 미묘하게 차이가 난다.

No.058

차량에는 어떻게 돌입하는가?

범인이 차량을 사용하여 검문을 돌파하려 하는 경우도 있으나, 이 때 추적을 따돌리지 못하는 것을 알아차린 범인은 차량에서 농성을 벌이기 시작한다. 권총을 쏘아대는 상대를, 전술팀은 어떻게 체포하는 것인가?

●범인의 위치를 알아내어 오인 사격을 방지한다

이러한 장면이 영화나 TV에서 묘사되는 경우는 거의 없다. 그 이유는, 현실에서 일어나기 쉽기 때문에 전술팀의 움직임을 「현실에서의 사실성」에 맞추어 표현하는 것을 기피하기 때문이다. 제작에 협력하는 전술팀 출신의 컨설턴트도 소극적이 된다. 「영상에서의 사실성」에서 보더라도, 버스나 비행기에 비해 화려함이 부족하다.

차량으로 돌입하는 것은, 전술팀에 있어서는 출동회수가 많은 상황 중 하나라 할 수 있다. 유괴, 마약 압수, 무기 밀매, 지명수배범이나 은행 강도의 도주 등, 차량을 이용한 범죄는 끊이지 않는다.

차량 안은 밀폐된 공간이다. 매우 좁기 때문에, 돌입은 차 밖에서 실행하는 경우가 많다. 차량으로 돌입할 때, 전술팀의 각 팀원들이 자신의 역할을 정확하게 수행하지 않으면 인질을 쏘게 될 우려가 있다. 어느 방향에서 차량에 접근하는가, 어떻게 전개를 하는가 등, 면밀한 계획이 요구된다. 또한, 같은 모양의 차량을 준비해 몇 번이고 반복 연습한다.

돌입에는, 범인이 어디에 앉아있는지 파악하는 것이 매우 중요하다. 운전석에 앉아 있는지, 아니면 조수석에서 인질에게 총을 들이밀어 강제로 운전을 시키고 있는지. 이러한 차이에 따라 전술이 변화한다. 범인의 위치에 따라 **사선**이 변하기 때문이다. 권총이나 기관단총을 조준할 때, 사선상에 인질이나 다른 팀원이 없도록 배치를 해야만 한다.

또한, 차 유리창을 어떻게 깨는가도 중요하다. 유리창 너머로 발포를 하더라도, 영화에서 나오는 것처럼 탄약이 직진하지 않는다. 직진하기는커녕, 그 충격으로 유리가 깨져서 작은 파편이 실내에 흩날리게 된다. 파편이 범인이나 인질의 눈에 들어가면 2차적 피해도 나올 수 있다. 그래서 전술팀은, 기관단총의 총구를 개조하거나 한 손으로 사용이 가능한 **소형 해머**를 사용하여 유리를 깨고 나서 제압한다.

차량과 범인의 위치

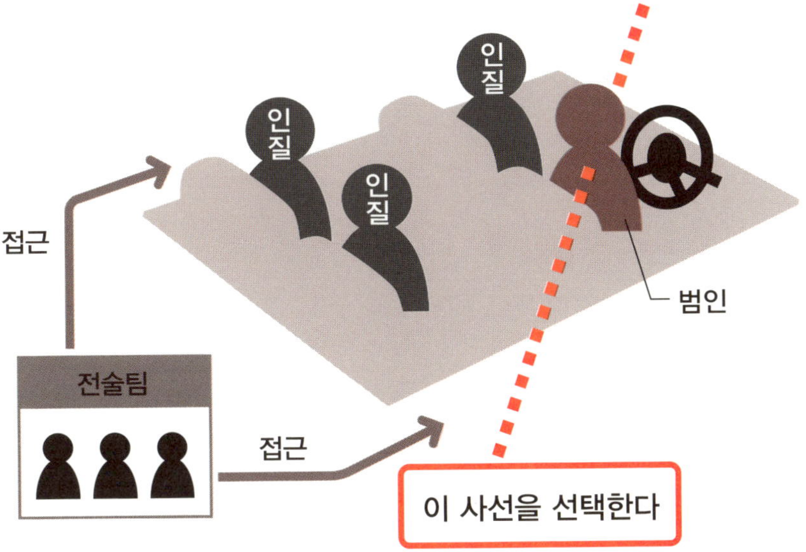
인질
인질
인질
범인
접근
전술팀
접근
이 사선을 선택한다

※사선 이외에는 총구를 들이대지 않고,
차량의 뒤에서 접근하여 제압한다.

차 유리창의 제거 방법

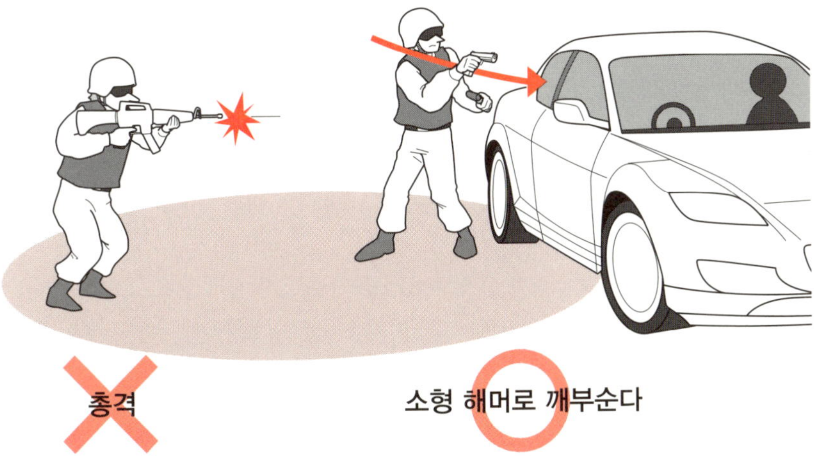
총격
소형 해머로 깨부순다

원포인트 잡학상식

차량으로 돌입할 때 기관단총을 사용하는 경우에는 2차적 피해를 막기 위하여 연사기능을 사용하지 않고 단발로 사격한다.

No.059

버스에는 어떻게 돌입하는가?

인질 사건이나 단독 점거 농성은 일반 가옥에서만 일어나지는 않는다. 경계가 약한 대중교통기관도 표적이 된다. 겉으로 보기에는 돌입하기 어려울 것이라 여겨지지만, 실제로는 공간이 한정되기 때문에 대응은 어렵지 않다.

● 순간적으로 제압한다

노선버스가 납치된 경우, 사건 해결의 열쇠는 어느 단계에서 버스를 정지시킬 수 있는지에 달려있다. 도로를 봉쇄하지 않고 계속 주행하게 만들면, 범인의 기분을 들뜨게 만든다. 「요구한대로 모든 것이 받아들여질 것이다」라고 과신하게 만들 뿐이니 주의가 필요하다.

전술팀은 무엇보다, **버스의 정지**를 최우선적으로 생각해야 한다. 버스가 정지하면 도주로를 경찰차량으로 봉쇄한다. 곁에서 보기에는 범인의 신경을 일부러 거스르는 듯하게 보일지도 모르겠으나, 경찰 차량을 치워달라고 요구를 하게 만드는 「떡밥」이 된다. 이 방법을 사용함으로써, 범인의 주의를 끌 수 있을 뿐만 아니라 교섭의 실마리를 마련할 수 있다.

또한, 저격팀이 버스를 둘러싸고 내부의 상황을 관찰한다. 범인과 인질의 위치나 움직임을 차례차례로 전술팀에 보고한다. 동시에 인질교섭팀도 범인과의 접촉을 꾀하고, 심리분석팀이 범인의 언동이나 심리 상태에서 위험도를 판정한다. 이렇게 모아진 정보를 종합적으로 분석하여, 전술팀은 구체적인 돌입작전을 세운다.

버스로 돌입할 때, 3팀으로 나누어지는 경우가 많다. **플래시뱅**을 사용하여 양동작전을 수행하는 팀과 창문으로 돌입하여 **클리어링**을 수행하는 팀, 비상구를 이용해 **버스 내부로 돌입**하는 팀이 있다. 3개의 팀이 연계하여, 순식간에 버스 내부를 제압하는 것이 기본적인 전술이다.

간단하게 설명하면, 버스의 바깥 전방에서 플래시뱅을 폭발시킨다. 이것이 돌입 신호가 된다. 숨어서 대기하고 있던 팀이 특수사다리를 버스에 설치하여, 창문을 넘어 들어가서 차 안을 클리어링하기 시작한다. 또한 돌입팀이 비상구로 돌입하여, 창문에서 사각인 부분을 제압한다. 이 전술은 순식간에 다방면에서 공격해 들어가서 범인의 감각을 마비시키는 기본을 따르고 있다.

버스를 멈추고 도주로를 봉쇄한다

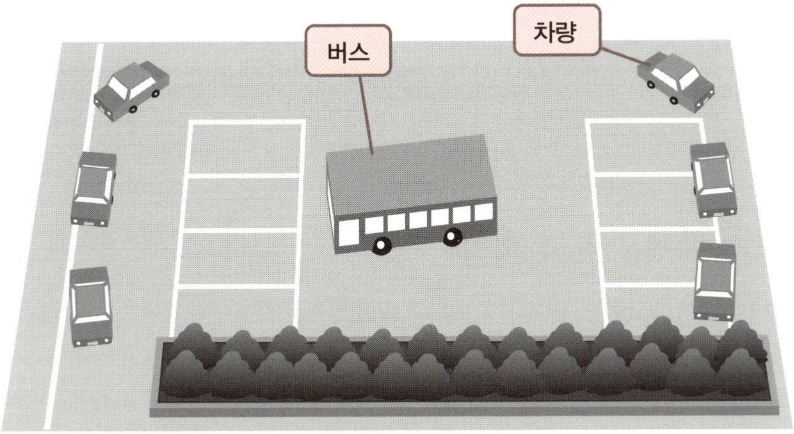
버스
차량

주차장으로 유도하여 버스를 정지시킨다

돌입방법

①전방에서 플래시뱅을 폭발시킨다

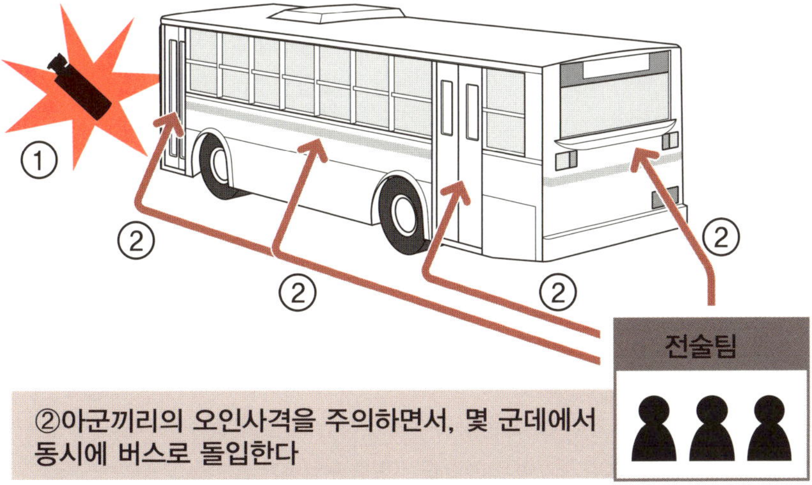
①
②
②
②
②
전술팀

②아군끼리의 오인사격을 주의하면서, 몇 군데에서 동시에 버스로 돌입한다

③차 안을 제압한다

원포인트 잡학상식

버스의 차체 옆면에 특수사다리를 걸어서 차 안을 제압하는 경우에는, 권총과 소형 해머를 기본으로 장비한다.

No.060

여객기에는 어떻게 돌입하는가?

보안검사가 엄격하지 않았던 90년대까지는, 여객기가 무장범들에게 납치되는 일이 자주 있었다. 현재는 보안의 향상과 무장경찰관의 탑승으로 위험은 격감하여, 전술팀이 여객기에 돌입하는 경우도 거의 없어졌다.

● 납치 대책은 특급 비밀

납치가 횡행하였던 90년대 이후, 여객기로 돌입하는 것은 전술팀에게 있어서는 **특급 비밀** 중에 하나였다. 그 이유는 국제노선에 취항하고 있는 보잉 747기와 같은 대형 기체가 되면, 300명 이상의 승객과 승무원이 탑승하고 있는데 그 중에서 무장범을 발견하고 제압하기 위해서는, 구체적인 전술의 공표를 꺼리는 것은 당연하다 할 수 있다.

여객기는 구조상, 앞뒤로 긴 공간이다. 좌석에는 300명 이상의 승객과 승무원이 앉아 있고, 무장범도 섞여 있다. **다방면에서 일제히 돌입**하지 않으면, 무장범의 식별과 제압은 불가능에 가깝다. 총격전이 벌어지면, 패닉 상태에 빠진 승객이 문으로 쇄도할 위험성도 존재한다.

여객기의 문은 지상에서 5m 가까이에 위치하고 있는 점도 전술팀에게 있어서 큰 문제이다. 특수 사다리를 기내의 무장범이나 승객과 승무원에게 들키지 않도록 배치하여 돌입 준비를 해야만 하기 때문이다. 기체를 흔들지 않고 돌입하는 낌새를 들키지 않는 움직임은 지금도 기밀로 취급된다.

실제 작전에서는, 인질교섭팀이 무장범들의 주의를 산만하게 만들어 전술팀의 근접을 돕는다. 두꺼운 방풍유리를 꿰뚫는 50구경 저격라이플을 장비한 저격팀이 조종석을 감시하고, 기체 좌우의 문이나 창문을 감시하는 저격팀도 기내의 움직임을 탐색한다. 이렇게 팀에서 전달되는 정보에 의지하면서, 전술팀은 계속 여객기에 접근한다.

모든 문에 사다리를 설치하고 문을 안전하게 개폐할 준비가 끝난 단계에서 돌입을 개시한다. 조종석 가까이에서 **플래시뱅**을 폭발시킨다. 이 폭발을 신호로 하여, 문을 개방하고 한꺼번에 돌입한다. 문의 개폐 방법, 구체적인 제압 방법, 인질과 무장범의 식별, 인질의 운송방법 등, 구체적인 대부분의 전술은 기밀로 취급된다.

보잉747의 구조와 돌입구

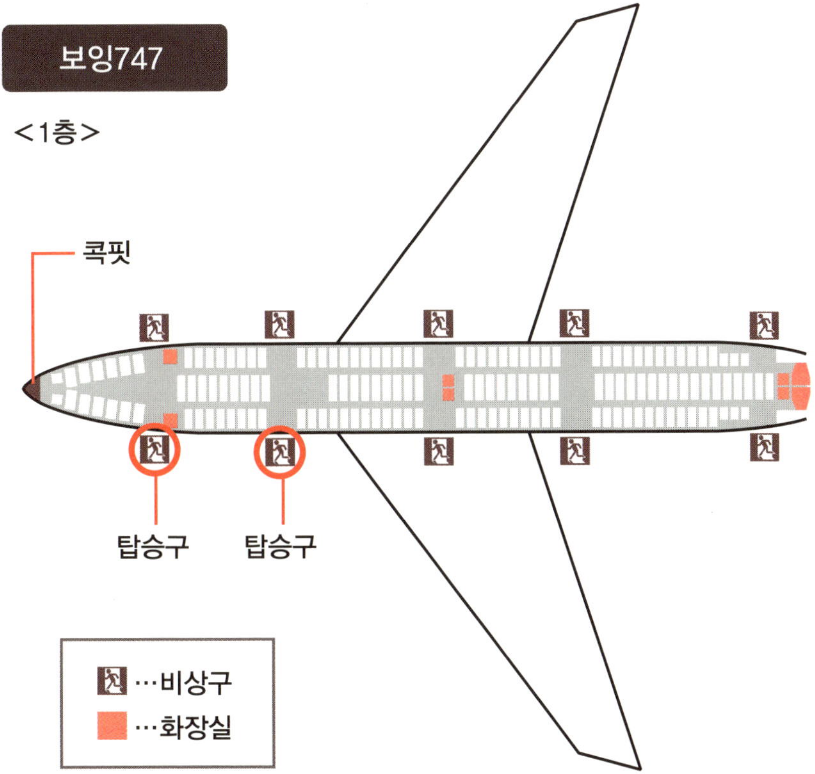
보잉747
<1층>
콕핏
탑승구
탑승구
…비상구
…화장실

순서

버스와 마찬가지로 플래시뱅을 폭발시키고 한꺼번에 돌입하여 제압한다

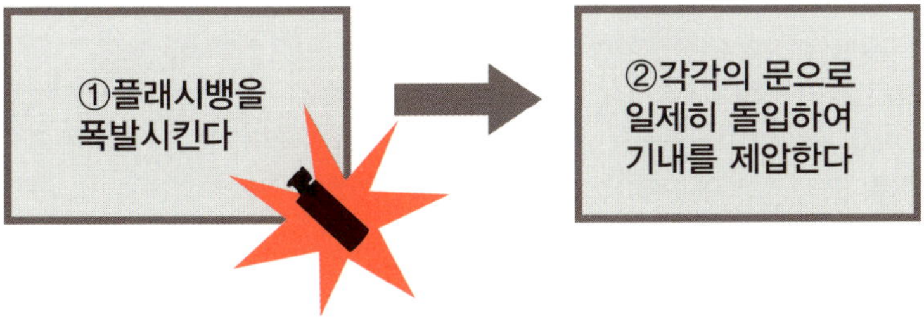
①플래시뱅을
폭발시킨다
②각각의 문으로
일제히 돌입하여
기내를 제압한다

원포인트 잡학상식

점보 제트기에 돌입하여 무장범을 제압하는 경우, 100명에 가까운 전술팀이 여러 가지 임무를 수행한다.

컨설턴트라는 직업 ②

촬영이 시작되면 컨설턴트의 일은 급격하게 증가한다. TV 드라마, 영화, 게임의 촬영에서는, 촬영의 방법이 미묘하게 다르기 때문에 각각에 맞춘 형태로 대응한다.

예를 들어 연속극에서는, 촬영에 사용 가능한 카메라의 대수에 한계가 있다. 스튜디오에서 촬영할 때는 카메라를 동시에 몇 대라도 사용할 수 있으나, 로케이션의 경우에는 그렇지 못하다.

영화에서도 같은 일이 일어난다. 필름을 사용하는 경우, 제작 예산의 문제로 웬만한 대작이 아니고서는 카메라의 대수가 제한된다.

총기를 사용한 액션신의 촬영이 있으면 고난의 연속이다. 착탄 효과나 흘러나오는 피 효과를 제작하는 특수효과 전문가들과 공동으로 작업할 뿐만 아니라, 한번에 OK사인을 받기 위한 면밀한 준비와 리허설에 시간을 들이게 된다.

그러나 게임의 촬영에서는 착탄 효과나 피 효과는 필요가 없다. 「모션 캡처」라는 기술을 사용하기 때문에, 배우는 전신의 관절에 마커가 달린 특수한 복장으로 촬영에 임한다.

마커의 반응을 특수 카메라로 담아서, 일련의 동작을 입체영상으로서 만드는 것이 모션 캡처이다. 촌극을 연기하는 것처럼 각본의 장면을 차례로 연기해 나간다.

드라마의 컷과 같이, 장면 중간에 세밀하게 바꾸어서 촬영을 하는 일은 거의 없다. 장면의 처음 시작부터 끝까지, 편집하기 좋은 곳까지 일련의 흐름으로 모아서 촬영하는 경우가 많다.

배우의 표정, 복장, 총과 같은 부분은 나중에 가공 처리된다. 중요한 대사도 성우를 기용하여 별도로 녹음하는 경우가 많다.

이와 같이 게임의 촬영 현장은 드라마나 영화의 촬영 현장과 다르기 때문에, 주의를 기울이는 포인트도 달라진다. 드라마나 영화에서는 모니터 화면에 비쳐지는 범위를 체크하면 되지만, 모션 캡처의 경우에는 배우의 전신 움직임을 확인하여야 한다.

어떠한 커트로 완성이 되는가도 가공 처리된 영상을 보지 않는 이상 알 수가 없다. 그렇기 때문에, 제작의 토대가 되는 배우의 움직임에는 신경을 써둔다.

또한, 이러한 촬영 현장에서는 체크뿐만 아니라, 나는 대역으로 연기를 하기도 한다. 이것은 영화나 드라마의 경우에는 카메라의 위치가 고정되기 때문에 프레임 안에 어떻게 총기 액션을 담을 것인가를 감독이 계산하는데 있어서도 도움이 된다.

아무리 사실성을 철저하게 따른 동작이라 하더라도, 화면에 비춰지지 않으면 의미가 없다. 내가 대역을 하는 것은, 실제 촬영에서 연기를 하는 배우가 직접 눈으로 이해를 하여 연기를 하는데 있어 이미지를 높이는 의미도 포함되어 있다.

제 4 장

인질교섭팀

No.061

총을 사용하지 않고 범인을 체포할 수 있는가?

범죄자 역시 생각이나 감정을 가진 인간이다. 그들의 감정과 말과 행동을 읽어낼 수 있다면, 총을 사용하는 강공책은 필요하지 않다. 상대의 체면을 세우면서 자존심을 건드리지 않는 심리전을 사용하는 것으로, 많은 사건을 해결할 수 있다.

●융통성이 있는 자세로 범인 체포 임무를 수행한다

픽션에서는 유괴 사건이나 인질 사건이 자주 묘사된다. 마지막에는 전술팀이 범인의 은신처인 건물로 돌입하여 인질을 구출하면서 범인을 체포한다.

드라마에서는 이루어지더라도, 현실에서 돌입 허가가 나는 경우는 거의 없다고 할 수 있다. 그 이유는, 돌입작전은 희생자가 발생할 가능성이 높기 때문이다. 미국 정부 쪽의 자료에 따르면, 돌입작전에서 인질이 살해될 가능성은 약 10%라고 한다.

군대의 경우 10%의 가능성은 허용범위 안에 들어가지만, 경찰의 경우는 다르다. 경찰에는 「인명을 최우선으로 한다」라는 규칙이 존재하고, 「범인을 체포하여 기소한다」라는 방침이 있다. 체포한 후에 범인을 **프로파일링**하여, 유사범죄를 예방한다는 목적도 있다.

따라서, 범죄자를 무조건 처치한다는 사고방식은 받아들여지지 않는다. 체포하여, 자신이 지은 죄를 속죄하게 만드는 것이 대전제이다. 이런 이유로, 특수경찰에서는 심리전에 정통한 팀을 전술팀보다 먼저 투입하게 되었다. 유괴나 인질 사건에는 인질교섭팀이 즉시 대응하여, 사태의 악화를 방지할 방법을 강구한다.

인질이 무사히 풀려나는가, 아니면 살해 당하는가? 이러한 사건의 전개는, 범인의 심리 상태에 따라 변한다. TV나 영화에서는 시청자의 의견이나 각본가, 프로듀서, 스폰서의 사고방식에 따라 결말이 변한다.

현실의 세계에서는, 범인이 사건 전개의 주도권을 쥐고 있다. 범인이 결단을 내리는 기준은 주위에서 받는 자극이다. 이 역할을 담당하는 것이 인질교섭팀이다.

인질교섭팀은 범인과 대화를 하는 「**교섭 담당**」을 정하여 인질 교섭을 시작한다. 「교섭 담당」은, 기본적으로 마지막까지 인질 교섭을 계속 진행한다. 담당을 바꾸지 않고 교섭을 진행해야 범인도 안심을 하여 정신적으로 안정되기 때문이다.

돌입 작전의 피해

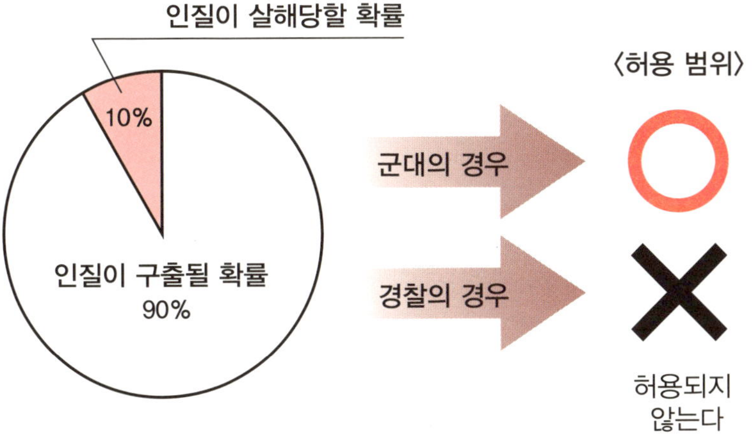
인질이 살해당할 확률
10%
인질이 구출될 확률
90%
〈허용 범위〉
군대의 경우
경찰의 경우
허용되지
않는다

픽션과 현실에서 사건의 전개

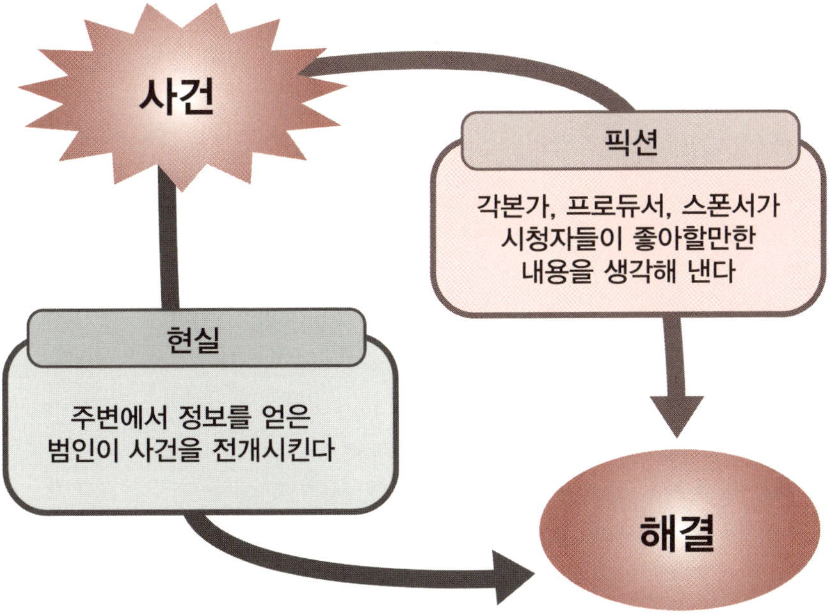
사건
픽션
각본가, 프로듀서, 스폰서가
시청자들이 좋아할만한
내용을 생각해 낸다
현실
주변에서 정보를 얻은
범인이 사건을 전개시킨다
해결

원포인트 잡학상식

연속극의 각본은 시청률에 따라 변하기 때문에, 말과 행동에 일관성이 없는 지리멸렬한 범인이 만들어지기 마련이다.

No.062

어떤 스타일의 범죄자가 인질을 잡는가?

인질 사건이나 유괴 사건을 일으킨 상대의 동기는 다양하다. 인질교섭팀은 범인의 언동뿐만 아니라 이러한 배경도 고려한다. 특수경찰의 임무 전반적인 사항에 공통되는 것으로, 범인을 이해하는 것이 사건 해결의 열쇠가 된다.

● 도주에 실패한 범죄자부터 테러리스트까지

인질교섭팀은 먼저 상대의 인물상을 파악하려 한다. 범인의 타입을 알아내지 못한다면, 동기나 목적을 파악하는 것이 어렵고 적절한 대응을 할 수 없기 때문이다. 예를 들어, 대표적인 프로파일링에는 「크리미널 타입」, 「마인드 타입」, 「프리즌 타입」, 「테러리스트 타입」의 네 가지가 존재한다.

「**크리미널 타입**」은, 도주를 목적으로 인질을 잡는 경우가 많다. 인질은 운 나쁘게 그 자리에 있던 제3자이다. 개인적인 관계가 없기 때문에 인질을 어디까지나 도주를 위한 도구로서 취급하기 쉬워, 피해를 입힐 가능성이 높다.

또한, 돈을 목적으로 유괴 사건을 일으키는 상대도 있다. 면밀한 계획을 세운 범죄인가, 아니면 충동적인 범죄인가를 알아내는 것으로 범인의 생각이나 감정, 인격을 파악할 수 있을 뿐만 아니라, 인질의 위험도 역시 판단이 가능해 진다.

「**마인드 타입**」은, 자신의 개인적인 사상을 달성하기 위하여, 혹은 해결하기 위하여 인질을 잡는다. 망상이나 환상에 사로잡혀, 사건을 일으키고 있다는 중대성을 인식하지 못한다. 현실을 인식하기는 하나 세상에 적응하지 못하는 타입 역시 인질 사건을 일으키기도 한다.

「**프리즌 타입**」은, 형무소에서 받은 나쁜 대우를 참지 못하고 억울한 감정을 폭발시켜서 세상에 호소하려 한다. 교도관이나 직원들이 인질로 잡히기 쉽고, 이들은 분노의 대상이기도 하기에 인질들이 상해를 입을 가능성이 높다. 범인 중에 광신적인 리더가 등장하여 죄수들의 결속이 강력해 질수록 위협은 더욱 강해진다.

「**테러리스트 타입**」은, 주의 주장을 주창하면서 세간의 주목을 끌려는 목적으로 행동을 한다. 용의주도하게 계획을 준비하여 큰 규모로 실행한다. 주의 주장을 배경으로 인질 사건을 일으키기 때문에, 그들의 말과 행동은 지극히 이성적이다. 이러한 타입은 다른 인질범이나 유괴범과는 다르게, 냉혹한 프로로서 정치적 수준의 교섭을 요구한다.

인질교섭팀이 구분하는 네 가지 타입

크리미널 타입 인질의 위험도 ★★★

특징

- 도주 목적, 혹은 금전 목적으로 인질을 잡는다
- 제3자가 인질이 되기 쉽다
- 개인적인 관계가 없기 때문에, 인질의 위험도는 높다

마인드 타입 인질의 위험도 ★★★

특징

- 개인적인 사상을 달성하기 위하여 인질을 잡는다
- 망상이나 환상에 빠져 있어, 현실을 인식할 수 없다
- 가까운 관계에 있는 사람이 인질로 잡히기 쉽다

프리즌 타입 인질의 위험도 ★★★★

특징

- 나쁜 대우를 참지 못하여 범행을 저지른다
- 분노의 대상인 교도관이나 직원은 매우 위험하다
- 광신적인 리더가 등장하면 위협은 더욱 강력해진다

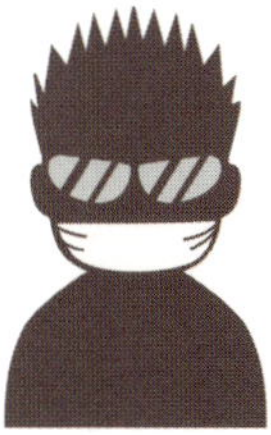

테러리스트 타입 인질의 위험도 ★★★★

특징

- 세간의 주목을 끌기 위하여 범행을 저지른다
- 용의주도하며, 말과 행동은 지극히 이성적이다
- 냉혹한 프로로서, 정치적 수준의 교섭을 요구한다

원포인트 잡학상식

인질교섭팀은 선입견에 얽매이지 않고 억측이나 단정을 하지 않으며 꾸준하게 범인과 대화를 계속하여 그 안에서 해결책을 찾아낸다.

No.063

사명을 수행하기 위해 인질을 잡는다?

「마인드 타입」에는 「아웃컨」이라 불리는, 망상이 계기가 되어 사건을 일으키는 범인이 있다. 아웃컨이란 외부 유도(外部 誘導)의 약어로써, 신이나 무엇인가의 목소리에 자신이 복종하고 있다고 본인은 굳게 믿고 있다.

● 범인의 주장을 절대로 부정하지 않는다

이러한 타입은 사고 방식이 혼란해지고, 사건을 일으킬 때에는 현실을 인식할 수 없는 경우가 많다. 특징으로는, 실제로는 존재하지 않는 것을 보거나 듣는, 환각이나 환청을 들 수 있다. 또한, 망상에 시달리는 경우도 있다.

픽션 작품에서도, 이러한 타입이 범인으로 등장한다. 환각이나 환청뿐만 아니라 「**나는 신에게 선택을 받은 존재이다**」, 「내 머리 속에 있는 발신기로 누군가가 나를 조종하고 있다」와 같은 망상에 시달리기도 한다.

망상은 크게 나누어 두 가지가 있다. 하나는 특수한 능력을 가지고 있다던가, 특수한 임무를 부여 받았다고 믿는 과대망상이다. 또 한 가지는, 자신만이 박해를 받고 있다고 강력하게 믿는 피해망상이다.

인질교섭팀이 범인과 접촉을 할 경우, 말과 행동에 이상함을 느끼거나 기묘한 감각이 들 경우에는 이러한 타입이 아닌가 의심해 본다. 상대방이 믿고 있는 것이 아무리 지리멸렬한 것이라도, 절대로 부정하지 않도록 주의를 기울인다. 본인에게 있어서는 현실이고, 믿음을 가지고 있기 때문이다.

그렇다고 「나에게도 보이고, 들린다」라고 범인에 맞추어서 동의를 하는 것은 금물이다. 거짓말을 하지 않고, 「당신에게 보이는 것이 나에겐 보이지 않는다. 하지만 당신이 이야기하는 것은 이해한다」라고 대답을 하는 쪽이 효과적이라 하겠다.

만약 범인의 신분을 알아내면, 치료 이력이나 약물 복용 이력을 확인한다. 약물 복용을 알아낸 경우에는, 본인이 약을 가지고 있는지 아닌지를 파악해야 한다. 또한 복용 약물을 준비하여 교섭의 재료로 사용하는 경우도 있다.

질병이 확인된 경우에 인질교섭팀은 전술팀이나 저격팀에 대해 「**눈에 띄는 행동은 자제해 달라**」라는 지시를 내린다. 중무장으로 행동하는 모습은 망상에 사로잡힌 범인을 자극하기 쉬워서, 「나는 정당했다. 그들은 우리를 말살하려 한다」라고 해석할 위험성이 있기 때문이다.

마인드 타입 중에서 아웃컨

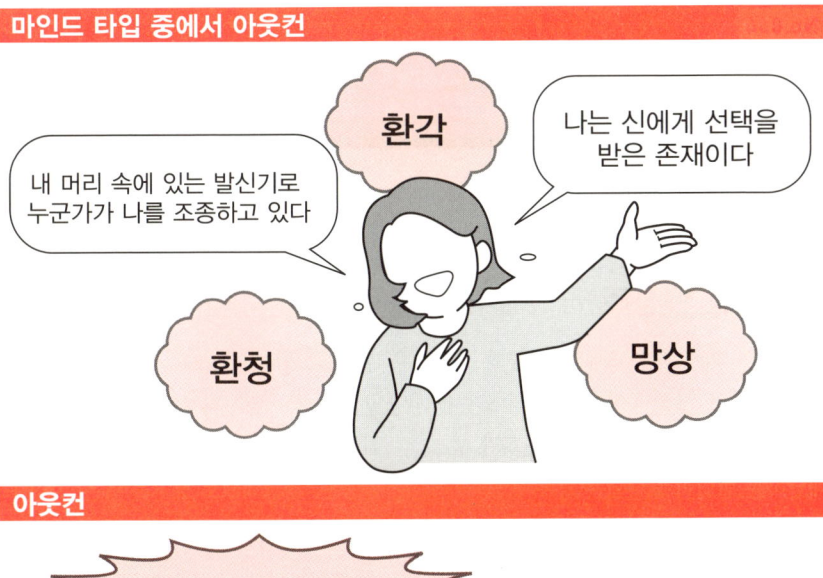

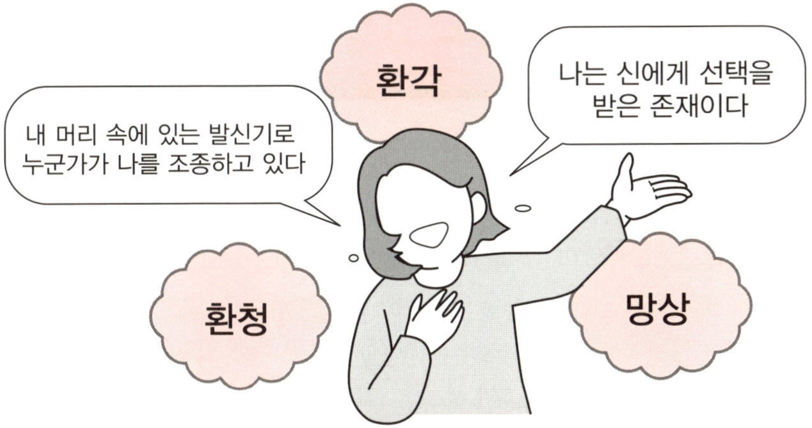
환각
나는 신에게 선택을 받은 존재이다
내 머리 속에 있는 발신기로 누군가가 나를 조종하고 있다
환청
망상

아웃컨

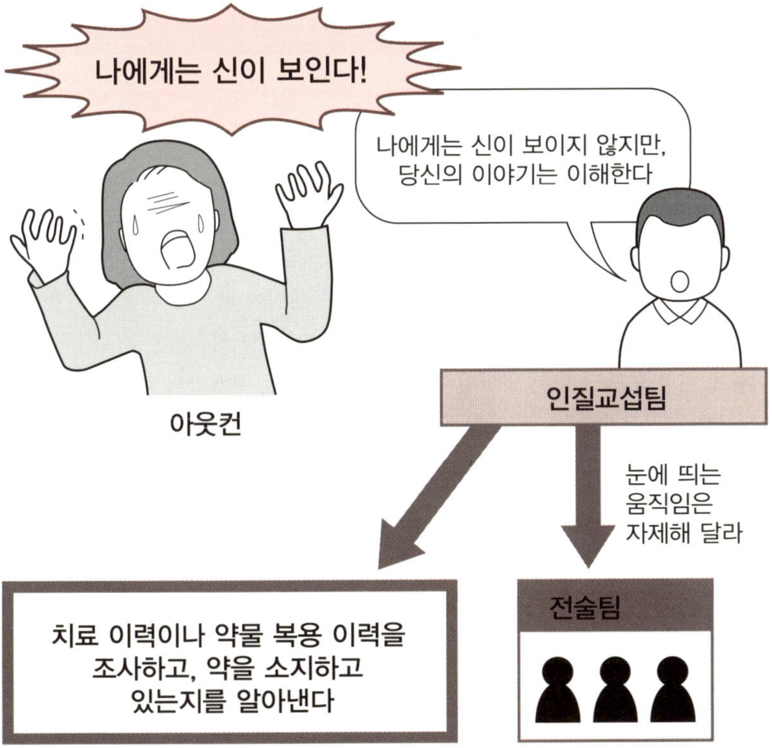
나에게는 신이 보인다!
나에게는 신이 보이지 않지만, 당신의 이야기는 이해한다
아웃컨
인질교섭팀
눈에 띄는 움직임은 자제해 달라
치료 이력이나 약물 복용 이력을 조사하고, 약을 소지하고 있는지를 알아낸다
전술팀

원포인트 잡학상식

심리적으로 불안정한 범인과 대치하는 경우도 있기 때문에, 인질교섭팀은 반드시 임상심리학자와 연계한다.

No.064

죄책감을 느끼더라도 인질 사건을 일으킨다?

슬픔, 절망감, 무기력감과 같은 부정적인 감정이 마음을 지배하여, 현실을 인식할 수 없게 되는 경우가 있다. 「마인드 타입」 중에서는, 살아갈 자격이 없다고 고뇌하며 죄악감에 시달려서 사건을 저지르는 상대도 있다.

● 죄악감 때문에 자신을 희생한다

이전의 픽션 작품에서는, 건물의 창문으로 얼굴을 내밀고 인질의 관자놀이에 권총을 대면서 「인질을 죽이겠다. 빨리 도주용 차량을 준비해!」 라고 외치는 범인이 많았다.

그러나 최근에는 범인상에 변화가 생겼다. 「가까이 오지마……. 나를 내버려둬」 라고 대답하는 범인이 묘사되는 경우가 있다. 이러한 반응은, 정신적으로 상처를 입은 「마인드 타입」 의 범인이 실제로 보이는 반응을 모방한 것이다.

마음에 상처를 입은 상대가 인질 사건을 일으킬 때, 인질교섭팀과의 대화가 좀처럼 성립하지 않는다. 자신은 가치가 없는 인간이라 생각하여 현실에서 도피하는 경우도 많기 때문에, 질문에 대한 반응이 매우 늦다. 대답하는데 30초에 가까운 시간이 필요한 경우도 있다.

또한, 이러한 타입의 범인은 가족이나 지인과 같은 상대를 인질로 고르는 경우가 많다. 그 이유는 범인이, 자신뿐만 아니라 인질에 대해서도 깊은 책임을 느끼고 있기 때문이다. 괴로움에서 해방시키는 것이 단 하나의 방법이라는 망상에 빠지게 된다. 인질을 살해하고 자기 스스로 목숨을 끊는 것으로, 서로가 자유로워진다고 생각해 이를 실행하려 한다.

이렇게 마음을 닫고 있는 범인의 기분을 변화 시키는 특효약이 두 가지가 있다. 그것은 「시간」 과 「공감」 이다. 시간을 들여서 범인의 기분을 이해하려 노력하는 것이, 닫혀진 마음을 여는 열쇠가 된다. 반대로 인질 교섭을 서두르면 서두를수록 범인을 몰아넣게 된다.

또한, 자살을 결심한 순간 범인의 마음에서 고뇌가 사라지는 경우가 많다. 분위기가 완전히 바뀌어, 예를 들면 「이제, 괜찮다. 이제, 괜찮아」 라고 말하기 시작한 경우에는 자살을 결심했을 가능성이 있다. 이럴 때는 단도직입적으로 「자살할 생각인가?」 라고 물어보는 용기도, 인질교섭팀에는 요구된다.

인질 사건에서 묘사되는 범인상의 변화

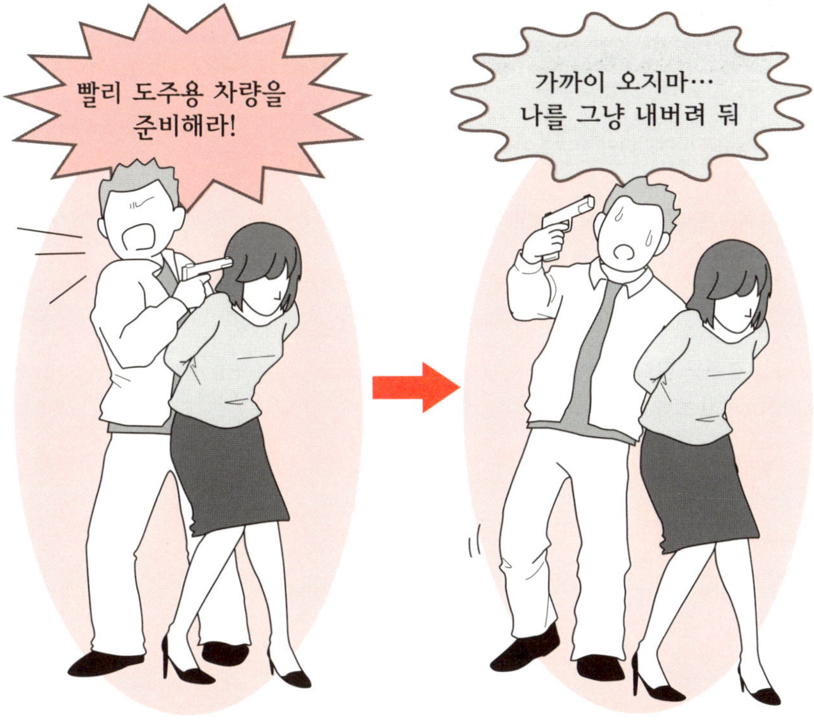
빨리 도주용 차량을
준비해라!
가까이 오지마…
나를 그냥 내버려 둬

마음에 깊은 상처를 입은 상대의 특징

- 인질교섭팀과의 대화가 잘 성립되지 않는다
- 질문에 대한 반응이 매우 늦다
- 가족이나 지인과 같은 상대를 인질로 고르는 경우가 많다
- 인질과 함께 자살을 계획할 위험성이 높다

원포인트 잡학상식

자살을 각오한 경우에는 범인의 말과 행동이 급변하기 때문에, 사건 발생 당초부터 범인의 말과 행동에 신경을 써야 한다.

No.065

주목을 받기 위해 인질을 잡는다?

인질 사건을 일으키는 범인이 하는 요구 중에는 명확하지 않은 것도 있다. 생각하는 방식이 미숙하여, 듣는 이가 의심할 정도로 비현실적인 요구도 있다. 사회에 적응하지 못하여 누구에게도 주목을 받지 못하는 인생을 보낸 「마인드 타입」은 위험한 행동을 한다.

● 가장 무책임한 상대

적응성이 떨어지는 **마인드 타입**은 감정적, 사회적, 지적, 신체적인 면에서 정상적인 반응을 하는 것이 어렵다. 제대로 배우지 못하여 직장에 다니는 것도 어려운데다 해고를 당하는 경우도 많다. 자신의 의견이 어중간하여 확실히 표현하지 못하고, 몸과 마음에 있어 인내가 부족하다.

자기 혼자서 일방적으로 생각하기 때문에, 자기자신을 패배자라고 여기고 실패를 거듭하는 바보 같은 인간이라 생각하는 경향이 있다. 그러나 마음속 한구석에는 「나도 성공할 수 있는 무언가가 반드시 있다」 라는 확신을 가지고 있다.

이러한 생각을, 그들은 무책임하게도 인질 사건으로 증명하려고 한다. 사건을 일으키면 주위의 주목을 받는 것을 인식하고 있기 때문이다. 그것이 상식을 벗어난 잘못된 행위라는 것을 전혀 인식하지 못하고, 후에 알아차렸을 때는 이미 세상에서 더 이상 자신을 주목하지 않고 누구도 관심을 보이지 않게 되었을 때이다.

일본에서도 이러한 사건은 일어나고 있지만, 인질 사건으로만 자신을 표현할 수 있다는 생각은 너무나도 이기적이라 할 수 있다. 환상이나 망상에 사로잡혀있는 것이 아닌데다, 자신의 행동이 어떠한 결과를 초래할 것인지에 대해서도 충분히 이해를 하고 있다. 그렇지만 그들은 범행을 저지르게 된다.

이러한 타입을 몰아세우게 되면, 상대는 자신에게도 중대한 일을 할 수 있다는 것을 증명하기 위하여 자살이나 인질의 살상을 정당화 할 염려가 있다. 따라서, 이런 비뚤어진 생각을 확실하게 바로잡아 좌절감을 느끼게 하지 않고, 자존심에 상처를 입히지 않고 접촉하는 것이 사건을 해결하는 열쇠가 된다.

범인을 비난하지 않고 **충분히 이해하고 있다는 것을 보여주는 것**이 인질 교섭의 기본이다. 「또 실패 했다……」 라고 범인이 생각하게 만드는 고압적인 대응은 피하도록 한다. 「투항하는 것은 부끄러운 일이 아니며, 인질을 풀어주는 것이 더욱 훌륭한 일이고 주변에서도 인정을 받을 수 있다」 라고 범인에게 호소하는 자세가 매우 중요하다.

마인드 타입 중에서 세 가지 타입

① 아웃컨

「나는 신의 선택을 받은 존재다」와 같은 말을 하며, 환상이나 환각에 사로잡혀있을 가능성이 높다

② 비관형

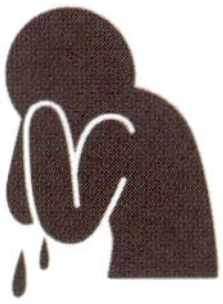

정신적으로 상처를 입은 범인.
저지르는 범행은 염세적이며
현실 도피적이다

③ 주목형

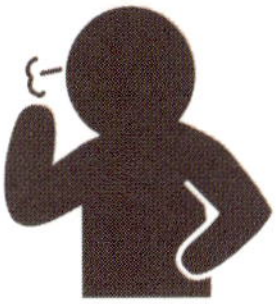

자기 혼자서 일방적으로 생각하기 때문에, 자신을 패배자라고 여기고는 세간의 주목을 받기 위하여 범행을 일으킨다

주목형 범인에 대응하는 법

- 상대의 생각을 확실하게 파악한다
- 좌절감을 느끼게 하지 않는다
- 자존심에 상처를 입히지 않는다

상대에게 「또 실패했다……」라고 생각하게 만들지 말고, 「투항하는 것은 부끄러운 일이 아니며, 인질을 풀어주는 것이 더욱 훌륭한 일이고, 주변에서도 인정을 받을 수 있다」라고 호소를 하는 것이 중요하다.

원포인트 잡학상식

인질 교섭의 요령은 범인의 기분을 파악하고 사건을 일으킨 동기와 목적을 이해하여, 같이 해결책을 생각하는 것이다.

No.066

교활한 범인과의 인질 교섭은?

교활하고 사람을 잘 속이는 범인이 가끔씩 있다. 언변이 좋고 자기표현에 뛰어난 범인일수록, 인질에게 동정을 살 수 있도록 위장한다. 그러나 마음 속 어둠은 깊고 양심이나 죄악감이 없으며 그래야만 할 상황이 되면 인질을 아무렇지도 않게 죽인다.

● 가장 위험하고 잔인한 상대

범인 중에는 사회의 규범, 도덕, 가치관이 전혀 통용되지 않는 상대가 있다. 인질교섭팀에서는 이러한 상대를 「반 사회성 인격 경향」이라 부르고 있다. 이러한 상대는 양심이 없고, 가족 관계도 파탄이 나있는 경우가 많다.

픽션 작품에서는, 이러한 성격을 **테러리스트**로 등장시킨다. 욕구를 채우기 위해서 자신의 지혜로 계략을 세우고, 세간의 규칙은 상관하지 않는다. 화술이 뛰어나고 자신에 차 있으며 타인을 자신의 의지대로 조종하는 기술을 가지고 있는 껄끄러운 상대이기도 하다.

놀라운 것은, 그들은 인질에게 상냥하게 대한다는 점이다. 이것은 계산되어 있는 행동이라 할 수 있다. 인질을 속여서 조종하는 것으로 상황을 제어할 뿐만 아니라, 「자신의 뜻대로 움직이고 있다」라는 우월감을 느끼기 위해서이다.

그러나 인질이 방해가 되는 경우에는 주저하지 않고 살해하는 잔인한 상대이기도 하다. 체포된다는 개념 역시 거의 없다. 양심이나 죄책감도 없기 때문에 체포된다는 생각을 하지 않고, 어떻게 하면 경찰의 허를 찌를 수 있을지 계략을 세우기 바쁘다.

이러한 타입은 게임을 좋아하며, 주위를 속이면서 얻는 쾌락과 물질적인 보수를 요구하며 흥분한다. 인질교섭팀, 전술팀, 저격팀의 움직임 역시 잘 알고 있기에 도발을 해오는 경우도 있다.

따라서 인질교섭팀은 범인이 **심심해 하지 않도록** 주의한다. 자극을 주지 않으면 범인이 인질에 손을 댈 위험성이 높아지기 때문이다. 자극을 주는 한편, 심리 상태를 프로파일링하면서 선수를 친다.

양심의 가책은 기대할 수 없기 때문에, 투항을 호소하여도 의미가 없다. 범인을 띄워주어서 방심하게 만들고 자존심을 건드리면서도 실수를 유발시키는 대화술이, 인질교섭팀에게 요구된다.

테러리스트 타입의 특징

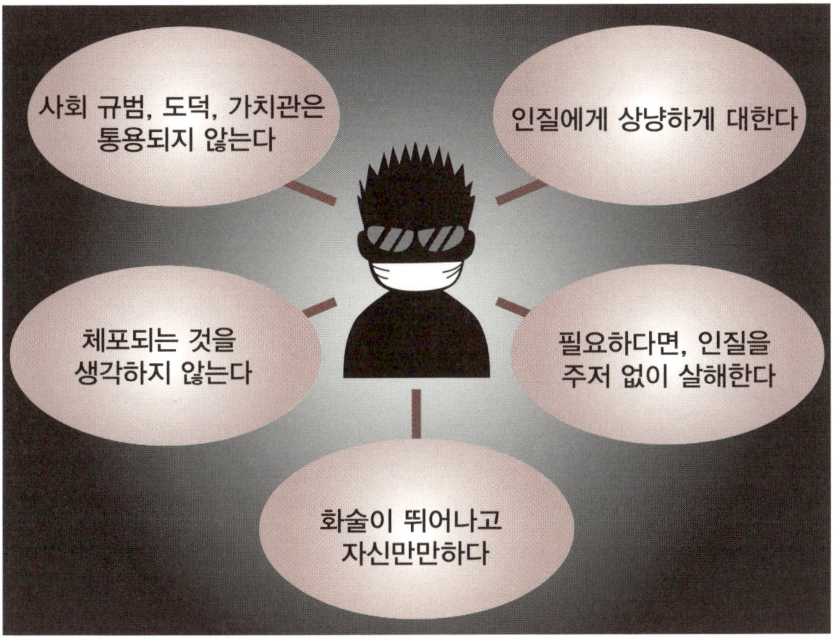
사회 규범, 도덕, 가치관은 통용되지 않는다
인질에게 상냥하게 대한다
체포되는 것을 생각하지 않는다
필요하다면, 인질을 주저 없이 살해한다
화술이 뛰어나고 자신만만하다

게임을 즐기는 테러리스트 타입을 대응하는 법

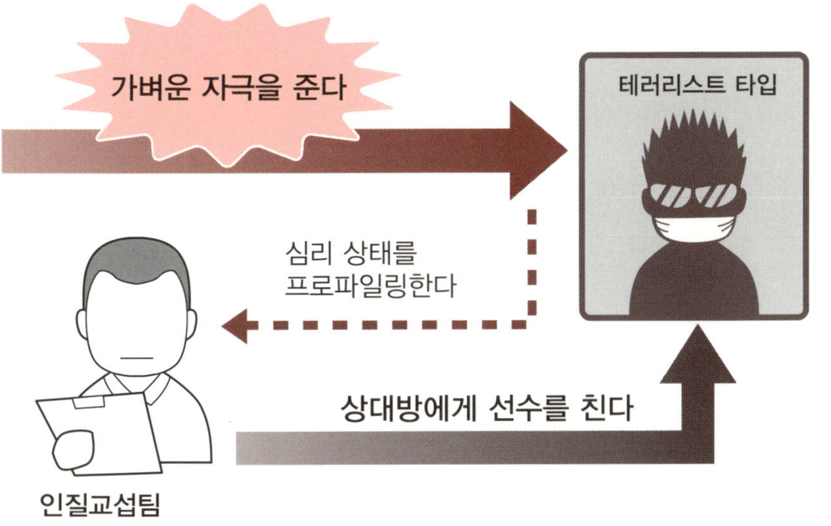
가벼운 자극을 준다
테러리스트 타입
심리 상태를 프로파일링한다
상대방에게 선수를 친다
인질교섭팀

원포인트 잡학상식

반 사회성 인격 경향을 가진 범인의 요구는 매우 현실적이기 때문에, 신중하면서 대담하게 인질 교섭이 진행된다.

No.067

「시간 벌기」에는 의미가 있는가?

인질 사건을 묘사한 영화나 TV에서는, 현장 지휘관이 「교섭을 해서 시간을 벌어라」 라는 대사를 자주 한다. 이것은 현장에서도 흔히 있는 일이지만, 시간 벌기는 단순한 임기응변이 아닌 제대로 된 전술로서 중요한 의미를 가지고 있다.

● 시간을 들일수록 사건은 해결되어 간다

긴박한 상황이 계속되어 스트레스가 쌓일수록, 범인은 불안해져서 폭력적인 언동을 취하기 쉽다. 이것은 혈중에 아드레날린이 대량으로 분비되어, 심박수도 올라가고 혈당치도 급격하게 높아지기 때문이다.

그렇기 때문에 인질교섭팀은 범인을 궁지에 몰지 않는다. 시간을 자신의 편으로 만드는 「**시간 벌기**」 **전술**을 이용하여 범인이 안정을 취하도록 만든다. 상대가 약물이나 다량의 알코올을 섭취하지 않는 이상, 기분을 안정시키는 것으로 사건을 안전하게 해결할 수 있는 확률이 비약적으로 상승한다.

범인을 자극하지 않으면, 시간이 경과 될수록 인간의 생리적 욕구와 심리적 욕구가 점점 커진다. 즉, 범인은 제정신으로 돌아와서 마음 속에서 생겨나는 여러 가지 갈등과 직면하는 상황을 맞이하게 된다. 예를 들면, 사건을 일으킨 것을 후회하게 되고 좌절이나 피로를 느끼게 된다.

또한, 범인은 사건을 일으키기 전에는 생각하지 못했던 현실과도 직면한다. 인질을 잡게 되면 인질의 성별, 연령, 성격에 맞춰서 대응을 하여야만 한다. 즉, 인간으로서 접촉을 해야 할 필요성이 생기는 것이다.

이러한 상황에서 범인이 감정적으로 변하면, 인질에게 해를 입힐 위험성이 높아진다. 그렇기 때문에 이성적으로 생각하고 행동을 하게 만들어야만 한다.

시간 벌기는 인질교섭팀에 있어서 중요한 전술이라 할 수 있다. 일을 빨리 진행시키려고 대응을 서두를수록, 최악의 결과를 초래할 가능성이 높아진다. 역으로 시간적인 여유가 있으면 인질교섭팀도 냉정함을 유지할 수 있고, 사태를 예측하여 선수를 칠 수도 있다. 또한, 범인을 진정시킬 수도 있다.

물론 주도권은 인질교섭팀이 잘 쥐고 있어야만 한다. 범인에게 생각할 수 있는 쓸데없는 여유를 주지 않고, 스트레스 상태가 되지 않을 정도의 적절한 긴장을 유지하면서 대화를 하는 것이 중요하다.

시간의 경과와 상황의 변화

시간 벌기 전술을 사용하게 되면, 범인이 이성적으로 행동할 확률이 올라간다

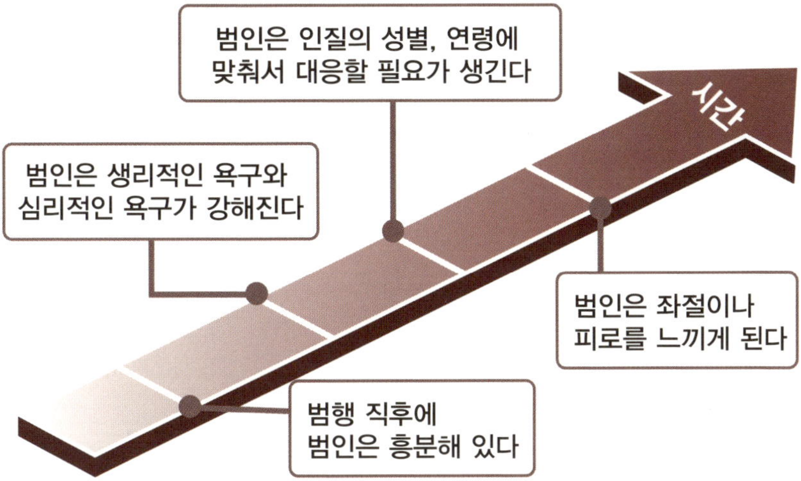

범인은 인질의 성별, 연령에 맞춰서 대응할 필요가 생긴다
시간
범인은 생리적인 욕구와 심리적인 욕구가 강해진다
범인은 좌절이나 피로를 느끼게 된다
범행 직후에 범인은 흥분해 있다

인질교섭팀의 행동과 범인의 감정

생각할 여유를 너무 많이는 주지 않고, 스트레스 상태가 되지 않을 정도의 적당한 긴장감을 유지하면서 대화를 진행한다

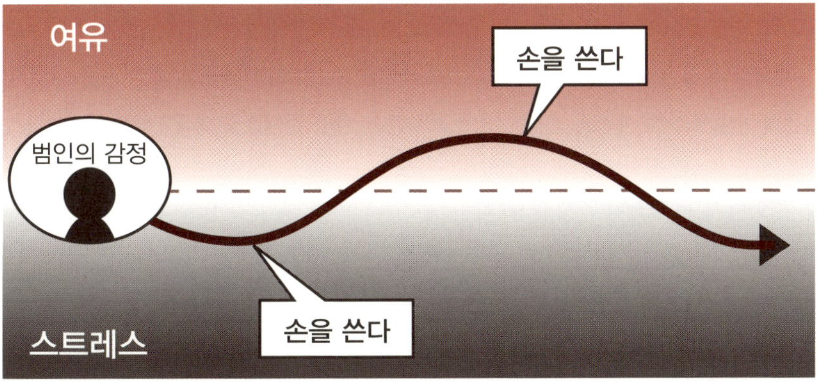

여유
손을 쓴다
범인의 감정
손을 쓴다
스트레스

원포인트 잡학상식

인질 사건이나 유괴 사건을 감정적으로 대응하지 않고 초기 대응의 실수를 막는 의미에서도, 「시간 벌기」 전술은 유효하다고 할 수 있다.

No.068

범인에게 말을 하게 만드는 것으로 사건이 해결되는가?

사건을 무사하게 해결하기 위해서는, 범인의 심리 상태를 프로파일링할 필요가 있다. 화려한 화술을 사용하여, 범인이 자신의 의지로 많은 것을 이야기하도록 분위기를 끌고 가면 많은 정보를 얻어낼 수 있다.

● 닫힌 질문과 열린 질문

커뮤니케이션의 프로인 인질교섭팀은, **갈고 닦은** 「**대화술**」을 사건 해결의 무기로 사용한다. 그들은 매일 대화력을 높이기 위한 노력을 잊지 않고, 여러 상대와의 대화를 통하여 화술을 갈고 닦는다.

상대가 변하면, 커뮤니케이션 방법도 바뀐다. 이것이 인질 교섭의 어려운 점이라 할 수 있다. 범인의 입장이나 사고 방식, 현재의 기분을 이해하여 사건을 일으킨 동기나 목적을 정확하게 파악하는 것이, 사건을 해결하는 실마리가 된다.

인질 사건을 일으키는 범인의 언동은, 인물 경향과 처해진 상황에 따라 크게 변화한다. 그렇기 때문에 범인을 제대로 파악하고, 범인에 따라 대화를 맞춰야 한다. 예를 들어, 정신적으로 궁지에 몰려있는 범인과 대화할 때, 이성적인 대화는 통하지 않는다. 부드럽게 접촉하여, 긴장을 풀어주는 것이 중요하다. 범인이 감정적일 때 이성적으로 설득하려 하면, 범인은 더욱 혼란스럽게 된다.

인질교섭팀은 범인을 보고, 이야기를 듣고, 그리고 묻는 기술이 뛰어나다. 묻는다는 것은 질문력을 의미한다. 「**열린 질문**」과 「**닫힌 질문**」이라는 두 가지 질문 방법을, 임기응변으로 나눠서 사용한다.

구체적인 대화를 끌어내던가, 「예」「아니오」의 두 가지로 대답을 하게 만들 것인가? 질문의 방법에 따라 사건의 흐름은 크게 변화한다. 예를 들면 「왜 그래? 무슨 일이라도 일어났는가?」라는 열린 질문을 하는 것과 「목적은 돈인가?」라는 닫힌 질문을 하는 것에 따라, 범인이 받는 인상이 크게 다르다.

기본 전술로서는, 열린 질문으로 대화를 지속하는 경우가 많다. 범인이 이야기를 하게 만드는 것이 가능하다면, 프로파일링을 하기 위한 정보를 많이 빼낼 수 있다. 단지, 말수가 적은 범인은 이러한 방법을 사용하기 힘들다. 범인이 말을 하지 않으려는 경우에는, 닫힌 질문을 우선으로 한다. 대화를 유도하면서 상대의 기분을 이해하도록 노력하여, 범인이 경찰을 적대하는 감정을 풀게 하는 것이 중요하다.

인질교섭팀의 행동

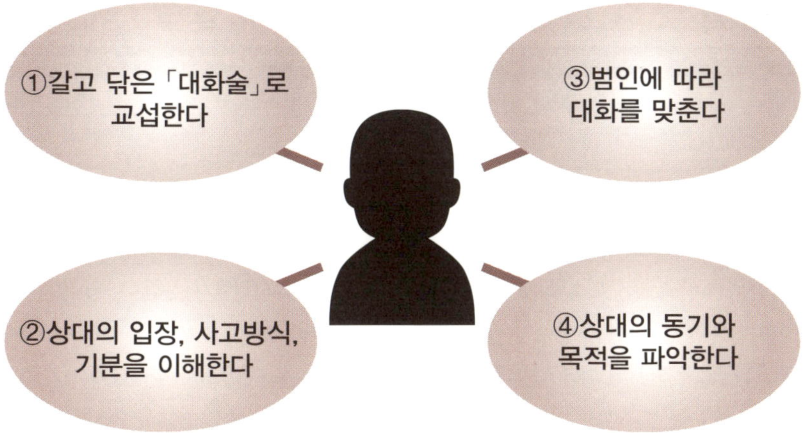
①갈고 닦은 「대화술」로 교섭한다
③범인에 따라 대화를 맞춘다
②상대의 입장, 사고방식, 기분을 이해한다
④상대의 동기와 목적을 파악한다

「열린 질문」과 「닫힌 질문」

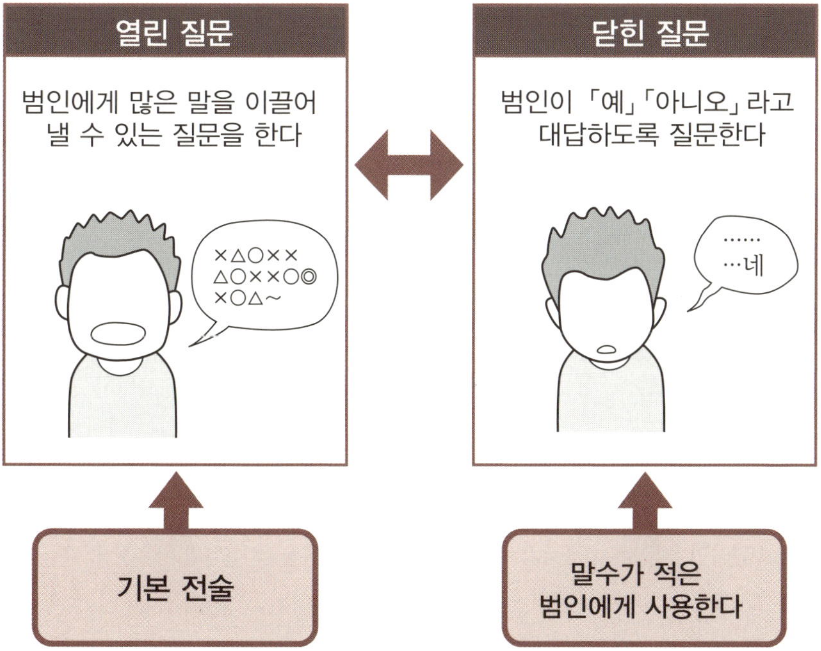
열린 질문
범인에게 많은 말을 이끌어 낼 수 있는 질문을 한다
×△○××
△○××○◎
×○△~
기본 전술
닫힌 질문
범인이 「예」「아니오」라고 대답하도록 질문한다
……
…네
말수가 적은 범인에게 사용한다

원포인트 잡학상식

「열린 질문」과 「닫힌 질문」은 일상생활에서 재판까지, 무의식적으로 누구나 사용하고 있다.

No.069

도망칠 곳이 없는 범인에게 어떻게 말을 거는가?

범인을 포위하는 것은 사건을 해결로 이끄는 첫 걸음이 된다. 도망칠 곳이 없다는 것을 깨닫게 만들면, 범인은 요구를 해온다. 주위의 포위를 강화하고 인질교섭팀과 대화를 하도록 만드는 것은 중요한 전술이다

●「무슨 일이 있어났는가?」는 인질 교섭의 키워드

범인은 자신의 요구를 달성하기 위한 비장의 수단으로 인질을 사용한다. 이러한 현실을 이해한다면「요구를 들어주지 않으면 인질을 살해하겠다」라고 위협을 하더라도 서두를 필요가 없다. 인질에 해를 입히게 되면, 자신이 원하는 것이 이루어지지 않기 때문이다.

인질 사건 발생 후에는 범인을 그 자리에 가두어 놓는다. 도주 경로를 차단하지 않으면 범인은 점차 흥분하기 시작한다. 생각하는 대로 일이 진행될 것이라 착각하여 인질교섭팀과의 대화에는 관심을 보이지 않는다. 주도권을 쥐고 있다고 착각해 과격한 언동을 하는 경우가 많다.

그렇기 때문에, 범인을 가두어 두고 **간접적인 접촉**을 시도해 본다. 많은 경우에 대등하게 이야기를 할 수 있는 전화를 이용한다. 픽션의 세계에서 볼 수 있는「너는 완전히 포위되었다!」와 같이 확성기를 사용한 직접적인 접촉은 하지 않는다. 범인을 자극할 가능성을 높일 수 있기 때문이다.

범인이 직접 이야기를 하는 건지, 아니면 인질이 대신 대응을 하는 건지, 어떻게 접촉을 하는지 알 수는 없지만 그래도 인질교섭팀은 고압적인 말로 대답하지 않도록 신경을 쓴다. 인질을 잡아야만 하는 이유가 범인에게 있다는 것을 잊지 않고, 이해하려고 한다.

범인과 접촉이 가능하게 되면 **이름과 소속을 밝히는 것**이 인질 교섭의 규칙이다. 그 후에「지금 이야기 할 수 있는가?」라고 전하고,「무슨 일이 일어났는가?」라고 물어본다. 열린 질문으로 대화를 시작하는 것은, 극도의 스트레스에 노출되어 있는 범인의 긴장을 푸는 역할을 한다.

범인이 말을 하게 만드는 것은 매우 중요하다. 흥분, 분노, 욕구불만과 같은 감정을 토로하게 만들면, 범인은 이성적으로 생각하게 된다. 인질을 상처 입힐 가능성도 감소한다. 그리고 무엇보다 이야기를 많이 하도록 만들면, 인질교섭팀은 사건을 해결하기 위하여 필요한 정보를 얻는 것이 가능하다.

포위한 다음 교섭은?

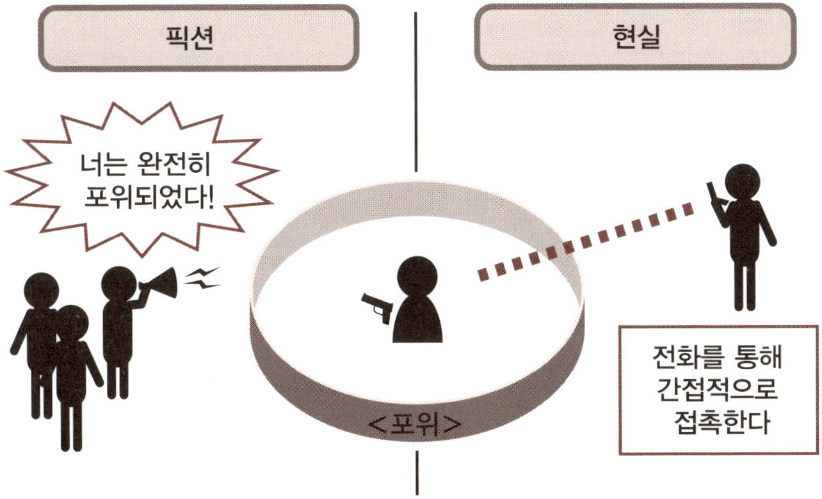
픽션
현실
너는 완전히 포위되었다!
<포위>
전화를 통해 간접적으로 접촉한다

접촉한 다음의 대화술

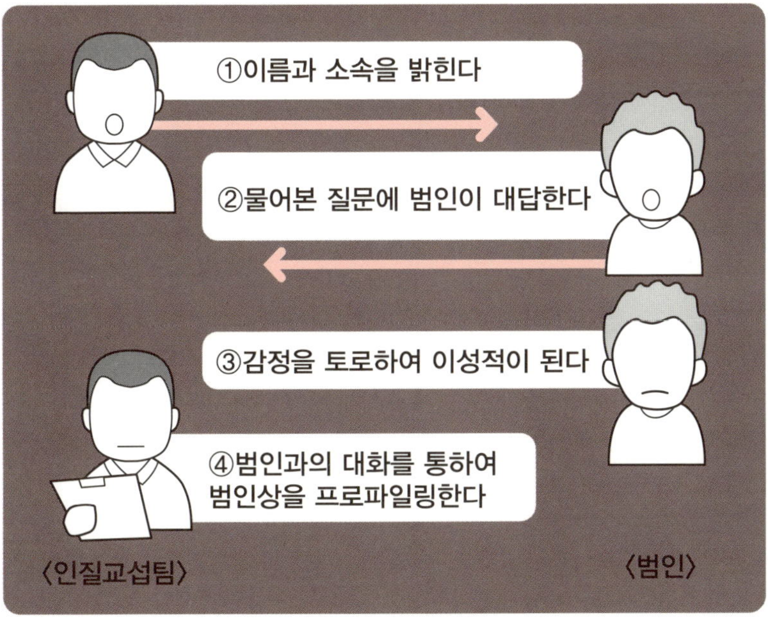
①이름과 소속을 밝힌다
②물어본 질문에 범인이 대답한다
③감정을 토로하여 이성적이 된다
④범인과의 대화를 통하여 범인상을 프로파일링한다
〈인질교섭팀〉
〈범인〉

원포인트 잡학상식

서로 얼굴을 보고 인질 교섭을 하게 되면 쉽게 흥분하고 서로 감정적으로 되기 쉽기 때문에 전화로 교섭하는 것을 최우선으로 한다.

No.070

어떻게 범인을 안심시키는가?

인질 사건이나 유괴 사건이 주제인 픽션 작품에서는 범인과 인질교섭팀의 두뇌전이 묘사된다. 상대방의 의표를 찌르려고 서로 필사적으로 싸우지만, 현실적이라 할 수는 없다. 서로 속이는 것은 서로를 위험에 빠트릴 수 있기 때문이다.

●부드럽게 대하여 긴장을 풀게 만든다

자신의 욕구를 해결하려는 목적에서, 범인은 인질 사건이나 유괴 사건을 일으킨다. 요구는 돈이기도 하고, 사회에 호소하는 것일 때도 있다. 또한, 경찰에 쫓기는 중 인질을 잡는 것으로 도주 경로를 확보하려는 범인도 있다. 어느 쪽이건, 인질은 자신의 요구사항을 듣게 만드는 도구에 불과할 뿐이다.

또한, 「돌입하면 죽어 버린다」 라고 위협하면서도 구체적인 요구를 하지 않는 범인도 있다. 예를 들면, 이혼에 관한 이야기로 틀어진 남편이 이성을 잃고 부인을 인질로 잡는 상황이 있다. 이러한 경우는, 남편이 부인을 살해하거나 혹은 남편 스스로가 자살을 하는 것을 고려하고 있는 경우도 있어서 매우 위험성이 높다고 할 수 있다.

어떠한 상황이라도, 주의해야 할 것은 범인의 심리 상태다. 충동적인 행동을 방지하기 위해서라도 인질교섭팀은 범인을 진정시키는 것을 최우선으로 한다. 흥분한 범인을 안정시키는 것에 전력을 다한다.

범인과 대화를 할 때도 온화한 어투를 유지한다. 범인의 입장이나 가치관을 존중하고, 논파하여 설득하려고 하지 않는다. 이쪽에서 이름과 소속을 밝히고, 「당신을 어떻게 부르면 되겠는가?」 라고 이름을 물어본다. 「괜찮은가? 상처를 입거나 하지 않았는가?」 라고 신경을 써주고, 나아가서는 「아무도 돌입하지 않고, 당신을 보채거나 하지도 않으니 안심해라」 라고 이야기한다.

인질 사건이나 유괴 사건은 감정적인 계기로 일어나는 경우가 많다. 범인을 안심시키면 행동을 억제할 수 있다. 대화를 계속할수록 범인이 품고 있는 분노, 불만, 공포, 슬픔과 같은 감정도 프로파일링할 수 있다.

범인이 요구를 제시하더라도 당황하지 않고, 겁먹지 말고, 굽히지 않는다. 형사드라마와 같이 「알았다. 인질에게 해를 입히지 마라. 도주용 차량을 2시간 이내에 반드시 준비하겠다」 라는 약속은 있을 수 없다. 시한을 정해버리면, 지켜야 될 필요성이 생긴다. 약속을 지키지 못하면 인질교섭팀은 궁지에 빠지게 된다.

범인의 요구와 인질

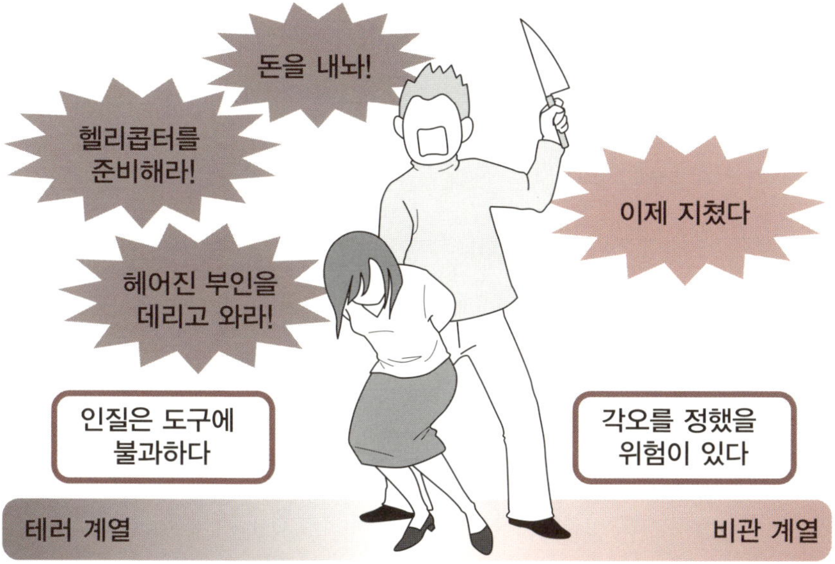
돈을 내놔!
헬리콥터를 준비해라!
헤어진 부인을 데리고 와라!
이제 지쳤다
인질은 도구에 불과하다
각오를 정했을 위험이 있다
테러 계열
비관 계열

범인을 안정시키는 대화

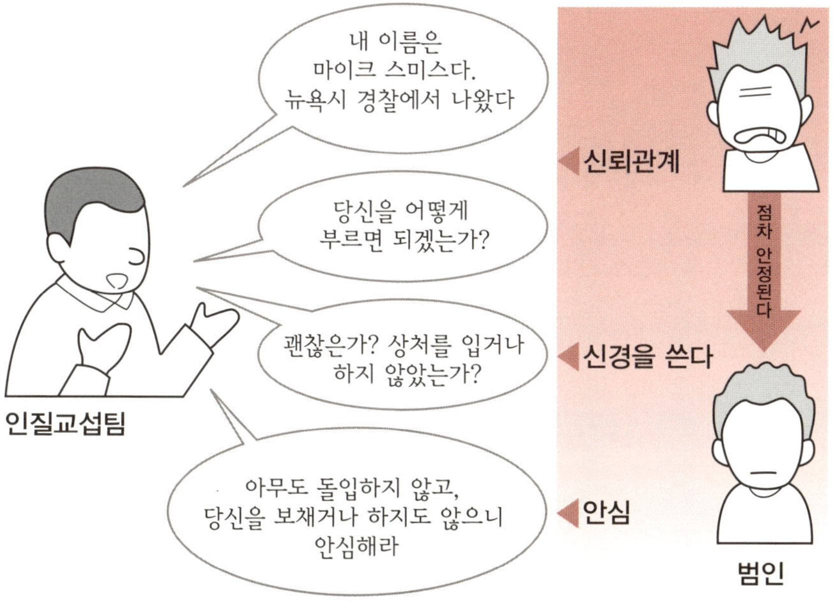
내 이름은 마이크 스미스다. 뉴욕시 경찰에서 나왔다
당신을 어떻게 부르면 되겠는가?
괜찮은가? 상처를 입거나 하지 않았는가?
아무도 돌입하지 않고, 당신을 보채거나 하지도 않으니 안심해라
인질교섭팀
신뢰관계
신경을 쓴다
안심
점차 안정된다
범인

원포인트 잡학상식

인질교섭팀이 이름을 묻지 않고 어떻게 부르면 좋은지 질문하는 것은, 본명을 이야기하는 것을 거부하는 범인이 많기 때문이다.

No.071

상대방의 마음을 잡는 액티브 리스닝이란?

자신을 이해한다고 이야기하는 상대에게는, 누구든 마음을 열기 마련이다. 이러한 심리를 이용하여, 인질교섭팀은 범인의 경계심을 푼다. 적극적으로 범인의 이야기를 듣고, 이해하고 있다는 것을 나타내기 위하여 질문을 함으로써 범인의 마음을 잡을 수 있다.

●범인의 이야기를 집중해서 듣고, 그리고 물어본다

영화나 TV에서 묘사되는 인질 교섭은 「영상에서의 사실성」에 기반을 둔 대화일 경우가 많다. 각본이 존재하기 때문에, 모든 것이 이치에 들어맞는 구조로 되어있다. 제작비를 내는 스폰서나 제작 측의 의향도 있기 때문에 범인의 언동이 현실과 동떨어지는 경우가 자주 있다.

또한 픽션에서는, 개성이 강한 형사가 단독으로 인질 교섭을 하는 경우가 많다. 현실에서는 있을 수 없지만 이 쪽이 연출하기 쉽고, 드라마의 긴장감이나 박진감을 만들기도 쉽기 때문이다.

현장에서는 형사 한 명에게 맡기는 경우는 없고, 인질 교섭은 팀 단위로 움직인다. 따라서, 영화나 TV와는 전혀 다른 형태로 이루어진다. 방송 분량인 90분이나 120분으로 범인을 체포하는 것도 어렵다. 현실과 드라마 사이에는 매우 큰 차이가 있지만, 어쩔 수 없는 것일지도 모른다.

범인과의 대화에 관해서 이야기하자면, 「**듣기**」와 「**묻기**」가 요구된다. 「듣기」란 의식을 집중해서 범인의 요구를 듣는 일을 의미한다. 「묻기」란 들은 내용을 이해하고 있는 것을 전달하고, 확인하기 위한 질문을 하는 것을 의미한다. 인질교섭팀에서는 「**액티브 리스닝**」이라 부르고 있는데, 대화 전술 중에서도 핵심이 되는 중요한 것이다.

대화에서는 서로가 확인하고 숙고할수록, 정확한 정보가 대화에 포함된다. 그렇기 때문에 범인의 사고방식, 감정, 의도를 인질교섭팀이 확실하게 이해하기 위해서는 이야기를 듣고 물어서 확인해야 한다.

예를 들어, 회사에 분노를 나타낼 때에는 「그런가? 회사와의 문제로 화를 내고 있는 것인가?」라고 대답한다. 만약 맞다면 「그렇다!」라고 범인이 대답할 것이고, 아니라면 「아니 그게 아니고, 이야기 하고 싶은 것은……」하고 수정을 할 것이다. 어느 쪽이라도, 범인의 기분을 적극적으로 포착할 수 있다.

인질 교섭은 팀 단위로 이루어진다

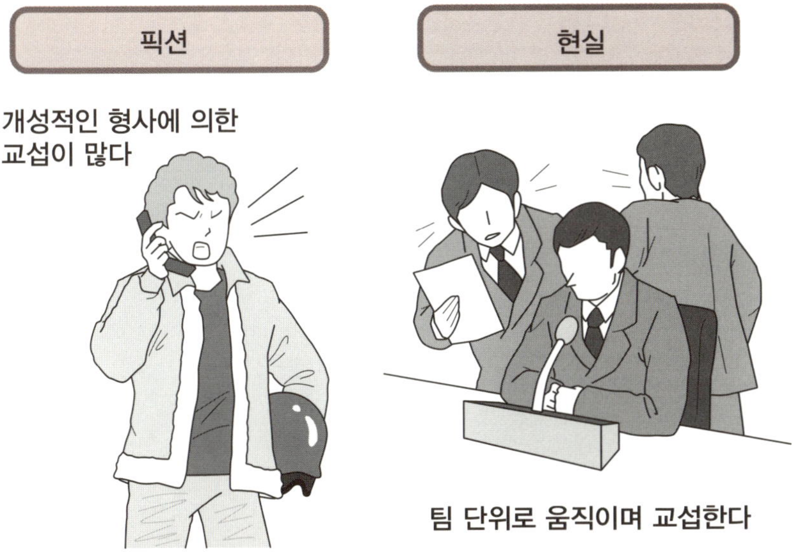
픽션
현실
개성적인 형사에 의한 교섭이 많다
팀 단위로 움직이며 교섭한다

대화술의 핵심이라 할 수 있는 액티브 리스닝

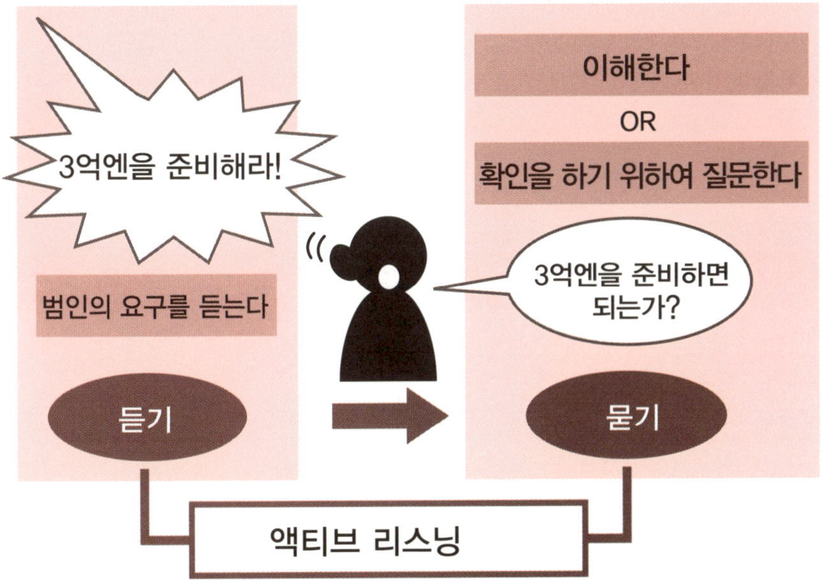
3억엔을 준비해라!
범인의 요구를 듣는다
듣기
이해한다
OR
확인을 하기 위하여 질문한다
3억엔을 준비하면 되는가?
묻기
액티브 리스닝

원포인트 잡학상식

드라마에서는 「나를 대신 인질로 잡아라」라고 하며 형사가 인질을 대신하겠다고 이야기하지만, 현장에서 인질의 교환은 금지되어 있다.

No.072

범인을 진정시키는 전술이란?

인질 사건이나 유괴 사건에서 가장 위험성이 높을 때는, 사건 발생 직후와 사건 해결 직전이다. 이 시간대는 서로가 극도로 긴장하기 때문이다. 인질교섭팀은 일촉즉발의 위기를 벗어나기 위하여 말과 행동을 신중하게 한다.

● 범인의 심리 상태에 따라 대화 전술을 바꾼다

인질교섭팀에서는, 세 가지 전술을 이용하여 감정적인 범인의 기분을 진정시킨다. 각각 「모범전술」, 「자유전술」, 「교란전술」이라 부르며, 상대의 심리 상태에 맞춰서 가장 적합한 전술을 사용하고 있다.

「**모범전술**」이란, 대화의 모범 모델을 연기하는 것을 가리킨다. 만약, 인질교섭팀이 범인보다 더 빠른 말투를 사용해 고압적으로 이야기를 하면 범인은 더욱 감정적이 된다. 이와는 반대로 범인이 말하는 것보다 조금 더 부드러우며, 리듬이나 템포도 조금 느린 대화를 계속해 나가면 범인도 자연스럽게 진정이 된다.

또한, 서두르지 않고 자유로운 대화를 하게 만드는 것이 「**자유전술**」이다. 이 전술은 기분을 진정시키는데 매우 중요한 것이다. 인질교섭팀은 대화에 충분한 시간을 사용한다. 쌓인 감정을 풀어내게 하기 위해서도, 범인의 이야기를 끊지 않는다. 범인이 많은 이야기를 할수록, 문제 해결에 필요한 정보도 입수할 수 있다.

거기에 범인의 마음을 흔드는 「**교란전술**」이 있다. 범행 후에 생기기 쉬운 후회는, 자살이나 인질의 살해와 같은 위험한 행동을 하게 만들 수도 있다. 시간이 지남에 따라 범인의 마음에 일어날 수 있는 변화를 파악하는 방법이라고도 할 수 있다.

심리적으로 더 이상 버틸 수 없는 상태가 되면, 범인은 예상하지 못할 행동을 하는 경우가 있다. 예를 들면, 이혼한 부인을 인질로 농성을 벌이는 범인은 자살을 함으로써 부인의 마음에 자신을 새겨 넣으려고 한다. 또한 유괴범은 어린이를 풀어줄 것인지, 살해하고 도주할 것인지, 이런 선택으로 스스로를 몰아넣게 된다.

그렇기 때문에 인질교섭팀은 범인과 계속 대화를 한다. 자포자기에 빠지지 않게 하기 위해서라도 범인의 주의를 끌어보려 한다. 요구를 긍정적으로 검토하여, 범인이 생각할 수 있도록 대화를 이끌어간다. 만에 하나, 대화가 전혀 진전이 되지 않더라도 이쪽에 주목을 하고 있다면 작전이 성공할 확률이 높아진다. 주의를 이쪽으로 돌리고 있는 한, 최악의 결과만은 피할 수 있기 때문이다.

모범전술

대화술의 모범 모델을 연기한다

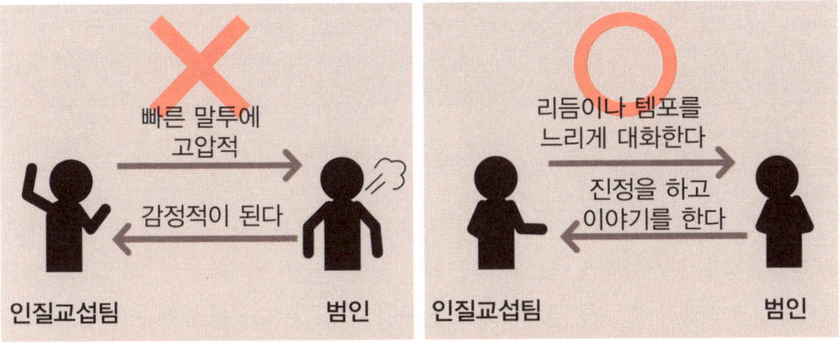
빠른 말투에
고압적
감정적이 된다
인질교섭팀
범인
리듬이나 템포를
느리게 대화한다
진정을 하고
이야기를 한다
인질교섭팀
범인

자유전술

서두르지 않고 충분하게 시간을 들인다

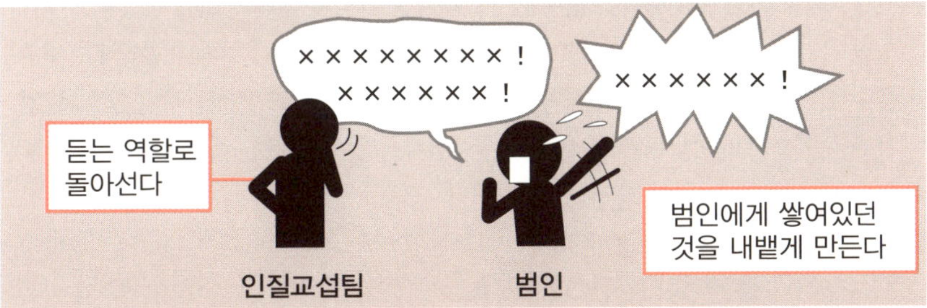
××××××××!
××××××!
××××××!
듣는 역할로
돌아선다
범인에게 쌓여있던
것을 내뱉게 만든다
인질교섭팀
범인

교란전술

범인의 마음을 동요시켜, 주의를 끈다

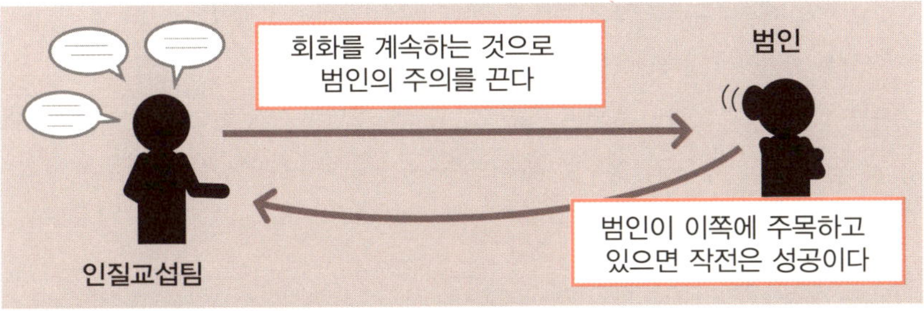
회화를 계속하는 것으로
범인의 주의를 끈다
범인
범인이 이쪽에 주목하고
있으면 작전은 성공이다
인질교섭팀

원포인트 잡학상식

인질 교섭에는, 범인이 「지금 어떠한 기분인가」를 정확하게 계속 판단하는 것이 무엇보다 중요하다.

No.073

「우리들」「그들」이라 서로를 부른다?

영화나 소설에서는, 범인과 인질교섭팀이 서로 대립하는 입장으로 그려지기 쉽다. 서로의 심중을 파악해 가는 과정을 통해 작품에 긴장감을 더한다. 그러나 현장에서는 서로 대립하지 않고, 협력을 하면서 문제를 해결한다.

● 범인의 체면을 세우는 것이 중요하다

인질교섭팀은 「우리들」과 「그들」이라는 말을 즐겨 사용한다. 우리들이란 말은 「범인과 인질교섭팀」을 의미하며, 「그들」이란 말은 전술팀이나 저격팀과 같은 경찰당국을 가리키는 말로 사용한다. 「우리들끼리 생각해보자」, 「그들은 요구를 받아 들이지 않겠다고 말했다」라고 이야기하는 것처럼, 범인과의 협력 태세를 만든다.

냉정하게 생각해보면 사건의 결말은 범인이 목표를 이루는가 아닌가, 이 두 가지밖에 없다. 범인은 인질교섭팀의 도움이 없이는 요구하는 것을 손에 넣기가 힘들다. 그리고 또한 인질교섭팀도 범인의 협력이 없이는, 피 한 방울 흘리지 않고 사건을 해결할 수 없다.

인질 사건이나 유괴 사건의 대응 전술로서 가장 중요한 것은 「얼마나 범인에게 신뢰를 얻을 수 있는가」라는 점이다. 현실적인 시점을 놓치지 않고 거짓말을 하지 않으며, 범인이 사건을 일으킨 동기나 목적을 이해하여 공감하는 것으로 사건 해결을 향하여 크게 전진할 수 있는 것이다.

예를 들어 「무기, 탄약을 준비해라」, 「형무소에 수감되어있는 동지를 해방시켜라」와 같은 요구를 범인이 들이밀 때가 있다. 이러한 요구는 인질과 교환 조건으로 받아들일 수 없는 것이다. 그렇지만 인질교섭팀은 범인의 요구를 이해한다는 의사 표현을 한다.

진지하게 협상에 임함으로써 범인과의 신뢰관계를 만들어간다. 요구가 받아들여지지 않을 것을 알고 있더라도, 「어렵지만, 상층부에 이야기 해 보겠다」라고 대답을 한다. 그리고 그 후에 거절당했다는 사실과 함께 「아쉽게도 요구가 받아들여지지 않았다」라고 말하여, 같은 고민이나 문제를 안고 있는 입장이라는 것을 범인에게 인식시킨다.

또한, 인질 교섭에서는 「범인의 자존심을 절대로 상하게 하지 않는다」라는 규칙이 있다. 인질교섭팀이 자신들이 원하는 방향으로만 교섭을 끌고가려 할수록, 범인도 자신의 주장만을 내세우게 된다.

「우리들」과 「그들」

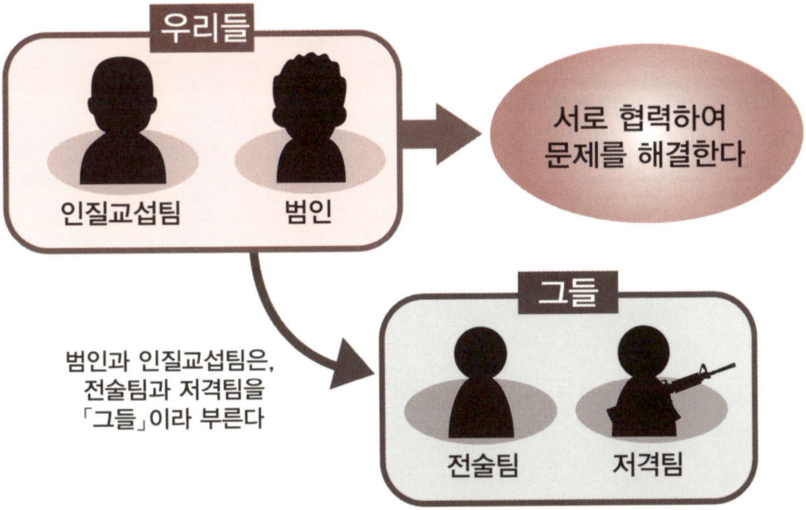
우리들
인질교섭팀
범인
서로 협력하여 문제를 해결한다
범인과 인질교섭팀은, 전술팀과 저격팀을 「그들」이라 부른다
그들
전술팀
저격팀

범인의 요구에 대하여 진지하게 임한다

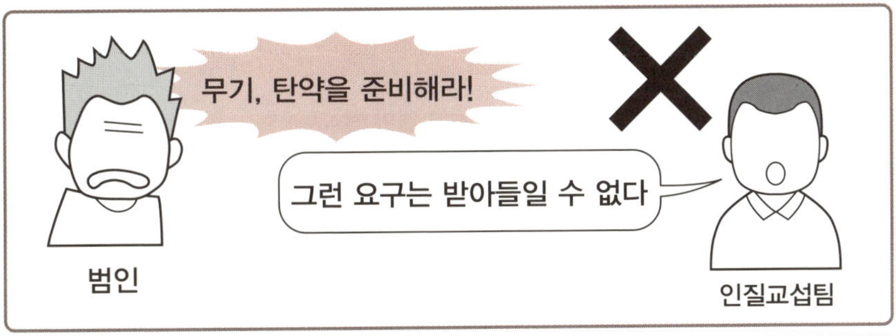
무기, 탄약을 준비해라!
그런 요구는 받아들일 수 없다
범인
인질교섭팀

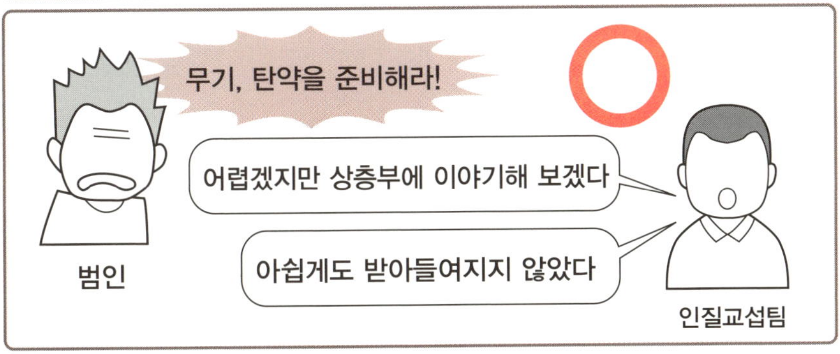
무기, 탄약을 준비해라!
어렵겠지만 상층부에 이야기해 보겠다
아쉽게도 받아들여지지 않았다
범인
인질교섭팀

원포인트 잡학상식

인질 교섭에서는 「전술팀」, 「인질」, 「투항」과 같은 자극적인 말을 사용하지 않고, 부드러운 말을 대신 사용한다.

No.074

범인의 마음을 움직이는 「설득」이란?

인질 교섭에서는 범인의 협력이 반드시 필요하다. 범인이 자신들의 의지로 거래에 응하지 않는다면, 사건은 해결되지 않는다. 범인의 마음을 동요하게 만들기 위해서도, 인질교섭팀에는 마음을 담은 설득력이 요구된다.

● 범인을 적대시하며 대화하지 않는다

설득이란 「많은 대화를 통하여, 납득시킨다」 라는 것이다. 범인을 유도한다, 혹은 속인다 같은 대화술과는 다른 것이다. 충분한 시간을 주어 생각하게 만들고, 서로가 이익을 얻을 수 있도록 이해하게 만드는 것을 의미한다.

구체적으로는, 범인이 이야기하는 것을 「**부분적으로 동의하는**」 **전술**이 있다. 범인의 사고 방식에는 찬성할 수 없지만, 감정은 이해한다는 의사 표현을 한다. 슬프다, 괴롭다 같은 마음의 절규는, 인질교섭팀의 마음에도 전해져 온다. 이러한 감정에 공감하는 것이 신뢰관계를 만드는데 도움이 된다.

다음으로 「**작은 약속**」 **전술**도 효과가 있다. 범인이 자신의 의지로 인질을 놓아주겠다고 생각하기까지는 시간이 걸린다. 그렇기 때문에, 사전에 작은 문제를 해결하는 약속과 실행을 반복하여 신뢰관계를 쌓아둔다. 이러한 것이 반복될수록, 인질을 해방한다는 중대한 문제를 해결하기 쉽게 만든다.

또한, 타이밍을 보고 「나올 마음은 없는가?」 라고 주저하지 않고 몇 번이고 물어본다. 범인이 거절하여도 상관없다. 선택지를 미리 제시하면 상황이 막혔을 때, 선택지의 하나로서 고려하는 것이 쉬워진다.

설득은 논리적으로 행하지만, 범인이 감정적인 경우에는 일단은 기분을 안정시킨다. 이 때는 범인을 논파하는 것과 같은 일이 없어야 한다. 이 때는 「**에피소드**」 **전술**이 효과가 있다.

픽션에서는 심리학의 전문용어가 자주 등장하지만, 그것은 범인을 위한 것이라기보다는 시청자의 흥미를 끌기 위한 것이다. 현장에서는 전문용어를 사용하지 않고, 「실제로 일어난 이야기」 를 에피소드로서 자주 사용한다. 「예전에, 지금과 같은 사건을 일으킨 남자가 있었지. 그 남자는……」 과 같이, 범인의 감정에 호소를 한다. 친근감을 느끼기 쉬운 이야기일수록, 마음에 쉽게 남는다. 실제로 범인이 감화되어서 언동의 변화를 일으키는 원인이 되는 경우도 많다.

「부분적으로 동의하는」 전술

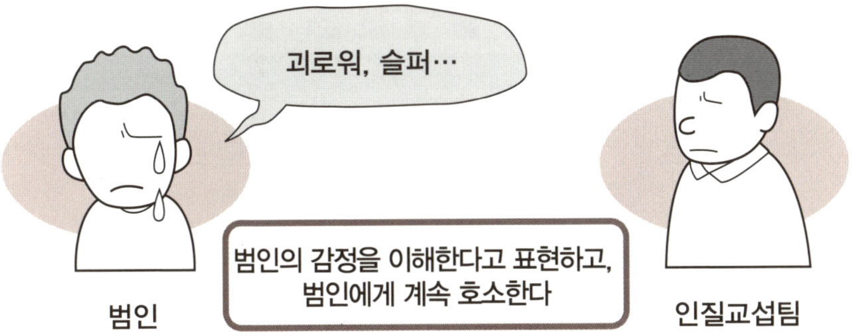
괴로워, 슬퍼…
범인의 감정을 이해한다고 표현하고,
범인에게 계속 호소한다
범인
인질교섭팀

「작은 약속」 전술

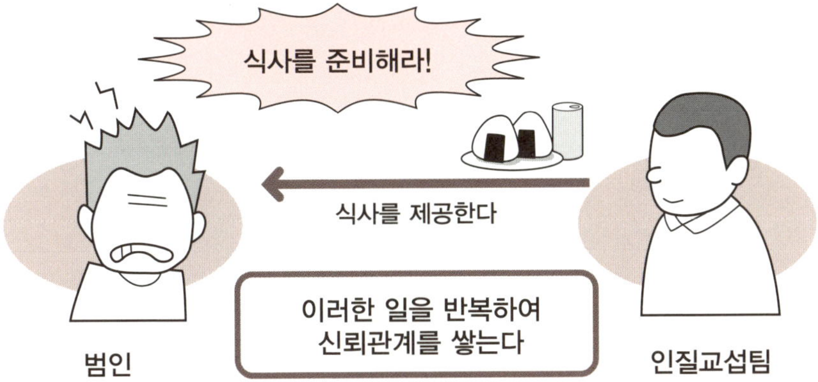
식사를 준비해라!
식사를 제공한다
이러한 일을 반복하여
신뢰관계를 쌓는다
범인
인질교섭팀

「에피소드」 전술

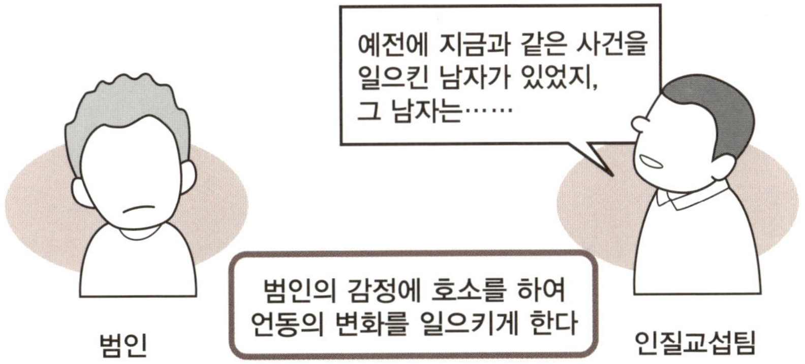
예전에 지금과 같은 사건을
일으킨 남자가 있었지,
그 남자는……
범인의 감정에 호소를 하여
언동의 변화를 일으키게 한다
범인
인질교섭팀

원포인트 잡학상식

범인의 기분을 충분히 이해하고, 거짓말을 하지 않고 이야기하는 「성의」를 보이지 않는다면 범인은 협력하지 않는다.

No.075

인질교섭팀에게 결정권은 없다?

인질 사건이나 유괴 사건을 다루는 영화나 TV에서는, 인질교섭팀이 결정권을 가지고 있는 경우가 많다. 범인의 요구를 받아들이느냐 받아들이지 않느냐를 그 자리에서 결정하지만, 실제로는 그러한 권한은 없다.

● 결정권이 없기 때문에 범인과 이야기할 수 있다

의외일지도 모르지만, 인질교섭팀은 범인과 대화는 하더라도 **결정권**은 없다. 범인과의 대화는 교섭 담당이 한다. 인질교섭팀의 지휘관은 인질 교섭의 내용을 총괄하여 지시를 내리는 임무를 담당한다.

그러나 범인이 식사를 요구해 오는 경우와 같은 상황에 대처하는 권한을, 인질교섭팀은 가지고 있지 않다. 교섭 담당도 「내가 이 자리에서 바로 결정하는 것은 불가능하지만, 상층부에 이야기해 보겠다」라고 대답한다. 그 자리에서 범인과 약속을 하게 되면 반드시 지켜야만 한다. 이러한 결정이 상층부의 방침과 다른 것이라면, 범인에게 거짓말을 하게 되는 것이다.

인질교섭팀이 결정권을 가지고 있을수록, 유혈사태가 일어날 위험성이 증가한다. 범인이 결단을 강요하기 때문이다. 인질에게 해를 입히겠다는 것과 같은 과격한 수단을 범인이 주장하여, 긴장이 단번에 높아진다. 충분한 시간을 주어서 범인이 생각하게 만드는 「**시간 벌기**」 **전술**도, 이러한 상황에서는 사용할 수 없게 된다.

또한, 결정권이 있으면 실시간으로 결단을 해야 하기 때문에 인질교섭팀은 객관적으로 상황을 파악할 수 없게 된다. 교섭과 설득을 계속해 나가면서 결단을 내리는 것은 매우 위험하다. 범인의 심리 상태를 파악하지 못하여 최악의 사태를 맞이할 수도 있다.

인질 교섭에서 중요한 것은, 결단을 내리는 것이 아니다. 중요한 것은 범인과의 대화를 계속하여 생겨나는 과정과, 범인이 마음을 바꾸도록 촉구하는 것이다. 인질교섭팀의 입장뿐만 아니라, 범인에게 어떠한 영향을 미치는가를 검토하면서, 교섭을 진행하는 것이 요구된다.

아무리 「대화의 프로」라고 하더라도, 대화를 하면서 목숨이 걸린 일을 바로 결정하는 것은 불가능하다. 그렇기 때문에 인질교섭팀은 신중하게 대화하며 서로의 입장이나 기분을 생각하면서, 서로를 이해하는 과정을 중요하게 여긴다.

범인의 요구가 받아들여지는 과정

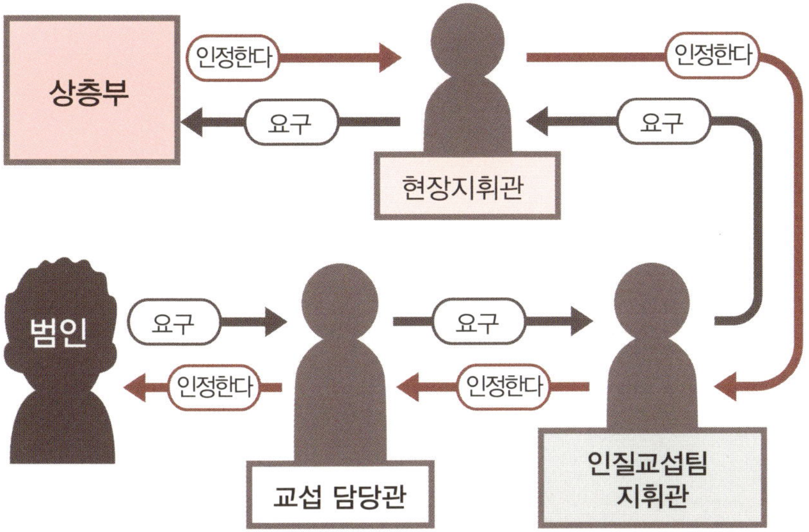
상층부
인정한다
요구
현장지휘관
인정한다
요구
범인
요구
인정한다
요구
인정한다
교섭 담당관
인질교섭팀 지휘관

인질교섭팀이 결정권을 가질 경우의 단점

- 범인이 결단을 강요하여 유혈사태가 일어날 위험성이 높아진다
- 「시간 벌기」 전술을 사용할 수 없다
- 인질교섭팀이 실시간으로 결단을 해야 하기에 객관적으로 상황을 파악할 수 없게 된다
- 범인의 심리 상태를 파악할 수 없게 된다

범인의 요구를 들어주고, 이 쪽의 요구에도 범인이 대응하도록 대화를 진행하는 것이 인질교섭팀이다.

원포인트 잡학상식

요구는 무엇인지, 범행을 저지르게 한 동기와 목적을 파악하는 것이 인질교섭팀의 임무이지 결정을 내리는 것은 임무가 아니다.

No.076

교섭 상대는 범인에 한정되지 않는다?

영화나 소설에서는 범인과의 긴박한 인질 교섭이 묘사된다. 그러나 실제로는 범인과의 대화는 일부에 지나지 않고 현장지휘관, 전술팀, 상층부와도 교섭이 필요하다. 현장에서는 내부에서의 교섭과 설득이 더욱 성가신 경우도 있다.

● 인질 교섭에 부정적인 내부인도 있다

인질교섭팀과 범인이 전화로 거래를 하는 장면은 영화나 TV에서 매우 자주 나온다. 예를 들어, 「먹을 것을 가지고 와라」 라는 범인의 요구에 대하여 「대신에 인질 한 명을 풀어 주는 것은 어떤가?」 라고 인질교섭팀이 즉시 대답을 한다. 이러한 대화는, 사전에 상층부의 허가를 얻은 경우에 한하여 성립된다.

인질교섭팀이 멋대로 혼자 인질 교섭에 임하는 일은 있을 수 없다. 식사의 반입 하나만 하더라도, 팀의 지휘관이 상층부에 승인을 기다린다. 상층부가 부정적인 생각을 가지고 있다면 「범인에게 굴복하는 것은 참을 수 없다」 라고 하여, 식사의 반입을 허가하지 않는 경우도 있을 수 있다.

특수경찰 역시 조직이다. 사건 해결을 위하여 다수의 수사관이 관여하기 때문에 엄격한 규범과 규칙이 존재한다. 픽션 작품에 나오는 것과 같이 인질교섭팀이 단독으로 행동하는 것은 어렵다. 각 팀이 연계를 유지하고 현장지휘소와의 연락을 긴밀히 함으로써, 사건을 해결할 수 있는 것이다.

범인이 요구를 해오면 인질교섭팀 내부의 견해를 종합한다. 「식사를 제공할 것인가, 제공하지 않을 것인가?」 에 관하여 판단을 내린다. 그리고 나서 팀의 견해를 현장지휘관에게 제안한다.

현장지휘관이 그 자리에서 판단을 할 수 있는 사항이 있는가 하면, 상층부에 판단을 기다려야 하는 사항도 있다. 또한, 현장에서 전개하고 있는 다른 팀이 인질교섭팀의 제안에 반드시 찬성을 하지는 않는다.

실제로도 전술팀은 인질교섭팀의 방침에 동의하지 않는 경우가 있다. 그들은 「먹을 것을 주지 않는 쪽이 범인의 실수를 유발할 수 있다」 라고 생각하기 때문이다. 이러한 경우, 전술팀의 사고 방식을 부정하지 않으면서, 인질교섭팀은 의견을 조절해야만 한다.

인질 사건의 지휘계통

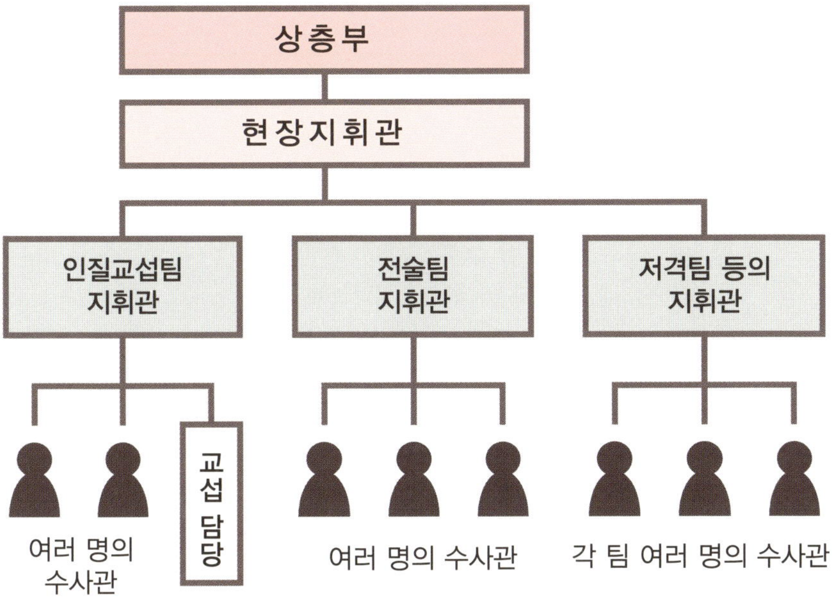
상층부
현장지휘관
인질교섭팀 지휘관
전술팀 지휘관
저격팀 등의 지휘관
교섭 담당
여러 명의 수사관
여러 명의 수사관
각 팀 여러 명의 수사관

인질교섭팀의 교섭 상대

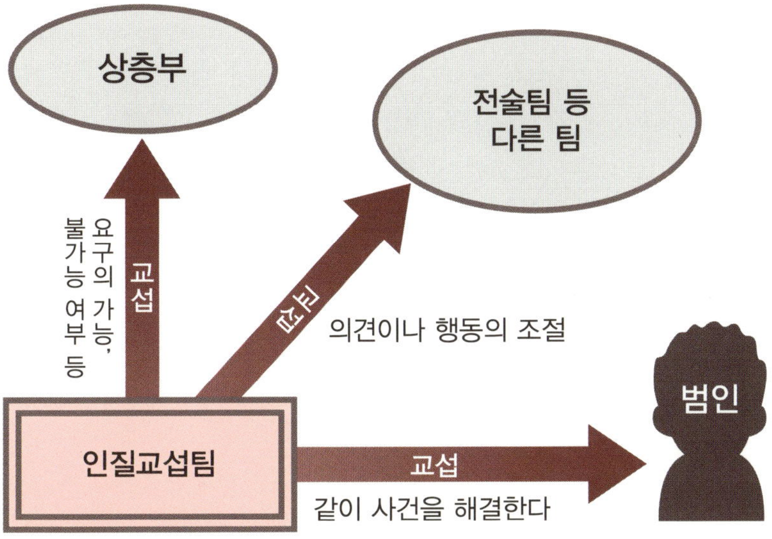
상층부
전술팀 등 다른 팀
교섭
요구의 가능, 불가능 여부 등
교섭
의견이나 행동의 조절
범인
인질교섭팀
교섭
같이 사건을 해결한다

원포인트 잡학상식

구체적인 목표는 무엇인가? 범인의 요구에 타협할 수 있는 점과 타협할 수 없는 점을 명확하게 하는 것이 인질 교섭의 기본이다.

No.077

인질이 범인과 같은 편이 되어버린다?

인질 사건이나 유괴 사건에서는 「스톡홀름 증후군」이라 불리는 심리현상이 자주 일어난다. 이것은 범인과 인질 사이에 생겨나는 연대감을 칭하는 것으로, 인질교섭팀은 이 증후군을 유발하는 전술을 자주 사용한다.

● 거짓말까지 하면서 범인을 지키려고 한다

장기간 긴박한 상황에 처하게 되면, 감각이 마비되어 범인과의 유대가 생기게 되는 경우가 있다. 1973년에 북유럽의 스웨덴에서 일어난 은행 점거 사건을 계기로, 이러한 감정의 교류를 「**스톡홀름 증후군**」이라 부르게 되었다. 이 사건에서는 130시간 가까이 인질 교섭을 한 끝에 인질은 무사히 풀려났으나, 인질은 범인에 대해 분노를 표출하기는커녕 동정적인 반응을 보였다. 경찰에 대해서는 놀라울 정도로 비판적인 태도를 취하였다.

이러한 심리 상태는 인질교섭팀에 있어서도 유리한 것이다. 범인과 인질 사이에 추가적인 인간관계가 생겨나면, 범인이 폭력적인 언동을 할 위험성이 낮아지기 때문이다. 이런 상황에서 범인이 「인질은 거래의 도구가 아닌, 같은 인간이다」라는 인식을 하게 된다. 예를 들어, 인질의 건강 상태를 파악하게 만들고, 협력해서 식사를 할 필요가 있는 빵, 치즈, 피자 등의 식품을 제공한다.

범인이 인질에게 호의적일수록, 인질도 범인에게 호의적인 감정을 품기 시작한다. 상호간의 이해가 깊어지고 유대가 생겨나면서 상황이 안정된다. 그러나 스톡홀름 증후군이 조장될수록, 인질은 경찰에 대하여 비판적이 된다. 도중에 해방된 인질의 사정 청취를 할 때, 범인을 지키기 위하여 거짓말을 하기도 한다.

만약, 범인이 인질의 심신을 걱정하는 기색이 전혀 없을 경우에 스톡홀름 증후군이 생기는 일은 없다. 이러한 경우에는 위험성이 높아지기 때문에, 전술팀이나 저격팀에 의한 강공책으로 사건을 해결하는 것을 우선하게 된다.

스톡홀름 증후군은 아주 드물게 인질교섭팀 안에서도 일어난다. 교섭 담당이 범인의 생각이나 감정적인 면을 알아가면서, 객관적인 대응을 할 수 없게 되고 범인의 편을 들게 된다. 그렇기 때문에, 픽션 작품에서처럼 단독으로 인질 교섭을 하는 일은 있을 수가 없다. 교섭 담당의 심리 상태는 반드시 주위의 팀원들에 의해 감시되고 있다.

스톡홀름 증후군

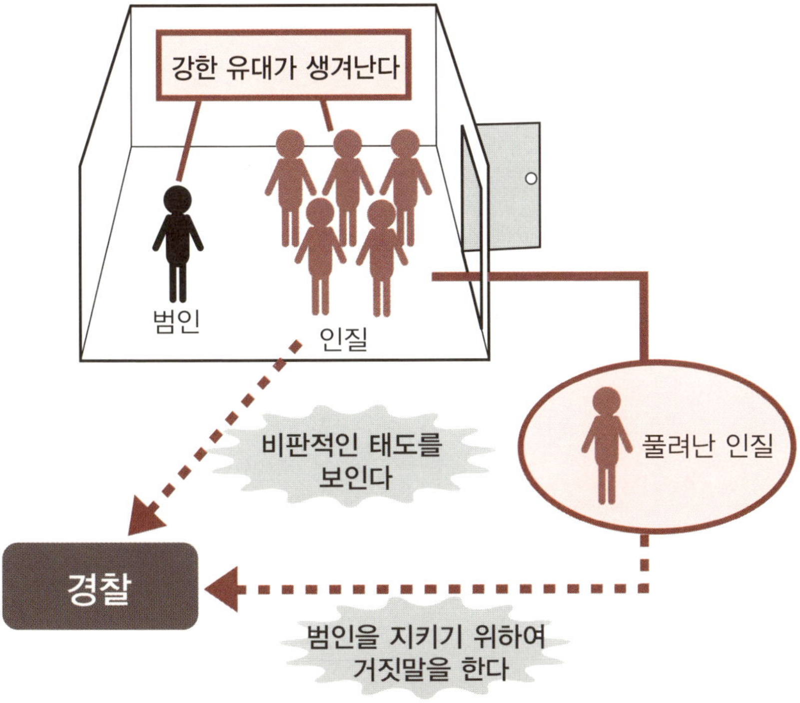

강한 유대가 생겨난다
범인
인질
풀려난 인질
비판적인 태도를 보인다
경찰
범인을 지키기 위하여 거짓말을 한다

스톡홀름 증후군을 이용한다

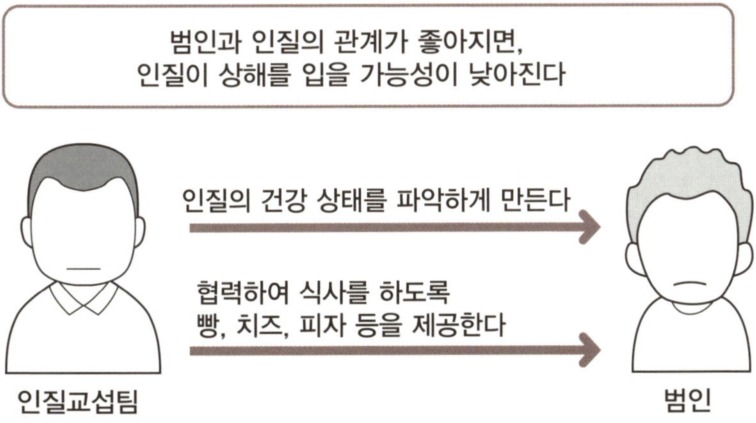

범인과 인질의 관계가 좋아지면,
인질이 상해를 입을 가능성이 낮아진다
인질의 건강 상태를 파악하게 만든다
협력하여 식사를 하도록
빵, 치즈, 피자 등을 제공한다
인질교섭팀
범인

원포인트 잡학상식

스톡홀름 증후군에 빠진 교섭 담당은, 「시간이 없다. 빨리 나와줘!」라고 범인에게 전술팀의 돌입을 알려주게 되어버리기도 한다.

No.078

인질 교섭에서 사용해서는 안될 말이 있다?

영화나 소설에서는, 「인질을 풀어줘라」, 「무기를 버리고 투항해라」와 같은 대사를 인질교섭팀이 사용한다. 그러나 「인질」, 「투항」, 「무기」와 같은 말은 범인의 기분을 상하게 만들기 때문에 현장에서는 사용하지 않는다.

● 부드러운 표현으로 범인의 감정에 호소한다

범인과 대화를 할 때, 인질교섭팀은 메시지를 어떻게 전할 것인지 사전에 협의하여 정해놓는다. 예를 들어, 「그것은 불가능하다」라고 전할 것인지 아니면 「글쎄, 어떤 것이 가능할지 시도해 보겠다」라고 전할 것인지. 말하는 방법을 바꾸게 되면 범인이 받아들이는 태도에도 차이가 생긴다.

사람은 순간적인 감정에 휩쓸리기 쉽기 때문에, 인질교섭팀은 사용할 말을 엄선하여 범인의 감정에 호소한다. 이러한 감정의 호소가 성공하면 범인의 언동은 차츰 변화하기 시작한다.

이 외에도, 영화나 TV에서 자주 나오는 「인질은 무사한가?」라는 대사 역시 현장에서는 있을 수 없는 것이다. 그 이유는 「**인질**」이라는 말을 사용한 순간, 범인을 몰아세울 위험성이 있기 때문이다. 경찰의 관심이 인질에게 향해 있다는 것을 범인이 깨닫게 되어, 인질의 존재 가치를 재인식해 버리기 때문이다. 인질을 살상하겠다고 협박하거나 실제로 상해를 가해서 자신의 요구를 받아들이도록 만들려고 열을 올릴 수도 있다.

그렇기 때문에, 인질교섭팀은 말을 바꾸어서 사용한다. 인질이라는 말은 사용하지 않고, 「**다른 사람들의 상태는 어떤가**?」라고 부드럽게 물어본다. 이렇게 말하는 편이 더욱 안전하다고 할 수 있다.

이외에도, 식사를 제공하는 대신에 인질을 한 명 풀어준다는 약속을 했다고 가정하자. 영화나 소설에서는 「자, 약속대로 인질을 한 명 풀어줘라」라는 대사가 나오지만, 현실에서는 「그럼, 한 명을 이 쪽으로 넘겨줘」라고 대화한다.

범인이 억지스러운 요구를 해 올 때도, 인질교섭팀은 냉정하고 침착하게 대응한다. 「그러한 요구는 받아 들일 수 없다」라는 말은 절대로 사용하지 않고, 「그들이 동의할 것 같진 않지만, 전달해 보겠다」라고 말을 바꾸어서 대답을 한다. 같은 내용을 전하더라도, 범인이 어떻게 받아들이는지 생각하고 발언하는 것이 중요한 점이다.

픽션과 현실의 차이

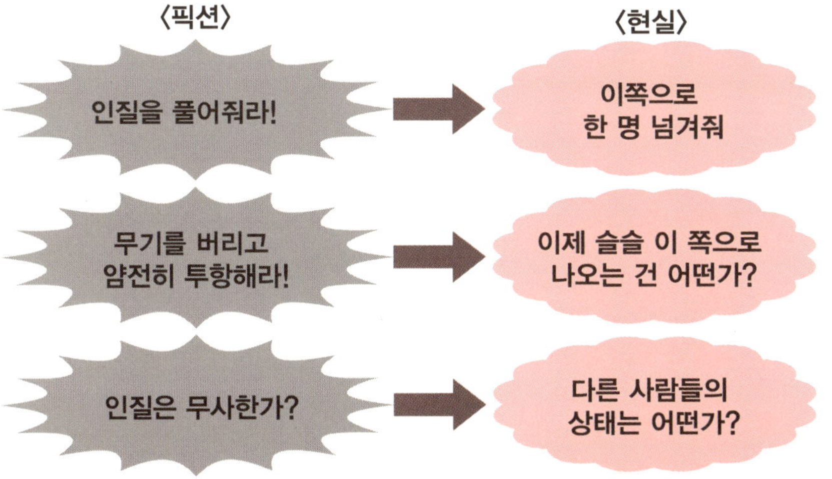
〈픽션〉
〈현실〉
인질을 풀어줘라!
이쪽으로
한 명 넘겨줘
무기를 버리고
얌전히 투항해라!
이제 슬슬 이 쪽으로
나오는 건 어떤가?
인질은 무사한가?
다른 사람들의
상태는 어떤가?

범인이 어떻게 받아들이는지 생각하고 발언한다

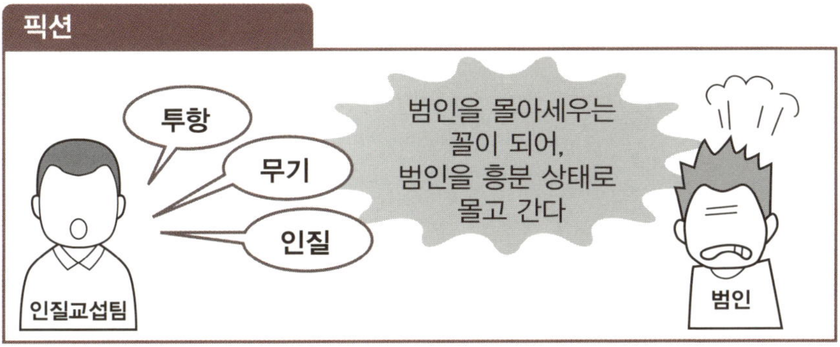
픽션
투항
무기
인질
범인을 몰아세우는
꼴이 되어,
범인을 흥분 상태로
몰고 간다
인질교섭팀
범인

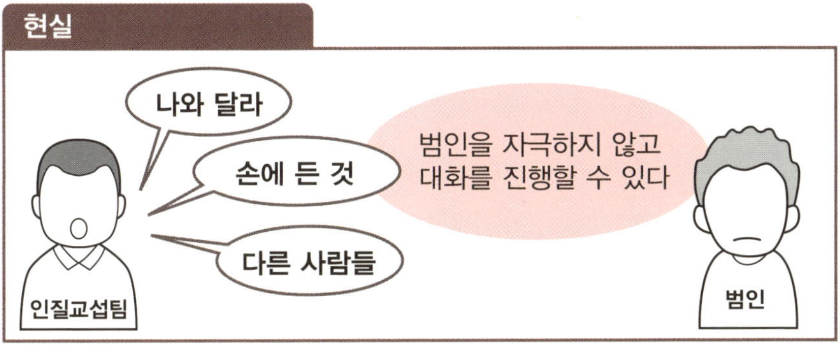
현실
나와 달라
손에 든 것
다른 사람들
범인을 자극하지 않고
대화를 진행할 수 있다
인질교섭팀
범인

원포인트 잡학상식

인질 교섭에서는 「예」도 「아니오」도 사용하지 않고, 「해 보겠다」나 「어떤 것이 가능한지, 시도해 보겠다」라는 말을 사용한다.

No.079

범인의 요구라도 거부하는 경우가 있다?

픽션에서는 인질 교섭 과정이 드라마틱하게 묘사된다. 범인의 요구를 받아들이는 조건으로, 인질교섭팀은 인질의 석방을 요구한다. 그러나 범인이 요구를 하여도 거절하는 물품도 존재한다.

● 거부하는 것도 인질 교섭

인질 교섭에서는 통상적으로 범인이 요구한 것은 대부분 받아들인다. 예를 들면 식품, 음료수, 도주용 차량, 언론 취재, 의약품, 간이 화장실과 같은 것은 제공한다. 제공했을 때는, 보상으로 인질의 석방을 요구한다.

그러나 모든 요구를 받아들이지는 않는다. 예를 들어 「아내를 데리고 와라. 그러면 인질을 석방한다」와 같은 범인의 요구가 있다. 영화나 TV에서는 흔히 볼 수 있는 상황이지만, 현장에서는 신중을 기해야만 하는 상황이다. 부인에게 「특별한 감정」을 품고 있는 범인의 진의를 파악하지 못하는 한, 부인을 데려오는 것은 허가받을 수 없다.

또한, 범인이 어떠한 대가도 치른다고 하더라도 교섭을 할 수 없는 품목이 네 가지 있다. **무기, 주류, 약물, 인질 교환**이다. 이것은 절대로 허가를 받을 수 없다. 그 이유는, 네 가지 모두 다 범인의 감정을 자극하여 상황을 악화시킬 수 있는 물품이기 때문이다.

무기나 약물은, 양쪽 다 범인의 공격성을 조장한다. 주류 역시, 사고력을 일시적으로 마비시켜서 공격성을 조장하는 경우도 생길 수 있다. 물론, 사람에 따라서는 술을 마시면 침착해지는 경우도 있다. 그러나, 음주시의 언동을 확인할 수 없는 한 절대로 허가되지 않는다.

또한 인질의 교환도 불가능하다. 경찰관 중에서는, 쉽게 「구제자 의식」을 느껴서 자신이 대신 인질이 되겠다고 나서는 경찰관이 있다. 어린 아이가 인질이 되었을 경우, 이러한 경향은 더욱 강해진다. 영화나 TV에서도 「나와 인질을 교환하자!」라고 외치는 형사가 자주 등장하는데, 이것은 허황된 가공의 이야기가 아니라 현실에서도 일어날 수 있는 것이다.

경찰관이 인질이 되면, 이득이 되는 것은 아무것도 없다. 경찰관을 인질로 잡으면 범인은 상황을 유리하게 끌고 갈 수 있다고 생각한다. 한편, 전술팀이나 저격팀도 동료를 구하기 위하여 냉정함을 잃기 때문에 일촉즉발의 상황이 될 위험성이 높다.

허가를 받기 쉬운 범인의 요구

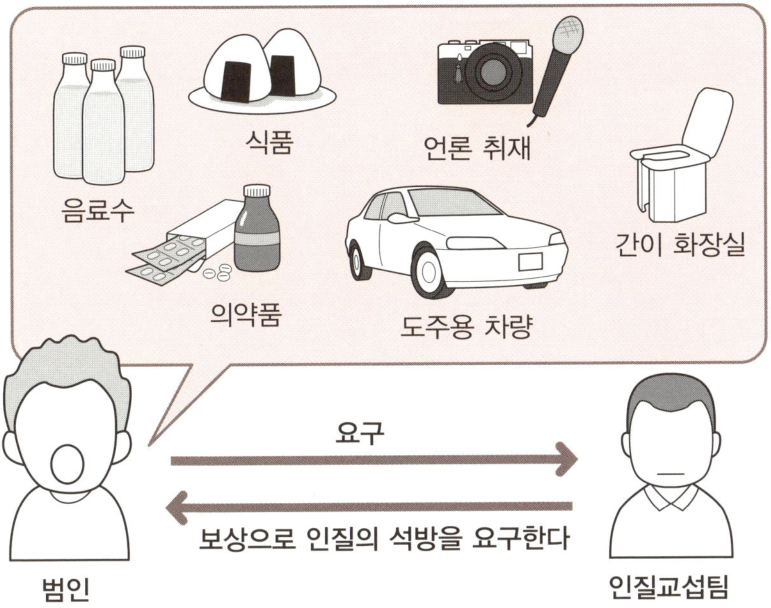
식품
언론 취재
음료수
간이 화장실
의약품
도주용 차량
요구
보상으로 인질의 석방을 요구한다
범인
인질교섭팀

요구를 거부하는 품목

거부

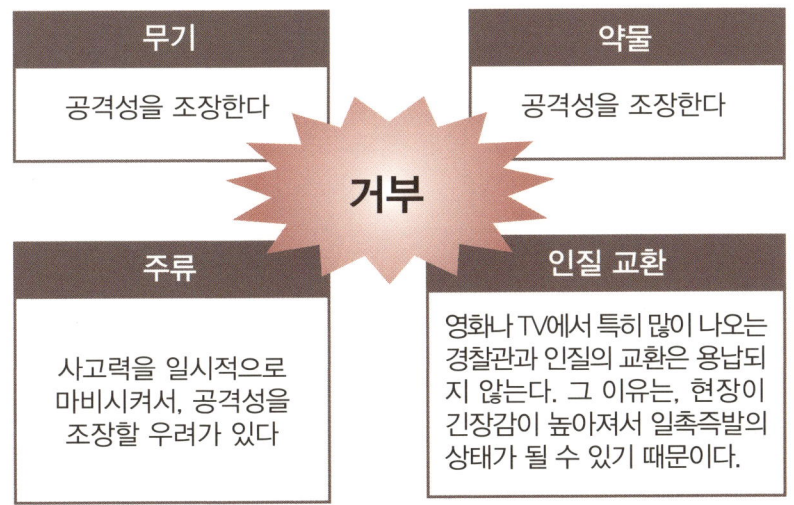

무기	약물
공격성을 조장한다	공격성을 조장한다

주류	인질 교환
사고력을 일시적으로 마비시켜서, 공격성을 조장할 우려가 있다	영화나 TV에서 특히 많이 나오는 경찰관과 인질의 교환은 용납되지 않는다. 그 이유는, 현장이 긴장감이 높아져서 일촉즉발의 상태가 될 수 있기 때문이다.

원포인트 잡학상식

인질 교섭에서 양보할 수 없는 항목은 기본적으로 위에서 언급한 네 가지이지만, 상대가 테러리스트인 경우는 「동료나 동지의 석방」도 인정되지 않는다.

No.080

어째서 위압적으로 설득을 하지 않는가?

범인에 대하여 유화적인 전략을 취하는가, 아니면 강력하고 단호한 자세를 취하는가? 두 전략 모두, 범인의 기분에 큰 영향을 미친다. 결과와 영향을 고려한 전략이, 인질 사건이나 유괴 사건의 결말을 좌우한다.

● 거래에는 반드시 보상을 요구한다

픽션에서 등장하는 인질교섭팀은, 보통 강경 자세로 사건 해결에 임한다. 그들은 범인의 요구에 대하여, 한 발짝도 양보하지 않고 단호한 대결태세를 취한다.

그러나, 현장에서는 이러한 대응은 있을 수 없다. 범인의 자존심을 상처 입히기 쉽고, 인질의 위험도가 단번에 높아지기 때문이다. 그 결과, 인질 교섭이 합의에 다다를 가능성은 10%에도 미치지 못하게 된다.

이와는 반대로 인질교섭팀이 부드러운 자세와 전략을 가지고 임할수록, 범인의 언동에 변화를 주는 것이 가능하다. 범인이 양보를 하도록 유도하는 것에 성공하여, 합의를 얻어낼 확률이 90%가 넘는다. 물론 인질의 안전도 역시 높아진다.

인질 교섭의 기본전략에는, 「**요구에는 보상을 요구한다**」라는 항목이 있다. 이 규칙을 서로 지켜서, 인질교섭팀과 범인이 합의하고 서로 양보하여 상황을 인질 석방으로 진전시킨다.

인질교섭팀과 범인이 서로 의심을 하는 상태라면 인질 교섭은 성립하지 않는다. 전향적인 요구와 보상 역시, 양쪽 모두 기대할 수가 없다. 인질교섭팀의 입장에서는, 범인의 본심과 의도를 파악하지 못하고 쉽게 속아넘어간다.

보상에 대해서도, 예를 들어 인질교섭팀은 「**프루프 오브 라이프**proof of life」 즉, 인질의 생존 증명을 요구한다. 범인의 요구를 들어주는 조건으로서 인질의 생존 증명을 보상으로 요구한다. 「인질은 살아있다. 요구를 받아들이면, 인질은 석방한다」라고 범인이 통보해 오더라도, 일단은 인질이 생존해 있다는 증명을 요구한다.

인질교섭팀이 인질의 생존 증명을 요구하는 것은 매우 중요하다. 범인이 어떻게 반응하는가에 따라, 그 심리를 분석할 수 있기 때문이다. 「지시에 따르면, 인질은 반드시 석방한다」라고 생존 증거 증명을 계속 거부하는 경우에는, 이는 무엇인가 드러낼 수 없는 이유가 있다고 단정지어도 문제가 없다.

인질교섭팀의 태도와 교섭이 합의에 이르는 확률

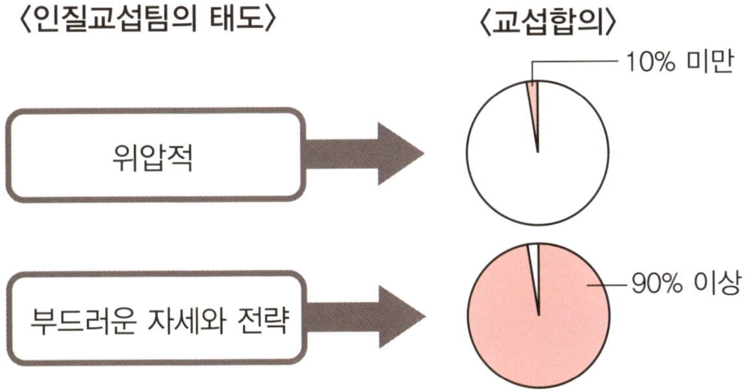
〈인질교섭팀의 태도〉
〈교섭합의〉
위압적
10% 미만
부드러운 자세와 전략
90% 이상

유화적인 자세와 전술로 교섭에 임하면, 위압적인 자세로 교섭에 임했을 경우에 비해 9배 이상의 좋은 결과를 얻을 수 있다.

프루프 오브 라이프의 중요성

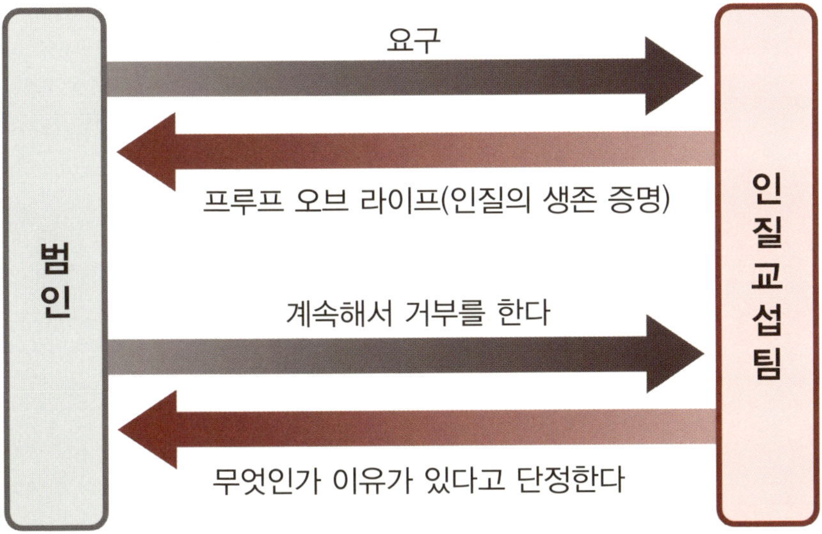
범인
인질교섭팀
요구
프루프 오브 라이프(인질의 생존 증명)
계속해서 거부를 한다
무엇인가 이유가 있다고 단정한다

원포인트 잡학상식

인질의 생존 증명을 요구하는 「프루프 오브 라이프」는, 인질교섭인의 역할을 그린 미국 영화에서 제목으로도 사용하였다.

컨설턴트라는 직업 ③

TV 드라마나 영화의 컨설턴팅은, 촬영이 종료되면 함께 끝나는 경우가 많다. 남아 있는 일은, 메이킹 영상의 소재 체크나 선전매체에 보내는 코멘트 등이 있다.

그러나 제작에 몇 년이 걸리는 게임의 경우는 다르다. 촬영이 끝나고 몇 개월 뒤에, 가공 중인 상태의 영상을 확인하는 작업이 기다리고 있다.

그 중에서도 「무비」의 체크는 빼 놓을 수 없다. 「무비」라 함은, 게임의 시작 부분이나 플레이 중간에 삽입되는 동영상을 가리키는 것이다.

모션 캡처로 녹화가 된 영상을, 몇 개월 간에 걸쳐 제작 스탭들이 가공 처리한다. 표정이나 복장뿐만 아니라 손에 든 권총이나 자동소총까지 가공을 하고, 탄창에 장전된 탄약이나 발포 했을 때 배출되는 탄피도 실물과 같이 충실하게 재현된다.

게임의 컨설턴팅에서 어려운 점은 게임기의 성능이 계속 진보하고 있다는 점이다. 영화와도 비교할 수 있을 정도의 선명한 표현이 가능하게 된 오늘날, 질감과 정밀성이 게임 영상에서도 요구되는 단계에 이르렀다.

10년 전의 게임기는 아직 영상 처리 성능이 낮아서, 영상 역시 그렇게 철저하지는 않았다. 현실적인 측면과 영상에서의 사실성을 이미지로 보충하기 위하여, 제작 스탭들이 지혜와 여러 가지 방법을 짜내었던 시대라고도 할 수 있다.

그러나, 현재의 게임기는 영상 처리 능력이 월등하게 향상되어 있다. 총의 각인까지 선명하게 표현할 수 있는 시대가 된 것이다.

드라마나 영화에서는, 촬영용 총기를 소도구로서 사용하기 때문에 그대로 표현이 된다. 그러나 게임에서 이러한 표현을 할 수는 없다. 마커를 장착하고 녹화를 하더라도, 화면에 담는 것은 총의 크기와 형태뿐이다. 세부적인 사항을 만드는 것은 역시 스탭들의 작업이 된다.

제작 스탭들이 총기 팬이 아닌 경우도 있다. 모션 캡처 당시의 모습을 촬영한 영상 소재를 보면서 제작을 한다 하더라도, 가공의 단계에서 실수를 범하는 경우도 있다.

예를 들어, 권총이나 기관단총을 화면으로 확인하면, 안전장치가 풀려있지 않은 상태로 발포를 하는 경우가 있다. 조정간이 「반자동」인데 「자동」 사격을 하고 있는 경우도 있다. 이러한 실수를 발견하기 위해서는, 화면을 보면서 일일이 확인을 하는 수 밖에 없다.

또한 착탄 효과를 지적하기도 한다. 건물 안에서 총격전이 일어나면, 권총은 책상이나 벽을 관통하는 것이 현실적이다. 그렇지만, 영상에서의 사실성도 중요하기 때문에, 감독에게 연출의 최종 판단을 맡기는 경우도 있다.

제 5 장

그 이외의 팀

(폭발물 해체처리팀 / 심리분석팀 / 대상자 경호팀 / 심문팀)

No.081

폭발물 해체처리팀은 폭탄을 찾지 않는다?

영화나 드라마에서는, 폭탄을 찾기 위하여 폭발물 해체처리팀이 투입된다. 예를 들어, 대통령이나 정부 고관의 방문에 앞서 식전회장이나 호텔 등을 탐색하는 것을 묘사하지만, 이 때 그들이 폭탄을 찾는 경우는 없다.

● 오해 받기 쉬운 폭발물 해체처리팀

누군가를 살해하려고 계획하는 범죄자나 테러리스트가 간접적인 살해 수단을 사용하는 경우가 있다. 수제 폭탄은 대표적인 살해 수단이라 할 수 있다. 그들은 여러 가지 기폭 방법을 사용하여 표적을 살상하려고 시도한다.

이러한 위협에 맞서 출동하는 것이 **폭발물 해체처리팀**이다. 그들의 임무는, 폭발물의 해체처리가 전부는 아니다. 폭발이 일어나면 현장에서 원인을 규명하고 보고서를 작성하며 재판에서 증언을 하는 경우도 있다. 또한, 인질 사건에서 전술팀의 돌입을 위하여, 창문 유리창이나 자물쇠를 파괴하기도 한다.

그렇지만 폭발물 해체처리팀이 최전선에서 폭탄을 수색하는 일은 거의 없다. 그 이유는, 그들은 모든 것을 폭발물로 의심하는 훈련을 쌓았기 때문에 효율적으로 폭탄을 찾는 것이 어렵기 때문이다.

특정 장소를 가장 잘 알고 있는 것은 그 장소에서 매일 생활하는 사람이다. 예를 들어 호텔이라 한다면, 보안 관계자와 연계하여 그 장소를 잘 알고 있는 사람들이 수색에 임한다. 폭발물 탐지견도 수색에 가담한다. 그리고 나서, 폭탄으로 의심되는 물건이 발견된 경우에 폭발물 해체처리팀이 투입된다.

영화나 소설에서는 **방폭복**을 입고, 헬멧을 착용하고, 수작업으로 해체처리를 하는 장면이 자주 묘사된다. 시각적으로 긴장감을 살리는 역할을 하기 때문에 영상에서의 사실성을 살리기 위해 자주 사용되지만 실제로는 다르다.

현장에서는 안전을 중시하여, **엑스선 처리**를 한다. 그리고 기폭회로를 확인하고 그 장소에서 기재를 사용하여 **무력화** 시키거나, 안전한 장소까지 **이동을 시켜서 무력화** 혹은 폭발을 시키는 것과 같은 수단을 선택한다.

파란색이나 빨간색 전선을 절단하는 것으로 해체가 가능하다는 생각은 통용되지 않는다. 회로를 절단하는 것만으로는 기폭을 막을 수 없는 폭탄도 존재하기 때문에, 방폭복보다도 원격 조작으로 조종할 수 있는 **로봇**이 활약한다.

폭발물 해체처리팀의 임무

폭발물 해체처리팀은 폭탄을 수색하지는 않지만,
해체처리나 원인 규명 등에서 활약한다

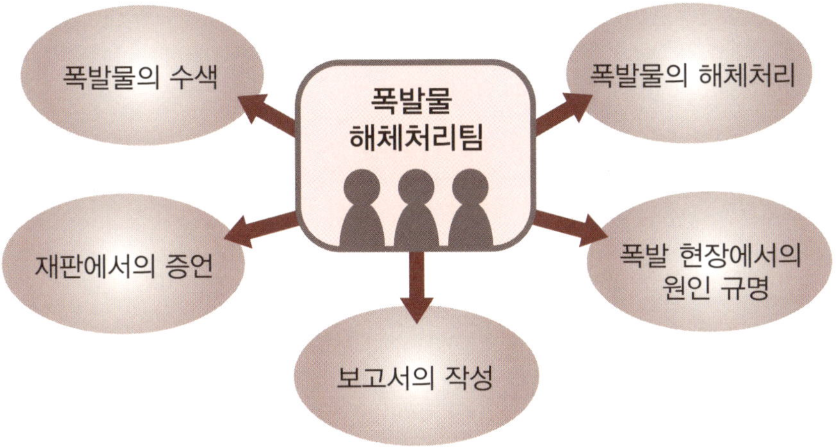
폭발물 해체처리팀
폭발물의 수색
폭발물의 해체처리
재판에서의 증언
폭발 현장에서의 원인 규명
보고서의 작성

픽션에서 나오는 전선 절단은 있을 수 없다

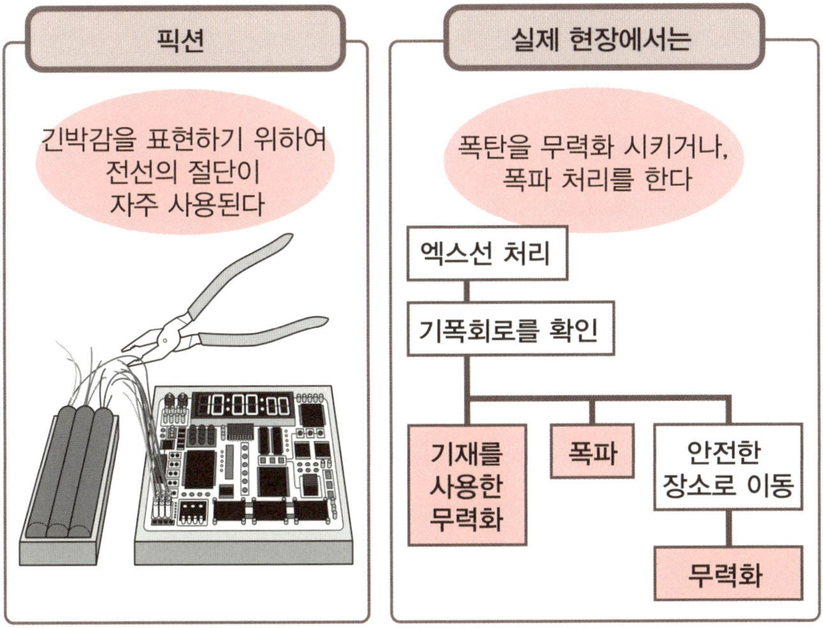
픽션
긴박감을 표현하기 위하여 전선의 절단이 자주 사용된다
실제 현장에서는
폭탄을 무력화 시키거나, 폭파 처리를 한다
엑스선 처리
기폭회로를 확인
기재를 사용한 무력화
폭파
안전한 장소로 이동
무력화

원포인트 잡학상식

폭발물 해체처리는 전선을 수작업으로 절단하는 이미지가 강하지만, 실제로는 위험하기 때문에 직접 폭탄을 건드리지는 않는다.

No.082

폭발물을 어떻게 해체처리하는가?

폭탄으로 의심되는 물건을 발견한 경우, 가장 먼저 위험한지 아닌지를 판정한다. 엑스선 처리를 통해 영상으로 내용물을 확인한다. 만약 폭발물이라 판단이 된 경우에는 로봇을 사용한 해체처리를 우선하고, 수작업에 의한 해체는 최후의 수단으로 남겨둔다.

● 해체하는 것보다 무력화 시키는 것을 우선한다

대부분의 폭탄은 일반 시민의 통보에 의해 발견되는 경우가 많다. 통보를 받고 달려온 경찰이 확인을 해서 부자연스러운 조짐이 보였을 경우에 한하여, 폭발물 해체처리팀에 연락이 들어온다.

소설이나 영화에서는, 현장에서 무전기나 휴대 전화를 사용하여 연락한다. 이것은 소설이나 영화에서나 나오는 것으로, 현장에서는 위험한 행동이라 할 수 있다. 그 이유는 폭탄에 따라 주파수에 반응하여 기폭이 일어날 우려가 있기 때문이다.

현장에서는 폭탄의 내부를 **엑스선**으로 확인한다. **로봇**을 사용한 원격처리를 우선시하나, 차 트렁크 안과 같은 장소에 폭탄이 설치된 경우에는 로봇을 사용할 수 없다. 이 경우, 중량이 40kg에 가까운 **방폭복**을 착용하고, 거기에 다시 30kg에 가까운 산소봄베를 장착한 뒤에 수동으로 촬영한다.

엑스선 촬영에서는 기폭회로나 폭발물의 구성을 탐색한다. 전지, 금속 와이어, 기폭 스위치, 폭약의 종류 등을 판정하고, 그 후에 적절한 해체처리 방법을 신중하게 결정한다.

그렇지만 범죄 수사에 도움이 되기 때문에 폭탄을 원래 상태 그대로 보존해 두고 싶다. 이런 이유로 위험하지 않은 한 무력화 시키는 경우가 많다. 무력화 시켜서 회수하면, 주위에 주는 피해를 최소화 시킬 뿐만 아니라 범인이나 테러리스트에 연결되는 증거를 많이 얻을 수 있다.

실제 해체처리는, 폭발물 해체처리팀에 따라 방법은 다르지만, 기본은 **납**이나 **물**을 부어 넣어서 **무력화 시키는** 방법을 사용한다. 구체적으로 어떻게 부어 넣는지는 기밀로 취급된다.

로봇에 의한 무력화를 마친 후, 다시 엑스선을 사용한다. 기폭이 일어나지 않는 것을 확인한 후에, 방폭 처리가 된 전용통에 회수하여 실외사격장과 같은 안전한 장소까지 이동시킨다.

무전기나 휴대 전화는 위험

폭발물이 있는 곳에서 무전기나 휴대 전화를 사용하는 것은
기폭을 일으킬 우려가 있기 때문이데 위험하다

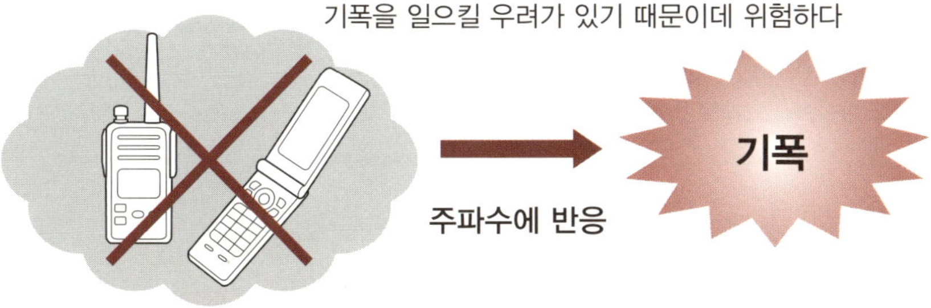
주파수에 반응
기폭

해체를 하는 것이 아니라 무력화시킨다

물이나 납을 부어 넣어서
무력화시킨다

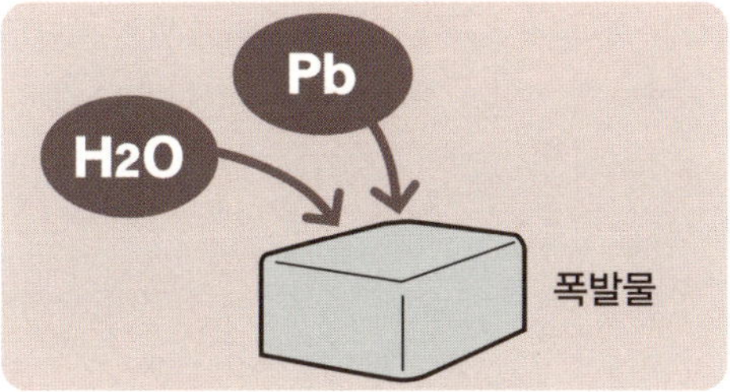
Pb
H2O
폭발물

방폭복

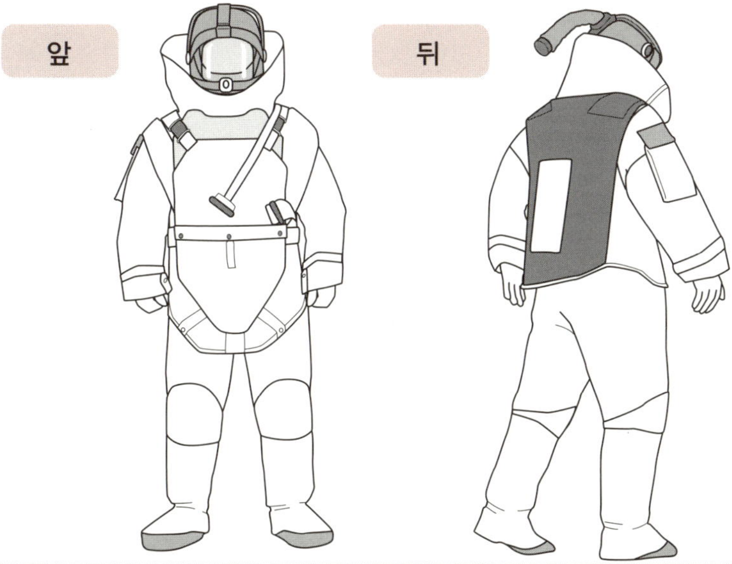
앞
뒤

원포인트 잡학상식

교통사고를 당하게 되면 폭탄을 해체할 수 없게 되기 때문에, 폭발물 해체처리팀이 현장에 출동할 때는 무엇보다 안전운전에 신경을 쓴다.

No.083

무력화를 시킬 수 없는 폭탄의 해체처리 방법은?

모든 폭탄을 그 자리에서 무력화 시킬 수 있는 것은 아니다. 그 중에는 해체처리가 어려운 폭탄도 존재한다. 긴급한 경우에는, 로봇을 이용하여 방폭 처리가 되어있는 처리통으로 폭탄을 옮기고 폭발시키는 경우도 있다.

● 위험한 행동을 하지 않고, 안전하게 폭발시킨다

범죄자나 테러리스트가 제조한 폭탄에는 여러 가지 타입이 존재한다. 수제 철 파이프 폭탄도 있는가 하면, 화학약품을 혼합시켜서 기폭하는 폭탄도 존재한다. 살상력을 높이기 위하여, 못이나 유리가 사방으로 튀게 만든 폭탄도 있다.

폭탄에 설치되는 기폭회로는 무한하게 존재하기 때문에, 신중하게 행동해야 한다. 설치된 곳에서 움직이면 폭발하는 것도 있는가 하면, 날씨나 기온의 급격한 변화로 인하여 폭발하는 것도 있다.

픽션에서는 폭탄을 해체하는 장면이 자주 묘사된다. **방폭복**을 착용한 폭발물 해체처리팀이 폭탄에 접근, 공구를 사용하여 수작업으로 처리하기 시작한다.

그러나 현장에서는 비디오 테이프, 책, 소포와 같은 여러 가지 물품으로 위장되어 있기 때문에 폭탄이 노출되어 있는 경우는 없다. 대부분의 폭탄은 개봉을 할 때 발견되기 때문에 불안정한 상태일 경우가 많아서, 작은 충격에 폭발하기도 한다.

상황이 절박하지 않는 경우에는, 해체처리의 기본 규칙에 따라 처리한다. **엑스선** 촬영을 하고, **로봇**을 이용하여 **납**이나 **물**을 부어 넣어 폭탄을 무력화 시키는 방향으로 작업을 하게 된다.

그러나, 해체처리를 할 충분한 시간이 없는 경우에는 마이너스 196.8℃의 **액화질소**를 사용하여 동결처리를 하는 경우도 있다. 액화질소는 폭탄의 전지 등을 일시적으로 무력화 시키는 효과가 있다. 예를 들어, 손목 시계의 전지는 5분 정도의 냉각으로 기능을 정지시킬 수 있다.

폭발 이외의 선택지가 없는 경우에는, 중금속으로 가공된 **처리통** 안으로 옮겨서 폭발시킨다. 처리통 내부에는 폭발에너지와 충격을 약화시키는 완충재가 빈틈없이 깔려있다. 처리통의 윗부분은 뚫려있어서 폭발의 위력이 위를 향하게 만드는 구조이기에 안전하게 폭파할 수 있다.

기폭회로는 무한

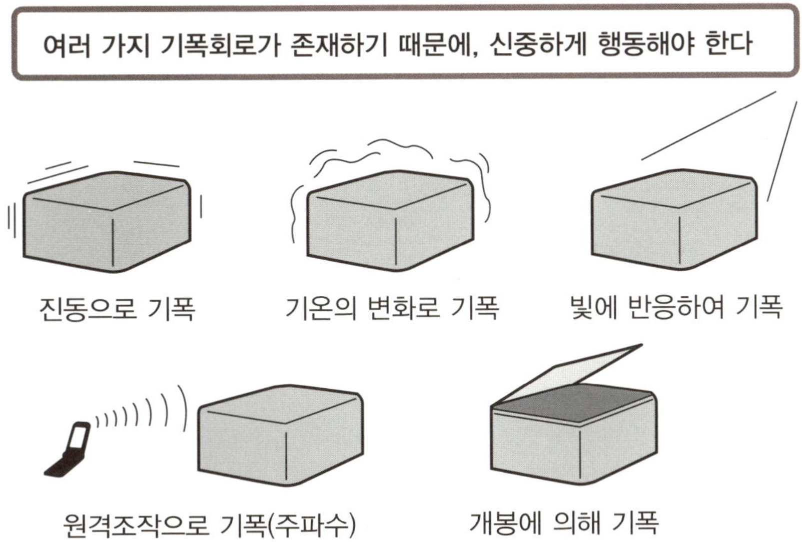
여러 가지 기폭회로가 존재하기 때문에, 신중하게 행동해야 한다
진동으로 기폭
기온의 변화로 기폭
빛에 반응하여 기폭
원격조작으로 기폭(주파수)
개봉에 의해 기폭

긴급 수단은 액화질소와 폭파

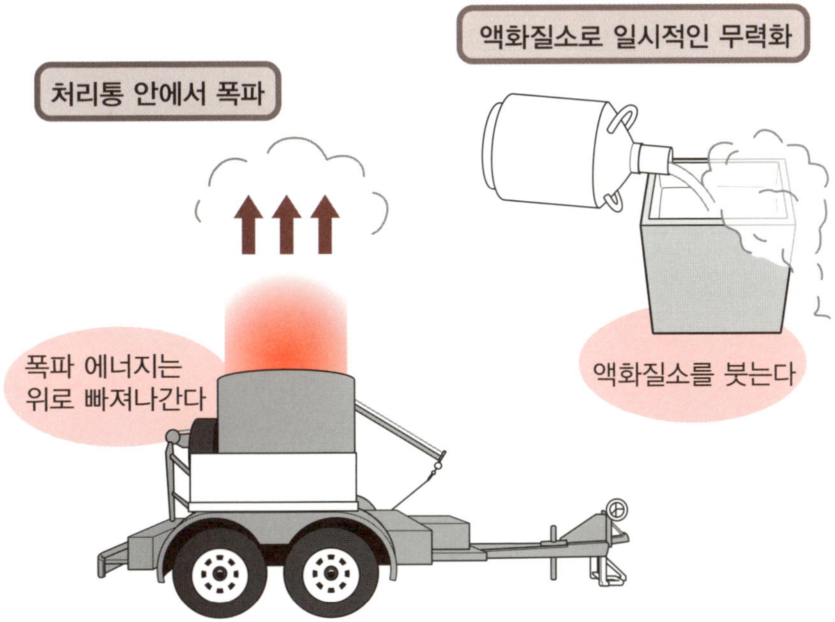
처리통 안에서 폭파
폭파 에너지는
위로 빠져나간다
액화질소로 일시적인 무력화
액화질소를 붓는다

원포인트 잡학상식

엑스선 처리를 통해 폭탄의 타입을 확인할 수 있을 때까지, 현장 일대에서는 휴대 전화나 무전기의 사용이 금지된다.

No.084

최첨단의 해체처리 로봇이란?

예전에 폭발물 해체처리는 수작업이 중심이었다. 이후, 원격조작으로 작동하는 로봇이 투입되어 안전성이 대폭 향상되었다. 그러나 로봇은 대형이라 좁은 공간에서 움직이기 힘들고, 준비에 시간이 걸린다는 단점이 있다.

● 비디오 게임을 하는 느낌으로 조작한다

폭발물 해체처리팀의 임무는 혹독하다. 그 이유는, 범죄자가 자기 집에서 화약을 섞어서 제조하는 파이프 폭탄뿐만 아니라 테러리스트가 군용 폭약을 가공해서 만드는 고성능 폭탄에도 전부 대응해야만 하기 때문이다.

10개의 폭탄이 있으면, 10가지 기폭회로가 존재한다. 그 중에는 해체처리를 할 때 기폭하도록 예비 기폭장치를 설치한 악질 폭발물도 존재한다. 그렇기 때문에, 수작업으로 해체처리를 하는 것에는 한계가 있었다.

기술의 발달에 따라, 현재는 원격조작으로 작동하는 **로봇**을 이용하여 해체처리를 하는 것이 일반적이다. 로봇에는 고성능 소형카메라가 탑재되어 있어 조종장치로 송신되는 영상을 보면서 안전하게 작업을 진행할 수 있게 되어, 폭발물 해체처리팀의 부담은 경감되었다.

그러나 문제가 전부 해결된 것은 아니다. 좁은 공간, 예를 들면 차량 밑에 폭탄이 설치된 상황에서는 **대형 로봇**을 사용한 작업은 물리적으로 불가능하다.

이러한 문제를 해결하기 위해 새로운 로봇의 개발이 빠른 속도로 진행되었다. 그 결과, 전장 약 50cm, 폭 약 53cm, 차고 약 13cm, 중량 약 15kg 정도의 **소형 로봇**이 개발되었다. 이 로봇은 6륜 주행으로, 전천후로 활약이 가능한 기능성을 겸비하고 있다.

적외선 비디오를 장착하였고, 150m까지 원격조작이 가능하다. 차체 중앙에는 발사장치가 2문 탑재되어 있어, 납이나 물을 순간적으로 발사해 폭탄을 무력화시킬 수 있다.

로봇의 조종은 조작성을 중시하여, 비디오 게임과 비슷한 감각으로 조종할 수 있도록 만들어 졌다. 노트북으로 영상을 확인하고, 시중에서 판매되고 있는 가정용 비디오 게임기의 컨트롤러로 조종한다.

해체처리 로봇

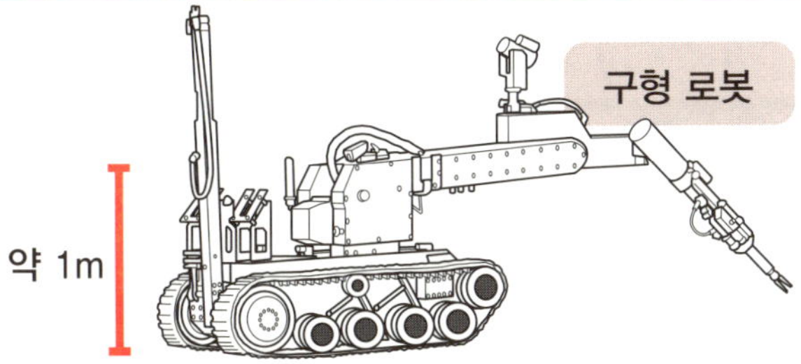
구형 로봇
약 1m

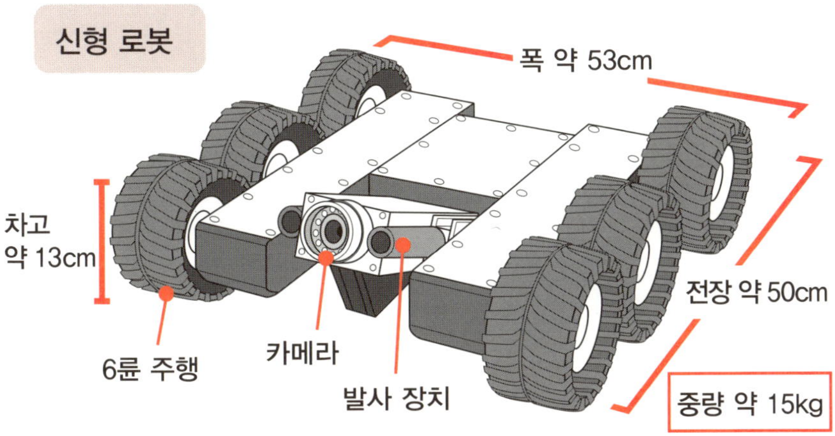
신형 로봇
폭 약 53cm
차고
약 13cm
전장 약 50cm
6륜 주행
카메라
발사 장치
중량 약 15kg

첨단 로봇의 원격조작

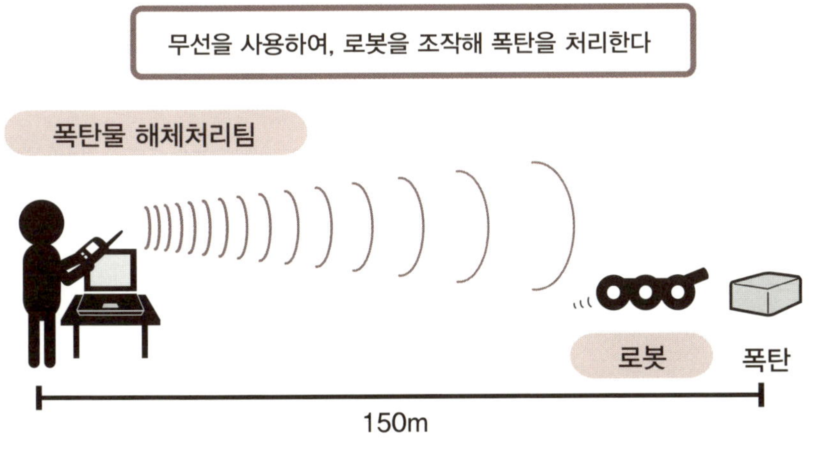
무선을 사용하여, 로봇을 조작해 폭탄을 처리한다
폭탄물 해체처리팀
로봇
폭탄
150m

원포인트 잡학지식

첨단로봇은 무선조종방식을 채용하고 있으나, 여기서 사용되는 주파수에는 보안처리가 되어있어 안전하게 사용할 수 있다.

No.085

폭파 예고에는 어떻게 대응하는가?

「폭탄을 설치했다. 2시간 뒤에는 폭발한다」. 폭파 예고는, 상업 시설이나 학교를 협박하는 수단으로 자주 이용된다. 시민의 통보를 받았을 때, 신속하게 폭발물 해체처리팀은 위험도를 판정한다.

● 폭파범의 비뚤어진 심리를 파악한다

영화나 소설에서는, 「폭탄을 설치했다. 희생자를 내고 싶지 않다면, 돈을 준비해라」와 같은 폭파 예고가 등장한다. 현실에서도, 범죄자는 「피바다로 만든다」, 「날려 버린다」 라는 메시지를 사용한다.

상대에게 상상을 뛰어넘는 공포를 주는 것이 폭파 예고의 정체이다. 협박을 받은 쪽에 면역이 없으면 패닉상태에 빠져서, 모든 인원을 피난시키거나 건물을 폐쇄하는 것과 같은 여러 가지 안전 대책을 논의하게 된다.

폭파 예고가 된 경우에, 폭발물 해체처리팀이 현장에 바로 출동하는 일은 거의 없다. 폭파 예고의 상세한 부분에 대하여 보고를 받은 다음에, 선발대를 파견하고 이후에 본대가 움직이는 시스템이 갖춰진 경우가 많다.

그 이유는, 폭발물 해체처리팀은 폭파 예고를 하는 범인의 목적을 어느 정도는 이미 파악하고 있기 때문이다. 범인과의 대화를 **프로파일링**하여 폭파 예고의 진위를 확인하고, 위험성이 확인된 경우에 출동한다.

폭탄을 설치한 폭탄범의 인물 경향은, 폭파 예고를 해오는 상대의 인물 경향과 일치하지 않는 경우가 많다. 폭탄범의 목적은, 폭탄을 폭발시켜서 표적 인물을 살상하는 것이지 전화를 사용해 예고를 하는 것이 아니기 때문이다.

폭탄범은 분노를 마음 속에 쌓아두는 경향이 강하고, 분노를 유지할 수 있는 타입이 많다. 그렇기 때문에, 폭탄을 제조하여 폭발시킨다는 수단을 선택한다. 이것은 용의주도하게 준비하는 세밀한 성격이라는 것을 의미한다. 이러한 범인상은, 폭파 예고를 하여 공포를 조장하려는 언동과는 일치하지 않는다.

또한, 폭파 예고를 프로파일링해 본다. 자기 자신이 피폭被爆당할 위험을 감수하고 화약을 조합하여 폭탄을 제조해서 운반하고 보이지 않는 곳에 설치를 한 수고와 노력을, 일부러 협박 전화를 해서 헛수고로 만드는 것이다. 이러한 모순을 분석하면, 위험성을 판단할 수 있다.

폭파 예고와 폭발물 해체처리팀

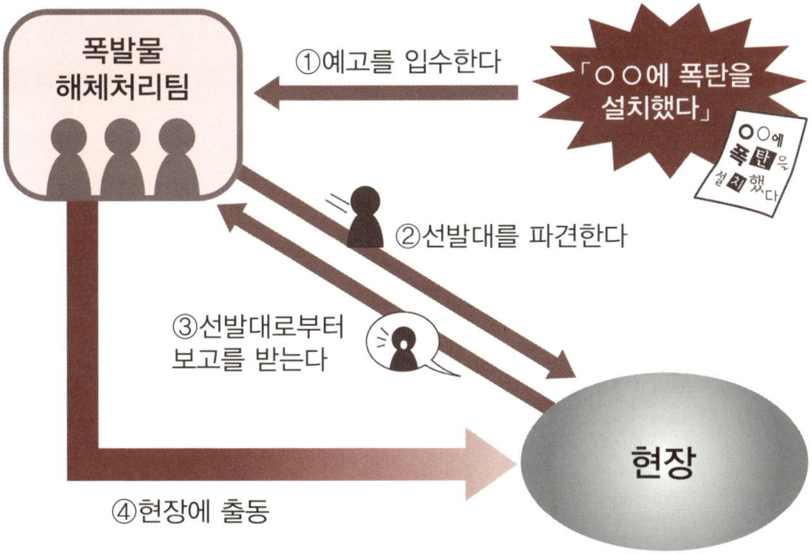

폭발물
해체처리팀
①예고를 입수한다
「○○에 폭탄을
설치했다」
○○에
폭탄을
설치했다
②선발대를 파견한다
③선발대로부터
보고를 받는다
현장
④현장에 출동

폭파 예고범의 프로파일링

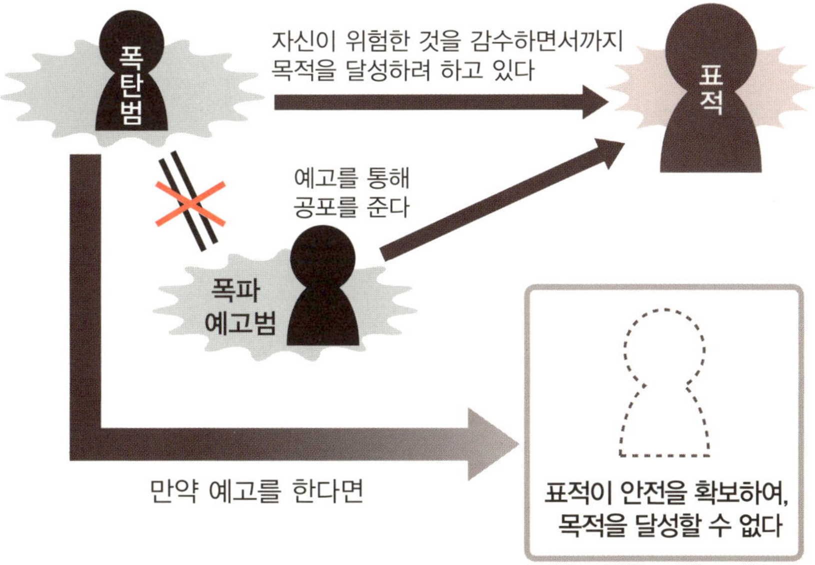

폭
탄
범
자신이 위험한 것을 감수하면서까지
목적을 달성하려 하고 있다
표
적
예고를 통해
공포를 준다
폭파
예고범
만약 예고를 한다면
표적이 안전을 확보하여,
목적을 달성할 수 없다

원포인트 잡학상식

폭발물 해체처리팀은 폭파 예고 체크시트를 사용하여, 통보한 사람을 상대로 효율적인 청취 조사를 한다.

No.086

인물의 경향을 추론해내는 프로파일링이란?

물적 증거나 증언을 더듬어 가는 것으로 대부분의 사건은 해결이 가능하다. 그러나 중간에 단서가 끊기는 사건도 존재한다. 예를 들어, 쾌락살인은 일반수사관이 해결하기에는 어렵기 때문에, 심리분석팀이 쾌락살인을 일으킨 범인상을 프로파일링한다.

● 범죄 중에서도 가장 흉악한 쾌락살인자

범행 현장에 남겨진 흔적에서 범인의 인물 경향이나 심리 상태를 알아내는 것이 심리분석팀의 임무이다. 그들이 가장 위력을 발휘하는 범죄는, 역시 쾌락살인 사건일 것이다.

쾌락살인이란, 자신의 흥미를 채우고 성적인 쾌락을 느끼는 살인을 의미한다. 충동, 공포, 분노와 같은 감정에 몸을 맡기고 상대를 마구 찌르는 가학적인 살인과는 다르고, 사체 유기를 위하여 사체를 절단하는 행위와도 다르다.

쾌락살인자는, 사체를 토막으로 절단내는 것뿐만 아니라, 날카로운 흉기로 긁거나 찔러서 상처를 내는 경우가 많다. 생식기관이나 내장들을 뽑아내기도 한다. 이러한 행동은 자극이나 흥분을 얻기 위한 증거라고 할 수 있다.

사체유기 현장에서도 쾌락살인자의 인물 경향을 알 수 있다. 예를 들어, 사람들 눈에 잘 띄는 장소에 유기를 하는가, 아니면 사체를 숨기는가? 이러한 흔적은 각각 다른 심리 상태를 표현하고 있다.

사체나 범행 현장에 남겨진 증거를 모아서, 심리분석팀은 쾌락살인자의 인물 경향을 추론해낸다. 범행을 저지른 상대가 어떠한 성격의 소유자인지 평소에는 어떠한 생활을 하고 있는지를, 현장에 남겨진 흔적에서 알아내려 한다.

영화나 소설에 등장하는 「**프로파일러(심리분석관)**」는 개인으로 행동한다. 그러나 실제로는 팀으로 행동한다. 팀으로 행동하는 것에는 의미가 있다. 성적살인, 방화살인, 연쇄살인과 같은 각각의 전문성을 최대한으로 살리면서, 인물 경향을 특정하기 위해서이다.

성욕과 폭력은 연쇄반응을 일으키기 쉽다. 그렇기 때문에, 정보를 팀 전체가 상세하게 분석하여 **브레인 스토밍**을 한다. 각각의 전문 분야에서 의견을 내는 것으로, 프로파일링을 보다 정확하게 만들어 가는 것이다.

일반살인과 쾌락살인

현장에 남아있는 흔적에서 일반살인과 쾌락살인의 차이를 잡아낸다

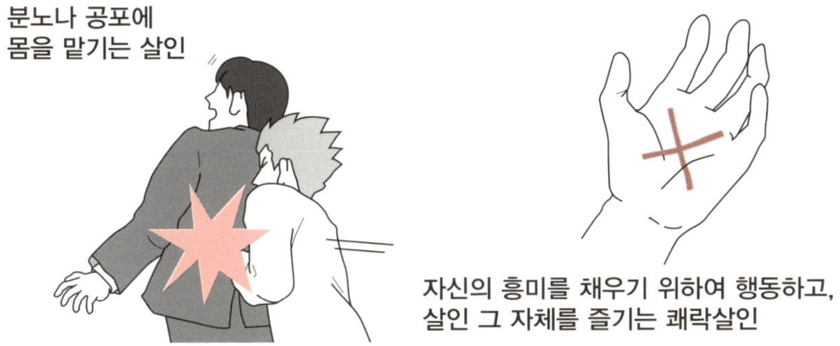
분노나 공포에
몸을 맡기는 살인
자신의 흥미를 채우기 위하여 행동하고,
살인 그 자체를 즐기는 쾌락살인

브레인 스토밍에 의한 프로파일링

각자의 전문적인 의견을 모아 범인상을 프로파일해 나간다

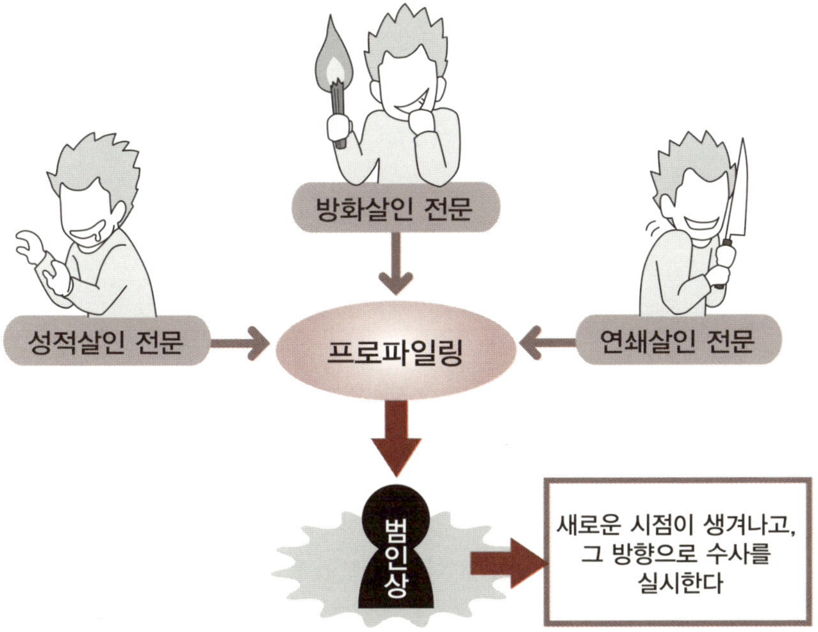
방화살인 전문
성적살인 전문
프로파일링
연쇄살인 전문
범인상
새로운 시점이 생겨나고,
그 방향으로 수사를
실시한다

원포인트 잡학상식

심리분석팀의 브레인 스토밍에서는, 범행 상황을 재현하기 위하여 촌극을 하는 경우도 있다.

No.087

인간은 어째서 살인을 저지르는가?

살인이란, 상대를 지배하는 최종수단이다. 반복해서 일어나는 전쟁이 이를 증명하고 있다. 이러한 현실을 바탕으로 심리분석팀은 살인을 긍정도 부정도 하지 않고 단지 일어날 수 있는 행동이라 생각하고 프로파일링을 한다.

● 살인자로 만드는 세 가지 조건

프로파일링은 「범인이 어떤 인물 경향을 가지고 있는가」에 대하여, 구체적인 가설을 이끌어 내는 것이다. 이것은 영화나 TV에서도 묘사되는, 「누가 범행을 저질렀는가」라는 범인 찾기와는 다른 것이다.

심리분석팀은 「살인은 누구든 저지를 수 있다」라는 사고방식을 가지고 프로파일링한다. 「세 가지 조건만 갖추어진다면, 누구든 살인을 저지를 수 있다」라는 경계심을 유지하며, 범죄자의 마음에 접근한다.

세 가지 조건이란 무엇인가? 살인 행동을 하게 된 상대는 「**살인을 정당화 하고 있다**」, 「**살인 이외에 선택지가 없다**」, 「**살인을 저질렀을 때, 그 결과를 견딜 수 있다**」라는 심적 조건을 나타낸다.

예를 들어, 체포한 살인자는 「죽일 생각은 없었다. 그 애가 시끄럽게 하니까 어쩔 수가 없었다. 하여간 무서웠다.」라고 진술을 하는 경우가 있다. 이와 같은 진술에는, 위의 세 가지 조건이 포함되어 있다.

그러나 이것으로 경계를 늦춰서는 안 된다. 진술의 진위를 검증하기 위하여, 심리분석팀은 범행을 재검증한다. 프로파일링의 결과로써 과도한 폭력이나 극도로 비뚤어진 성적 동기가 떠오르는 경우에는, 위험인물로 가정하고 여죄의 가능성과 재범의 가능성도 시야에 둬야 한다.

그 이유는, 자신의 욕망을 채우기 위해 혹은 상대를 완전하게 지배하기 위해 살인을 반복하는 상대가 드물게 존재하기 때문이다. 그들은 아무렇지도 않게 거짓말을 하고 거짓 자백을 하여 주위 사람들을 속이고 교도소 안에서도 모범수를 가장한다.

그들은 마음속 깊은 곳에서, 매일마다 성적 환상을 쌓아간다. 범행을 몇 번이고 계속 상상하고, 두 번 다시 체포되지 않을 방법을 궁리한다. 출소 후, 축적된 에너지를 한번에 발산하기 위하여 살인을 저지른다. 그동안 계속 쌓아둔 공상을 현실화하고, 달성감과 함께 비뚤어진 쾌락을 얻으려 한다.

살인 행동을 일으키는 세 가지 조건

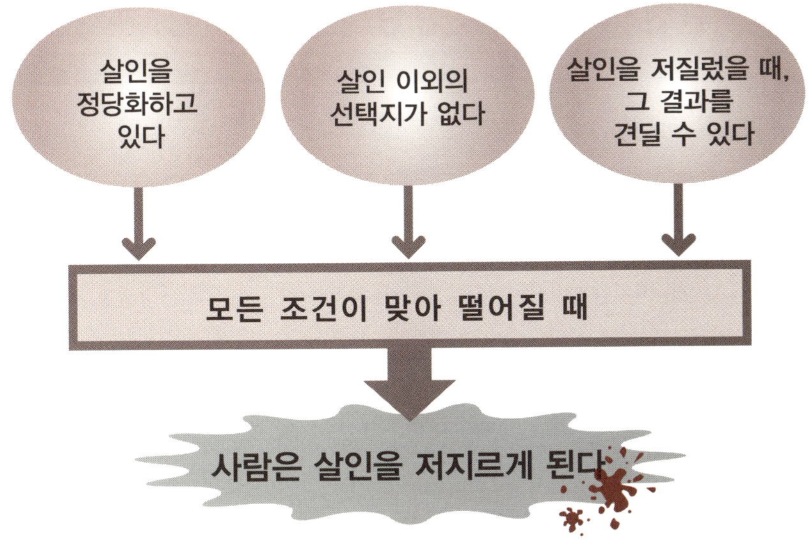
살인을 정당화하고 있다
살인 이외의 선택지가 없다
살인을 저질렀을 때, 그 결과를 견딜 수 있다
모든 조건이 맞아 떨어질 때
사람은 살인을 저지르게 된다

비뚤어진 쾌락을 추구하는 위험인물의 행동

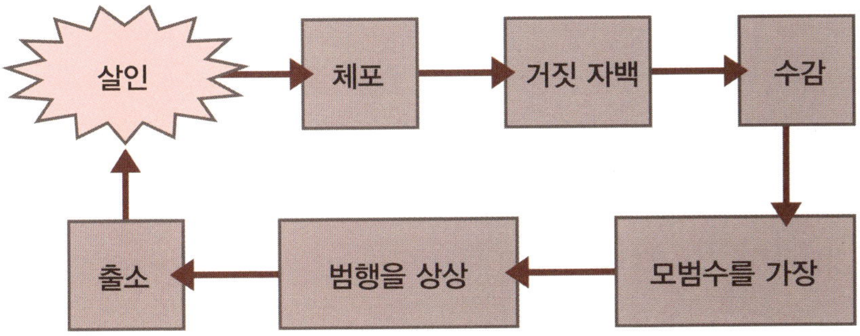
살인
체포
거짓 자백
수감
모범수를 가장
범행을 상상
출소

심리분석팀은 위험인물의 존재를 부정하지 않고
여죄나 재범의 가능성도 염두에 두면서
신중하게 프로파일링을 한다.

포인트 잡학상식

쾌락살인자뿐만 아니라 적지에 잠입하여 극비임무를 수행하는 첩보기관의 공작원 중에서도 살인을 좋아하는 사람은 실존한다.

No.088

쾌락 살인자의 인물 경향을 알아내는 요령은?

범행 현장에 남아있는 흔적으로 범인의 인물 경향을 추론해 내는 것이 프로파일링의 기본이다. 충격적인 범행이었는가, 장난으로 살인 행위를 실행하였는가? 상대를 타입으로 분류하고 이를 바탕으로 분석한다.

● 이성적으로 사람을 죽일 수 있는 상대도 있다

사람이 살인을 저지를 때, 감정적으로 혼란에 빠지는 경우가 많다. 「정서형」이라 불리는 쾌락살인자는 이러한 경향이 강하다. 자극을 느껴서 흥분했기 때문에, 흉폭하며 계획성이 느껴지지 않는 흔적이 범행 현장에 남아있는 경우가 많다.

「**정서형**」은 자신을 자제하지 못하고 충동적으로 살인을 저지르는 경향이 강하기 때문에, 자택이나 근무지에서 가까운 곳에서 범행을 저지르기 쉽다. 정신적으로 미숙하기 때문에, 모르는 장소에서는 공포를 느껴 안심할 수 없기 때문이다.

사체의 유기에서도 철저하지 못하다는 것이 눈에 띈다. 발견되기 어려운 장소에 방치하는 정도로, 들키지 않으려고 철저하게 숨기지는 않는다. 흉기도 그 장소에서 있는 것을 사용하는 경우가 많고, 사전에 살인 행동을 준비하는 경우는 적다고 할 수 있다.

이러한 흔적을 프로파일링하면, 범행을 저지른 상대의 인물 경향이 점차적으로 드러난다. 예를 들어, 「대인 관계에 어려움을 느끼고, 감정의 기복이 심하다」라는 인물 경향이 도출된다. 고독감이나 좌절감이 강하고, 계획성이 부족한 생활을 하고 있을 가능성도 지적할 수 있다.

한편, 이성적인 살인자도 있다. 「**사고형**」이라 불리는 이성적인 살인자들은, 살인 행위가 법을 위반한다는 사실을 매우 잘 알고 있으면서도 범행을 저지른다. 자신의 행위로 인하여 세간이나 피해자의 가족이 받는 공포와 충격을 원천으로 더욱 강렬한 흥분을 느낀다.

범행에는 집에서 멀리 떨어진 장소를 고르고, 증거도 남기지 않는다. 그 중에는 흔적을 남기지 않고 범행을 저지르면서 일부러 경찰을 도발하는 「사고형」도 있다. 사람들 눈에 띄지 않는 장소에서 범행을 저지르고, 사체를 일부러 발견하기 쉬운 장소에 유기하는 경우도 있다. 이러한 행동은, 경찰이 당황하는 모습을 보면서 자기과시욕에 빠지기 위함이다.

이러한 흔적에서 프로파일링을 할 수 있는 것은, 「겉으로는 조리 있고 정연하게 행동하여, 사람을 속이는 재능을 겸비하고 있는」 상대라는 것이다. 경찰에 잡히지 않는다는 자신감이 있고, 무책임하고 자기 중심적인 언동을 보이는 상대라고도 할 수 있다.

「정서형」 범인의 특징

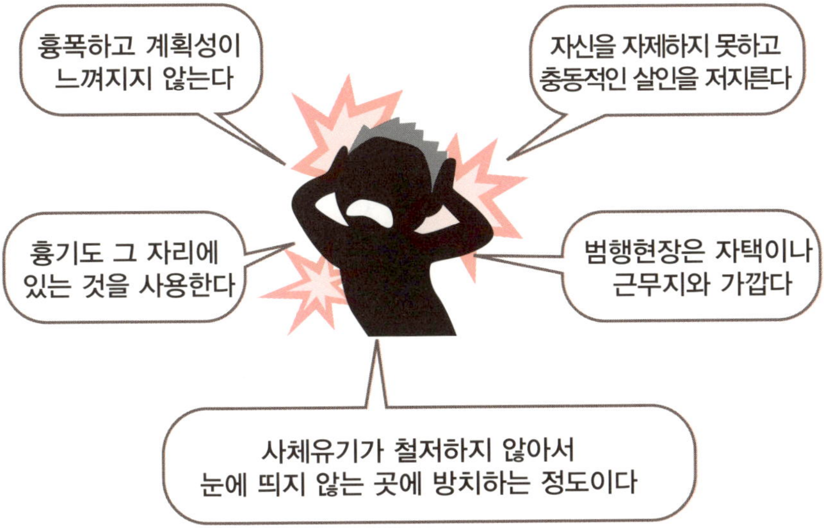
흉폭하고 계획성이 느껴지지 않는다
자신을 자제하지 못하고 충동적인 살인을 저지른다
흉기도 그 자리에 있는 것을 사용한다
범행현장은 자택이나 근무지와 가깝다
사체유기가 철저하지 않아서 눈에 띄지 않는 곳에 방치하는 정도이다

「사고형」 범인의 특징

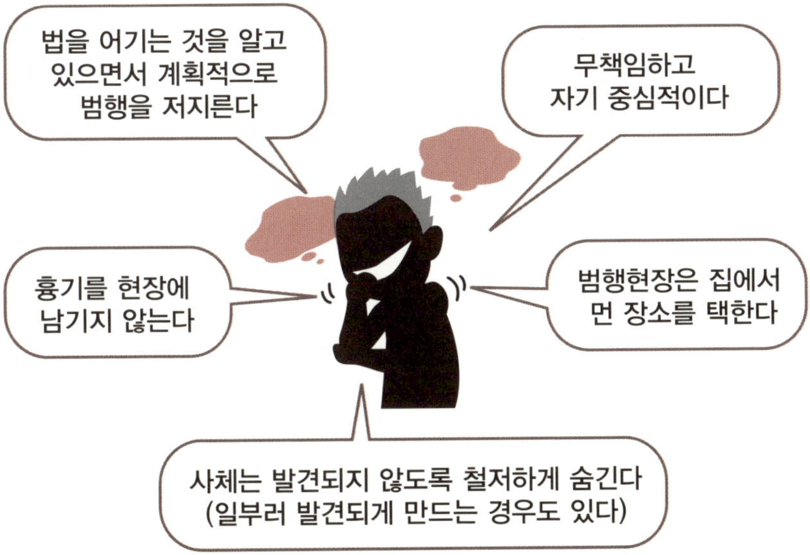
법을 어기는 것을 알고 있으면서 계획적으로 범행을 저지른다
무책임하고 자기 중심적이다
흉기를 현장에 남기지 않는다
범행현장은 집에서 먼 장소를 택한다
사체는 발견되지 않도록 철저하게 숨긴다 (일부러 발견되게 만드는 경우도 있다)

원포인트 잡학상식

「정서형」과 「사고형」은 편의상 구분하는 것으로, 현장에서는 양쪽의 특징이 혼재하는 범인도 존재한다.

No.089

쾌락 살인자는 왜 사람을 죽이는가?

폭력이나 성적 망상에 사로잡힌 상대의 사고 방식이나 인식 방식을 이해하는 것이야말로 프로파일링이라 할 수 있다. 그것은 사람을 죽이는 기분을 이해하는 것을 의미하기 때문에, 사악한 마음에 지지 않는 강인한 정신력이 요구된다.

●완벽하게 범죄자가 되어 생각한다

살인은 저지르는 사람 고유의 패턴을 새긴다. 범행 패턴의 이해를 통해, 심리분석팀은 범인상을 명확하게 프로파일링한다. 단, 범행 당시의 범인과 같은 기분이 되어서 범행을 묘사해야만 하기 때문에 심리적인 부담은 매우 크다.

어떠한 살인자도 갑자기 사람을 살해하는 경우는 없다. 정서형이나 사고형이나, 「**전조행동**」이라 불리는 것이 존재한다. 예를 들어, 뇌내 자극이 흥분을 일으켜 살인행위를 몇 번이고 상상하고 실제로 계획을 세우는 것과 같은 행동이 천천히 현실적인 조짐으로 나타나기 시작한다.

대다수의 사람들은, 이 단계에서 자제한다. 살해를 하고 싶다는 생각이 있더라도, 어디까지나 생각으로 그치는 것이다. 가족에게 피해를 주는 것을 상상하고, 교도소에 수감되어 인생을 망치는 것을 참을 수 없다고 생각한다.

그러나 성적인 흥분과 폭력이 뒤섞여있는 상대의 경우, 이성은 없어지고 쾌락이라는 욕구에 이길 수 없게 된다. 그리고 최종적으로 살인행위를 정당화하고, 상상으로 그려왔던 것을 현실에서 저질러 버린다.

처음으로 사람을 살해했을 때, 피해자가 보이는 반응은 범인이 혼자 상상했던 것과는 매우 동떨어진 것이다. 그 순간, 범인의 마음에는 크나큰 변화가 생긴다. 살인이라는 현실에 정신이 버텨낼 수 있는가 아닌가의 기로에 서게 된다.

그 결과는, 방치해놓은 사체의 상태에 나타난다. 방치한다, 절단한다, 사람이 잘 다니지 않는 곳에 유기한다, 눈에 띄는 곳에 놓는다. 이런 사체유기 흔적에는, 본인의 심리 상태가 매우 잘 나타나 있다.

공포로 경찰에 자수하는 자도 있는 반면, 체포되지 않으려고 증거를 없애는 자나 흥분을 느껴서 다시 범죄를 저지르는 자도 있다. 현장에 남아있는 흔적은 살인자의 마음과 그 후의 행동을 나타내는 지표가 된다. 이러한 움직임을 유사체험하여, 쾌락살인자의 심리를 쫓는 것이 프로파일링이다.

살인의 전조행동과 이성

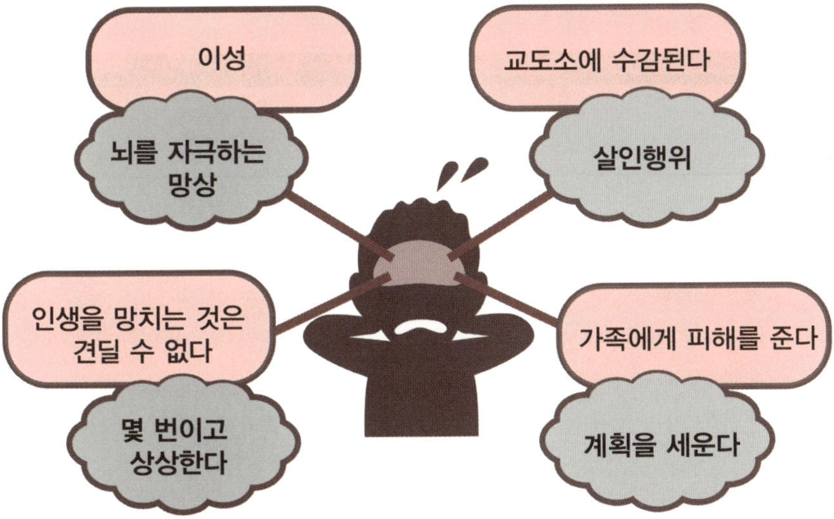
이성
뇌를 자극하는 망상
교도소에 수감된다
살인행위
인생을 망치는 것은 견딜 수 없다
몇 번이고 상상한다
가족에게 피해를 준다
계획을 세운다

프로파일링

분석관이 현장에서 느낀 분위기와 남아있던 흔적을 사용하여, 여러 각도에서 사건을 검증하며 범인상을 만들어 간다.

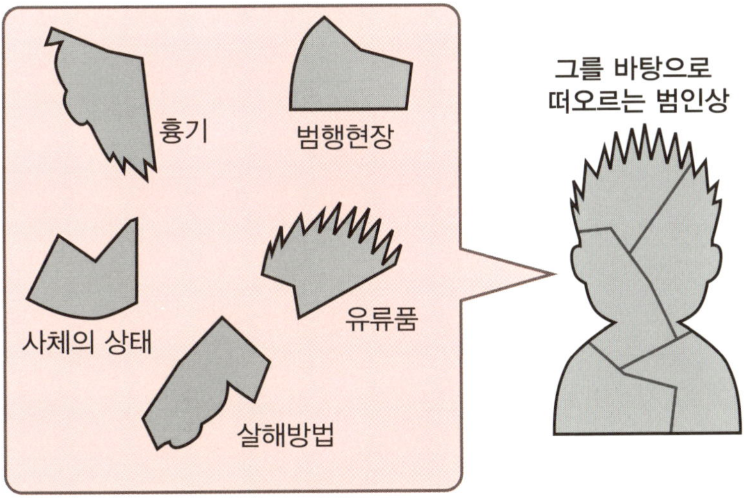
흉기
범행현장
사체의 상태
유류품
살해방법
그를 바탕으로 떠오르는 범인상

원포인트 잡학상식

서구의 심리분석팀에 소속된 수사관 중에서는, 다년간의 프로파일링으로 인해 정신적으로 병이 생겨서 사직하는 사람도 있다.

No.090

프로파일링은 언제 유효한가?

대부분의 범죄는, 정서형과 사고형으로 구분할 수 있다. 프로파일링의 기본을 활용하면 여러 가지 범죄 수사에 도움이 된다. 현재 대량살인자나 암살자의 수사 등 심리분석팀의 활동범위는 더욱 넓어지고 있다.

● 가장 큰 위협은 사고형 범죄자

프로파일링으로 범죄자의 인물 경향을 분석하면, 대부분은 **정서형**인 것을 알 수 있다. 정서형은 금전욕, 복수, 사적 감정의 갈등과 같은 이유에서 충동적으로 범행을 저지르는 경우가 많다. 철저하지 못하고 경계심이 풀려있기 때문에, 현장에 많은 증거를 남기는 경향이 있다.

총을 난사하거나 흉기로 지나가는 사람을 살상하는 대량살인자의 대부분이 정서형이다. 사건을 일으키는 것에만 정신을 집중하기 때문에, 범행 후에는 그 장소에 머물러 있는 경우가 많아 결과적으로 체포된다.

그러나 **사고형 대량살인자**는 그 장소에 머물러 있지 않고 도망을 치기 때문에 신중한 **프로파일링**이 필요하다. 예를 들어, 점포사무소에 침입하여 금품을 강탈하고 묶어 두었던 점원을 사살하고 도망치는 사건이 있다.

암살자도 정서형과 사고형으로 나눌 수 있다. 대부분의 경우, 상대와 동화되고 싶어서 혹은 유명해 지고 싶다는 소망을 가지고 범행을 저지르는 정서형으로, 범행 후에도 현장에 남아있는 경우가 많다. 한편, 사고형 암살자가 암살을 저지를 경우, 이를 간파하기는 매우 힘들다.

현장에 남겨진 흔적을 분석할 때, 기존의 지식으로는 범죄 수사 진행이 어려운 경우도 있다. 예를 들어, 현장에 남겨진 증거가 정서형과 사고형 양쪽이 혼재하는 모순이 있어 수사관들이 이해를 하기 어려운 상황이 있다.

이러한 경우에도, 심리분석팀은 수사지원을 통해 현장의 상황을 재검증해 본다. 그러면, 지금까지 보이지 않았던 흔적이 나타난다. 예를 들어, 사고형 범죄자가 계획적으로 범행을 저지르려 했으나 피해자가 저항을 한 경우, 현장에는 과도한 흔적이 부분적으로 남게 된다.

또한, 범행 현장에서 어떠한 증거도 남기지 않고 주의 깊게 행동했다는 인상을 주면서도, 어째서인지 현장에 발자국이나 지문이 상당수 남겨져 있는 경우가 있다. 이러한 경우에는 범인이 두 명 이상일 가능성이 있다.

심리분석팀과 사고형 범인

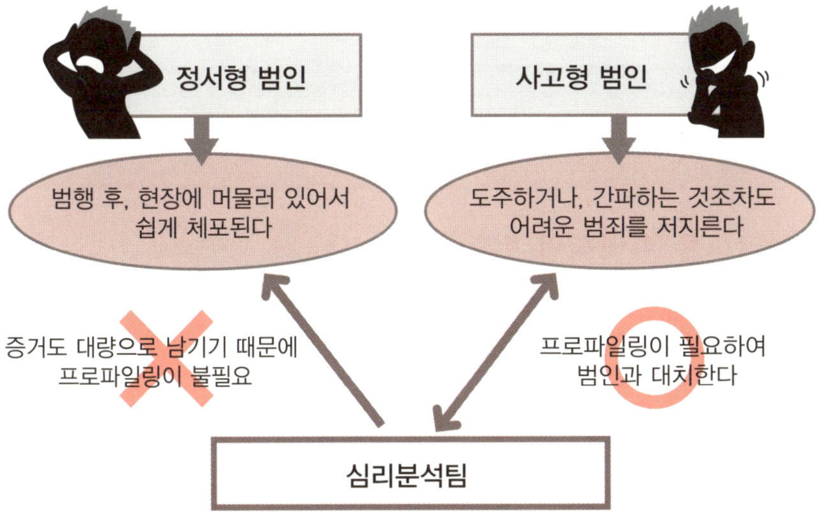
정서형 범인
사고형 범인
범행 후, 현장에 머물러 있어서 쉽게 체포된다
도주하거나, 간파하는 것조차도 어려운 범죄를 저지른다
증거도 대량으로 남기기 때문에 프로파일링이 불필요
프로파일링이 필요하여 범인과 대치한다
심리분석팀

범죄자의 흔적

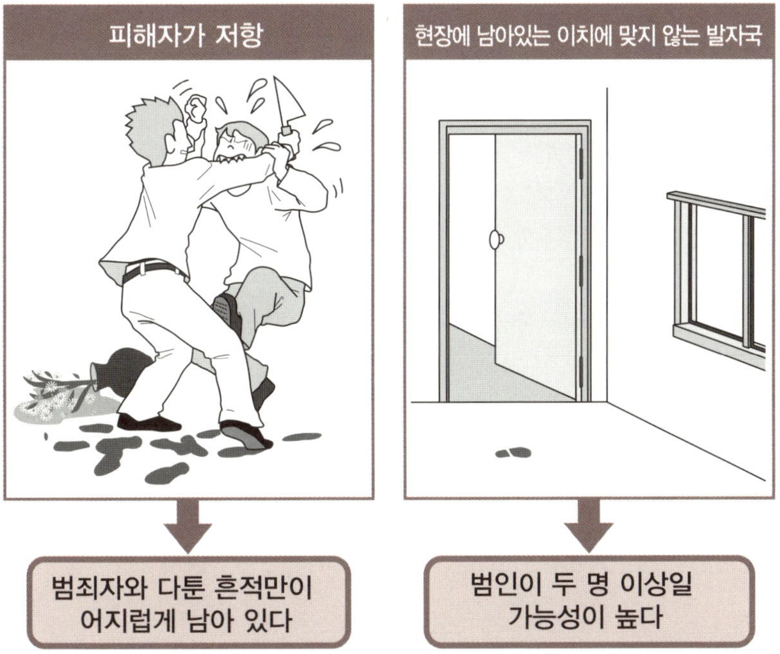
피해자가 저항
현장에 남아있는 이치에 맞지 않는 발자국
범죄자와 다툰 흔적만이 어지럽게 남아 있다
범인이 두 명 이상일 가능성이 높다

원포인트 잡학상식

정서형과 사고형의 흔적이 같이 남아 있어 범인의 행동에 모순이 있다고 생각될 때는, 상상력을 구사하여 분석하는 것이 반드시 필요하다.

No.091

암살자의 범행을 어떻게 막아내는가?

특수경찰은 범죄 수사에 관여하는 한편, 중요인물의 경호도 맡는다. 정부고관, 검사, 의원, 중대사건의 증인 등, 지켜야 할 대상자는 매우 많다. 파견된 대상경호팀은 그들이 습격을 받지 않도록 최선을 다한다.

● 위험도를 파악하여 범행을 막는다

암살 사건을 일으키는 범인은 다른 범죄와 마찬가지로 정서형과 사고형으로 나눌 수 있다, 대상자 경호팀은 심리분석팀의 프로파일링 지원을 기다리면서, 각 타입의 범죄자들이 저지르기 쉬운 습격 시나리오를 사전에 상정한다. 인물 경향을 파악할 수 있으면, 구체적인 예방책을 쉽게 세울 수 있기 때문이다.

예를 들어, 정서형은 인간관계를 잘 확립하지 못한다. 일도 제대로 풀리지 않고 단독행동이 눈에 띈다. 쉽사리 좌절감이나 고독감에 빠지기 쉽다. 암살 행위는 충동적이고 무계획적인 경우가 많기 때문에, 그 징후를 쉽게 발견할 수 있다.

그러나 사고형은 머리가 좋아서, 범행을 면밀하게 계획하고 나서 실행에 옮길 가능성이 높다. 심리적으로 강한 스트레스를 받고 있지만, 자제하는 기술도 뛰어나다. 잔학성도 높으며 냉정하게 범행을 저지를 수 있는 존재라고도 할 수 있다.

프로파일링은 원래, 범죄자의 인물상을 추론하기 위한 기술로서 활용되었다. 과거의 흉악 범죄를 자세하게 분석해 보면, 범행을 일으키기 이전에 「**전조행동**」이 있다는 것을 확인할 수 있다. 암살의 경우도, 표적이 되는 대상자에게 어떠한 형태로든 접근을 반복하는 경우가 많다.

그 증거로, 대상자의 주위에서 경호를 하고 있으면 여러 상대와 마주치게 된다. 표적에 대해서 조사를 하거나, 습격하기 전에 표적을 수 차례 미행하거나, 이상한 편지나 전화로 접촉을 시도를 하는 것과 같은 조짐을 보이는 상대가 많이 있다.

또한, **대상경호팀**은 대상자에게 전해진 협박장이나 암살 예고를 매일 분석하여 그 위험도를 해독한다. 특수한 인공지능 프로그램을 이용하여, 암살에 이를 위험이 있는가 아니면 단순한 장난인가를 판단한다.

만에 하나, 큰 위협이라 판단된 경우에는 대상자의 경호를 강화한다. 이와 동시에 감시전문 특별조를 파견하여, 재빠르게 상대의 인물 조사와 감시를 시작한다.

협박장의 취급과 행동

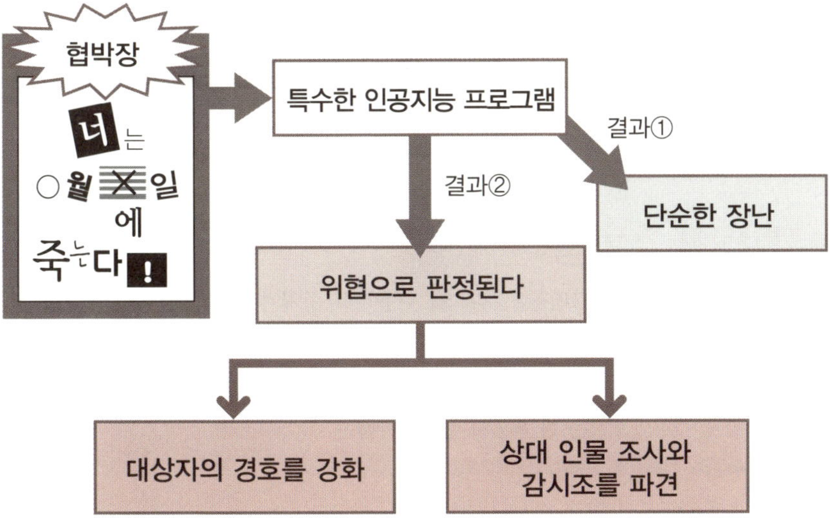
협박장
너는 ○월×일에 죽는다!
특수한 인공지능 프로그램
결과①
단순한 장난
결과②
위협으로 판정된다
대상자의 경호를 강화
상대 인물 조사와 감시조를 파견

암살자의 전조행동

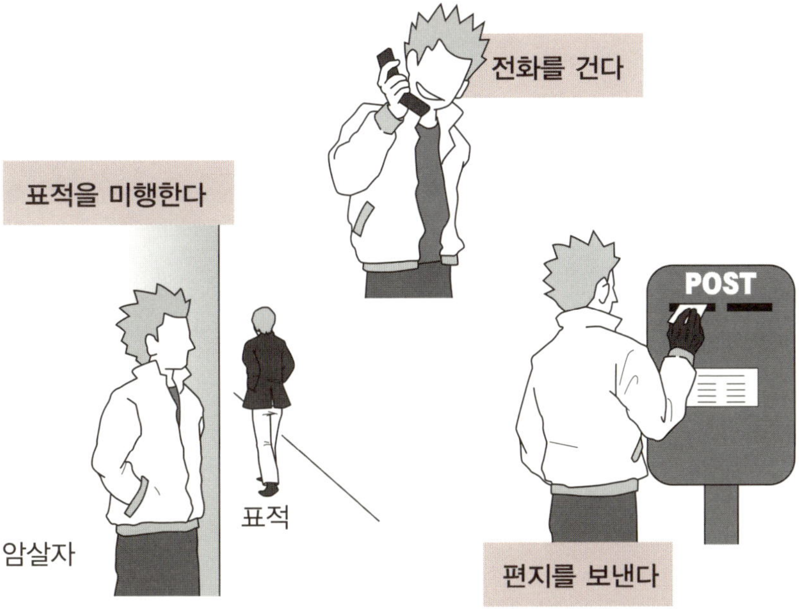
전화를 건다
표적을 미행한다
POST
표적
암살자
편지를 보낸다

원포인트 잡학상식

인공지능 프로그램에 협박장이나 암살 예고의 내용을 입력하면, 위협 레벨과 이후의 동향을 분석 할 수 있다.

No.092

협박장으로 심리분석을 하는 요령은?

특수경찰이 경호를 담당하는 대상자에게는 협박 전화나 광적인 팬레터가 전달된다. 대부분은 무해한 것이지만, 그 중에는 정상을 벗어난 것도 있다. 대상자 경호팀은 이러한 위협을 매일 분석한다.

●협박자의 목적은 공포를 주는 것이다

대상자 경호팀이라 한다면, 선글라스를 착용하고 덩치가 좋은 집단이라는 이미지가 강하다. 픽션의 세계에서 그려지는 「SP」나 「보디 가드」가 그 대표적인 예라 할 수 있다.

그러나 영화나 소설에서 나오는 것은, **신변경호조**라 불리는 팀의 일부에 지나지 않는다. 현실에서는, 신변경호는 위협을 사전에 간파하는 심리전이 중심으로 「범죄를 예방하고, 사전에 회피한다」는 것에 시간을 투자한다.

경호 대상자가 유명인일수록 광신적인 편지, 협박장, 협박 전화가 계속 온다. 대부분은 신변의 위협을 느끼게 할 정도는 아니며, 전혀 해가 없다고 할 수 있다. 「너를 죽이겠다」, 「드디어 마지막이다」, 「폭탄으로 피바다를 만들어 주겠다」와 같은 문장을 보내오더라도, 그렇게까지 위협을 느끼는 일은 없다.

원래, 협박의 목적은 상대방을 공포에 떨게 만들기 위함이다. 개인적인 감정, 예를 들어 분노나 질투와 같은 감정을 표현한 것에 지나지 않고, 실행을 하려는 마음은 없다. 피해를 입히려고 했다면 이미 실행을 했을 것이기 때문이다.

그러나, 그 중에도 드물게 위협적인 것이 있다. 위험 징후라고 느끼게 되면 위협 레벨을 재빨리 판단한다. 예를 들어, 너무나 지나친 숭배나 대상자를 향한 일방적인 관계를 시사하는 망상은 주의해야 할 신호이다.

이러한 신호는, 직접적인 협박과는 전혀 다른 형태로 표현되는 경우가 많다. 예를 들어, 「네 놈을 죽여버리겠다」라는 쓰여진 편지가 아니라 「이제 조금만 더 참으면 됩니다. 당신도 이것으로, 반드시 나의 마음을 알아주시리라 믿습니다. 진심으로 당신을 사랑합니다」라고 써진 문서가 더욱 위험하다고 할 수 있다.

분노보다 **일방적인 환상**이 더욱 위험하다. 과대망상, 나르시즘, 이상한 요구, 집요한 스토킹 역시 마찬가지라고 할 수 있다. 즉, 협박문이 작성된 상황이야 말로 위험성을 판단하는 중요한 포인트라 할 수 있다.

대상자 경호팀은 범행의 사전회피를 목표로 한다

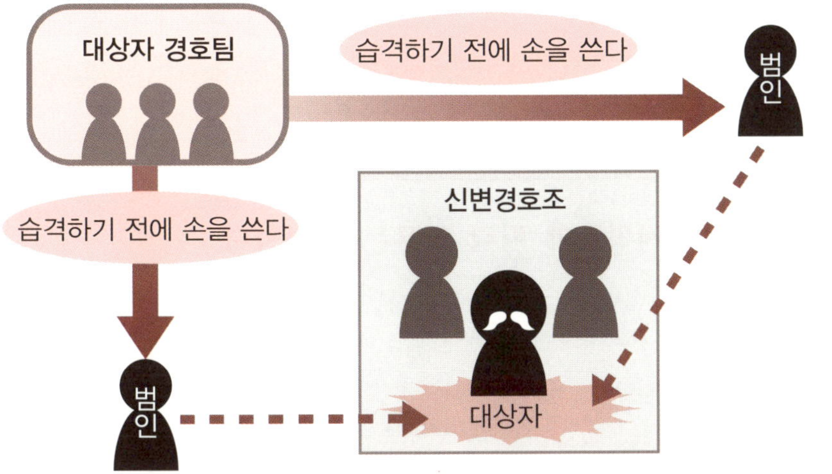
대상자 경호팀
습격하기 전에 손을 쓴다
범인
신변경호조
습격하기 전에 손을 쓴다
범인
대상자

협박문의 위협 레벨

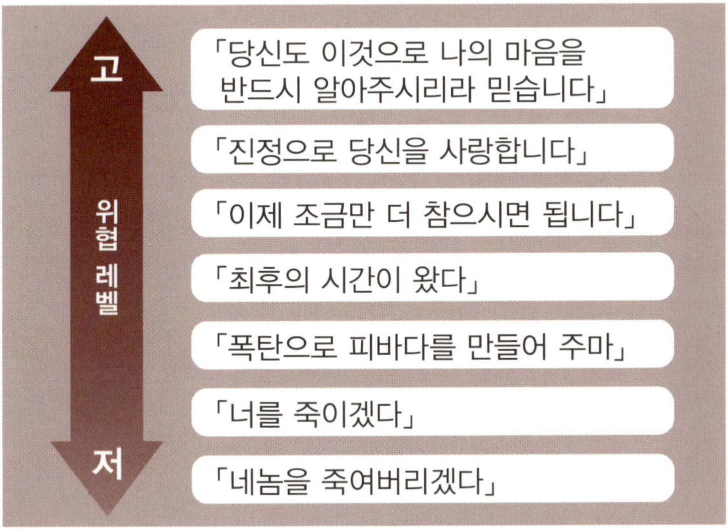
고
위협 레벨
저
「당신도 이것으로 나의 마음을 반드시 알아주시리라 믿습니다」
「진정으로 당신을 사랑합니다」
「이제 조금만 더 참으시면 됩니다」
「최후의 시간이 왔다」
「폭탄으로 피바다를 만들어 주마」
「너를 죽이겠다」
「네놈을 죽여버리겠다」

> **!** 분노보다 일방적인 환상이 더욱 위험하다.

원포인트 잡학상식

수많은 흉악 범죄를 다루는 특수경찰에서는, 「살인자는 실행하고, 협박범은 실행하지 않는다」 라는 좌우명이 존재한다.

No.093

경호 대상자를 몇 명이 지키는가?

대상자 경호팀은 24시간 대상자의 신체적, 정신적 안전을 확보한다. 그러나 소설이나 영화와 같이 혼자서 경호를 하는 것은 한계가 있다. 따라서 여러 명이 조를 짜서, 서로 지원하는 것으로 빈틈없는 경비태세를 갖춘다.

● 대상자의 지명도에 따라 임무는 변화한다

세상 사람들에게 영향을 미치는 대상자일수록 다양한 사람들이 노리게 된다. 일방적인 망상이나 숭배로 노리는 상대도 있는 반면, 대중 매체나 경찰에 주목을 받고 싶어서 암살을 계획하는 상대도 있다.

그 중에서도, 자기 정체성을 확립하기 위하여 유명인을 습격하는 암살자가 점차 늘어나고 있다. 그 원인으로 대중 매체의 발달을 들 수 있다. 암살 사건이 일어나면 신문, 인터넷, TV와 같은 수단을 통해 자신의 존재를 대대적으로 보도해주는 것을 알고 있기 때문이다.

이런 제멋대로인 상대로부터 대상자를 지키기 위해서는 팀 단위로 행동해야 할 필요가 있다. 픽션의 세계에서나 가능한, 보디 가드 한 명으로 모든 임무를 수행하는 것은 불가능하다.

대상자의 신체적, 정신적 안전을 24시간 확보하기 위해서는 여러 명의 팀원이 필요하게 된다. 각각 임무를 분담하여 연계를 유지하는 것으로, 대상자에게 다가오는 위협을 조기에 발견하고 적절한 대응을 취할 수 있기 때문이다.

예를 들어, 서구의 특수경찰에서는 도지사나 대사 급의 대상자를 경호할 때, 대상자 경호팀의 인원을 최저 15명 정도 준비한다. 각 인원을 **지휘조**(1명), **신변경호조**(4명×2조), **주거감시조**(4명), **운전조**(2명)로 편성한다.

그렇지만 실제로 어떠한 경비태세를 갖추는가에 대해서는 기밀로 취급되고, 그 날의 상황에 따라 변화한다. 관계 각 부서에서 얻은 정보를 참고하고, 협박장이나 협박 전화 등의 전조행동을 분석한 결과도 참고한다.

암살을 막는 요령은, 「이 사람을 암살하는 것은 불가능하다. 어떻게 해도 노릴 수가 없다」라고 암살자가 생각하도록 만드는 것이다. 날마다 대상자를 노리는 위협을 정확하게 판단하여 위험 레벨을 파악하고 임무를 수행한다.

암살 사건과 대중 매체

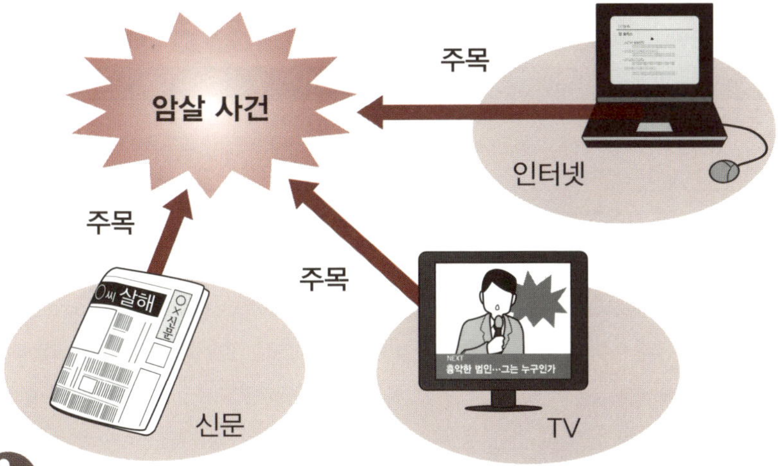
암살 사건
주목
인터넷
주목
○씨 살해
○×신문
신문
주목
NEXT
흉악한 범인…그는 누구인가
TV

유명인을 습격하는 암살자는, 대중매체의 주목을 받는 것으로 자기 정체성을 얻으려 한다.

대상자를 지키는 팀

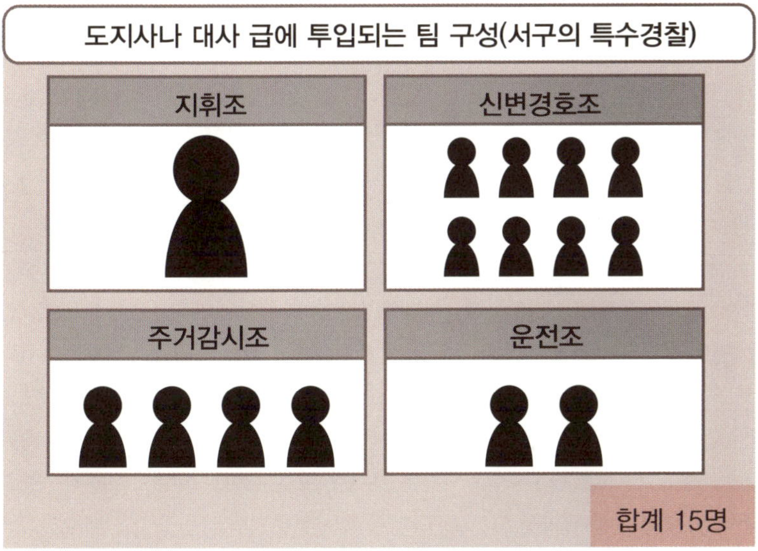
도지사나 대사 급에 투입되는 팀 구성(서구의 특수경찰)
지휘조
신변경호조
주거감시조
운전조
합계 15명

원포인트 잡학상식

신변보호조는 매일 아침 대상자가 일어나기 전에, 당일의 활동 스케줄을 파악하여 경비태세와 준비를 갖춘다.

No.094

경호 대상자를 어떻게 지키는가?

신변경호조는 대상자의 신체적, 정신적 안전을 직접적으로 확보하는 역할을 담당한다. 이러한 임무는 「위험을 사전에 회피하는 것」이다. 그러나 「움직이는 벽이 되어, 몸을 바쳐 지킨다」라는 보디 가드의 이미지가 지금도 강하다.

● 암살은 2초에 모든 것이 끝난다

대상자의 가까이에서 감시를 하는 것이 **신변경호조**의 역할이다. 대상자가 외출을 하면 그들도 동행한다. 대상자 경호팀의 여러 조 중에서도, 보디 가드로서의 이미지가 가장 강한 존재이다.

보디 가드라고 한다면, 검은 선글라스를 끼고 귀에는 무전기를 장착한 양복 차림의 건장한 남자를 상상한다. 픽션의 세계에서 묘사되는 이미지도 이러한 경향이 강하다. 대상자를 암살자가 습격할 때, 움직이는 벽이 되어 몸을 바쳐서 암살자의 공격으로부터 대상자를 지키는 이미지가 강하다.

이러한 픽션의 세계에서 묘사되는 이미지의 영향은 강력하여, 대상자들이 잘못된 인식을 가지게 되는 경우도 있다. 신변보호조에게 모든 것을 맡기고, 위험 의식을 전혀 가지지 않는 대상자가 가끔씩 존재한다.

따라서 임무를 시작하기 이전에 대상자 경호팀과 대상자가 대화를 나눈다. 픽션의 세계에서 나오는 보디 가드와는 다르다는 것을 이해하게 하고, 자신도 위기감을 가져야 한다는 것을 알려준다.

이 때 지병의 유무, 병력, 혈액형과 같은 **건강 상태에 관한 정보**도 입수해 둔다. 현실에서는 암살자에게 습격 당하는 것보다 대상자가 사고를 당하거나 몸 상태가 나빠지는 것과 같은 사태가 일어나는 경우가 더 많기 때문이다.

외출을 할 때는 신변경호조가 대상자와 동행하여 주위를 살핀다. **주위에 존재감을 드러내는 경호 요령**과 **존재를 지우고 주위에 섞여 들어가는 경호 요령**을, 그 장소의 상황에 맞춰서 잘 구분하여 사용한다.

만약 습격을 당했을 때에는, 대상자 신변의 안전을 최우선으로 한다. **암살**은 2**초**로 모든 것이 끝난다. 영화나 소설에서 묘사되는 것처럼, 총을 뽑아서 암살자와 총격전을 벌일 여유는 없다. 암살자를 잡아둘 시간도 없다. 무엇보다 중요한 것은 습격을 재빨리 알아채고, 대상자를 위험구역에서 대피시키는 것이다.

대상자가 지닌 위기의식의 차이

픽션의 세계

위기의식이 없으면, 머리를 감싸고 그 자리에서 주저 앉아버린다

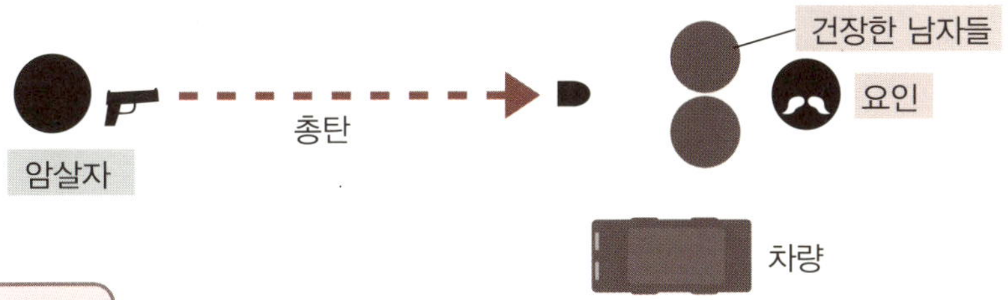
건장한 남자들
요인
총탄
암살자
차량

현실

요인을 지키면서, 바로 안전한 차량 안으로 같이 도망친다

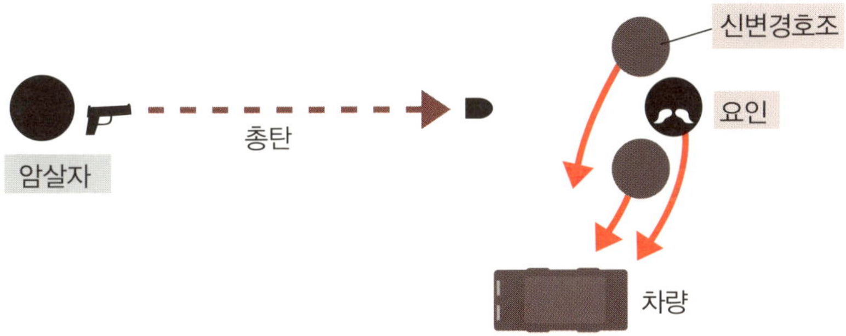
신변경호조
요인
총탄
암살자
차량

신변경호조의 경호 요령

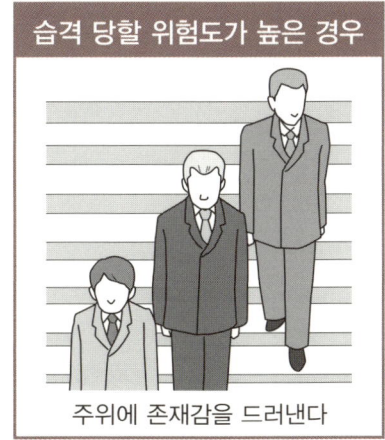

습격 당할 위험도가 높은 경우

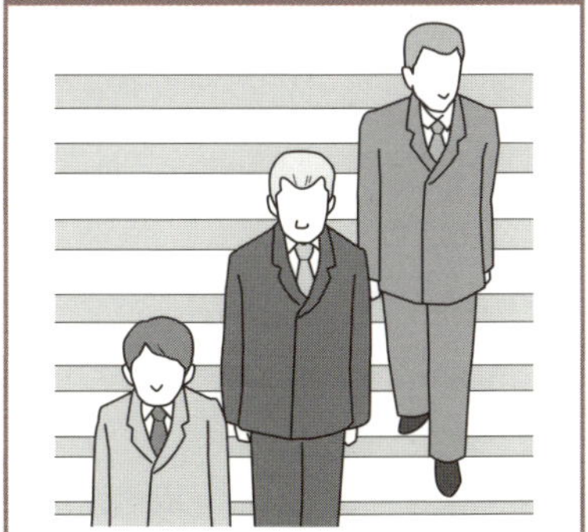

주위에 존재감을 드러낸다

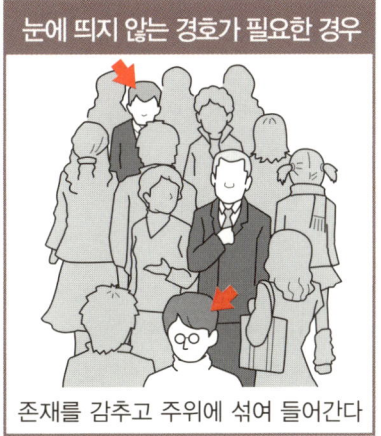

눈에 띄지 않는 경호가 필요한 경우

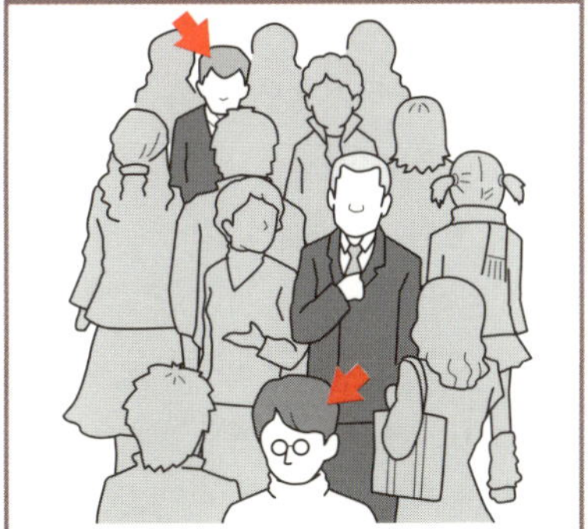

존재를 감추고 주위에 섞여 들어간다

원포인트 잡학상식

신변경호조는 보여주는 경호를「하이 프로파일」, 존재를 감추는 경호를「로우 프로파일」이라 부른다.

No.095

2초만에 이루어 지는 암살을 어떻게 막을 것인가?

암살은 순식간에 모든 것이 끝난다. 과거의 암살 사건을 분석해 보면, 어떠한 범행도 2초 이내에 완료된다. 신변경호조에는 군중 속에 숨어있는 위협을 재빨리 알아차리는 기술과, 재빠르게 대처할 수 있는 임기응변이 요구된다.

● 최대의 방어는 암살의 기회를 빼앗는 것이다

대부분의 보디 가드는 대상자의 주변에서 경계를 하면서, 암살자가 행동하는 것을 기다리고 있다. 픽션의 세계에서만이 아니라 민간 신변경호에서도, 이것이 일반적인 사고방식이 되어있다.

그러나 이러한 방법으로는 대상자를 지키기 어렵다. 그 이유는, **암살은 2초만에** 이루어지기 때문이다. 암살자는 표적이 접근해 올 때까지 참으면서 기다리고, 「노릴 수 있다」고 확신을 할 때 행동한다.

암살자가 권총을 뽑아서 발포를 끝낼 때까지 2초도 걸리지 않는다. 암살자의 움직임을 기다리는 경호태세로는 아무것도 막을 수 없다. 그렇기 때문에, 특수경찰은 암살자의 마음을 프로파일링하고 경비태세를 준비한다.

예를 들어, 암살자는 몇 번이고 예행연습을 하여, 신변경호조의 움직임을 파악하는 「**전조행동**」을 하는 경우가 많다. 군중이 모여있는 장소에 모습을 드러내는 경우도 있기 때문에 실제로 목격되기도 한다. 이러한 조짐을 사전에 탐지하고, 인물 조사를 통해 위험한 상대인가를 판정한다.

또한, 신변경호조 역시 순간적으로 대응할 수 있는 태세를 갖추도록 훈련한다. 예를 들어, 혼잡한 곳에서 경호를 할 때 손을 벌려서 가볍게 태세를 갖추는 것은 암살을 방지하는 저지력이 된다. 신경을 집중해 적극적으로 기다리는 것으로, 「표적을 노리는 것은 어렵다」라고 암살자가 단념할 가능성이 높아진다.

그렇더라도 만에 하나 암살 행위가 이루어 질 때에는, 신변경호조는 암살자를 덮치거나 흉기를 빼앗는 것과 같은 행동을 하지 않는다. 암살자와 대상자의 사이에 들어가서 흉기를 가진 암살자의 손을 제압한다.

이러한 동작은 암살자의 시야를 가로막고, 대상자의 상반신에 다수 존재하는 급소를 노리지 못하게 하는 효과가 있다. 「표적을 노리지 못하게」 하는 것이다. 또한, 이와 동시에 대상자를 피난시키기 때문에 암살의 기회를 없애게 된다.

암살은 2초로 끝난다

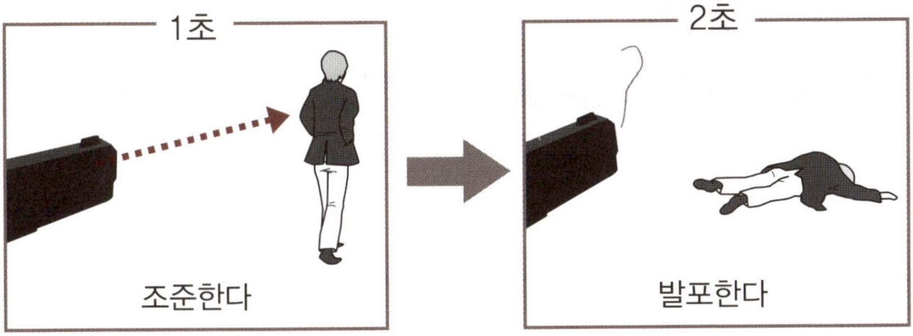
1초
조준한다
2초
발포한다

암살자가 습격하였을 때의 행동

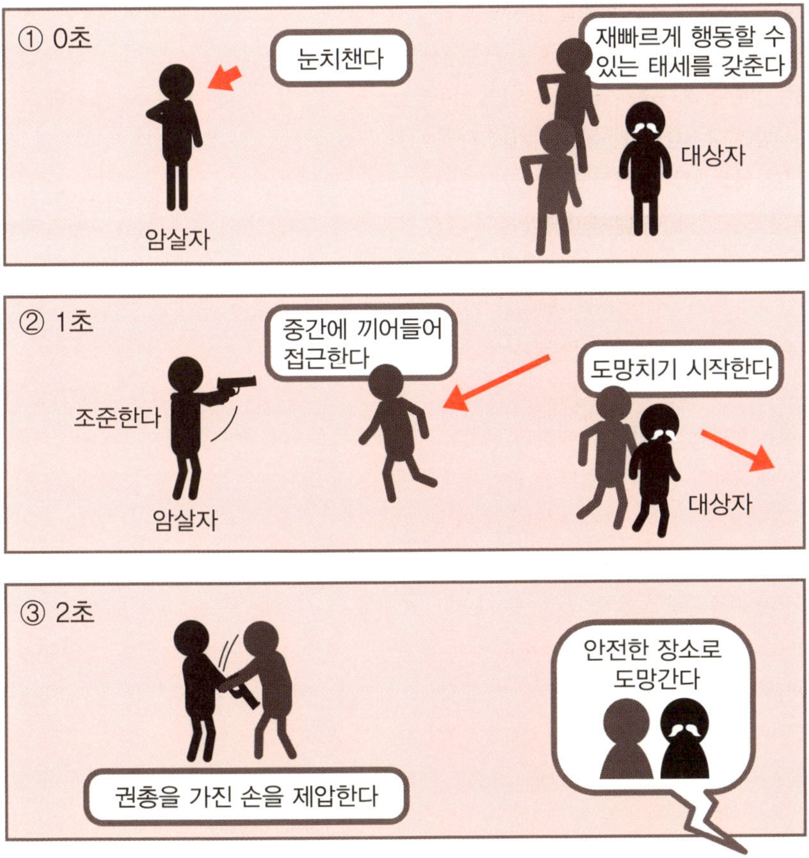
① 0초
눈치챈다
재빠르게 행동할 수 있는 태세를 갖춘다
암살자
대상자
② 1초
중간에 끼어들어 접근한다
도망치기 시작한다
조준한다
암살자
대상자
③ 2초
안전한 장소로 도망간다
권총을 가진 손을 제압한다

원포인트 잡학상식

암살뿐만 아니라 대상자를 향하여 던져지는 계란이나 파이를 쳐내기 위하여, 복잡한 곳에서 경호를 할 때는 손을 벌리고 가볍게 자세를 취한다.

No.096

사정 청취는 어떻게 하는가?

사건을 완전히 종결시키기 위해서는 용의자의 자백이 필요하다. 그러나 처음부터 죄를 인정하지 않는 경우도 있다. 그렇게 때문에 심문팀은 「사정 청취」를 사용하여 여러 가지 정보를 알아내고, 증거와의 모순점을 찾아낸다.

●「사정 청취」와「심문」은 다르다

최근의 범죄 드라마에서는, 법의학적인 증거를 바탕으로 범인을 찾는 것을 중심적으로 묘사하는 경우가 많다. 과학수사를 구사하여 도출된 감식결과를 사용해 용의자를 찾아내고, 자신이 저지른 죄를 인정하게 만들어서 자백을 이끌어내는 장면이 자주 나온다.

그러나 현장에서는, 증거를 들이밀어서 용의자의 자백을 다그치는 경우는 많지 않다. 수사 상황을 보여주게 되면, 수사가 얼마만큼 진전되어 있는지 알려주는 꼴이 된다. 잡히지 않는다고 절대적인 자신을 가지고 있는 사고형 범인은, 「무엇을 근거로 말하고 있는 거지?」라고 떠보는 경우도 있다.

일단은 상대와 대화를 하여, 여러 가지 **정보를 알아내는 쪽**이 효과적이라 할 수 있다. 예를 들어, 사건 발생 당시의 알리바이를 질문할 때에는 범행의 관여를 의심하지 않고서 편안하고 일상적인 대화를 통해 상대가 자유롭게 이야기하도록 만든다. 상대가 이야기한 내용은, 전부 부정할 수 없는 증거가 된다.

이러한 방법은 「**사정 청취**」라 불리며, 「**심문**」과는 다른 것이다. 상대가 이야기하기 쉽도록 대화해서, 자신의 의지로 이야기하도록 만드는 것이 기본이다. 이야기가 진행되면서 발언에 모순이 생기는가, 다른 관계자가 이야기한 증언과 다른 부분이 나오는가, 그렇지 않다면 사실을 이야기하고 있는가를 판단할 수 있다.

단, 상대의 발언에 중대한 거짓이나 문제점을 발견하고, 「무언가를 숨기고 있다」라고 확실하게 범행에 관여했다는 것을 판단할 수 있을 때는, 사정 청취를 끝내고 심문으로 바꾼다. 진술의 모순점이나 일치하지 않는 점에 대한 진실을 추구하기 때문에, 심문팀은 대화의 흐름을 완전히 바꿔 버린다.

사정 청취는 일반적으로, 상대가 이야기하도록 만든다. 그러나, 심문에서는 그와 반대가 된다. 심문팀은 용의자에게 고압적인 태도로 협박을 하지는 않지만, 인물 경향을 프로파일링하여 공격해야 할 포인트를 찾아낸다. 그리고 나서 교묘한 심리전을 구사하여 천천히 자백을 하도록 상대방을 이끌어 간다.

사정 청취란?

편안하고 일상적인 대화를 통하여 많은 정보를 얻어낸다

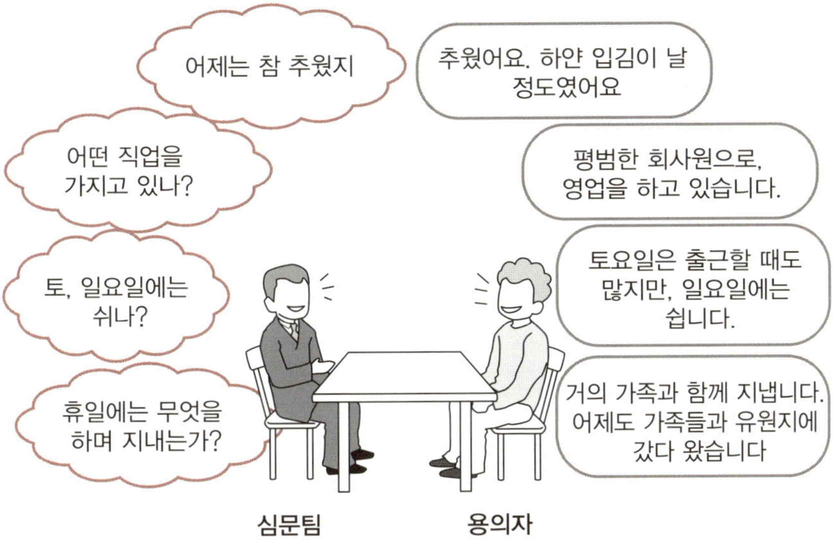
어제는 참 추웠지
추웠어요. 하얀 입김이 날 정도였어요
어떤 직업을 가지고 있나?
평범한 회사원으로, 영업을 하고 있습니다.
토, 일요일에는 쉬나?
토요일은 출근할 때도 많지만, 일요일에는 쉽니다.
휴일에는 무엇을 하며 지내는가?
거의 가족과 함께 지냅니다. 어제도 가족들과 유원지에 갔다 왔습니다
심문팀
용의자

심문은?

교묘한 심리전을 구사하여 상대를 자백으로 이끌어간다

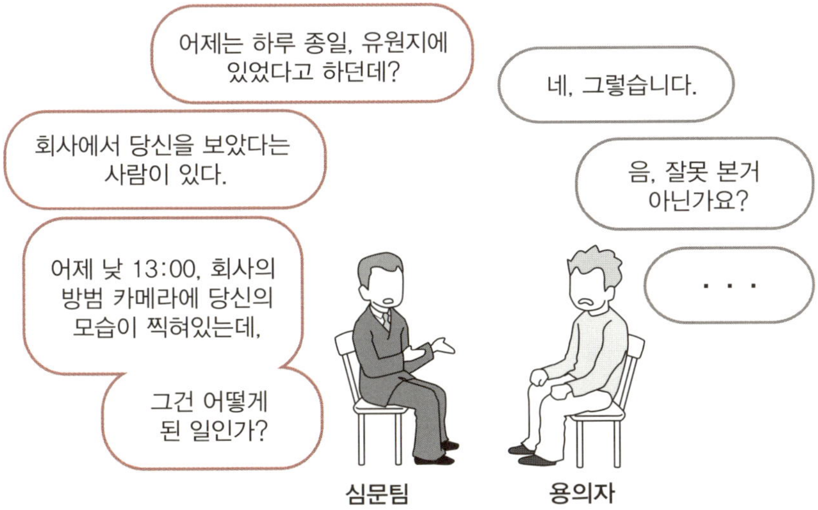
어제는 하루 종일, 유원지에 있었다고 하던데?
네, 그렇습니다.
회사에서 당신을 보았다는 사람이 있다.
음, 잘못 본거 아닌가요?
어제 낮 13:00, 회사의 방범 카메라에 당신의 모습이 찍혀있는데,
· · ·
그건 어떻게 된 일인가?
심문팀
용의자

원포인트 잡학상식

분명히 범행에 관여했다는 판단을 할 수 있을 정도의 확신이 없는 한, 무고죄 방지를 위해서라도 심문은 허가되지 않는다.

No.097

용의자의 자백을 받아내는 요령은?

사건을 종결시키기 위해서는 용의자의 자백이 중요하다. 그러나 진술 후, 재판에서 용의자가 의견을 번복하는 사태가 일어나서는 안 된다. 따라서 자백을 받을 때는, 용의자와의 신뢰관계가 필요하다.

● 용의자의 「완전 자백」을 받아내는 심문실이란?

용의자와 대화를 할 때, 중요한 것은 신뢰관계를 만드는 것이다. 잔인한 사건을 일으킨 범인일지라도 나름대로의 동기가 존재한다. 사회 통념이나 규칙에서 벗어나 범죄행위를 정당화하는 상대라 하더라도, 같은 인간으로서 접촉하는 자세가 **심문팀**에게 요구된다.

범행에 관여하였다는 의혹이 있는 상대라 하더라도, 이해를 하려고 노력하는 것을 보여주면 용의자의 기분도 풀 수 있다. 마음을 흔들리게 만들 수 있어서, 무거운 입을 열게 하여 최종적으로 「**완전 자백**」을 받을 수 있다.

이를 위해 심문팀은, 용의자와 대화를 하는 공간을 중요하게 생각한다. 쓸모 없는 방해를 받지 않고 주의를 끌어서 회화에 집중하게 만드는 것이, 신뢰관계의 구축에 크게 작용하기 때문이다.

소설이나 영화에서는, 사방이 회색 벽이고 방 한가운데에 책상과 의자가 놓여있는 살풍경한 심문실을 묘사하는 경우가 많다. 현실에서도 이러한 경향이 강하였으나, 현재는 범인 심리학이나 행동 과학의 관점에 따라 바뀌게 되었다.

예를 들어, 방은 가로 세로 각 3m 정도의 공간을 사용한다. 벽은 옅은 색이 칠해져 있고 천장에서 간접적으로 조명이 비친다. 실내에 전화, 벽시계, 잡지와 같은 것은 전혀 놓아두지 않는다.

방에 창문이 있는 경우에는, 용의자가 창을 등지게 앉히고 용의자와 심문관의 사이에 테이블을 놓지 않는다. 테이블을 경계로 하여 앉으면 양쪽 모두 심리적으로 방어를 하게 되어 서로의 마음을 열기가 어려워진다.

또한, 테이블은 용의자의 신체 반응을 볼 수 없게 되는 위험성도 있다. 말을 하고 있어도, 본심은 손가락 끝이나 하반신의 미묘한 움직임에 나타난다. 심문팀은 이런 미묘한 신체적 반응을 파악하면서, 용의자가 이야기하는 내용의 진위를 확인하고 신뢰관계를 쌓아간다.

심문실의 변화

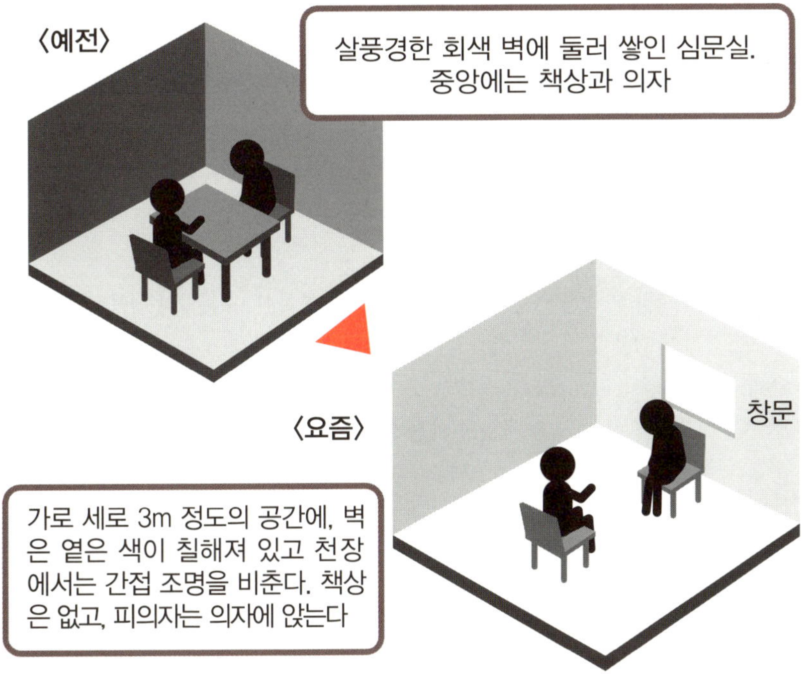
〈예전〉
살풍경한 회색 벽에 둘러 쌓인 심문실.
중앙에는 책상과 의자
〈요즘〉
창문
가로 세로 3m 정도의 공간에, 벽은 옅은 색이 칠해져 있고 천장에서는 간접 조명을 비춘다. 책상은 없고, 피의자는 의자에 앉는다

책상을 없앤 이유

손가락 끝이나 하반신의 미묘한 움직임을 파악하면서 심문을 진행한다

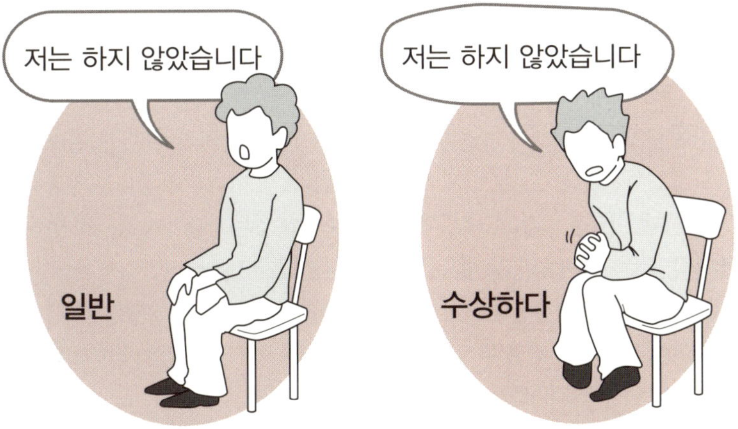
저는 하지 않았습니다
일반
저는 하지 않았습니다
수상하다

원포인트 잡학상식

서구에서는 재판의 증거물로 제출하기 위해, 흉악 범죄의 심문에 한해 전부를 녹음 · 녹화하는 경우가 많다.

No.098

용의자의 거짓말을 어떻게 간파하는가?

죄를 인정하지 않는 이상, 용의자는 거짓을 섞어서 이야기한다. 절대로 자백도 하지 않는다. 그렇기 때문에, 심문팀은 심문을 시작하기 전에 상대의 언동 패턴을 파악하여, 사소한 변화에 주의하면서 용의자의 거짓말을 간파해 간다.

●용의자의 언동 패턴에 주목한다

범행에 관여했을 가능성이 높다고 판단될 경우에 한하여, **용의자의 심문**이 허가된다. 그렇다고 갑자기 심문을 시작하지는 않는다. 심문팀은 먼저, 거짓을 간파하기 위한 준비를 한다.

심문을 시작하기 전에, **정보 확인**과 **사전 설명**을 용의자에게 실시한다. 이름, 주소, 경력 등을 재확인하고 심문이 어떠한 것인지 등의 사항을 설명한다. 이러한 배려는 긴장을 풀게 만드는 것뿐만 아니라 신뢰관계를 구축하기 위함이기도 하다.

이 때, 심문팀은 설명을 하면서 용의자가 보이는 언동 패턴을 파악해 둔다. 시선, 동작, 태도와 같은 「비언어 표현」과 말하는 방법, 어조, 리듬과 같은 「언어적 표현」 양쪽 모두에 주목한다.

그 이유는, 인간은 모두 각각 개성이 있다. 자라난 환경이나 생활에 따라 반응은 개인마다 다르다. 따라서 일반적인 대화에서 용의자가 보이는 반응이야말로, 사실을 이야기할 때의 보이는 반응이라 할 수 있다.

한편, 거짓말을 할 때 인간은 침착성을 잃기 쉽다. 거짓말이 간파 당하는 것을 두려워하여, 언동 패턴에 급격한 변화가 발생한다. 기침을 하거나, 시선을 어디에 두어야 할지 모르거나, 말이 막히거나, 목소리가 어긋나는 것과 같은 반응이 일어난다.

이러한 반응을 파악하면서 대화를 하면 사실과 거짓을 간파할 수 있게 된다. 물론, 처음에는 의심을 받는다는 사실로 인해 분노나 동요를 보이기 때문에 상대는 진정하지 않는다. 그러나 차츰 침착을 되찾고, 범행에 아무런 관계가 없는 상대라면 협력적인 태도를 보이면서 자신의 무죄를 증명하기 시작한다.

그러나 용의자가 솔선해서 협력하거나, 반대로 협력을 완전히 거부한 경우에 심문팀은 다른 생각이 있을 것이라 판단한다. 이러한 반응은, 의심을 받는 것에 대하여 느끼는 자연스런 감정이나 반응과는 동떨어진 것이라 할 수 있기 때문이다.

심문을 시작하기 전의 흐름

①이름, 주소, 경력을 확인한다

▼

②심문의 의도를 설명한다

▼

③심문의 의도를 이해하였는지 확인한다

▼

④심문에 대한 이의나 불복하는 점이 있는지 확인한다

▼

⑤심문을 시작한다

! 이러한 대화를 함으로서, 용의자의 긴장을 풀어주고 신뢰관계를 구축한다.

의문을 제기했을 때의 반응

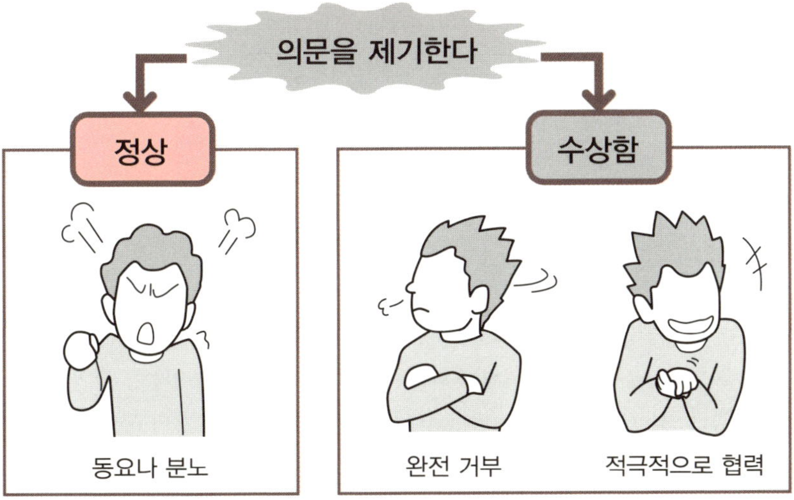
의문을 제기한다
정상
동요나 분노
수상함
완전 거부
적극적으로 협력

원포인트 잡학상식

변호사가 불복신청을 하지 못하게 만들기 위하여, 심문하기 전에는 적절한 수순을 밟고 반드시 용의자의 동의를 얻는다.

No.099

용의자가 자백을 하도록 어떻게 유도하는가?

인간이 하는 거짓말에는 다섯 가지 유형이 있다. 심문팀은 이러한 거짓말을 숙지하고 용의자가 자백하도록 이끌어 낸다. 필요한 시점에 증거를 제시하고, 범행을 저지른 동기나 목적을 대변하여 「죄의식」을 가지게 만드는 것이 용의자가 자백을 하게 만드는 요령이라 할 수 있다.

● 용의자의 거짓말과 반론을 막는다

심문에는 용의자의 거짓말에 휘둘리지 않는 것이 요구된다. 그렇다고 해서, 픽션의 세계에서와 같이 「니가 죽였잖아!」라고 고압적으로 진술을 강요하는 방법으로는 상대방의 「**완전 자백**」을 받아내기 어렵다.

역시 용의자의 자존심을 건드리지 않고 접촉하는 기술이 필요하다. 예를 들어, 거짓말인 것을 알고 있지만 몰아세우지 않고 관대한 언동으로 접촉한다. 배려와 이해를 계속해서 보여주면, 용의자의 마음도 긍정적으로 변한다.

용의자는 어떻게 거짓말을 지어내는가? 거짓말을 유형별로 나누어보면, 크게 다섯 가지로 나뉜다. 그것은 「전면적으로 부정한다」, 「사실 안에 거짓말을 섞는다」, 「창작한다」, 「왜곡시키고 축소하여 이야기한다」, 「크게 부풀려서 설명한다」이다.

이 중에서도 주의해야 할 것은 사고형 범죄자이다. 이들은 일부러 이야기를 만들거나, 사실 안에 거짓말을 섞어서 심문팀을 초조하게 만들어 수사 상황이 어디까지 진전되었는지 확인하려 한다.

픽션의 세계에서는 「자 봐라, 이렇게 증거가 있잖아!」라고 형사가 용의자를 몰아세우는 장면이 있지만, 현장에서 심문팀이 이러한 행동을 하는 것은 위험하다. 그 이유는, 사고형 범죄자는 수사상황을 파악해 「풀려날 수 있다」라는 자신을 얻고는 또 다른 거짓말을 하기 때문이다.

용의자 자신의 의지로 자백하는 「완전 자백」을 받아내기 위해서는, 심문팀의 적극적인 행동이 중요하다. 범행의 동기나 목적을 프로파일링하여, 물적 증거를 제시하면서 심문팀이 용의자를 이해한다며 범행을 저지른 동기나 목적을 대신 이야기한다.

프로파일링이 적중하면 할수록, 용의자는 교묘한 반론을 통해 심문을 몇 번이고 중단시키려 한다. 진실을 보고 싶어하지 않고, 듣고 싶어하지 않기 때문이다. 이러한 심적 저항을 어떻게 다루느냐는 부분도 심문팀이 실력을 발휘하는 장면이다.

용의자가 하는 거짓말의 다섯 가지 유형

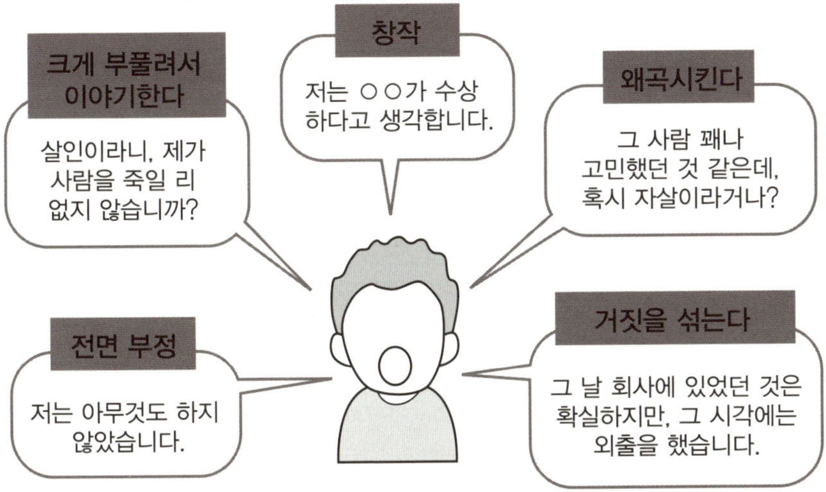
크게 부풀려서 이야기한다
살인이라니, 제가 사람을 죽일 리 없지 않습니까?
창작
저는 ○○가 수상하다고 생각합니다.
왜곡시킨다
그 사람 꽤나 고민했던 것 같은데, 혹시 자살이라거나?
전면 부정
저는 아무것도 하지 않았습니다.
거짓을 섞는다
그 날 회사에 있었던 것은 확실하지만, 그 시각에는 외출을 했습니다.

용의자와 「완전 자백」

자신의 범행이 정확하게 묘사되면, 용의자는 심문을 중단하려고 한다

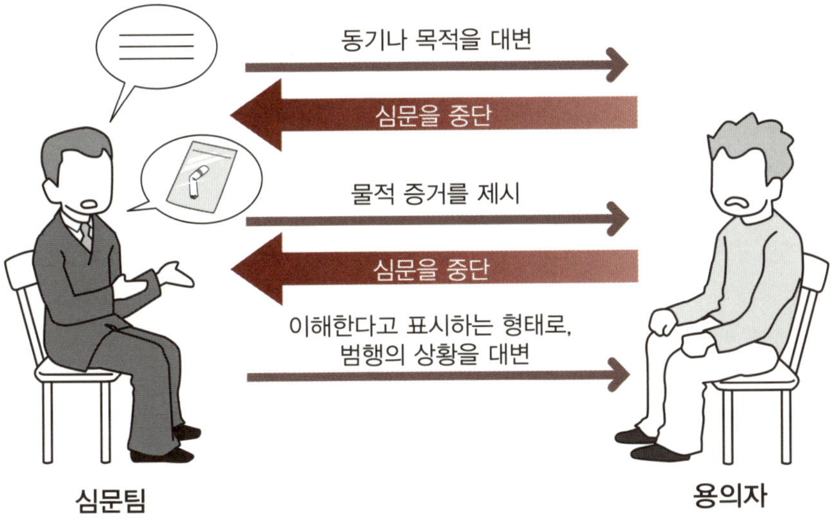
동기나 목적을 대변
심문을 중단
물적 증거를 제시
심문을 중단
이해한다고 표시하는 형태로, 범행의 상황을 대변
심문팀
용의자

원포인트 잡학상식

심문에서는 용의자에게는 말을 많이 시키지 않고, 심문팀이 용의자의 기분을 대변하는 기술이 자주 사용된다.

No.100

용의자에게서 어떻게 「완전 자백」을 받아내는가?

더 이상 도망갈 곳이 없어졌을 때, 용의자는 불안이나 근심에 짓눌리게 된다. 이러한 마음의 갈등은 용의자의 언동에서 확실하게 나타난다. 심문팀은 이러한 언동을 놓치지 않고 용의자의 체면을 건드리지 않으며 「완전 자백」을 하도록 온화하게 이끌어 간다.

● 용의자의 체면은 절대로 건드리지 않는다

심문이 진행됨에 따라, 용의자는 신변의 보전을 생각하기 시작한다. 알리바이의 모순점을 지적당하거나 물적 증거와의 관계성을 지적당할수록 안정감이 없어진다. 시선을 어디다 둘지 모르고, 점차적으로 몸을 떨게 된다.

용의자가 이러한 신체의 변화를 나타내면, 「**완전 자백**」을 받을 준비가 갖춰졌다고 판단된다. 진술을 번복하지 않도록 신경을 쓰며, 심문팀은 용의자를 더욱 신중하게 다룬다.

그렇다고 해서 심문을 부드럽게 한다는 것은 아니다. 물론 딱딱하게 한다는 것도 아니다. 온화한 말을 골라서, 저지른 죄를 최소한으로 하기 위해서는 협력이 필요하다고 요청하고 이후에 대해서 긍정적인 이야기를 계속한다.

비판하지 않고 대화를 계속 진행하면, 상대의 자존심이나 체면을 짓밟는 일은 없다. 「죄는 미워하되, 사람은 미워하지 말라」라는 말이 있듯이, 용의자를 친절하게 대하면 심리적 저항은 더욱 약해진다.

그리고 최종적으로 심적 방어를 부수기 위해서, 심문팀은 잦은 질문을 던진다. 픽션의 세계에서와 같이 「이제 슬슬 인정하지 그러나? 당신이 한 거지?」와 같은 무신경한 질문은 하지 않고, 용의자가 죄를 인정하기 쉽도록 배려한다. 범죄에 관여하였다는 접점이 조금이라도 밝혀지면 그 때부터 용의자는 무너진다.

예를 들어, 「이 계획을 떠올린 것은 언제부터였나?」, 「권총을 손에 넣으려고 처음 결심한 것은 언제였나?」, 「그 여성은 대체, 어느 정도의 돈을 가지고 있었나?」라고 물음으로써 범행에 관여한 사실을 끌어낸다.

이 외에 선택지로 대답할 수 있는 질문도 사용한다. 예를 들어, 「이전부터 계획을 짜고 실행을 했는가? 아니면 충동적으로 저지른 것인가?」, 「돈은 도박을 하는데 사용했는가? 아니면 유흥비로 사용했는가?」와 같이 온화하게 질문하게 되면 용의자는 범행에 관여한 사실을 조금씩 진술하기 시작한다.

「완전 자백」 전의 용의자

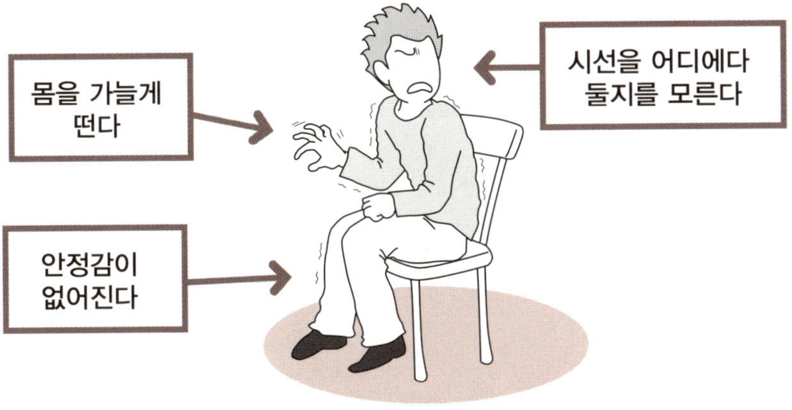
몸을 가늘게 떤다
시선을 어디에다 둘지를 모른다
안정감이 없어진다

「완전 자백」을 받아내기 위한 마지막 마무리는?

이러한 말들은 어디까지나 픽션에서만 나온다

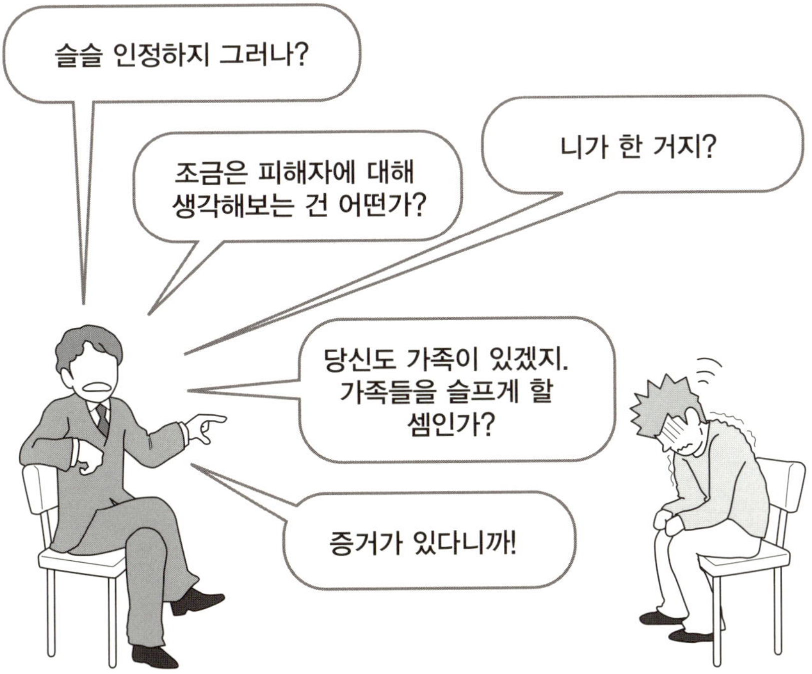
슬슬 인정하지 그러나?
조금은 피해자에 대해 생각해보는 건 어떤가?
니가 한 거지?
당신도 가족이 있겠지. 가족들을 슬프게 할 셈인가?
증거가 있다니까!

원포인트 잡학상식

용의자와 심문팀의 신뢰관계는 자발적인 자백을 이끌어낼 뿐만 아니라 재범률의 저하에도 좋은 영향을 미친다.

색인

〈아〉

〈자〉

※ 본서는 저자의 경험을 바탕으로 하여 집필, 작성 되었기 때문에 참고서적이 존재하지 않습니다.

AK Trivia Book No. 8

도해 특수경찰

초판 1쇄 인쇄 2011년 5월 20일
초판 3쇄 발행 2019년 5월 10일

저자 : 모리 모토사다
디자인 · DTP : 스페이스 와이
주식회사 메이쇼도
본문 일러스트 : 후쿠치 다카코
번역 : 이재경

펴낸이 : 이동섭
편집 : 손종근
디자인 : 이혜미
마케팅 : 송정환
관리 : 이윤미

㈜에이케이커뮤니케이션즈
등록 1996년 7월 9일(제302-1996-00026호)
주소 : 04002 서울 마포구 동교로 17안길 28, 2층
TEL : 02-702-7963~5 FAX : 02-702-7988
http://www.amusementkorea.co.kr

ISBN 978-89-6407-141-0 13830

図解 特殊警察
"ZUKAI TOKUSHUKEISATSU" by Mouri Motosada